뜨겁게 전진하고
쿨하게 돌아서라

뜨겁게
전진하고 쿨하게
돌아서라

박용호 지음

작가와비평

책을 쓰게 되면 어떤 내용과 구성으로 하면 좋을까 하는 막연한 생각을 해 본 적이 있다. 전문 작가도 아닌 내가 책을 쓴다면 어디에 초점을 맞추는 게 좋을지 생각하다가, 직장 및 사회생활을 하면서 겪은 일 그리고 남들과 조금은 다르게 살아 보려고 노력했던 단면들을 정리해 보면 사람들에게 도움이 되겠다는 결론에 이르렀다. 나는 나이가 들어가도 가능하면 남들이 택하거나 생각하지 않는 차별화된 방법이나 무언가를 찾는 편이다. 조금 다르고 싶어서이기도 하다. 대학 입학과 두 가지 고시에 도전하여 실패했다. 실패로부터 얻은 경험과 지혜는 자양분이 되어 내 삶의 가이드 역할을 해왔다.

책 속에 성공담보다는 인생의 부침에서 얻은 교훈과 행동의 변화를 인지할 만한 비화, 에피소드, 실수 및 여행담을 가식 없이 표현했다. 눈에 띄는 인생 결과물은 없어도 당당한 삶을 가치로 놓고 부족하면 부족한 대로 채워갔다.

은퇴 후가 즐거우려면 어떤 준비를 하는 것이 좋을까? 단답형 답은 없으나 평소 2가지 이상의 취미활동을 갖는 것이 좋다. 백세 인생 이야기가 자주 등장하는 요즘, 사람들과 어울리며 즐길 수 있는 취미거리가 없으면 은퇴 후 무료한 생활 속 스트레스, 무기력증 혹은 우울증에 시달릴 수도 있다. 고스톱, 골프, 등산도 어울리고 호흡이 맞는 멤버들이 있어야 편하고 재미있다. 나이 들면 호흡 맞는 멤버 구성도 쉽지 않거니와 하고 싶어도 몸이 말을 안 들을 수 있다.

아버지의 가르침 중 "아들아, 인심 잃지 말고 살아라. 조금 손해 보듯이 살아도 된다"라는 말씀의 의미를 40대 중반쯤 어렴풋이 이해하게 되었다. 그 과정에서 나의 실천 철학, "주변을 이롭게 즐겁게 하라"도 탄생하였다.

현대종합상사에 입사하여 현대차 그룹까지 31년 현대맨으로 근무하면서 애환과 부침도 있었다. 현대를 떠난 지 거의 10년, 후배들의 그리운 술안주에 끼어 있다는 것만으로도 좋다. 거창한 사람이 되지는 못하더라도 좋은 리더는 되고 싶었다. 리더들이 갖추어야 하는 팀워크 조성, 커뮤니케이션, 적극적 도전정신과 인간적 접근 등에 소홀하지 않았다. 주로 해외 영업 분야에 관여한 경험에 기초하여 영업맨의 자세, 비즈니스를 주도해 가는 방법과 요령 등을 책 곳곳에 녹여 넣었다. "3분 내에 상대를 파악하라!"는 메시지의 의미도 알기 쉽게 설명했다. 일본과 독일에 약 10년간 주재하면서 글로벌 마케팅, 미래지향적인 판매 전략, 고객과의 협상 방법에 대한 완성도를 더욱 올렸다. 좀처럼 경험하기 힘든 현지 Stock 판매현지창고에 재고를 보유하면서 딜러들에게 판매하는 방식도 해봤다.

유럽, 미국 및 일본 지역 자동차 회사를 상대로 부품영업을 전개하는 방식과 요령에 대한 경험치도 기술했다. 해외주재 중 학습한

VIP 의전 요령도 언급하였다. '현대호號'에서 하선 후, 중견 및 중소 기업에서 영업본부장, 부사장 및 사장을 역임했다. 중소기업 오너들이 시대에 뒤떨어진 회사 운영 방식을 고수하려 하고 과거에 안주하려는 모습, 전문가 영입보다는 회사 창립 멤버 혹은 장기근속 예스맨을 중용하고 그들을 더 신뢰하여 기회보다는 위기 속으로 회사를 밀어 넣는 현장을 지켜볼 수밖에 없던 안타까움도 있었다. 위기 속으로 가는 회사 오너에게 운영 개선방안을 작성, 강력히 건의했던 내용도 기술했다.

이 책을 쓰도록 나에게 동기 부여 및 용기를 불어넣어 준 디지털 글쓰기 동아리 현우회 총무 고동록 회원, 이미 두 권의 책을 발행했고 현우회 회장을 맡고 계시면서 회원들에게 글쓰기에 대한 조언과 격려를 아끼지 않으시는 이일장 님, 디지털책쓰기코칭협회장을 맡고 계시면서 벌써 30권이 넘는 책을 발행하신 가재산 님, 현우회원을 대상으로 디지털 글쓰기 방법을 지도해 주신 김영희 본부장님, 책 구성의 틀을 잡아주고 보다 세련된 편집을 해주신 ㈜글로벌콘텐츠 홍정표 대표님, 김미미 이사님 및 임세원 편집자님, '걸어 다니는 네이버'라는 별명을 갖고 전국 200대 명산, 풍경 좋은 명소 및 역사 유적지 등을 돌아볼 기회를 10년이 넘도록 늘 만들어 준 고교 친구 김양균 그리고 그 여행에 동행한 친구들 남정성, 이봉노, 서귀원, 이향

열, 하루하루 땀과 에너지를 함께 만드는 '임팩트 탁구클럽_{김성한 관}장, 김이레 코치 회원들에게 가슴에서 나오는 뜨거운 고마움을 전한다.

또한 항상 차분하고 따뜻한 성격으로 묵묵히 내조를 해준 인생의 동반자 장정옥 여사, 부족한 아버지임에도 묵묵히 바라봐 주고 격려를 해준 우리 딸 수진, 수빈 그리고 막내 강현이에게 이 책을 통해 고마움을 전한다. 마지막으로 성실함 속에 열심히 살아가는 우리 사위 김창하와 사계절 내내 웃음과 행복을 주는 외손자 김단우에게도 이 책을 선사한다.

오늘도 헤이즐넛 커피 향과 함께 넉넉한 미소를 띄워 본다.

2023년 11월
박용호 씀

목 차

인생 1막

Chapter 9 현대모비스 승선

인생 1막

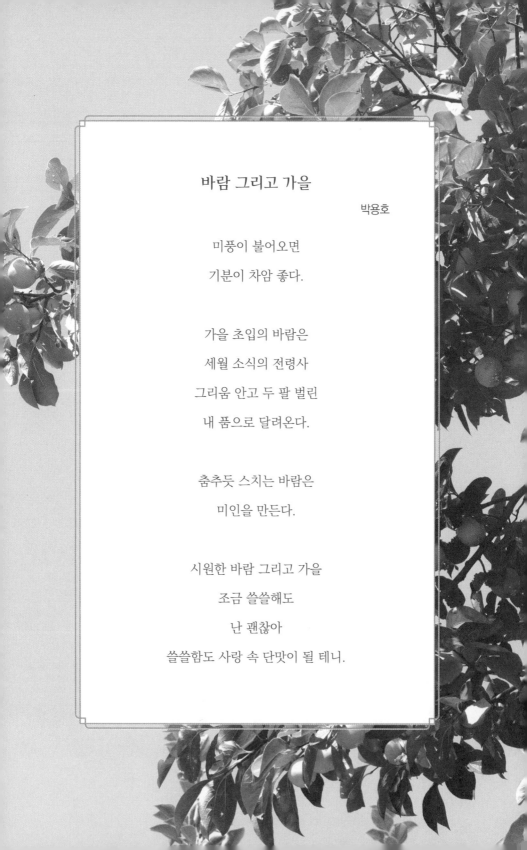

바람 그리고 가을

박용호

미풍이 불어오면
기분이 차암 좋다.

가을 초입의 바람은
세월 소식의 전령사
그리움 안고 두 팔 벌린
내 품으로 달려온다.

춤추듯 스치는 바람은
미인을 만든다.

시원한 바람 그리고 가을
조금 쓸쓸해도
난 괜찮아
쓸쓸함도 사랑 속 단맛이 될 테니.

Chapter 1

성장의 주요 자양분

나의 삶은 어떠한가? 장점은 무엇인가? 질문을 수없이 던졌다. 명쾌한 답은 없으나 긍정적인 성격, 다양한 사람을 있는 그대로 받아들이고 존중하는 점, 주변을 이롭게 하려는 마음이 장점이 되지 않을까 혼잣말 해본다. 남의 말을 너무 잘 믿어 손해 보는 일도 잘한다. 나의 개성은 자라온 환경, 다양한 도전, 경험 및 타인과 조금 다르게 생각하는 습관 등이 상호 상승 작용을 하여 형성된 종합판이 아닌가 생각한다.

아들아, 인심 잃지 말고 살아라

아버지께서 가르쳐 주신 "아들아, 인심 잃지 말고 살아라. 약간 손해 보듯이 살아라"는 내 겸손의 토대가 되었다. 40대에 들어와서 그

의미를 이해하기 시작했지만, 이는 삶의 이정표 역할을 하여 당당함과 겸손함 체득에 지대한 영향을 미쳤다.

세상살이에 자기 똑똑함과 머리만 믿고 사는 사람들을 종종 본다. 본디 인간은 본능적으로 자신의 이익 되는 방향으로 생각하거나 판단하고 행동하는 경향이 있다. 그나마 이성이 제어를 해주기에 균형이 이뤄진다. 양보는 미덕이 아니라 본인 손해만 난다고 말하는 젊은이를 본 적이 있다. 세태가 변하고 있는 단면으로 보여 씁쓸했다. 인심을 잃지 않는 것은 어떤 위대한 힘을 발휘할까?

첫째, 주변에 도와주고 응원해 주는 사람이 많아져 사람 부자가 된다. 그들과의 만남과 교류는 세상을 살아가는 데 많은 긍정 에너지를 만들어 주어 웃음이 많아지게 한다. 물질적인 돈보다 더 강력한 것이 바로 사람 자산이다. 사업하는 것마다 별로 성공을 하지 못하고 어려운 생활을 하던 지인이 있었다. 사람은 진국인데 운이 안 따른 탓인지 여하간 어렵게 꾸려 가고 있는데 알고 지낸 지인 사업가가 이 친구한테 사업 품목 추천을 했다. 이후 그 사업이 잘 되어 얼굴이 밝아진 것을 보았다.

둘째, 구설수나 악평에 시달리거나 이웃 및 친구 간에 불편한 일들이 생기는 확률이 매우 낮아진다. 설령 생긴다 하여도 심각한 수준으로 가는 일이 없다. 경쟁 상대를 비난하거나 험담하면서 이기려고 발버둥 치지 않아도 이길 수 있도록 주변 사람들이 도움을 준다.

셋째, 좋은 모임이나 행사에 초대 받는 기회가 많아진다. 나이가 들수록 사람들과의 만남 횟수를 늘리라고 조언한다. 나이 들어 별로 찾는 이 없고 불러 줄 벗과 사람이 적으면 허전한 일이다.

　나도 소싯적에는 주변인의 60~70% 사람들로부터 긍정적인 평가를 받으면 되고 나머지 사람들은 다소 거리를 두거나 수가 틀리면 언쟁을 해도 되는 존재라고 생각한 적이 있었다. 그러나 그런 방식이 틀렸음을 깨우치고 80~90% 사람들로부터 긍정적인 평가를 받으려는 노력을 했다. 요령은 나와 생각이 달라 기분 언짢게 하는 사람들과는 적절한 거리선을 유지하고 있는 그대로 인정해 버리면 된다. 마주치기 거북하면 그냥 적당히 피하면서 최소한의 사교적 거리만 유지하면 되는 것이다

　조금 손해 보듯이 양보하고 인심 얻으며 살아가면 마음이 풍요롭다. 현실적으로 나이가 들어가니 애경사가 많이 발생한다. 친구나 지인들의 부모님 장례 혹은 그들 자녀 혼인 등 실수로 부조를 놓치는 경우도 생긴다. 자신은 상대의 경조사를 챙겼는데 상대는 자신의 경조사에 예의를 안 갖추는 경우도 발생한다. 자신은 얼마 정도의 부조금을 냈는데 상대는 더 적게 냈다든지……. 이런 걸 모두 계산법으로 대응하려면 서운함과 잡념이 생긴다. 본인 기준의 예의는 갖추고 그냥 잊어버리는 연습을 하면 마음이 매우 편해진다. 일본에 "가시貸오 쯔구래"라는 경구가 있다. 비즈니스 분야에서 많이 사용되지만 일상사에서도 상대방이 우리에게 지는 빚을 많이 만들어 두는 게 좋다는 뜻이다. 베풂 효과가 있고 빚을 졌다고 생각하는 상대는 그 빚을 언젠가 갚아야 하겠다고 생각할 것이니 이래저래 아름다운 일이다.

아내의 내조

그간 직장 생활을 무던히 할 수 있었던 것은 항상 나를 응원하며 격려해 준 아내 덕이었다. 어려움에 봉착하거나 스트레스로 힘들어 할 때 적절한 대화로 내 마음을 차분하게 만들어 주었다. 뿐만 아니라 내가 불필요한 화를 내어 큰 소리를 칠 때 바로 맞대응을 하지 않고 피해 있다가 내가 화가 풀리면 매우 부드러운 톤으로 "그렇게까지 화를 내야 했냐? 이러 이러한 것은 당신 잘못 혹은 실수 같은데 화를 낸 것은 좀 심했다"하면서 말을 걸어 왔다. 그런 아내의 어프로치는 매우 임팩트가 있었고 스스로 한 번 더 생각하게 만들어 주었다. 그런 연유로 우리는 대판 싸워 본 적이 거의 없었다. 결혼 초기 젊은 혈기가 방장할 때 삐져서 서로 말을 안 했던 경우는 가끔 있었지만.

아이들 교육 문제도 거의 아내가 주도적으로 리드하여 2녀 1남이 대학 진학 및 졸업을 무난히 마치게 되었다. 난 그저 고마운 마음으로 회사생활만 열심히 하면 되었다. 주위 사람들과의 관계나 인기도 면에서도 아내는 나보다 항상 우위에 있었고 지금도 상대적 우위는 유지되고 있다. 아내를 존중하는 마음에서 결혼 초부터 모든 재정권을 아내에게 일임했고 금전 출납부 관련해서 다퉈본 적도 거의 없다. 금액 범위에 대해서 사전 협의는 하되 부모, 형제, 친척 및 친지들에게 용돈 드리는 일도 전적으로 아내가 해왔다. 아내 몰래 따로 추가 용돈을 드리는 일도 없었다. 설날 조카들 세뱃돈만 내가 직접 주었다. 사람들이 말하는 소위 '처복'으로 긴 세월 동안 직장 생활도 무난하게 할 수 있었기에 언제나 감사해 하고 있다.

부족하면 채운다

대학 시절, 시골집에 친구들이 우리 집에 놀러 왔다. 우리 마을로 오려면 광주에서 중앙여객 버스를 타고 2시간 넘게 비포장 자갈길을 달려야 했다. 버스 여차장이 있던 시절이고 버스가 정차하면 창문으로 유입되는 먼지를 마셔야 했다. 버스도 자주 있는 것도 아니어서 버스 시간 맞추거나 기다리는 것도 쉬운 일이 아니었다. 어렵게 도착한 친구들이 이구동성으로 했던 얘기가 "야, 용호야. 개천에서 용 났다"였다.

시골 주소는 보성군 율어면 이동리! 소설가 조정래의 『태백산맥』에 나오는 해방구 '율어'가 바로 이 지역이다. 좌익 리더 반란군 염상진이 율어를 해방구로 만들어 지주들을 핍박하고 죽이고 좌익 반란군에 지역 사람들을 끌어들여 전쟁을 하다가 많은 희생자가 나와 마을마다 가장이 죽거나 행방불명이 되어 대부분의 2세들이 홀어머니와 살았다. 율어 지형은 산으로 빙 둘러싸여 있고 한 가운데 하천을 낀 분지 형태의 논밭이 있어 반란군이 활동하기에 좋아 군경찰이 쳐들어오면 사방으로 흩어져서 도망치기에 안성맞춤의 장소였다고 한다. 실제 반란군이 자주 은신했다는 바위산에 가서 어렸을 적 놀기도 했다. 널빤지 같은 큰 바위들이 누워 서로 기대는 모양으로 블록을 이루다 보니 바위 밑에 큰 공간과 굴이 형성되었고 이는 눈비를 피해 은신할 수 있는 적당한 장소였다.

보성에서 서울로 상경한 것은 고교 친구 김양균 덕이었다. 대학 입시에 낙방하여 재수를 하게 되었는데 그 친구가 서울로 올라와서 학원을 다니는 것이 좋을 것 같다고 조언해 주었다. 그에 따라 상경하여 서울 종로에 위치한 정일학원에 등록, 1년 열심히 공부하여 예비고사지금의 수능에 해당 점수를 상당히 올렸으나 또 다시 전기 대학 입시에 실패하여 후기 대학에 입학했다. 정일학원에서 만난 재수 친구들 4명이 '정일품회정일학원에서 따온 이름'를 만들어 지금도 부부 동반 모임을 하고 있고 대학 1년 때는 '우정회'를 결성하여 그 모임을 유지하고 있다. 일류 대학에 합격한 학생들과 출발점이 다르다는 점을 인정하고 1학년 때부터 사설 영어 학원에 등록해 영어 회화공부를 시작했다. 2학년부터는 비록 실패했지만 외무고시 응시 목적으로 중국어, 스페인어 공부도 하게 되었다.

삶의 에너지원, 취미가 있어요

나는 스포츠를 매우 좋아한다. 구경꾼도 좋지만 실제 플레이어로 뛰는 것을 훨씬 즐긴다. 가장 좋아하고 즐긴 운동은 축구이다. 상경대학, 군대 및 현대종합상사 대표 선수로 활약했고 생활체육 조기축구회 활동 포함 약 40년 이상 공을 찼다. 회사 한마음 체육대회에서는 MVP를 두 번 수상했다. 팀플레이 운동이라서 더 좋아했다. 세월이 흘러 부상 염려가 생겨 아쉽게도 축구는 몇 해 전에 그만두었고

노원구청장배 탁구대회 출전

현재는 탁구를 즐기고 있다. 시작한 지 벌써 10년이 넘었다.

탁구의 장점은 여러 가지가 있다.

1) 거의 평생 할 수 있는 운동. 90세가 넘어서도 탁구 치는 부부가 있다

2) 실내 운동으로 사계절 가능한 스포츠. 비와 눈, 바람 영향 없다

3) 탁구장은 밤늦은 시간까지 열어두므로 직장인도 퇴근 후 즐길 수 있음.

4) 30분만 쳐도 땀이 나고 스트레스 해소에 도움이 됨.

5) 팔다리 근육 발달에 좋음. 안구 운동에도 도움 됨

6) 경제적인 비용으로 즐길 수 있음. 탁구장 월 회비 + 레슨비

여담으로 골프도 한 때 많이 즐겼던 운동이다. 최고 기록은 +274타, 2013년 11월 강원도 고성 '설악 썬벨리 CC'에서였다. 당시 생애 첫 홀인원까지 하였는데 홀인원 보험을 들지 않아 생돈을 많이 쓰기

도 했다.

또 하나의 행복 운동은 등산이다. 국내에는 4군데서 각각 100대 명산을 선정했다. 산림청, 블랙야크, 한국의 산하 및 마운틴 TV. 각각 선정 기준이 달라 약 10~15% 내외는 서로 달랐다. 이렇게 선정한 100대 명산 중 중첩되지 않는 산의 숫자를 더하면 약 150개 정도된다. 2011년 말 고교 3학년 1반 친구 셋이서 '등산 및 명승고적 답사회'를 결성하여 현재까지 승용차로 전국 명산과 유적지를 돌고 있다. 그 후 추가된 호흡 맞는 멤버들과 산을 타다 보니 어느새 130개이상 명산을 돌았다. 섬 여행을 가면 섬에서 가장 높은 산 정상에 오른다. 거기서 내려다보는 섬 마을, 바다, 석양 등은 자연과 사람을 한몸으로 만드는 행복 참기름이자 맛소금이다. 많은 곳 중 강한 인상을 준 산행 코스는 덕유산 종주, 설악산 대청봉, 공룡능선과 서북능선, 지리산 서북능선, 영암 월출산, 영남 알프스, 고창의 선운산도솔산, 사량도 지리망산, 남해 금산, 홍천 가리왕산과 팔봉산, 제천 월악산 제비봉, 진도의 동석산 및 도리산 전망대상조도, 해남 달마산의 달마고도, 장흥의 천관산, 오대산 소금강, 합천의 가야산, 추자도의 돈대산과 나바론 절벽, 군산 고군도 대장봉, 고흥의 팔영산, 영동의 월류봉, 창녕의 화왕산, 청송의 주왕산, 문경의 주흘산, 순창의 강천산, 담양의 추월산 등이다. 외국 산의 경치보다 훨씬 뛰어나다.

윈스턴 처칠 경도 취미 예찬론자였다는 일간지 기사를 보았다《조선일보》2023.03.29. 그가 얘기하기를 "무릇 진정으로 행복하고 안정된 삶을 누리려면 적어도 두세 가지의 취미는 갖고 있어야 하며, 그

것도 가식이 아닌 아주 진솔한 것으로 지니고 있는 것이 바람직하다"라고 했다.

그가 즐기는 취미가 그림 그리기이다. 40대에 시작한 그림 그리기는 60대 후반 총리로 임명돼 5년간 2차 세계대전 내내 이어졌고, 85세 고령으로 정계에서 은퇴할 때까지도 계속되었다고 한다. 그간 애주가에 끽연가인 것은 많이 알려진 사실이다. 그가 중년에 그림 그리기를 배운 이유는 단순한 여가활동이 아니라 평생 그를 괴롭혀 온 우울증과 자살충동에서 벗어나기 위해서였다고 한다. 처칠은 영국 명문 집안에서 태어난 '금수저'였지만 어려서부터 온갖 질병을 꿰고 살았고 부모로부터 냉대를 받고 자랐으며, 학교에 다니면서는 말더듬이, 성격장애, 낙제의 연속으로 힘겨운 삶을 살았다고 한다. 우연히 동네 아이들의 그림 그리는 모습을 보고 따라하기를 시작했으며, 결국 그림 그리기를 통해 자신의 우울증을 극복하고 위대한 인간으로서 능력을 보여 주었다고 한다.

이처럼 취미활동은 한 인간의 인생을 바꾸기도 하고 사람들에게 기쁨과 행복, 힐링을 가져다 준다. 특히 나이가 들면서 생기는 신체적·정신적 능력의 저하, 근심과 걱정의 증가, 단조로운 생활의 연속을 극복하기 위해서도 몰입하고 즐길 수 있는 취미 생활이 반드시 필요하다.

장수대국 일본은 인구 4~5명 중 1명이 고령자다. 일본인이 은퇴 후 하고 싶은 취미 생활에 대해 《아사히신문》이 10여 년 전 조사한 결과 남성의 경우 1위가 텃밭 가꾸기, 2위 요리, 3위 악기 연주, 4위 외국어, 5위 등산, 6위 사진이었다고 하며, 여성의 경우에는 1위 외국어, 2위 요가, 3위 붓글씨, 4위 텃밭 가꾸기, 5위 꽃꽂이, 6위 악기 연주였다고 한다.

유엔에서는 18~65세를 청년이라고 정의한다. 66세부터 79세까지를 장년으로 보는데 인간의 평균 수명이 길어지는 것을 반영한 새로운 정의로 보인다. 청년 말기와 장년기를 사는 많은 사람이 즐겁고 건강한 삶을 살아가려면 자신만의 취미활동 계발과 지속이 필수 사항인 듯하다.

강력한 무기-친화력과 솔직함

사람들이 나에 대해 말하기를 친화력이 있고 말을 재미있게 해서 같이 있으면 즐겁다고 한다. 나는 성격이 외향적이고 긍정적이어서 처음 만난 사람에게도 어렵지 않게 말을 거는 타입이다. 나와 통화를 해본 사람은 목소리에 깃든 활기를 느끼고서 무슨 좋은 일 있는지 묻는다. 누구와 통화를 하든 컨디션에 따라 목소리 톤이 변하거나 처지는 일은 매우 드물다. 이렇듯 활기찬 목소리는 상대방에게도 긍정적 에너지를 전달한다.

또 솔직하게 말하는 것을 좋아한다. 물론 말하는 타이밍 및 표현 방법에 대한 고민은 항상 한다. 잘못했으면 잘못했다고, 실수했으면 실수했다고 얘기한다. 한때 잘못했는지 실수했는지 모르고 지나는 우愚를 범하기도 했지만 어쨌든 그런 성격 탓에 다른 사람의 공功을 내 공으로 돌리는 것도 못한다. 부하 직원들이 제안한 좋은 아이디어나 제안서를 접하면 칭찬을 하고, 상부 보고를 하게 되면 어느 직원이 낸 아이디어라고 첨언도 한다. 친화력과 솔직함은 성장해 온 환경적 영향이 크고 개인의 노력에 따라 다소 진화할 수 있다고 본다.

　조물주가 인간을 만들 때 각자에게 머리라는 하드웨어, 가슴이라는 슈퍼컴퓨터를 하나씩 주었다. 사람들은 모두 각자에게 유리한 방향으로 컴퓨터를 돌린다. 특히 손해는 안 보려 하고 남을 이기기 위해 별의별 머리를 다 쓰고, 배반하고, 질시하고, 박 터지게 싸운다. 하늘에서 조물주는 이런 아수라장을 요지경으로 바라보면서 '인간 너희들! 내가 너희들에게 컴퓨터 하나를 주면서 이런 일이 있을 것을 예견했지' 하지 않을까? 그리고 심장마음이라는 소프트웨어를 주어 인간들이 어떤 식으로 머리와 심장을 사용하는지 보고 있는 것 같다. 평판 점수가 가장 높고 부자인 사람은 마음과 머리를 조화롭게 잘 활용하되 마음 부분이 머리 부분보다 더 큰 사람일 것이다. 마음이 인색하고 머리를 너무 영리하게 돌리는 사람은 주변에 사람이 없고 나 홀로 똑똑하여 결과적으로 외로운 인간이 되기 쉽다. 각자의 컴퓨터 성능은 다소 차이가 있으나 심장의 성능 차이는 개인에 따라 편차가 크다. 마음 씀씀이가 순수하고 따스하고 꾸밈이 없는 사람은 주변에 사람이 많고 오랜 동행이 가능할 것이다. 소프트웨어가 튼튼해야 제 기능을 잘 하는 법이다.

무대에서 소리를 내다

초등생 시절 웅변 및 중학생 시절 성악 무대 경험이 잠재해 있는 끼를 끄집어냈다. 대중과 여러 그룹을 한 방향으로 움직이고자 설득을 시도할 때 웅변 기법을 활용하면 많은 도움이 된다. 웅변에는 강변하는 클라이맥스가 있고 노래에는 청중의 귀를 시원하게 하는 고음 처리가 있다. 아쉽게도 청소년기를 지나면서 웅변할 기회는 없어졌다. 웅변이 대중화되지 못하고 방법도 변하여 일상에서 접하기가 쉽지 않다.

노래는 한평생을 함께 해 왔다. 어릴 적에는 이미자, 나훈아 노래를, 청소년기에는 팝송, 세시봉, 조용필 노래를, 나이가 들어서는 가사의 내용이 좋고 맛깔난 트로트를 부르고 있다.

대학 1학년 때였다. 서울 혜화동 성균관대학교 앞에 친구들과 놀러 갔다가 '갈채'라는 경양식 레스토랑에 들렀다. 당연히 술과 음료를 파는 식당이고 내부에 노래 부르는 무대와 연주자가 있었는데 가끔 손님 중에서 노래 부르고 싶은 신청자를 받아 노래할 기회를 주었다. 짓궂은 친구들이 내 이름을 신청자로 제출한 바람에 졸지에 호명이 되어 무대에 나가게 되었다. 기억하건대 조영남의 〈선구자〉를 멋들어지게 불렀던 것 같다. 당시 나는 맑고 높은 테너 목소리를 유지하고 있었다. 시원한 가창력이라는 찬사를 받아 앵콜곡을 부르게 되었는데 무슨 노래를 불렀는지 아쉽게도 기억이 나지 않는다. 레스토랑 주인장이 일주일에 몇 차례 와서 노래 부를 수 있냐고 물어왔다.

당황한 나머지 "학생이라서 안 됩니다" 하고 나왔었다.

또 대학 시절, 서울 시청 뒤편 '코러스 다방'도 자주 갔다. 같이 떼창을 부를 수 있는 곳인데 입장료를 내면 노래 가사책과 음료수 한 잔을 주었다. 당시 전자오르간을 자유자재로 연주하는 연주자가 곡명과 페이지를 얘기하면 반주에 맞춰 노래를 하였다. 입장객은 허리받침이 없는 의자에 앉았고 서로 몸이 닿을 정도로 붙는 거리였다. 노래 몇 곡을 연달아 부르고 때로는 신청곡을 받아 부르곤 했는데 중간 중간에 노래 부를 지원자를 받아 경연도 하였다. 내가 직접 신청한 적도 있었고 친구들이 대신 신청한 적도 있었는데 열심히 불러서 박수를 제법 받았다. 7080 세대 중에서는 '코러스 다방'을 기억하는 사람이 있을 것이다. 요즘도 그런 다방이 있다면 제일 먼저 가보고 싶다.

MC 경력이 쌓이다

학창 시절의 소모임 사회 본 것을 제외하고 내가 어떤 모임이나 행사의 MC를 맡기 시작한 것은 1984년 현대종합상사를 입사하고부터이다. 당시 여러 부서에서 일어나는 각종 비즈니스 사안 심사, 외부 클레임 대응, 은행 네고 서류 검토 등을 하는 업무부Business Coordination Department, 어떤 이는 율사팀이라고 부르기도 했다-법 전공자가 많이 배치되었기 때문에 배치되었다. 법리 문구를 따지고 꼼꼼하게 은행 네고 서류를 챙겨야 하는 부서 특성 때문에 분위기는 매우 정적이었다. 부서·본부 회식이 있던 날, 내가 노래를 부르면서 재롱도 피우고 우스갯소리로 분위기를 끌어올리는 끼를 발산하였는데 반응이 무척 좋았다. 군대에서 소주 먹고 메기는소리로 불렀던 노래, 민요, 팝송까지 섞어 부르고 유머를 풀어내면 회식 자리는 말 그대로 축제 한마당이 되었다. 어쩌다 이런 물건이 우리 부서에 왔냐면서 좋아하시던 상사 분들의 표정이 잊히지 않는다.

그 후 부서 회식 및 행사 사회 진행을 도맡았고 다른 본부와의 합동 자리에서까지 MC를 맡았다. MC 보는 횟수가 늘어나니 행사 기획에도 관심을 갖게 되었다. 행사 분위기가 다운될 때는 어떤 처방을 해야 하는지 또 분위기가 어수선해질 때는 어떤 대처를 해야 하는지 요령도 생겼다. 경우에 따라서는 직감적인 판단과 순발력으로 대응하는 여유도 생겼다. 급기야는 1985년 강릉 해변에서 개최되는 회사 신입 사원 하계 수련대회 사회자로 발탁되었다. 최근에는 재경 순천 중 고교 325동창회 모임 2~3부 사회를 맡아 친구들에게 웃음을 선사했다.

생소하고 엉뚱한 가사로 보이나 부서 회식 때 노래 추임새로 썼던 몇 소절은 다음과 같다.

1) 흘러가는 시냇물에 폴딱 뛰는 숭어로다 쿵짜가 짱짱 짜가짜가 짱짱!

2) 봄에 피는 유채꽃만 꽃만 꽃만 꽃이더냐~ 사랑하는 ○○씨에게로~ 짜자짱짱 짜자자자 짱짱!

3) 냄비 속에 콩을 볶아 누구에게 드릴까요~ 사랑하는 ○○씨에게

로~ 짜자짱짱 짜자자자 짱짱!

4) 얼마나 잘 할라고 이리 빼고 저리 빼고 아~ 미운 사람, 오랜만에 모신 손님 노래 한 번 듣자는데 아~ 미운 사람 +안 나오면 쳐 들어간다 쿵짜가 짱짱!

지금 이 나이에도 흥이 나면 어깨를 들썩이면서 이 추임새 노래가 자연스럽게 나온다. 군인 시절, 남해안 철책 경비를 맡으면서 불렀던 예전부터 전해 내려오는 오락 시간 전주곡들이다. 이 가사를 보고 알아보는 사람이 있다면 1980~1981년 전남 강진에 본부가 있었던 '제 115전투 기동타격대' 대원일 것이다.

언론고시의 높은 벽

목표했던 외무고시에 실패한 뒤 4학년 1학기를 마치고 군에 입대했다. 제대하고 새로운 도전거리가 생겼다. 언론고시당시 경쟁률이 100:1을 넘어 사법 고시보다 어렵다 하여 언론고시 라고 불렀음였다. 시험 과목은 영어, 국어한자, 상식, 작문 등이었고 내가 흥미를 갖고 있는 과목이었다. 1983년 KBS, MBC, 조선일보, 중앙일보 등등…… 줄줄이 낙방! 그러나 낙방을 반복하면서 점점 시험 요령과 지식이 늘었다. 동아일보 기자 모집 공고에 응시하여 필기시험에 합격했으나 면접에서 떨어졌다. 한국일보 기자 시험에도 필기는 합격했으나 면접일이 현대 그룹 입사 연수 개시일과 겹쳐서 포기했다. 경쟁이 치열한 언론고시 필기시험에 합격하면서 스스로 자신감과 자긍심이 올라갔다. 목표 성취를 위해 노력하는 과정과 결과들이 뒤따르는 새로운 도전에 매우 긍정적 영향을 준다는 사실을 알았다. 비록 실패는 했지만 학습했던 것들이 고스란히 본인의 실력으로 쌓인다는 점과 경쟁이 치열한 어느 시험도 열심히 공부한 자는 통과한다는 단순한 진리를 재인식하는 계기가 되었다.

특별한 스캔 능력

나는 새로운 사람, 집단, 환경 등을 접할 때 사람 및 환경의 특징적인 부분을 빠르게 인지하는 편이다. 처음으로 마주치는 이들의 걸음걸이, 말하는 방법, 표정, 시선 등을 보면 즉각적인 스캔scan 및 분석을 통해 어떤 타입인지 잘 간파한다. 관상을 공부하진 않았지만 사람 보는 눈이 조금 있다. 고객과의 미팅 시 참석하는 상대측 인사들을 가능한 빠른 시간 내에 파악한 뒤 당일 미팅 방향을 잡아가면 우리 측에 유리한 전개를 할 수 있다. 스캔을 잘한다는 것은 개인적으로 타고난 직감과 후천적 경험 및 학습 덕이다. 의미를 확대해 보면 전체 그림을 잘 볼 줄 아는 재주로 통한다. 이슈가 있을 때 빠른 시간 내에 전체 상황을 파악, 어떤 처방과 조치를 하면 해결이 무난하고 빠르게 되는지를 감지할 수 있다.

Chapter 2

개구쟁이 눈을 뜨다

한동댁 막내아들

  나는 녹차 재배지로 유명한 보성 읍내에서 내륙으로 약 20여km
떨어진 보성군 율어면 배골부락梨洞里 한동댁 5남 1녀 중 막내아들
로 태어났다. 과거 농경 사회가 그렇듯 교통수단도 발달되지 않은
시골에서는 잘 아는 집안끼리 결혼을 하거나 한 동네 남녀가 결혼
하는 경우가 많았다. 그
때는 중매결혼이 대세였
던 시절이라 지인들끼리
결혼 적령기에 있는 처녀
총각을 소개하기도 하고
수많은 고을을 돌며 물건
을 파는 방물장수를 통해

누나, 넷째 형과 함께

사람 소개를 부탁하거나 받기도 하였다. 나의 부모님도 같은 동네에서 결혼했다 하여 '한동 양반', '한동댁'이라고 불렸다. 늦둥이 막내로 태어나 귀여움을 독차지했으며 아기 때는 예쁘다고 동네 누나들이 서로 안아주었다고 한다. 위로 형님이 네 명, 누나 한 명이다 보니 그 백을 믿고 건방 떨며 싸움도 하고 이웃집 닭을 돌팔매로 잡기도 한 골목대장이었다.

대형 화재로 번진 불장난

초등학교 입학을 앞둔 어느 따사로운 겨울, 외사촌 동창과 집 뒤뜰에서 불장난을 하였다. 방 안에 있던 성냥을 가지고 나와 불을 지핀 것이다. 당시 시골에는 모든 밥과 요리를 땔감 나무로 하였기 때문에 장작, 마른 나뭇가지 및 짚 등으로 벼늘'낟가리'의 사투리을 뒤뜰에 쌓아 두었다. 둘이서 성냥불을 켜서 바닥에 깔린 짚에 불을 붙여 따스함을 느끼고 있었다. 불을 끄려는 순간, 골목길을 지나던 동네 어른이 "네 이놈의 자식들아!" 하고 소리를 질렀다. 순간 그 소리에 놀라 불을 내팽개치고 줄행랑쳤다. 불은 벼늘로 옮겨 붙었고 이내 대형 불기둥이 하늘로 솟아 올랐다. 온 마을 사람들이 물동이에 물을 퍼 나르며 진화 작업을 하였으나 워낙 세게 붙은 불길을 막을 수가 없었다.

화염은 집에서 기르던 소 두 마리, 염소 두 마리, 나무벼늘, 큰 감나무 두 그루, 배나무 한 그루, 이웃집 축사 및 창고 등을 모조리 태워 날렸다. 그 불길이 얼마나 세고 검은 연기가 피어올랐는지 4km

밖 사람들이 무슨 일이냐며 구경을 올 정도였다. 말 그대로 대형 사고를 친 것이다.

도망친 나와 외사촌은 마을 어느 구석에 숨어 있다가 마을 이장한테 불려 왔다. 겁에 질려 있는 우리에게 고함과 질책 대신 사과를 하나씩 내밀면서 진정시킨 이장 어른의 지혜가 지금도 생생하게 기억난다. 사과를 먹으면서 자초지종을 모두 말씀드렸다. 이른바 취조를 하기 전에 달콤한 미끼로 안심과 고마움을 느끼게 해 사건의 전말을 파악한 것이다. 그 일로 어린이는 달래야 하는 것, 특히 겁에 질린 어린이는 따뜻하게 안아줘야 하는 지혜를 알게 되었다. 돌이켜보면 골목길 지나던 어른이 고함만 안 쳤어도 우리 둘이서 수습할 수 있었다고 지금도 생각한다. 다행히 당시 마을 인심도 좋았고 동네 사람들로부터 인심을 잃지 않았던 부모님 덕에 이웃집 손해 배상은 짚으로 짠 덕석 몇 장으로 해결되었다.

시골집에 갈 때마다 뒤뜰을 가본다. 그 맛있던 홍시를 주렁주렁 달고 있던 감나무와 단맛이 좋은 큰 배가 많이 열렸던 배나무의 형체가 훤히 보인다. 말 못하는 짐승들이 불에 타면서 당했을 고통조차도 외마디 소리로 들리기도 한다.

목청이 좋아요

웅변을 시작한 때는 초등학교 3학년 무렵이었다. 광주에서 고등학교를 졸업한 넷째 형이 어디서 배웠는지 모르나 웅변을 가르쳐 주었다. 형은 약 5분 정도에 소화할 웅변 원고를 주고 이틀 안에 이 원고를 줄줄줄 외우라고 지시했다. 이틀 뒤, 외웠던 원고 낭송을 해보라 하는데 중간에 막히거나 버벅대면 혼이 났다. 여러 군데 실수를 하면 영락없이 얻어 터졌다. 원고 암기가 완벽해지면 두세 군데 클라이맥스 때리는 연습과 손 제스처를 가르쳤다. "이 연사~ 목이 터져라고 외칩니다~!"를 수없이 하다 보니 나중에는 목이 쉬어 목소리가 안 나왔다. 그럴 때는 형이 강제로 날계란을 먹였는데 그 느끼하고 미끌미끌한 달걀을 목으로 넘기는 일은 정말 죽을 만큼 싫었다. 그래서 지금도 날계란을 못 먹는다.

수많은 웅변대회에서 우승하다 보니 상장과 트로피 수가 늘어났다. 광주 조선대학교 주최 전국웅변대회에서 우수상을 받자 고향의 화젯거리가 되었고 지방 방송국에서도 초청이 왔다. 그때 배운 기본기가 나중에 직장, 군대, 단체 생활을 하면서 무대 공포증 없이 사회를 진행하거나 자료 발표를 할 수 있는 담대함을 키워 주었다.

그 시절 형이 가르쳐 준 웅변 기본기는 다음과 같다.

1) 단상에 올라갈 때 걸음걸이부터 자신감을 보여라.

2) 포디엄에 설치된 마이크 높이는 웅변 시작 전 직접 적당하게 조절하라.

3) 웅변하면서 원고를 보지 말고 청중을 바라보면서 하라.

4) 웅변 중에 어느 한 군데 청중만 바라보지 말고 왼쪽, 가운데, 오른쪽을 번갈아 가면서 시선을 주어라. 필요한 눈 마주치기도 회피하지 말고 하라.

뜨겁게 전진하고 쿨하게 돌아서라

웅변대회를 개최한 조선대학교에는 광주에서 제일 높은 첨탑 건물이 있었는데 최상층1960년대 당시 9층에 올라가보는 기회가 생겼다. 아래를 내려다보니 사람이 마치 개미같이 작아 보였고 떨림과 함께 어질어질했다. 시골 당산나무를 타고 오른 높이가 가본 중 제일 높은 곳이었던 나는 이 높은 건물 앞에서 겁쟁이로 변해 있었다.

또 다른 추억은 웅변대회 참가를 위해 하룻밤 신세 진 이종 사촌 누나댁 가는 길목에 있는 냇물 위 '퐁퐁다리'였다. 구멍이 뽕뽕 뚫려 있는 철제판건설 현장에 움푹 패인 곳에 깔아 차량 등이 통행하는 데 사용되는 철자재으로 된 다리였다. 나는 이곳을 벌벌 떨면서 네 발로 기어가는데 멋쟁이 우리 누나는 뾰족 구두하이힐를 신고 유유히 걸어갔다. 내 모습을 보고 깔깔대던 누나가 손을 잡아주던 기억은 지금도 새롭다. 누나의 따스한 손길은 쭈욱 계속되었다.

우리 형제들은 부모님 DNA 덕에 목청이 좋고 노래를 잘했다. 시골 콩쿠르가 열리면 우리 식구들 누군가는 꼭 상품을 받아 오곤 했다. 지금 기억으로 자명종, 냄비 등이었다. 우리 집은 웃음이 많았고 우애도 좋아 동네 사람들이 부러워했다. 가족이 모이면 노래자랑이 열렸다. 형제들은 너나 할 것 없이 서로 먼저 부르겠다고 손을 들었다. 내가 부른 이미자의 〈동백 아가씨〉, 〈섬 마을 선생님〉은 단연 인기였다. 돌이켜보건대 나의 긍정적 성격과 끼 많고 사람 좋아하는 캐릭터 형성은 집안 분위기 영향이 컸던 것이라 생각한다. 한동 양반, 한동댁 막내아들로 태어난 나는 행운아였다.

동네 바둑 1등

우리 집은 원래 가난했다고 한다. 아버지가 분가하실 때 땅 한 마지기도 못 받고 살림을 시작, 남의 집 머슴을 포함해 온갖 고생 다 하시면서 가세를 키웠다고 한다. 그래서 장남인 큰 형님과 넷째 형만 교육 혜택을 받았다. 내가 초등학교에 입학했을 때는 집에 머슴 형이 일하고 있었으니 형편이 많이 좋아진 터였다. 형님들이 바둑을 두시는데 어린 꼬마였던 나는 옆에 앉아 자주 구경했다. 아주 재미있는 게임으로 보였다. 형님들이 몇 판 두고 나가시면 나는 즉시 머슴 형을 방으로 불러 축 모는 방법, 패쓰는 방법, 호구를 피하는 방법, 남의 땅에 파고들어 가는 방법 등을 연습했다. 반복 연습 덕에 바둑의 길과 수에 조금씩 눈이 떠졌다.

하루는 집에 큰 형님과 나 둘 밖에 없는데 바둑 둘 상대가 없어 큰 형님이 바둑판을 펴 놓으시고 이웃에 다른 형님들을 찾아보고 있었다. 그런데 그날따라 아무도 없었다. 내가 큰 형님한테 당돌하게 바둑 두자고 제안을 했더니 "야 이놈아, 바둑을 둘 줄도 모르는 놈이 까분다"라고 말씀하시며 무시했다. "나 바둑 둘 줄 알아요!" 하고 목소리를 올렸다. "네가 배우지도 않았는데 어떻게 둘 줄 안다는 말이냐?" 하신다. "형님들 두실 때 어깨 너머로 배웠고, 머슴 형과 연습도 해 봤어요"라고 했다. 그렇게 하여 나는 흑돌 쥐고 4점을 깔고 바둑 두기를 했으나 완승을 했다. 그랬더니 형님이 깜짝 놀라셨다. 결국 맞두게 되었는데 나중에는 백돌을 잡아 형님을 이기고 나머지 형님들도 모두 이겼다. 급기야는 동네에서 제일 잘 두는 형과 대전을 하여 이기는 등 졸지에 바둑을 제일 잘 두는 꼬마가 되었다.

바둑은 미래의 몇 수를 보면서 상대의 수에 대응하여 여러 가지 시나리오를 만들어 가는 게임이다. 바둑의 이런 기초는 훗날 발생한 이슈의 우선순위를 정하고 대응방안 수립에 응용이 되었다. 어려서 바둑 배울 기회를 접한 것은 행운이었다. 긴 시간 여러 수를 차분히 생각하는 자세와 게임에 져 보면서 느끼는 패배 인정 및 반성의 기회 등은 덤이다. AI 알파고가 이세돌을 이겨 버리고 나서 바둑 열기가 다소 떨어졌지만 차분하게 수 싸움을 하고 본인 영지를 키우고 위험에 처한 대마를 살리기 위한 묘수 찾기 등은 세상사의 축소판이다. 어려서 피아노를 배운 애들이 나중에 외국어를 잘하게 된다는 이야기를 들었다. 피아노 리듬을 타는 감각이 발달하면 리드미컬한 외국어도 잘 들린다고 한다. 이처럼 무엇이든 어릴 때 배우는 것은 도움이 된다.

새 눈은 깜박! 울 애기 눈은 펀득(반짝)!

정월 대보름 날, 마을마다 달집이 불 타고 있을 때 꼬마 아이들을 등에 업고 아낙네들이 달집을 빙빙 돌면서 외치는 구호가 있다. "새 눈은 깜박! 울 애기 눈은 펀득!'반짝'의 시골 사투리"이다. 1960년대는 영양실조 걸린 애들이 많아 밤눈이 어두운 애들이 종종 있었다고 하는데, 아낙네들이 자기 애들 눈이 잘 보이라고 하는 전래 풍속이었다.

나는 영양실조와는 관련 없이 밤눈이 약간 어두웠다. 어느 날 오후 집에서 콩을 열심히 볶는 장면을 목격하였다. 볶은 콩을 먹는 즐거움에 한 줌 쥐고 먹었다. 저녁이 되니 마을 사람들이 우리 집에 모여들었다. 영문을 모르고 그냥 어른들이 집에 놀러 오나 보다 하고 있는데 그 중에 힘 센 장정이 나를 등에 업고 집 밖으로 나가는 게 아닌가! 그리고 꽤 많은 사람이 뒤를 따랐다. 마을 당산 나무 옆 정각을 지나 깜깜한 논길로 빙 둘러 다시 마을 어귀로 들어와 동네 공동 우물터를 지나는데, 갑자기 사방에서 찬물이 나를 향해 날아와 왕창 물벼락을 맞았다. 깜짝 놀라 울어 대는 나를 보며 주위 어른들이 "새 눈은 깜박! 울 애기 눈은 펀득!" 하고 외쳤다. 나를 업고 다니던 장정도 물벼락을 맞았고 찬물을 뒤집어 쓴 나는 정신이 바짝 들었다. 옷을 갈아입고 맛있게 식사를 했는데 그 날 이후로 밤눈이 좀 더 잘 보인다고 얘기했다. 또 물벼락 맞을까봐 더 잘 보인다고 얘기했을지도 모른다. 전래 풍속이라고는 하지만 미신이었다.

당시 시골에는 미신을 믿는 사람이 많았다. 마을에 무당이 두 명이나 있어 용하다는 점쟁이를 찾아가 자신들의 미래를 점쳐 달라고 돈을 지불했다. 나의 어머니, 큰 형수도 종종 점을 보고 와 뒷얘기를 해 주시곤 했다. 내 미래는 어떻게 된다고 했는지 물어봤더니 인복이 많아 순탄하게 살아갈 것이라고 얘기했다고 한다. 한 무당이 신문지가 닿기만 해도 슥슥 베어지는 두 작두날 위에 맨발로 서더니 하얀 천을 손에 들고 춤을 추며 한동안 주술을 외고 내려왔다. 발바닥에는 작두날 자국만 있을 뿐 피 한 방울 안 나고 멀쩡한 것에 놀라 머리칼이 삐죽 섰던 기억도 있다. 비록 미신이었으나 정말로 눈이 번쩍 뜨였던 어린 날의 추억이다.

들과 산은 개구쟁이의 놀이터

시골은 도회지에 비해 어린이 놀이터가 별로 없다. 학교 운동장 모퉁이에 있는 미끄럼틀, 시소, 회전차, 철봉 등이 전부였다. 자연스럽게 어린이들은 계절이 순환하는 자연 속에서 놀이기구 및 놀이 방식을 찾아야 했다. 이를테면 다음과 같다.

일반적인 놀이

자치기, 제기차기, 구슬치기, 종이 딱지치기, 닭싸움, 깽깽이 놀이, 말뚝 막기, 철봉 오래 매달리기, 나무에 올라 간 친구를 고무신으로 던져 맞추기, 독 집기, 가위바위보를 통해 아카시아 이파리 먼저 따내기, 냇물 보에서 즐기는 개헤엄, 창고와 뒤뜰에 있는 감나무, 배나무를 이용한 숨바꼭질, 오징어 게임, 종이비행기 날리기, 연 날리기, 나무칼 싸움, 냇가에서 물고기 잡기, 물수제비 많이 만들기, 팽이 돌리기, 소나무 줄기 잘라 미끄럼 타기, 당산나무 그네 놀이, 보리피리 만들기, 자운영 밭 벌 잡기, 징돌이 나이 따먹기, 대나무 활쏘기, 새총으로 새 잡기, 대나무 물총 놀이, 자전거 도롱태 굴리기, 썰매 타기 등이 시골 아이들이 즐겼던 놀이였다.

정월 대보름 달집과 전쟁놀이

어릴 적 내 고향에서는 새해 첫 보름달이 뜰 때 대지의 풍요와 풍년을 빌면서 달집달맞이집을 지은 뒤 불을 환히 지피고 쥐불놀이를 하였다. 정월 보름의 하이라이트는 달집에 불이 약해질 즈음, 우리 마을 건너편 마을깃발마을 사람들과 하천 다리를 사이에 두고 전쟁놀이를 하는 것이었다. 상호 약속 하에 사용하는 도구는 논에 있는 흙덩이와 대나무 장대였다. 육탄전이 시작되면 양쪽 모두 부상자가 속출하고 이에 화가 난 사람들이 약속을 깨고 돌을 던져 투석전으로 전개되기 일쑤였다. 여러 겹 옷이나 모자 속에 얇은 판자나 양철 쪼가리를 넣는 등 보호 장치를 해도 부상자 발생을 피할 수는 없었다. 승전 선언은 상대가 수세에 몰려 후퇴, 도망치는 것을 끝으로 마무리되었다.

전쟁 승리를 위한 기획도 매우 중요했다. 전투 대오의 선봉에 누구를 세우느냐가 초기 분위기를 좌우하기 때문에 맨 앞에 세우는 사람은 덩치가 크고 겁이 없고 돌팔매질을 잘하는 사람을 배치했다. 서로 선봉에 서는 것을 꺼려서 우리 마을에서는 시키는 대로 말을 잘 듣는 동네 지체아를 앞세웠다. 그는 '돌격 앞으로' 명령이 떨어지면 상대편이 어떤 위협을 하고 공격해 와도 돌진하므로 상대가 질려서 도망쳤다. 그렇게 우리 마을이 승리했다. 지금 돌이켜 보면 그런 일은 도의적으로 해서는 안 될 일이었다.

한편, 전쟁이 진행되는 동안 양 진영에서는 달리기를 가장 잘 하는 사람들을 선발하여 상대 마을 뒤편으로 침투해 농가에 달려 있는

뜨겁게 전진하고 쿨하게 돌아서라

유리 바람막이가 있는 석유 호롱불을 탈취해 오는 시합도 진행하였다. 대보름 날에는 밤새 호롱불을 밝혀 두는 전통이 있는데 그 호롱불을 최대한 많이 탈취하여 자기 마을로 가지고 와서 호롱불 숫자를 확인한 후 마을 앞 당산나무통상 느티나무 혹은 팽나무에 걸었다. 나무에 걸다가 떨어뜨려 파손되기도 하고 밤새 바람이 불어 걸어 둔 등불이 꺼져 있거나 바닥으로 떨어져 깨져 있기도 했다. 다음 날 학교 가서 양쪽 진영의 친구, 선후배를 만나 보면 코가 부어 온 학생, 얼굴과 머리에 피멍이 든 학생, 다리를 절뚝거리는 학생, 치아를 다친 학생 등 많은 부상자를 볼 수 있었다. 서로 자기들이 탈취한 호롱불 숫자가 더 많다고 주장하면서 이겼다고 우기는 바람에 다시 말싸움이 일어나고 서로 상대방 마을 당산나무에 가서 숫자를 세자는 주장을 펴는 등 옥신각신하곤 했다. 그렇게 정월 대보름 행사는 다음 해를 기약하며 막을 내렸다.

야밤에 달빛에만 의존하여 논둑길을 따라 달리고 잠복하면서 상대 마을로 침투하는 침투조 역할을 여러 차례 해 보았다. 그 스릴을 어찌 표현할 수 있을까? 오래전에 사라져 버린 대보름 행사가 그립다. 달리기, 던지기, 밤하늘의 무수한 별 구경하기, 논밭 위를 달리면서 쥐불놀이 하던 시절의 동심으로 가끔 이끌리기도 한다. 농경문화가 대세였던 그 시절에는 대보름의 의미가 컸다. "중국 사람은 별을 보고 농사 짓고 우리나라 사람은 달을 보고 농사 짓는다"라는 말도 있는 만큼 달빛은 사람들에게 풍성하고 넉넉한 마음을 가져다 주었다.

화전놀이

지금은 없어졌으나 매년 봄이 돌아오면 동네 아낙들이 화전놀이를 하러 산이나 교외로 나갔다. 꽃을 보며 꽃놀이를 하고 진달래 꽃술로 전을 지져 먹고 아낙들이 춤과 노래를 부르며 신나게 놀았다. 동네 꼬마들은 이참에 맛있는 음식을 얻어먹고 어느 아줌마 혹은 누나가 노래를 잘 하는지, 춤을 잘 추는지 구경하면서 흥에 겨운 시간들을 함께 했다. 곡주 혹은 과일주에 아낙들의 얼굴이 불그스레해지는 모습은 정겹기만 했다. 시집살이에 힘든 새댁들도 이 날 만큼은 맘껏 스트레스를 해소하는 날이었다. 아들 못 낳고 딸만 낳아 죄인처럼 죄송해 하는 아낙들도 이날이 기다려진다. 지화자 좋다~ 절씨구나 좋고 좋다!

돼지와 미꾸라지 경주

시골집에 돼지를 키우고 있었는데 배고프면 울고 배부르면 잔다. 너무나 편안하게 살아가는 돼지가 가끔 밉기도 하여 어느 날 골탕을 먹여 보려고 돼지 구시밥 그릇에 맑은 물을 넣고 거기에 미꾸라지 한 마리를 집어넣었다. 그 순간 돼지 눈에 전기가 들어오면서 그 미꾸라지를 잡아먹으려는 치열한 추격전이 시작되었다. 거의 5분 정도 입을 열고 미꾸라지를 쫓았으나 미꾸라지는 잡히지 않았고 돼지는 지쳐서 그만 누워 버렸다. 세상에는 덩치가 크고 힘이 센 동물도 날렵하게 움직이는 동물을 잡을 수 없다. 지쳐서 입에 거품이 난 돼지를 바라보니 안쓰러웠고 짓궂게 논 것이 미안했다. 돼지를 키우다 보면

쌍꺼풀이 있는 귀여운 돼지도 있다. 요즘은 돼지를 강아지처럼 반려동물로 키우는 사람들도 있으니 무엇이든지 예쁘게 보면 예쁘다.

막고 푸고!

가을이 되면 각 동네 사람들이 미꾸라지 잡이를 한다. 고무신, 세숫대야, 바켓 등 물을 푸는 데 쓰이는 도구를 동원한다. 미꾸라지 잡는 방법도 가지가지이다. 바닥과 고무신에 들어왔다고 다 잡히는 것이 아니다. 너무 미끄럽고 힘이 세어 튕겨 나가 다시 뻘이나 돌 사이로 사라져 버리기 때문이다. 몇 차례의 시행착오를 통해 터득한 커다란 지혜 '막고 푸고!' 즉, 미꾸라지가 도망치지 못하게 고랑 양쪽을 쪽대나 대나무 발로 막은 뒤 세숫대야, 바켓 등으로 물을 퍼내면 독 안에 든 쥐 꼴이 된다. 많은 미꾸라지를 손쉽게 잡는 방법이다.

세상사도 그런 것 같다. 조그마한 부분만 보고 쫓다 보면 손에 잡히는 것도 아주 미미하다. 크게 보고 멀리 보며 말뚝을 먼저 박고 울타리를 만들어 내 땅으로 만든 뒤 과일 나무를 심어 좋은 과실, 즉 우리 목표를 성취하는 것이다. 단단한 성벽은 나중에 쌓으면 된다. 나는 이 작전을 회사 영업을 하는 중에 가끔씩 써 먹었다. 신규고객 입찰 원가 계산에 부대비용, 품질비용 및 이익을 잔뜩 계상하여 수주도 못하는 것보다 최소한의 이익으로 일단 첫 수주를 하는 것이 중요하다. 일단 말뚝을 먼저 박아 경쟁사를 배제했다. 정식 계약 체결 후 제품 개발 대응을 하면서 설계 변경이 생기면 엔지니어링 비용에 살짝살짝 금액을 얹어 받아 추가 이익을 뽑아냈다. 제품이 완성되어 납품이 시작되면 그 제품 계열의 향후 개발, 생산 주도권을 갖기 때문에 다른 경쟁사보다 우위를 점할 수 있다. 전쟁에서도 적의 보급로를 먼저 차단하고 안에 있는 적을 고립시키면 적들을 온통 사살 혹은 포로로 잡을 수 있게 되는데 이것도 일종의 '막고 푸고' 작전이다.

꿩과 비둘기의 차이

꿩은 몸무게에 비해 날개가 작아 멀리 날지 못한다. 그 약점을 아는 우리는 가끔 흩어져서 꿩을 몰아 잡기도 했다. 어느 날 친구들과 밭두렁에 가는데 장끼_{수꿩}가 누구에게 쫓기듯이 콩밭 속으로 숨어들어갔다. 살금살금 뒤를 밟으니 20m 전방 콩잎파리 사이에 꿩 꼬리가 보이는데 움직임이 전혀 없어 덮칠 준비를 하였다. 잠시 흐뭇한 생각에 하늘을 보니 약 70m 상공에 송골매가 빙빙 돌면서 고도를 조금씩 낮춰 날고 있었다. 잠시 후 하늘에서 갑자기 새까만 기왓장 같은 것이 콩밭으로 떨어지는 것이 보였다. 눈 깜짝할 사이에 송골매는 꿩을 발톱으로 움켜쥐고 옆 산으로 날아가 버렸다.

매가 목표물에 접근할 때 순간 낙하 가속도는 시속 300km가 넘는다고 하니 속도가 느리거나 겁이 많은 새들은 영락없이 매의 밥이 된다. 겁쟁이 꿩은 매의 레이더에 걸렸다는 사실을 안 순간 머리를 땅에 처박고 움직이지 않았던 것이다. 그러나 비둘기는 전혀 다르게 대응한다. 매가 빠른 속도로 접근해 오면 위험을 인지하고 푸드득 날아가 버리는데 매가 잡을 수 없는 속도로 빠르게 도망친다. 사람들도 겁에 질리면 몸이 굳어져 마음대로 움직이지 않는데, 겁이 나는 상황에 반복적으로 노출시켜 연습을 하면 어느 정도 극복이 된다.

눈이 큰 사람은 겁쟁이?

소는 눈이 커서 겁이 많다고 한다. 이걸 인용하여 눈 큰 사람이 무슨 일을 시도할 때 겁먹는 모습을 보고 "소처럼 눈이 커서 겁이 많구만" 하고 비유하는 말을 많이 들었다. 눈 큰 사람은 겁이 많다는 것이 진짜일까? 당시 시골 마을에는 집집마다 적어도 소 한 마리 정도 키웠다. 소는 재산 1호였다. 송아지를 낳아 조금 커서 팔면 바로 소장수가 현찰로 대금을 주는데 이 대금은 집안 학생들의 등록금, 하숙 자취 비용, 빚 상환 및 가용으로 쓰였다. 동물의 본성에 의한 직감 때문인지 소도 소장수가 가까이 오면 경계를 심하게 하고, 팔려서 소장수가 끌고 가려 하면 안 가려고 버티고 때로는 눈물도 보인다. 아무리 사나운 개도 개장수가 나타나면 꼬리를 내리고 슬슬 피한다. 짐승도 직감적으로 자기 운명에 대해 눈치를 채는 모습을 현장에서 목격하며 자랐다.

겁 많은 소 얘기로 돌아와서, 여름 방학 때는 시골 어린 학생들이 소를 몰고 산으로 가서 마음껏 풀을 뜯도록 풀어 놓는다. 해 질 녘이 되면 자동적으로 소들이 무리를 지어 사람들이 있는 곳으로 내려오는데 가끔 사고가 발생한다. 누구네 소 한 마리가 행방불명이 되는 경우이다. 원점 회귀를 못한 소를 찾으러 친구들과 산으로 올라가 온 사방을 찾아봐도 발견을 못하면 동네 비상이 걸린다. 마을로 내려와 어른들에게 자초지종을 얘기하면 큰 소리들이 나고 어른들이 횃불을 들고 산으로 소 찾으러 올라간다. 깜깜한 밤에 다행히 찾는 경우도 있고 못 찾는 경우도 발생하는데 못 찾고 귀가하는 소 주인은 뜬 눈으로 밤을 지샌다. 날이 밝기도 전에 다시 팀을 꾸려 산으로 올라간다. 다행히 소를 발견해서 보면 어젯밤에 횃불 들고 지나간 길에서 그리 멀지 않은 곳에 소가 있는 게 아닌가. 동네 사람이 지나가는데 소가 아무런 움직임 없이 조용히 있어서 발견을 못 한 것이다. 쇠코뚜레에 연결된 소몰이 노끈이 나무에 걸려 빠져나오려고 발버둥치다가 끈이 나무를 동여 맨 것처럼 꼬아져 옴짝달싹 못 하고 그 자리에 주저앉아 있었던 것이다. 기이한 부분은 소 댕기에 딸랑 종이 붙어 있어 목을 움직이면 종소리가 나게 되어 있다는 점이다. 겁 많은 소가 종소리조차 내지 않고 가만히 누워있었다는 것을 생각하니 소가 겁이 많기는 많구나 하고 믿게 되었다. 이 대목에서 눈 큰사람은 겁이 많다 혹은 그렇지 않다? 어릴 적 경험으로 비춰보면 눈 큰 애는 겁이 많았다. 그러나 후천적인 성장 환경을 통해 눈 큰 사람이 겁이 없어지게 되면 큰 눈을 부릅뜨기만 해도 사찰 입구에 있는 사천왕처럼 위압감을 준다. 결론은 "사람에 따라 다르다."

고양이의 복수

언젠가 사촌 누나 댁에 놀러 갔다. 당시 시골에 쥐가 워낙 많기에 쥐 잡을 목적으로 고양이를 키웠다. 사촌 누나 식구들과 아침 식사를 하고 있는데 고양이가 쥐를 물고 방으로 들어와 야옹 야옹 울어 댔다. 겁도 나고 징그러워 밥맛이 뚝 떨어져서 고양이를 차 버리고 싶었다. 매형이 고양이를 향해 나가라고 소리를 지르니 기분 나쁜 울음소리와 함께 쥐를 두 동강 냈다. 피가 흐르는 쥐 사체를 방 안 농 밑에 놔두고 사람들을 원망이라도 하듯이 노려보고는 밖으로 나가 버렸다. 어른들 왈, 나무랐다고 해코지를 하는 것이란다. 보통은 피 한 방울 남기지 않고 다 먹어 치운다고 한다. 쥐를 잡아왔을 때 칭찬 을 했어야 한다고…. 그 충격적인 상황을 본 이후 고양이를 매우 싫 어하게 되었다. 주인에게 복수를 하는 고양이라니?!

겨울 참새 잡이

우리 집은 초가집이었다. 볏단을 짜서 지붕을 덮고 바람에 일어나 거나 날아가지 않도록 새끼줄로 동여매는 작업들은 동네 사람들 품 을 얻어 하는 대공사였다. 참새들이 볏짚을 좋아해 그 속으로 파고 들어가는 습성이 있어 초가집 지붕 밑단 틈이 생긴 곳에 둥지를 틀 어 알을 낳고 부화한 새끼들이 탄생한다. 당시 겨울에 참새를 잡는 방법은 세 가지였다. 첫째는 소쿠리를 뒤집어 놓고 긴 실을 감은 막 대를 받쳐서 소쿠리 밑에 곡식을 뿌려 놓은 뒤 참새가 들어가면 실 을 당겨 소쿠리에 갇힌 참새를 잡는 방법이다. 둘째 방식은 초가지 붕 밑에 둥지를 튼 참새를 손을 넣어 잡는 방법이다 가끔은 구렁이가 참 새 및 알을 먹기 위해 들어가 있는 경우가 있어 조심해야 한다. **셋째**는 공기총에 팥알 같은 작은 콩을 넣어 만든 일종의 산탄을 쏴서 잡는 방식이다. 납 산탄을 쏘면 참새 형체가 망가질 정도로 타격이 커 참새 살 부위 가 거의 없어지기 때문이다. 농부들이 애써 가꾼 농작물을 먹어 치우고 허수아비를 세워 두어 쫓아내도 금세 다시 돌아와 귀찮게 하던 참새가 미웠다. 고기 먹어 볼 기회가 적은 시골에서 참새구이는 겨울철의 별미였다. 자연 속에서 다양한 경험을 하고 어린 시절을 보낸 나는 항상 감사하고 있다. 고향에 들를 때마다 이 추억들이 과거로의 여행 기회를 주고, 고향 떠난 이들을 언제나 반갑게 맞아주기 때문이다. 사람들만 변할 뿐 고향 산천은 그대로 자태를 유지하고 있다. 지나간 소풍객과 방랑꾼들이 마음 편하게 머물다 갈 수 있도록.

뜨겁게 전진하고 쿨하게 돌아서라

Chapter 3

청운의 뜻을 품고

첫 유학 생활

초등학교를 졸업하고 중학교 진학을 하려는데 외삼촌께서 순천으로 가라고 권유를 하여 순천에 있는 중학교로 입학했다. 시골에서 우물 안 개구리로 있다가 순천시에 가니 주택 구조도 다르고 도시 인프라와 생활상이 완전히 달랐다.

친척 할아버지 댁에서 하숙을 하며 삼산중까지 등하교는 자전거를 타고 다녔다. 하숙방의 겨울은 너무 추웠다. 전혀 난방이 안 되는 방이어서 두꺼운 솜이불을 덮고 양말을 신고 잤지만 발에 동상이 걸리는 걸 막을 수는 없었다. 어린 애를 객지로 내보내는데 모르는 사람 집에 맡기는 것보다 친척 집 신세를 지는 편이 낫다고 부모님이 판단하시어 아들을 맡긴 터라 그 방도 고마운 공부방이었다.

잔뜩 추운 날에는 옆방에서 자취하는 형 방에 가서 재워 달라고도 했다. 옆방에는 승주군 황전면에서 순천으로 유학 온 형제가 살고 있었다. 형은 매산고를 다니던 정성균, 동생은 매산중을 다니던 정만옥이었다. 형제 모두 착하고 인정도 많았다. 성균 형은 나에게 자주 노래를 가르쳐 달라고 했다. 내가 부르는 노래를 듣고는 가수라고 불렀고 나훈아의 〈사랑은 눈물의 씨앗〉과 〈물레방아 도는데〉, 그 외에 이미자 노래 등을 내가 선창하면 그 형이 따라 부르는 방식으로 노래 지도를 하였다. 형은 내게 수학과 영어를 가끔씩 가르쳐 주곤 했다.

촌놈이 도시에 와 성적이 하위권에 머물지는 않을까 부모님과 형님들이 걱정을 하셨으나 학교 공부는 무난히 따라갈 수 있었고 점점 성적이 오르면서 도회지 친구들과 경쟁을 해 나갔다. 중학교 2학년 때는 전 학년 중 성적이 톱클래스였다. "말은 태어나서 제주로, 사람은 서울로!"라고 했던가. 서울은 아니지만 행정 구역 면面에서 시市로의 점프는 평생의 방향을 새롭게 잡아 주는 중요한 토대가 되었다. 결국 대학은 서울로 가서 서울 시민이 되었으니 인생 행로는 나름 흐름이 있는 것 같다.

어린 눈으로 본 교회

하숙집 친척 할머니는 근방 교회 집사로 신앙심이 깊으셨다. 나를 교회에 다니게 하려고 부단히 애쓰셨고 일요일에 집에 있으면 꼭 교회에 데리고 가 어른 예배에 참석했는데 내키지 않는 교회를 다니는 것이 매우 싫었다. 세상 물정도 모르고 교회 문턱에도 못 가본 어린

애라 목사님 말씀을 이해할 수가 없었다. 말씀 중 자주 들리는 사탄 이야기는 어린 나에게 귀신 이야기로 들렸다. 기도 시간에 몰래 눈을 떠 목사를 쳐다보면 그는 두 손을 들고 귀한 말씀을 하고 있었다. 말이 청산유수로 술술 흘러나오는데 경외심을 느꼈다. 옆에 앉아 계신 친척 할머니와 옆줄에 길게 앉아 있는 신도들을 살짝 돌아보면 고개를 조아리며 "믿습니다. 용서하여 주옵소서. 오, 주여!"를 중간 중간 메기는소리처럼 되뇌고 있었다. 모든 것이 신기했다. 시골에서 정화수 떠 놓고 아들 딸 잘 되라고 빌던 어머니, 형수 모습과 마을 무당이 늘어놓은 알아듣지 못하는 주문들을 듣고 성황당에 걸려 있는 무지갯빛 천들의 휘날림을 보고 자란 나는 다른 나라에 와있는 기분도 들었다. 의지와는 상관없이 교회에 다니다가 성탄절 이브에 교회에서 주는 떡과 선물을 받고 신도들 집을 순회 방문하면서 〈고요한 밤, 거룩한 밤〉 노래도 불렀다. 학생부 예배가 아닌 성인 예배만 참석하니 부르는 찬송가도 성인 찬송가를 더 많이 알게 되었다.

설교 및 교인들 대화 속에 자주 등장하는 사탄마귀은 사람 사는 어느 곳에나 있다고 했다. 그간 교회에 다니신 적이 없는 친척 할아버지가 갑자기 머리가 깨지도록 아프고 괴상한 꿈을 꾼 후 병이 들어 누우셨다. 교인들은 마귀가 시험을 하고 있으니 가정 예배를 드리자며 그룹으로 몰려와 예배를 보았고, 사탄을 이기기 위해 즉시 교회에 나가야 한다고 할아버지를 설득해 교회에 나가시게 되었다. 교회 나가신 지 얼마 안 되어 친척 할아버지는 돌아가셨다. 장례 예배하러 수시로 교인들이 집으로 와 "며칠 후 요단강 건너서 만나리"

"주께로 가까이" 등의 찬송을 반복하였고 목사, 전도사의 기도가 반복되었다. 장례식이 끝난 후 나는 밤에 화장실 가는 것이 무서워졌다. 할아버지의 죽음과 마귀의 연관성, 마귀가 돌아다닌다는 교인들의 말들이 나를 겁쟁이로 만들었다. 시골 마을 뒷산에 위치한 묘지에서 밤에 귀신불이 돌아다니는 광경을 보고 밤중에 화장실 가는 것을 무서워했던 그때 이후 또 다른 귀신이 나를 두려움으로 몰고 갔다. 묘지에서 돌아다니는 귀신 붙은 사람의 뼈에서 나온 인燐 가루가 달빛에 반사되어 보이는 착시 현상이라고 어른들이 설명해 주셨다. 물론 정설이라 단언할 수는 없다.

가기 싫었던 교회와 멀어진 계기가 된 사건이 세 번 일어났다. 하나는 신심이 깊고 성실하다고 칭송을 받던 교회 종지기교회 별채에서 거주 일가족이 새벽 줄행랑을 친 일이다. 교회 장로, 집사, 평신도 할 것 없이 많은 신자에게서 돈을 빌려 큰 금액을 만든 뒤 도망친 것이다. 교회가 발칵 뒤집히고 온갖 비난 및 욕설이 난무했다. 두 번째는 교회를 옮긴 어떤 신자가 다니는 교회 앞으로 기존 교인들이 찾아가 길을 가로막고 다시 데려오려고 실랑이를 하다가 양쪽 교인들이 싸움을 한 사건이었다. 아무 교회에서나 예배를 하면 무엇이 잘못되는 건가? 다른 교회의 실체를 인정하면 되는 것 아닌가? 많은 궁금증이 꼬리에 꼬리를 물었다. 세 번째는 오랫동안 같이 예배를 본 약 10인 미만의 교인 그룹이 이단으로 몰려 교회에서 쫓겨나 주일날 가정집에서 별도의 예배를 본 것이었다. 쫓겨난 이유인 즉, 목사 설교시간에 눈물을 흘리고 유난히 큰 목소리로 주문을 외는 등 소란스러운

게 목사의 권위를 능가한다는 것이었다. "믿음과 소망과 사랑 중에 그 중의 제일은 사랑이라!"는 글귀를 수없이 듣고 찬송가도 많이 불렀던 내 어린 마음에 많이 다른 해석이 등장했다. 있는 그대로 받아들이면 안 되는 건가?

순천 팔마 예술제 무대에 서다

중 2, 3학년 시절 음악 선생님의 사랑을 많이 받았다. 나는 노래를 잘했고 옥타브도 많이 올라가 음악 실기 점수가 항상 최상이었다. 교가와 음악 책 일부 노래를 선생님 반주에 맞춰 내가 노래 부른 것을 녹음하여 음악 시간에 활용하기도 했다. 수업이 시작되면 선생님이 먼저 피아노와 함께 그날 배울 노래를 선창하시고 학생들이 노래 반복 학습을 할 때는 내 목소리로 녹음된 노래를 틀어주었다. 지금도 그리운 그 선생님 성함은 최예수. 소식을 몰라 만나 뵐 수가 없어 안타깝다. 얼굴은 지금도 선명히 기억하고 있다. 스승의 날 행사에 〈스승의 날〉 노래를 학생들이 합창할 때 나는 운동장 교단에 올라가 지휘봉을 잡고 지휘를 하기도 하였다. 선생님은 나를 음대에 보내고 싶은 마음이 강하셨다. 직접 피아노를 가르치려고까지 하셨다. 야외 소풍 가서 유행가를 부르면 몹시 인상을 찌푸리던 선생님 표정이 지금도 눈에 선하다.

시골 출신 가정환경으로 피아노 혹은 풍금을 배워 본 적이 없어 아무래도 공부가 우선이었다. 그래도 음악 시간은 언제나 즐거웠고 여

선생님의 사랑을 독차지하고 싶은 마음이 커서 선생님 관심을 받는 다른 친구들이 있으면 시기심도 생겼다.

어느 날 선생님이 "용호야, 너 팔마예술제 독창 부분에 참가 신청했으니까 연습 좀 하자" 그러셨다. 영문 몰랐던 나는 엉겁결에 "예" 하고 대답했다. 독창곡은 이은상 작시, 현제명 작곡 〈그 집 앞〉이었다. 반주는 선생님이 해 주시는 것이 아니고 따로 섭외한 순천여고 피아니스트 B 누나였다. 순천 시민회관에서 열리는 예술제 중등부 독창 부분 무대에 올랐다. 성인들도 꽤 있었지만 홀을 가장 많이 차지한 사람들은 순천 여고생순천 여고는 당시 아주 예쁜 세라복을 교복으로 입고 있어 눈에 띄었다이었다. 내가 호명되어 무대로 걸어 올라가는 동안 기대 못한 누나들의 우레와 같은 박수 소리가 들렸다. 무대에 오를 때 그다지 긴장이 되지 않았던 것은 이미 많은 웅변대회 무대에 올라 본 경험이 있었기 때문이었다.

"오가며 그 집 앞을 지나노라면 그리워 나도 몰래 발이 머물고 … 불빛에 빗줄기를 세며 갑니다" 2절까지 마치고 관중을 향해 인사를 하니 순천여고 누나들이 일부는 기립하여 환호성을 지르고 큰 박수 갈채를 보내 주었다. 어리둥절할 정도였다. 음악 선생님은 심사위원석에 앉아서 흐뭇한 미소를 지으셨고 반주를 해 주었던 누나도 환한 미소와 함께 박수를 보내주었다. 무대를 내려와 좌석으로 돌아가는데 누나들이 손을 뻗쳐 내 머리, 어깨 및 등을 어루만지며 "오, 노래 잘한다~ 너무 예쁘게 생겼다~ 너무 귀여워~" 등등의 격려를 했다. 심사 결과 우수상을 받았다.

예술제 인연의 피아니스트 누나가 가끔 생각났다. 예쁘기도 했지만 건반 위에서 춤추듯 움직이는 하얀 손가락 마술이 너무 아름다웠기 때문이었다. 순천 동외동 교회에서 반주한다는 소문이 있어서 누나가 하교 시 지날 만한 도보 코스 지점에서 기다려 딱 두 번 얼굴을 보았다. 순천 시민극장 앞 도로였다. 누나 눈에는 내가 마냥 어린 동생으로 보이니 특별한 감정이 없었겠지만 세라복 입은 누나 모습은 내 상상의 여백을 얼마간 차지하고 있었다.

최근 순천중·고 325 순천 지역 동창회장을 맡고 있는 고교친구를 통해 이 누나 좀 찾아봐 달라고 부탁하였다. 발이 넓은 이 친구가 순천여고 동문들을 동원하여 2023년 5월 소재지를 찾았다는 소식을 보내왔다. 누나의 연락처, 거주 지역 및 남편의 직업까지 파악하여 보내 주었다. 괜히 혼자만 간직하고 있는 추억일 텐데 연락을 해도 되려나 망설여졌다. 실례가 될 수도 있겠다는 생각에 누나에게 메시지를 보냈다. 예술제에서 누나 반주로 독창을 했던 그 중학생인데 기회 되면 한 번 뵙고 싶다고. 그러나 메시지를 읽은 것까지는 확인되었으나 안타깝게도 회신은 오지 않았다. 살아온 방식과 세상살이에 대한 해석의 차이가 있을 수 있으니 추억과 그리움은 그냥 접어두기로 했다. 뵙고 싶은 음악 선생님도 찾을 길이 없고, 피아노 반주를 해 준 누나는 찾았는데 무응답이니 아쉬움이 컸다. 어디에 사시든 두 분 모두 건강하시길 기원한다.

내 사랑 축구, 그 인연의 시작

시골 초등학교에서 고무공으로 축구를 하다가 어느 날 가죽 축구 공이 왔다. 검정 고무신을 신던 시골뜨기들은 고무신이 벗겨지지 않 도록 고무줄 혹은 끈으로 동여매고 공을 차는데, 공보다 신발이 더 멀리 날아간 사람, 달려와 차다가 앞으로 넘어지는 친구, 공에 배를 맞아 엉엉 울면서 안 하겠다고 나가버리는 사람 등 마치 개그콘서트 를 연상시켰다. 중학교 진학하여 친해지게 된 친구 김종기가 초등학 교 시절 축구선수 출신이었는데 공을 매우 잘 찼다. 그 친구와 수업 사이 쉬는 시간과 체육 시간에 열심히 공을 찼다. 플레이 중간 중간 그 친구가 가르쳐 주는 상대를 제치는 방법, 볼 트래핑 방법들을 배 우고 흉내도 냈다. 기술이 조금 늘고 득점을 하게 되니 축구가 너무 재미있어졌다. 방과 후 하숙집 근방 골목에서 동네 애들과 축구를 할 때 그 친구와 연습했던 것을 써먹는 재미가 쏠쏠했다. 구기 종목 중 에는 축구가 제일 좋아하는 운동이 되었고 인생에 있어 건강과 행복, 자신감, 협동심 및 배려심 함양에 지대한 영향을 끼쳤다.

감사한 농구와의 인연

중학교에 농구부가 생겼다. 주장은 남기창, 포워드는 곽희석, 나머 지 멤버들 이름은 기억이 나지 않는다. 지금처럼 실내 체육관이 있 는 것도 아니고 그냥 맨땅에 농구 코트를 만들어 운동했던 시절이라 넘어지면 손, 무릎 등이 많이 깨지곤 했다. 당시 나는 키가 작아 그 친구들과 신장 차이가 많이 났고 그들이 경기하는 운동장 옆에서 응원을 하고 주전자로 물 나눠 주는 일을 했다. 전반전을 마치고 쉬는 시간과 경기 후에 그 친구들의 농구공을 빌려 링을 향해 던지고 드리블 해보면서 감각을 조금씩 익혔다. 농구부 친구들이 볼 잡는 요령과 드리블 요령을 가끔 가르쳐 주기도 했다. 그들은 워낙 덩치도 컸다. 돌이켜보건대, 나보다 한두 살 위였던 것 같다. 농구부 친구들은 내가 누구에게 협박 당하기라도 하면 보호자처럼 가해자를 혼내 주기도 했다.

당시의 농구 경험으로 직장에서도 타의 반 자의 반으로 농구 동아리 회장을 맡았다. 종로 YMCA 실내 구장을 통째로 빌려 일주일에 한 번 사용했고 타 회사 농구팀을 초빙하여 시합도 자주 했다. 참으로 감사한 농구와의 인연이었다. 골 밑 득점을 잘 하고 여드름이 많았던 기창아, 몸이 무지 빠르고 중거리 슛을 잘했던 희석아 보고 싶구나. 만나면 얼굴을 알아볼 수 있을까 모르겠지만 그리운 얼굴들을 떠올려 본다.

경주 수학여행 소회

2학년 때 경주로 단체 수학여행을 갔다. 당시 전라도 도로는 대부분이 자갈 모래가 섞인 흙길이어서 버스나 트럭에 승차하면 차가 매우 흔들거렸고 차에서 나는 기름 냄새와 함께 많은 승객이 멀미를 했다. 큰 차들이 지나가면 먼지가 뿌옇게 일어나서 검정 옷을 입으면 옷 위로 먼지가 잔뜩 내려 앉아 차에서 내리면 먼지 터는 것도 일이었다. 버스에는 여차장이 항상 승차하여 차량 탑승문을 개폐하고 승차요금을 직접 걷었다.

수학여행 때 전세버스를 타고 경주로 이동하는데 여느 때처럼 버스는 덜컹거렸고 먼지는 재잘거리는 학생들 입으로 옷으로 달려들었다. 한참을 갔는데 갑자기 차량 흔들림과 진동 소음, 먼지가 없어졌다. 오뉴월 논에 개구리들이 울다가 사람들이 가까이 가면 울음을 그쳐 조용해지듯이. 의아해진 학생들이 "어? 왜 차가 갑자기 조용하지?"하고 자리에서 일어나 창문 밖을 보니 아스팔트가 깔려 있었다. 경상도 땅에 접어든 것이다. 어렸던 나는 직감적으로 '지역적 차별이 있구나'하고 느꼈다. 억울함과 분노감이 동시에 밀려왔다. 그 여파는 오래갔다.

경주에 도착해 교과서에서 본 불국사, 석굴암, 첨성대 등 역사 유적지들을 두루 구경했던 추억은 성인이 되어 여러 차례 재방문한 나를 과거와 현재로 구분해 주었다. 나는 경상도 친구가 많은 편이다. 부산에서 올라와 친해진 한 친구가 술자리에서 했던 얘기가 잊혀지지 않는다. 부산에서 서울로 대학 간다고 올라오는데 친구 아버지께서 "서울 가서 전라도 친구 사귀지 말라"는 충고를 받고 올라왔다며, 나를 보니 아주 좋은데 왜 그런 얘기를 하셨는지 모르겠다고 했다. 박정희 대통령이 선거 승리를 위해 지역 분쟁을 조장한 이래 조그마한 나라가 온통 패가 나뉘어 싸워 온 결과물들이다. 아내와의 결혼 얘기가 나왔던 1986년, 본가가 경북 예천인 아내 집안에서 전라도 태생인 나에 대해 초기 찜찜해했다는 얘기를 듣고 씁쓸했던 기억이 새롭다. 지역적 차별은 이래저래 나쁜 일이고 없어져야 할 일이다. 한 번 왔다 가는 인생이고 더불어 사는 세상인데 태어난 지역이 무슨 차별을 만든단 말인가?

은사님께 드렸던 장닭 선물

요즘 학생들이 이 내용을 들으면 기겁을 할 것이다. 당시 3학년 담임 선생님이 국어 선생님이셨는데 나를 많이 예뻐해 주시고 공부도 잘 가르쳐 주셨다. 선생님께 감사 표시를 하고 싶은데 좋은 생각이 떠오르지 않아 집에 가서 부모님께 조언을 구하니 날계란 혹은 닭 한 마리 드리는 것이 어떠냐 하셨다. 이왕이면 큰 감사 표시로 닭을 갖다 드리는 것으로 결정했다. 율어에서 순천까지 버스를 한 번 갈아타고 가는 먼 길인데 살아있는 장닭을 가지고 가는 것은 보통일이 아니라는 생각이 들기도 했다.

닭을 책보에 싸서 버스를 타고 순천으로 이동하는데 중간 중간 닭이 울고 똥을 싸는 바람에 온몸에 진땀이 났다. 교복에 닭털이 묻기도 하고, 허둥대는 나를 쳐다보고 웃는 승객도 있었다. 나처럼 오리를 싸 들고 가는 승객도 있어 그나마 다행이라고 생각하면서 머리를 푹 숙이고, 닭을 달래가면서 어떻게 어떻게 순천에 도착했다. 그냥 날계란이나 드릴 걸 괜히 닭을 들고 온 내가 바보라는 생각이 들었다. 여하간 일은 벌어졌고 그날 저녁에 담임 선생님 댁을 찾아가 선물을 드리니 선생님이 몹시 당황하셨다. 선생님 왈 "이 닭을 집에서 직접 가지고 왔냐?" 하신다. "그렇다"고 대답하니 "이렇게 고생해서 가져온 선물을 안 받을 수도 없고 여하간 고맙게 받겠다. 고생 많았다"라고 하셨다. 세월 지나 돌이켜 보면 나의 행동은 순수함이 잔뜩 배어 있고 가르침에 대한 감사함을 표시하려는 노력이었다. 은혜에 보답하는 마음은 세상을 더욱 아름답게 만드는 청량제이다.

요즘 학부모들의 상식 밖 갑질과 학생들의 선생님에 대한 존경심 하락으로 초등학교 선생님들이 스스로 목숨을 끊은 뉴스를 접하면서 세상 말세라는 생각조차 들었다. 어떻게 미래 꿈나무들을 지도하는 선생님에게 그런 대우를 하도록 방치할 수 있는지 위정자들의 리더십과 무관심에 긴 한숨이 나온다. 이제라도 선생님들이 자부심을 갖고 어린이들을 가르치고 어린이들은 선생님을 존경하던 세상으로 되돌려지기를 바란다.

순천고 입시 지망

순천고는 근방 동부 6개 군에 속한 중학교 우수생들이 입학하기를 희망하는 지방 명문고였다. 각 중학교 선생님들이 자기네 학생들이 순천고에 더 많이 진학을 해야 학교 명예를 지킬 수 있었다. 나의 경우 보성 집 기준으로 보자면 교통편이 편리한 광주 소재 유수 고교에 진학하는 것이 좋다고 판단하여 당초 광주 쪽으로 지원하려 했으나 담임으로부터 순천고 진학 권유를 받아 시험을 치렀다. 당시 합격자 발표는 학교 게시판에 합격자 수험번호 대자보를 붙여서 했지만 순천 라디오 방송국에서도 합격자 명단을 학교 측에서 받아 아나운서가 합격자 수험번호를 발표하였다. 합격자 수험번호가 나란히 연결되어 불리기도 하고 3~5명 번호 건너뛰고 불리기도 하여 목이 마르도록 긴장되었다. 내 수험 번호가 가까워지는 그 순간은 경험하지 못한 사람은 알지 못한다. 수험표를 왼손에 쥐고 라디오에 귀를 가깝게 붙이고 번호가 불리기만을 기도하는 순간 내 수험번호가 라디오에서 흘러나왔다. 순천고 합격. 야호!

Chapter 4

선생님 리더십을 눈여겨보다

1973년 봄, 고교 입학식에 참석하여 이 학교에서 3년을 보내게 되겠구나 하는 설렘과 순천고 학생이 된 자부심에 들떴다. 교정에 세워진 커다란 돌에는 언제 보아도 잘 지어진 학훈이 적혀 있었다. "심오한 사고, 정확한 판단, 과감한 실천." 600여 명 동기생들이 검정 교복을 단정히 입고 서 있는 모습에서 어떤 친구들과 더 깊은 인연이 되고 어떤 경쟁이 전개될까 하는 생각들이 교차되었다. 반 편성이 되고 담임도 정해지고 새로운 교가도 배우고 선배들의 무용담과 성공기도 들었다. 운동장을 에워싸고 있던 벚꽃나무, 넓은 운동장, 멋진 선배들을 배출한 학교에서 나는 어설픈 공부를 하고 색다른 도전도 못한 채 성실한 학교생활만 했던 것 같다.

군사 훈련(교련)

　고교 입학을 하니 '교련'이라는 과목이 생겼다. 그래서 고등학생부터 군사 훈련교련을 받았다. 교련이란 사관생도나 학군단 후보생 등 군사교육 이수자가 아닌 고교 이상의 교육기관에서 실시된 군사 훈련을 칭했다. 제식훈련, 총검술, 수류탄 던지기 등 군인들이 행하는 유사한 훈련을 매주 받았다. 교련 선생님한테 몽둥이 맞기도 하고 얼차려로 운동장 돌기도 했다. 군사 훈련이 시작된 배경은 북한 공비 무리들이 청와대 근방까지 침투한 사건이 계기가 되었다. 함경북도 연산에서 출발한 북한 김신조 일당 무장 공비 31명이 1968년 1월, 청와대를 습격하여 박정희 대통령을 암살할 목적으로 서울 세검정까지 침투, 아군과 교전 중 3명을 제외한 전원이 사살된 사건이 발생했다. 2명은 도망쳐 행적을 모르고 그 중 생포된 김신조가 북한의 특수부대 창설 및 활동 등을 상세히 밝혔는데 남한에서도 이에 대응하는 방책으로 예비군을 창설하여 고등학생 및 대학생 군사 훈련을 실시하였다. 그리고 국민 신분 확인용 주민등록증이 만들어지게 되었다. 김신조가 생포된 후, 침투 목적을 묻는 기자들 질문에 "박정희 모가지 따러 왔수다"라고 소리쳐 온 국민을 경악하게 하였다. 그들의 침투 경로도 그렇고 특수부대원들로 구성된 그들의 이동 속도가 예상을 초월해 비웃듯이 아군 포위망을 벗어나 서울로 향하고 있었다는 뉴스는 놀라움 그 자체였다. 한양도성 벽을 따라 트래킹을 하다 보면 공비 일행이 쏘았던 탄흔이 남아 있는 나무가 서있고 안내문도 붙어있다. 고등학교에서 시작된 교련이 대학까지 연장되어 훈련을 받았다. 대학 1년생일 때는 머리를 깎고 성남에 있는 문무대 입소 훈련까지 받았다. 학생들 머리까지 빡빡머리로 밀어 군사 훈련을 한 것은 심한 처사였다. 단지 대학 3년간 군사 훈련을 받은 사람은 군대 생활 6개월 단축근무 혜택을 받은 것이 가장 큰 보상이었다. 보성군 득량역 '7080 추억의 거리'에 가면 먼 옛날 형태의 '득량 사진관'이 있는데 교련복을 입고 사진 찍을 수 있다. 교련복은 보기만 해도 나를 고교 시절로 되돌리는 마력을 지니고 있다. 득량得粮이란 지명은 이순신 장군이 왜군과 전쟁 중 식량이 부족해 식량을 얻어간구해간 곳이라는 데서 유래했다고 한다.

Go Go 춤 열풍

　1970년대 초 전 세계적으로 Go Go 열풍이 불었다. 오락 시간에는 이 신식 춤을 추는 학생들이 많았고 몸을 비틀면서 흔들어 대는 맛은 정말 신났다. 시골 사물놀이 춤, 보릿대 춤일종의 막춤, 무당 춤 등만 봐왔던 나도 선배들의 Go Go 춤을 흉내 내어 거울 앞에서 발바닥을 비비는 춤 동작을 연습 했다. 전 학년이 교련복을 입고 행군가를 부르며 발 맞춰 시내 행진을 하면 시민들이 몰려나와 구경을 하였다. 행진 목적지에 도착하면 전교생이 솔밭 아래에서 도시락을 먹고 오락 시간을 가졌다. 나는 거의 1번으로 노래를 불렀고 앵콜곡도 불렀다. 이런 모습을 보고 나중에 내가 음악을 하는 연예계로 갈 것이라 생각하는 친구들이 제법 많았다. 여하간 몇몇 선배들이 녹음기에서 흘러나온 〈Beautiful Sunday〉에 맞춰 땅을 열심히 비비던 장면은 생생한 화면처럼 기억되고 있다. 작년 고교 동창 모임 막바지에 그 곡을 틀었더니 친구들이 몰려 나와 환하게 서로 웃으면서 과거로 돌아가 신나게 바닥을 비벼 댔다.

멋진 담임 선생님과 채변 사건

1학년 2반, 담임은 수학 실력자 오대석 선생님이셨다. 술 실력도 좋아 종종 알코올 냄새가 나긴 했어도 분필 들고 칠판에 수학 문제를 풀어 가는 모습은 참으로 멋지셨다. 지금 생각해도 우리 반은 좀 특이한 부분이 있었다. 학급 성적도 10개반 중에서 꼴등 근방, 육성회비 내는 것도 꼴등! 담임 선생님이 "공부 좀 해라 공부!"하고 핀잔도 자주 하셨다. 학교 신체검사가 다가오는 어느 날, 각자에게 채변통이 전달되고 언제까지 이름을 적어 제출하라는 전갈이 떨어졌다. 크게 신경 쓸 일이 아니니 모두 알아서 제출하였을 것이었다. 그런데 어느 날 학교를 갔더니 평소 성질을 잘 안 내시고 표정도 무겁지 않으셨던 담임 선생님이 조회를 하면서 갑자기 운동장에 모이라 하셨다. 영문도 모르는 급우들이 수군거리며 운동장에 모였는데 선생님 손에 몽둥이가 하나 들려 있었다. 갑자기 예삿일이 아니구나 하고 다들 긴장하여 선생님이 하시는 말씀을 경청하였다.

선생님 첫 일성: "도저히 이해가 안 되고 화가 나서 너희들에게 벌

을 주겠다." 이어서 하신 말씀은 다음과 같다.

1) 너희들이 동급반에서 꼴등한 것은 머리가 나빠서라고 치고 넘어갔다.

2) 육성회비 내는 것이 꼴등인 것은 너희 부모가 가난해서라고 치고 넘어갔다.

3) 그런데 채변 내는 것도 꼴등하는 것은 도저히 이해가 되지 않고 화가 난다. 정히 안 되면 남의 것이라도 넣어 가져오면 되는 것인데 도대체 너희들은 어떤 놈들이냐?

그러면서 학생 모두를 상대로 엉덩이에 몽둥이 두 대씩 때리셨다. 그리고 "너희들도 생각 좀 하고 변화를 시도하라"고 일갈하셨다. 이 얼마나 멋지고 풍류 있는 선생님인가. 이런 멋진 선생님을 담임으로 모셨고 차별화된 리더십을 눈여겨보았다. 나중에 들은 얘기지만 담임 선생님은 술을 너무 좋아하셔서 안타깝게도 간경화로 일찍 돌아가셨다고 한다.

체육 선생님의 무한 도전

발로 하는 구기 운동은 조금 약한 편이나 손으로 하는 스포츠는 매우 강하신 체육 선생님이 한 분 계셨다. 김병옥 선생님! 합기도 유단자이고 배구, 테니스를 잘 치시던 분이었다. 그 분이 이뤄낸 큰 금자탑 한 가지가 있다. 바로 1973년 순천고 양궁부 창단! 현재도 순천고 양궁부는 한 번도 해체된 적 없이 좋은 선수들을 지속적으로 배출하고 있다. 창단 멤버로는 한국 양궁 사상 최초로 세계 신기록을 세운 이기식 외 윤종찬, 김호중 등이었다. 이기식 군은 나중에 한국 대표팀 감독, 호주 대표팀 감독을 거쳐 현재는 미국 대표팀 감독을 맡고 있다. 이들은 모두 나와 같은 해에 순천고를 입학한 친구들이다. 놀라운 것은 당시 양궁이라는 것이 알려지지 않은 종목이었고, 선생님도 양궁을 해본 적이 없는 일반 체육교사였다는 점이다. 이런 종목을 학교 특기 종목으로 선정하여 양궁부를 창단한 것이니 놀랍지 않은가? 당시 등굣길에 보면 이들은 비가 오는 날에도 우비를 입고 운동장에서 과녁을 향해 활을 쏘고 있었다. 당시 내 어린 눈으로는 왜 저런 운동을 하는지 의아했다. 세월이 지난 뒤 선생님의 도전이 한국 양궁 역사를 새롭게 쓴 계기를 마련한 사실을 알게 되어 경외감이 들었고 그 분의 창조적 도전정신과 열정을 배우고 싶었다. 현재 한국 양궁협회 부회장을 맡고 있는 장영술 씨도 순천고를 졸업한 우리 3년 후배이다. 이런 창조적이고 끊임없는 도전가인 김병옥 체육 선생님은 나중에 대학교수가 되었다고 들었다.

선생님 관련 에피소드 하나를 소개하면, 어느 날 운동장 조회 때 진행을 맡은 선생님이 어떤 지시를 했는데 학생들이 웅성웅성 하면서 말을 안 듣자 "너희들 매 좀 맞아야겠구나" 하고 얘기하셨다. 학생들이 설마 가능하겠냐는 생각에 야유를 보냈더니 바로 우측에 도열한 학생들을 필두로 약 1,800여 명 전교생 엉덩이를 짧은 막대 지휘봉으로 한 대씩 다 때리셨다. 스냅을 이용하여 때리는 거라 한 대도 많이 아팠다. 그런 일이 있고 나서 함부로 야유하지 못했다.

우물 안 개구리

　당시 고등학교 편제는 1학년까지는 문과, 이과 구분이 없다가 2학년으로 올라가는 시점에 적성검사를 하여 반이 나뉘었다. 나는 중학시절과는 달리 수학, 과학 부분에 흥미를 잃어 적성검사 결과도 완전 문과 적합으로 나왔다. 전체 10반 중에서 3반이 문과, 나머지는 이과로 편성되었다. 2학년이 되니 향후 대학 진학에 대한 고민이 슬슬 시작되었다. 성악과 노래는 서서히 멀어져 가고 비즈니스 해외 출장을 가고 돈을 벌 기회도 많아질 것이라는 막연한 생각에 상경 대학으로 진로를 정해가기 시작했다. 자극이 적었던 탓인지 성적도 신통치 않고 중학생 때와는 달리 새로운 시도와 도전도 없었다. 단지 작았던 키가 1년 사이에 9cm가 크면서 반 번호가 키 순위 20~30번대로 진입했다.

　일부 친구들은 별도 사설 학원, 개인 및 그룹 과외 교습을 받으면서 수학, 영어를 열심히 하고 있었던 것도 모른 채 학교 수업만 착실히 듣는 우물 안 개구리였다. 눈을 빨리 뜬 친구들은 본인 지망 대학의 시험 유형, 진학 정보 등을 면밀히 분석하여 해당 대학 맞춤형 공부를 하고 있었다. 그런데 나는 그런 요령도 정보도 모른 채 책상머리 공부만 하고 있었으니 당연히 결과가 안 좋게 나올 수밖에 없었다. 세월 지난 후 인지하게 된 사실들이었다. 주변에 멘토를 해 줄 선배나 친한 선생님이라도 있었으면 방법을 달리 시도했을 것이다.

　본고사 입학시험 경쟁을 통해 고교 진학을 하였고 대학 예비고사

고교 3학년 1반 친구들과 함께

일종의 수능 시험를 치렀던 세대에 속했다. 우리보다 1년 후배들의 경우, 고교 평준화 세대로 전국 주요 도시 소재한 고교 입학을 시험 전형 없이 추첨일명 빵빵이 배정되었다.

1975년 11월, 예비고사를 광주에 올라가 치르고 그 점수를 기준으로 대학에 지원하였으나 시험에 낙방하여 재수의 길로 접어들었다. 친구들 중 상당수는 단번에 대학 합격을 하였는데 고통의 길로 접어 든 상황이 막막하여 빈둥거리고 있을 때 서울 소재 대학에 합격한 친구 양균한테서 연락이 왔다. 서울로 올라와 종합 학원에 등록해서 공부하라고 권장했다. 내가 숙식 해결 방안이 없어 어렵다고 하니 서울에는 사설 독서실이 있어 독서실 안에서 잘 수도 있고, 식사는 식권을 사서 주변 식당에서 해결하면 된다고 했다. 그렇게 재수 생활이 시작되었다.

Chapter 5

재수는 필수, 삼수는 선택

독서실에 둥지를 틀다

1976년 2월, 친구의 도움을 받아 서울 종로 청진동에 있는 '청진독서실'에 등록을 하고 방 배정을 받았다. 말이 독서실이지 10명 이상이 기거하는 시멘트 블록 방에 배정되어 공부를 하는데 너무 생소한 환경이라 처음에는 적응이 힘들었다. 재수생만 있는 것이 아니라 삼수, 사수생까지 있고 옥상에 나가서 피워야 하는 담배를 방에서 몰래 피는 사람, 술 먹고 들어와 떠드는 사람, 코골이 하는 사람 등 심란한 환경이었다. 대구에서 올라 온 어느 사수생은 부모가 서울대 가야 한다고 강권하여 실력이 안 되는데도 독서실 거머리가 되어 있었다. 나중에는 용돈이 안 올라오는지 남산 근방 어디에 가서 매혈을 하여 돈을 받아 온 것을 보고 너무 놀라 빨리 대학 합격해서 이곳을 벗어나야겠다는 생각이 강해졌다. 집에서 들고 올라간 이불을 독서실 바깥쪽 창고에 넣어 두었다가 저녁에 가지고 와 책상들 사이 혹은 복도에 펴서 누워 잤다. 가끔 대학생이 된 친구 얼굴을 보기라도 한 날에는 부럽기도 하고 내가 처해 있는 상황이 처량해 보였다. 주로 학원과 독서실 사이를 오가며 살았지만 시내에서 대학 배지를 단 학생 커플들을 마주치면 괜히 주눅이 들던 소심했던 시간들조차 이제는 고귀한 선물이 되었다.

정일학원 등록

재수 공부할 학원은 종로에 있는 정일학원으로 정했다. 서울대 지망반과 연·고대 지망반 중에서 연·고대 지망반으로 신청하여 열심히 공부를 하였다. 낙방의 고충을 느끼고 부모님에 대한 면목도 없었다. 괜시리 위축되는 마음도 생기고 거리에서 대학배지를 달고 다니는 학생을 보면 우울해지던 감수성 예민한 세월을 보내야 했다. 그러나 이런 무거운 시절을 보냈음에도 불구하고 좋은 친구들을 만나 지금까지 우정을 나누고 있다. 강길원후일 사업가, 함철호현재 사회복지학 대학교수, 채호일전 한국공인노무사협회장 친구들이다. 각각 전북 완주, 강원 원주, 경북 칠곡 출신 촌놈들이었다. 학원 공터에서 즐겼던 말등타기, 닭싸움은 당시 우리가 할 수 있는 유일한 놀이였다. 모두들 착실하여 술, 담배도 안 했던 멤버들이다. 점심은 주로 라면이었는데 자택에서 다니고 있던 길원이가 도시락 통에 밥을 많이 싸 오면 라면 국물에 밥을 말아 나눠 먹었다. 종종 등장하는 계란 프라이는 최고의 맛이었다.

당시 학원가 선생님들은 정말 실력에 정평이 나 있는 분들이 스카우트되어 재수 학원으로 온 경우가 대부분이라 강의도 빼어난 일타 강사였다. 고전古典 과목 명강의를 하신 선생님은 다소 괴짜여서 수업 들어가기 전에 가끔 수업생 중 노래 잘하는 사람이 있으면 노래를 시키곤 했다. 나는 수업 시작 전 선생님 요청으로 노래를 불렀는데 노랫소리, 박수 소리가 옆 교실까지 들려 옆 반 수업생과 선생님이 수업을 하다 말고 우리반으로 구경 오는 사태도 발생했다. 당시 내 목소리는 맑고 옥타브도 많이 올라가고 고음 부분이 특출하여 인기가 좋았다. 추억은 이토록 아름답다.

후기 대학 합격

예비고사 점수도 많이 올리고 열심히 공부했던 바탕으로 야심차게 희망 대학 지원을 했으나 또 다시 낙방의 쓰라림을 겪었다. 이제는 안전한 합격이 필요하게 되었다. 삼수는 절대 하기 싫었기 때문이다. 학원생 시절 여름, 서울 모 대학 주최 경시 대회에 나갔을 때 성적이 좋아 장학금 입학이라는 제안을 받은 적이 있는데 뿌리친 것이 후회가 되었다. 세상은 계획대로 돌아가는 곳이 아니다. 직진 길도 있고 우회 길도 있어 어느 길이 맞다는 식의 정답은 없다. 때로는 바람처럼, 구름처럼, 물처럼 흘러가면서 새롭게 만들어지는 것이 인생인 것 같다.

Chapter 6

도전 그리고 도전

1년을 재수하고 77학번으로 홍익대학교 무역학과에 입학하였다. 내가 희망한 대학에 입학을 못하고 미술, 회화, 공예 등에 강한 전통과 유명세가 있는 대학에 들어가서 신입생 시절을 보내는 것에 대한 아쉬움이 있었으나 같은 무역학과 친구들 면면을 보니 나름 한 가닥 하던 멤버들이 수두룩했다. 대부분이 재수를 경험한 친구들이었다. 좋은 대학을 간 동년배에 비교하여 출발선이 조금 다르겠지만 마음을 가다듬고 그들에게 뒤지지 않도록 열심히 학교 생활을 해보자 마음을 먹었다. 무엇이든 적극적으로 도전해 보자는 생각이 지배했다.

영어 공부 좀 해볼까?

다른 좋은 대학에 간 동년배에게 뒤지지 않을 요량으로 1학년 중반 종로에 있는 영어 회화 학원에 등록을 하였다. 당시로는 다소 파격적인 스크린 영어 회화 학원이었다. 영화 장면을 틀어 주고, 받아 쓰기를 하고 미국식 표현을 배우는 방식이었는데 재미교포 출신 선생이 다소 과장된 제스처와 발음으로 수업생 기를 죽이곤 했다. 영어 표현도 듣도 보도 못한 것들이 잔뜩 있었다. 예를 들면,

1) Don't beat around the bush! 말 돌려서 하지마!

2) Don't put the cart before the horse! 주객전도 하지마!

3) I was on the cloud nine. 기분이 날아갈 것 같았다.

4) He was born with the silver spoon in his mouth. 그는 부잣집에서 태어났다. 요즘 흙수저, 금수저하는 표현과 연관이 있었다.

5) Don't count the chicken before they are hatched! 김칫국부터 마시지 마라!

6) Scratch my back and then I will scratch yours. 오는 정이 있어야 가는 정이 있다.

7) Every cloud has a silver lining. 쨍하고 볕들 날 있다.

8) Every Jack has his Jill. 짚신도 짝이 있다.

9) Beat your brains out! 머리 좀 써라!

10) I will keep my fingers crossed. 소원이 이뤄지기를 기원한다.

이같은 표현들을 배웠는데 당시에는 무슨 이런 영어가 있지 하고 외웠다. 나중에 영자 신문 사설에 그 표현들이 자주 등장을 하는 것을 보고는 '아, 그거구나!' 하는 생각이 들었다.

영어 공부를 좀 더 집중해서 해보자는 생각이 한참일 때 코리아헤럴드 동아리에서 먼저 활동 중이던 같은 과 친구가 같이 동아리 활

동을 하자고 제안했다. 가입하자마자 발표를 맡아 헤럴드 사설을 반복해서 읽고 해석해 가서 동아리 멤버들 앞에서 발표하고 질문 받고 일부 해석상 오류 지적도 받으며 영어 공부 영역을 넓혀갔다. 당시 대학 내에 영어 관련 동아리가 두 개 있었는데 헤럴드 반과 타임 반이었다. 타임 반 소속의 여학생이 나에게 관심이 많아 소속을 바꿔 헤럴드 반으로 오겠다고 하여 공연히 동아리 간 마찰 요인이 될까 봐 잘 설득해서 막았던 기억도 새롭기만 하다. 남이섬으로 M.T를 가서 잔디밭에서 비 맞으며 축구, 송구, 달리기 시합을 하던 시절이 그립고 함께 시간을 보냈던 멤버들이 그립다.

영어를 잘 해보고 싶은 욕심이 있던 또 하나의 이유가 있었다. 당시 TV에서 MC들이 TV 프로그램에 참가한 외국인 출연자와 인터뷰를 하는데 후라이보이 곽규석 씨를 제외하고는 직접 외국인과 인터뷰를 하는 MC들이 거의 눈에 띄지 않았다. 대부분 통역 전문가를 중간에 세워 두고 인터뷰 진행을 하는 장면들을 자주 보면서 저런 불편 없이 사회진행을 하면 좋을 텐데 하는 생각이 들었다. 내가 언론 방송계에 일할 기회를 잡으면 통역 없이 외국어를 직접 구사하는 MC가 되어 봐야지 하는 생각을 가졌기 때문이다.

미팅과 첫사랑

대학 생활에서 낭만이라고 하면 멋진 여대생들과 미팅을 하고 데이트를 즐길 수 있다는 것이었다. 5월 축제 때는 여학생 파트너를 찾고, 서로 소개하고 직접 여자대학 앞 다방에 원정을 가서 파트너 조달하는 일도 벌어졌다. 어느 해에는 내가 파트너 조달 책임을 맡았는데 무작정 여학교 앞 다방에 들어가 우리 측 인원과 비슷한 인원이 앉아있는 여대생석에 대시하여 상황을 얘기하고 파트너 되어 주기를 사정하는 일도 용감히 하였다.

1970년대 남녀 미팅을 할 때는 어느 한쪽에서 소지품을 내놓는데 대개 소지품 종류가 많은 여자 쪽에서 내고 그 소지품을 집는 남자가 그 날 파트너가 되었다. 미팅 장소는 대체로 빵집, 경양식 식당, 다방이었다. 어느 날 광화문 경양식 식당에서 D여대 의상학과 학생들과 5:5 미팅을 하는데 유독 파트너가 되었으면 하는 여학생이 있었다. 그 바람이 통했는지 내가 잡은 소지품은 그녀가 낸 것이었다. 뛸 듯이 기쁘고 설렜다. 파트너는 눈이 동그랗게 크고 맑았다. 얘기하는 것도 매우 차분하고 지혜로워 보였다.

하지만 연락처는 받지 못했고 애프터첫 대면 이후 다시 만나는 기회도 정하지 못한 채 헤어졌다. 유일한 연락 방법은 그녀 학교 주소로 편지를 보내는 것이었다. 내 인생 처음으로 꽃 봉투와 향기 나는 편지지도 사서 다시 만나고 싶다는 마음을 전하였다. 연일 편지를 보내고 안 써보던 자작시도 적어 우체통에 넣었다. 하숙집에 돌아오면 혹 답장이 왔는지 우편함을 확인하는 것이 하루 일과 중 하나였다. 상당 기간 동안 아무런 답장이 없었고 오기가 슬슬 발동하였다. '그래, 수십 번 찍어 안 넘어 가는 나무 있나 보자'라는 심정으로 더 자주 편지를 썼다. 그러던 어느 날, 우편함을 열어 보니 노란색 꽃 봉투 우편이와 있었다. 야호! 그 날 기뻤던 마음은 형용할 수 없다. 그렇게 우리 만남은 연결이 되어 데이트를 즐기게 되었다. 나중에 들었는데 내가 보낸 편지는 고스란히 5명의 여학생에게 공개가 되었다고 하고, 오히려 옆의 친구들이 그 남학생 호감이 가던데 왜 답장도 안 하고 안 만나냐며 채근을 했다고 한다. 심지어 한 친구가 "네가 안 만난다면 나라도 만나볼까?"라고 자극하는 바람에 망설이고 뜸들이던 그녀는 답장도 쓰고 만나는 날짜도 정하게 되었다. 그렇게 그녀는 내게 다가왔고 첫사랑이 되었다.

축제는 대학 생활의 낭만 꽃이 만발하고 젊음이 불타는 이벤트였다. 대학 가요제 출신 밴드들과 유명 가수들이 다수 초대되어 캠퍼스를 젊고 꿈이 가득한 무대로 만들었다. 당시 홍익대에는 '블랙테트라열대어'라는 밴드가 있었는데 1978년 TBC 해변 가요제에서 〈구름과 나〉로 금상을 차지하여 인기 급상승 중이었다. 그 밴드의 메인 싱어가 나중에 송골매로 이름을 날린 '구창모'였다. 우리 무역과 급우 박현우후일 경영학·이학 박사는 그 밴드에서 리드 기타를 담당했다. 축제 기간 내내 흘러나왔던 〈축제의 밤〉과 다양한 팝송, 5월 밤에 부는 시원한 바람은 여전히 내 피부에 기억되어 간간히 나를 추억 속으로 여행하게 해 주었다. 한 번은 세계 밴텀급 챔피언 홍수환이 방어전을 치를 때 사용했던 장충체육관 권투 링을 그대로 옮겨와 교내 운동장에 설치, 단과대별 권투 시합을 하였다. 권투 시합에서 상경대학 우승에 혁혁한 공을 세운 경제과 친구 서영건, 그는 전 게임을 K.O로 끝냈다. 한 방만 맞으면 상대는 바로 그로기 상태가 되었는데 지금도 가끔 그 당시 얘기를 꺼내어 그 친구와 추억교환을 하고 있다.

가요제 탈락과 축구 우승

축제 기간 중 행해지는 프로그램 중 가요제에 무작정 참가 신청을
했다. 한 달여 친구한테서 배운 기타 코드 몇 개로 피버스열기들-한 때
군사 정부에서 영어 밴드명을 못 쓰게 하여 한글로 번역한 밴드명이 쓰였다의 〈그
대로 그렇게〉를 열창해 많은 박수를 받았다. 나중에 심사평을 들으
니 "노래는 매우 잘했는데 기타 실력이 밑받침되지 못해 아쉽다"라
고 했단다. 기타 코드를 가르쳐 준 친구 신우석은 내가 기타를 들고
나간 것에 깜짝 놀랐다고 회고했다. 너무 재는 것보다 무모한 도전이

상경대 축구대표팀

라도 하는 연습을 하면 경험, 추억, 배움, 요령 등의 부산물이 생긴다.

또 한 가지 잊지 못할 축제 추억이 있다. 단과대학 대항 축구 시합 출전이었다. 상경 대학 대표 선수로 무역과에서는 나와 연제훈후일 삼성생명 부사장 역임이 선발되어 축구 시합에 나가 공과대학을 이기고 우승하였다. 당시 나는 링커허리 부분를 맡아 종횡무진 뛰었다. 그 경기에 첫사랑 여인이 관중석에 앉아 응원까지 해주었으니 더욱 힘이 나 백 프로 이상의 기량으로 공격진에 볼 배급을 잘했다. 나중에 들은 얘기는 우리 상대팀 공과대학 선수 중에 내 첫사랑 오빠 친구가 뛰었다고 하고, 그 오빠가 자기를 많이 좋아하는 눈치라고 했다. 세상 참 좁고 재미나지 않은가?

자, 떠나자 동해 바다로(12박 13일)

1978년 여름 방학, 친구 김홍권후일 사업가 제의로 나와 같은 무역과 친구 2명까지 총 넷이서 약 2주 동안 동해안과 울릉도 여행을 떠났다. 대학생의 호연지기와 젊음이 어우러져 텐트 2개, 각자 준비물, 여비를 챙겼다. 이런 긴 여행을 처음 해보는 나로서는 설렘만 가득했다. 경북 포항에서 시작하여 영덕, 울진, 옥계, 근덕, 망상, 하조대, 낙산, 경포, 속초, 주문진, 고성 등 동해 해수욕장 거의 모든 곳을 들르는 일정이었다. 당초 화진포까지 갈 예정이었으나 총무 담당 친구가 돈을 잃어버려 고성까지만 가게 되었다.

여행의 클라이맥스는 포항에서 울릉도로 가는 12시간 통통배였다. 남해안이나 서해안과는 달리 섬 하나 보이지 않는 망망대해, 수평선. 그 흔한 갈매기도 보이지 않았다. 요즘은 페리호 혹은 쾌속선으로 4~7시간이면 도착하는 울릉도이다. 달려도 끝이 없는 바다 위, 통통배 갑판에 올라 바라보는 동해는 약간의 파도를 만들었지만 장대하였다. 수면을 따라 혹은 수면 위 1~2m 높이로 날아가는 날치 Flying Fish들이 시선을 끌었다. 수백 마리가 날아오르는 장면은 흡사 새들의 비행처럼 보였다. 보통 10~20m를 날아가나 힘이 센 날치는 300m 정도를 난다고 한다. 꼬리 지느러미를 힘차게 흔들어 동력을 만들고 날개 모양의 가슴 지느러미를 비행기 날개처럼 활짝 펴서 날아간다. 그런데 날치의 비행은 자신의 묘기를 과시하는 것이 아니라 물 밑에서 자신을 잡아먹으려고 쫓아오는 '만새기'라는 큰 물고기를 피하기 위해 수면 위로 날아오른다고 하니 조금 짠하기도 하였다.

당시 울릉도는 개발이 되어 있지 않아 해안도로도 없었고 선박 도착항은 도동항이었다. 지금은 3군데 항으로 유람선이 도착한다고 한다. 산행 준비는 안 했기에 성인봉으로 올라가는 길목에 있는 황동색 철분 약수 마시기와 유람선을 타보는 것이 주요 일정이었다. 싱싱한 오징어 및 생선회와 함께 금복주를 마시며 젊음의 외침과 호연지기를 논하던 우리만의 여행 분위기는 최고였다. 2026년에는 소형 여객기가 울릉도에 기항한다고 하니 육지에서 1시간 이내에 울릉도에 도착하는 날이 가까워지고 있다. 그러나 지구온난화로 해수온도가 상승해 지금도 안 잡히는 오징어가 나중에는 구경하기 힘들어질지도 모르겠다.

울릉도에서 다시 포항으로 나와 울진 성류굴 앞 냇가에 텐트를 치고 물장난 하고 밥을 해 먹은 뒤 깊은 잠을 잤다. 하루에 적어도 2개 해수욕장을 들르는 일정으로 동해안 북쪽으로 움직였으니 줄잡아 20군데 이상 해수욕장을 섭렵한 것이다. 동해 찬물에 풍덩, 해변 모래를 질리도록 밟고, 날마다 눈부신 동해 일출을 보고, 하늘을 나는 갈매기의 비상을 보면서 미래를 그려보던 그 행복의 순간. 셀 수 없이 많은 밤하늘의 별, 밤마다 밝혀지는 캠프 파이어에 통기타 치며 노래하는 무리들의 즐거운 합창과 웃음소리! 등에 닿는 모래의 시원함과 찰싹거리는 파도의 부서짐이 우리를 행복의 나라로 데려갔다. 성가신 여름 모기도 우리의 행복 앞에서는 작은 치어리더의 바쁜 몸동작으로 보일 뿐이었다. 세월이 흘러 4명의 멤버 중 두 명은 운명을 달리했다. 친구들의 명복을 빈다.

외교관을 꿈꾸다

대학 2학년, 외교관이 근사해 보여 외무고시 준비를 시작했다. 당시 외무고시의 경우, 영어 외 제2외국어 두 개를 선택하면 국내 과목 두 과목을 안 봐도 되었다. 국내법 과목을 선택하는 게 내키지 않아 제2외국어 두 개를 도전해 보기로 했다. 숙고 끝에 중국어와 스페인어를 선택해서 사설 학원에 등록 후 공부를 시작했다. 중국어 공부 시작 1년 후 1979년부터 스페인어를 공부했다. 두 언어를 선택하게 된 이유는, 전자의 경우 지구상에 이 언어를 사용하는 인구가 제일 많고, 한문과 유사점이 많다는 점이다. 후자의 경우는 언어 사용국가 중남미, 스페인 수가 제일 많았기 때문이다. 북경 표준어에 준하는 정확한 발음을 흉내내가면서 작문과 해석에 집중한 학습이었다. 나중에는 중국 소학교 학생 교제를 들여와 문법적으로 해석하고 작문을 했다. 회화는 회사에 입사한 후 중국어 학습반에 등록한 후 조금씩 익혀 나갔다. 중국 관련 비즈니스가 많지 않았고 중국 주재 기회가 없어 아쉽게도 한위漢語, 중국어는 발전 전개를 더 이상 하지 못했다.

당시 고시 공부를 하는 데 있어 가장 큰 애로 사항은 우리 대학에 법학과 혹은 행정학과가 없었다는 점이다. 혼자 법 해석을 하는 것이 너무도 어려웠고 남의 학교에 도강盜講도 다니고 하느라 정작 무역학과 수업에 펑크 나지 않는 최소 수업 일수를 채우느라 고심이 많았다. 하루는 반 친구 홍권이가 온병훈 교수님 말씀이라고 얘기를 전해줬다. "무역학과 23번 박용호 군이 수업에 잘 나타나지 않아 얼굴이 기억나지 않는데 왜 잘 안 나오는 거냐?" 친구가 일단 내 사정을 간단히 말씀 드렸는데 교수님이 "박 군이 다음 강의 참석할 때 나 좀 보고 가라고 해라"고 말씀하셨다기에 나중에 교수님을 뵙고 인사 드렸다. "자네가 박용호 군이군. 다른 공부하고 있다고 들었는데 열심히 해 보아라"고 격려를 해주신 일까지 있었다.

그러나 공부가 부족한 탓에 시험은 실패하였고 대학원 진학도 포기하였다. 시골 부모님과 큰 형님께 대학까지만 공부시켜 주시면 충분하고 제 몫의 상속도 포기한다고 이미 선언했던 마당이라 더 이상의 무리한 도전은 시간과 돈 낭비라는 판단을 하였다. 큰 형님 슬하에 조카가 7명이니 나로서는 그들도 배려해야 했다.

군사 정권 타도 데모 확산과 군 입대

1979년 10월, 부마 사태가 발생하고 박정희 대통령 서거 후 민주주의 수호를 외치는 대학생들의 결집이 이뤄지며 캠퍼스로 들어 온 군인들과 대치, 시청 앞에 각 대학 데모대들의 집결과 경찰사복 경찰 포함과의 격투, 부상자 속출, 최루탄에 밀려 인접 가게로 피신하는 등 대학가가 소용돌이에 빠졌다. 사태가 악화하여 결국은 역사의 아픈 상처가 된 광주 5.18 항쟁 사건 발생되었다. 계엄령 속에 나는 군 입대 지원을 하였고 4학년 1학기를 마치고 1980년 8월 논산 훈련소에 입소하였다.

군 입대하니 데모하다 들어온 대학생 훈련병이라고 더 두들겨 맞았던 일도, 때리던 고참의 얼굴도 영화 필름에 나오는 배우처럼 훤히 기억하고 있다. 논산 훈련소에서 야외 사격 훈련을 위해 이동하는 다리 밑 고속도로로 달리는 금호고속을 보고 고향 생각에 가슴 뭉클했던 것은 오롯이 한국의 신체 건강한 젊은이만이 갖는 추억이다.

한국 남자들의 군대 축구 얘기는 그냥 지나갈 수 없는 맛보기다. 훈련소 중대 대표 선수로 활약했다. 훈련소에서 괴팍한 조교를 만나 툭하면 얼차려 받고 작업했던 논산 28연대. 내가 1소대장을 맡기 바로 전 비 오던 어느 날, 운동장에 있는 훈련용 장대목을 건물 안으로 옮기라는 지시를 받아 비 맞으며 작업을 하고 있는데 조교가 심심했던지 갑자기 훈련병 중에 조용필의 〈창밖의 여자〉를 부를 수 있는 사람 나오라고 다그쳤다. 아무도 손을 안 드니 어느 놈이 부를 때까지 뺑뺑이를 돌리겠다고 엄포를 놓았다. 여러 중대원을 고생길에 있게 할 수 없어 손을 들고 나갔더니 늦게 손들었다고 욕지거리를 했다. 마침 내가 그 노래 가사를 암기하고 있었던 터라 빗소리를 장단 삼아 목청껏 불렀더니 박수를 치며 잘했다고 칭찬을 했다. 그러고는 작업 열외이니 자기 옆 비 안 맞는 곳에서 쉬어라 했다. 동료들이 비 맞고 작업을 하고 있어서 나도 같이 하겠다고 했더니 "군대생활 네 맘대로 하나?"하고 또 한 소리 하길래 비를 피하며 휴식을 취했다.

한 번은 훈련소 내에서 패싸움을 벌여 사이렌이 울렸다. 싸움이 일어난 원인은 우리 중대 2소대장이 일요일 교회 다녀오다가 공수부대 훈련병들에게 맞고 온 것이 발단이었다. 1소대장이던 내가 훈련병 중대장과 먼저 협의 후 2~4소대장이 불러 모아 복수 모의를 했다. 각 소대별 각종 호신술 유단자 및 덩치들을 선발했다. 복수 개시는 휴식 시간이 주어진 금요일 오후로 정한 뒤 공수부대 훈련원생 숙소를 급습하여 닥치는 대로 주먹과 발길질을 해댔다. 공수부대 훈련생들이 숙소에서 튀어나와 숙소 앞마당에서 패싸움이 벌어졌는데 조금 있으니 사이렌이 울리면서 현역 중대장이 달려와 싸움을 중단시켰다. 현역 대위 중대장이 주동자를 호출하여 5명이 머리를 조아리고 중대장실로 갔다. 휴식 시간에 싸움질이나 한다고 일갈하더니 벌을 각오한 우리들에게 그런 용기와 배짱이 있고 동료를 보호하려는 마음이 가상하여 용서한다고 훈방했다. 큰 사고로 비화되지는 않아 다행이었다. 논산 훈련을 마치고 전남 강진군 성전면에 위치한 '115 기동 타격대'에 배치되었다. 장흥, 해남해안 초소 순회 근무 후 해남 땅끝 중계소 근무를 마지막으로 전역하였다.

현대 그룹 공채 합격

다른 공부를 하면서 외도를 한 나의 학교 성적표는 그다지 좋지 않았다. 대기업 공채 시험 전 몇몇 중견기업에 입사 지원을 했는데 서류 전형에서 탈락했는지 면접 오라는 데가 없었다. 중견 기업들이 오히려 출신 대학을 더 따진다는 소문도 들렸다. 그러던 중 현대, 삼성, 대우, 효성 등 대기업 신입 공채 시험 공지가 떴다. 현대 그룹 공채 시험 지원 원서를 냈다. 내 기질과 궁합이 맞을 것 같았다. 합격자 발표일이 되어 합격 통지를 받았는데 마치 하늘을 나는 기분이었다. 하숙집 주인 아주머니는 축하 떡을 주문하여 하숙생들과 축하 파티를 열어 주셨다. 시골 부모님에게 합격 소식을 알리니 너무 기뻐하시며 "우리 아들, 장하다~ 그간 고생 많았다. 지금처럼 열심히 살아라"고 격려해 주셨다.

망쳐버린 언론고시 면접

TV나 신문 뉴스에 등장하는 해외 특파원, 앵커들이 등장하는데 일부 인사는 나중에 외교관으로 발탁되는 경우도 보았고 방송국 특파원으로 해외에 나가면 세계를 누빌 수 있다는 점이 나에게 매력 포인트로 비춰졌다. 군 입대 전 실패한 시험에 대한 대안 돌파구가 될 수 있다는 생각이 들어 1983년 후반기 기자 시험에 지원했다. KBS, MBC, 조선일보, 중앙일보 등등…. 거듭된 불합격이었지만 그런 가운데도 이력이 붙었다. 학습 범위도 넓어지고 요령도 늘어 조금 더 하면 합격권에 들겠구나 하는 자신감이 생겨 남은 언론사 시험을 계속 도전하였다. 드디어 동아일보 필기시험 합격!

광화문 동아일보 본사에서 면접 시험 소집이 있었다. 면접관 한 분이 소설 작가 "조정래 씨에 대해 아는 대로 설명해 보라"고 첫 질문을 던졌다. 들어본 적이 없던 분이라 "잘 모르겠다"고 답했다. "순천에서 학교를 다녔는데 이 분을 모르시냐?"는 면접관의 표정을 보니 더욱 얼어붙었다. 아뿔싸! 두 번째 질문 "동아일보를 지원한 동기가 무엇이냐?"는 그런대로 대답을 했던 것 같다. 그 외에도 여러 질문들이 있었고 마음에 걸리는 질문 하나는 "주량이 얼마나 되냐?"에 "저희 식구 내력이 술이 약해 저도 주량이 적다. 그러나 사회 생활 해가면서 마시다 보면 늘 것으로 본다"고 답변한 부분이다. 그 답변을 들은 면접관들 표정이 밝지 못했다. 면접을 마치고 나오는데 합격하기 힘들겠구나 하는 생각이 스쳤다.

집에 돌아와 조정래 작가를 조사해 보니 다음과 같았다.

1) 출생지: 전남 승주군 쌍암면 소재 선암사유네스코 문화 유산에 지정된 7개 사찰 중 하나. 현재 변경된 행정구역으로는 순천시 낙안읍.

2) 《현대 문학》에 오랜 기간 연재되었고 나중에 책으로 출간된 대
   하소설 『태백 산맥』의 저자. 동 소설에 등장하는 해방구 '율어'
   는 나의 탄생지!

상황이 이쯤 되니 불합격은 당연한 것이었다. 내 고향에 연관된 유
명한 소설 작가도 모른다고 하였고, 기자를 지망한 사람이 술도 잘
못 마신다고 했으니. 그래도 혹시나 하는 마음으로 합격자 발표 당
일 친구랑 광화문 동아일보 본사 빌딩에 가서 합격자 대자보를 보았
다. 역시나 내 이름은 없었다. 낙담하는 나를 위로한다며 친구가 점
심이나 하자고 해서 식당에 갔다. 기분 풀게 술이나 한 잔 하라고 하
여 소주를 몇 잔 연거푸 마셨더니 취기가 바로 올라왔다.

그렇게 마무리를 잘 했으면 좋았을 걸 사고를 치고 말았다. 술 취한
채 식당에서 나와 곧바로 다시 동아일보 건물에 가서 합격자 벽보를
찢어 버린 것이다. 경비 아저씨가 깜짝 놀라 황급히 달려 나오더니
"너 뭐하는 놈이냐?"고 호통을 쳤다. "저 시험에 불합격된 사람인데
사장을 좀 만나고 싶다"고 오기를 부렸다. 안 된다고 몇 차례 타일렀
는데도 막무가내로 사장을 만나게 해 달라 억지를 부리니 화가 치민
경비 아저씨가 고함치셨다. "오늘 사장님이 사무실에 안 계신다는데
너 술 취해서 행패 부리는 거냐? 내가 수위라서 우습게 보고 그런 짓
을 하느냐? 술 취하지 않은 모습으로 다음 주 월요일 네가 오면 내가
사장실 앞에까지 안내해 주겠다. 오늘은 돌아가라!"고 호통을 쳤다.
아차 싶었던 부분은 '내가 수위라서 우습게 보냐'는 대목이었다. 곧
바로 "죄송합니다. 월요일에 다시 오겠습니다" 하고 물러났다. 그러

나 주말에 술이 깨고 나니 스스로가 부끄러웠다. 실력이 없어 떨어진 주제에 무슨 낯으로 간단 말인가.

이제 기자가 되는 것은 포기하기로 마음을 정하고 시골로 내려갔다. 그런데 12월 중순경 서울에 있는 친구한테서 연락이 왔다. 한국일보에서 수습기자 모집을 한다는 공고가 나왔으니 시험 봐 보라고. 친구 말에 넘어가 시험을 치렀다. 시험을 너무 잘 봐서 마치자마자 합격 예감이 들었다. 예상대로 합격! 그런데 문제는 면접일이 현대그룹 신입사원 연수 시작일이었다는 점이다. 연수 시작일 불참자는 합격 취소된다고 안내문까지 받은 상황이라 신문사 면접은 포기해야 했고, 결국 현대맨이 되기로 하였다.

뜨겁게 전진하고 쿨하게 돌아서라

인생 2막

거리(距離)

박용호

사람들 사이엔 距離가 있다.
육체적 거리, 시간적 거리, 마음의 거리…….

조물주가 만든 距離이다.
各人 잔머리 슈퍼컴을 주고
매 순간 계산식을 풀게 한다.

하늘에서 내려다보는 요지경 속엔
사람들의 距離가 보인다.
距離 고민 속에 풍덩 빠져
요란스럽게 허둥댄다.

지나고 나면 그 거리가 그 거리인 걸.

Chapter 1

현대맨이 되다

현대종합상사에 배치되다

1984년 2월, 1개월 신입사원 그룹 연수를 무사히 마친 신입사원들은 종로 계동에 있는 현대 본사 지하 1층 대강당에 모여 간단한 국민의례 후 그룹 계열사 배치 발표를 들었다. 그룹 계열사 특징을 잘 학습하지 못했던 나는 입사 지원서에 제1지망 현대건설, 제2지망 국일증권후일 현대증권, 제3지망 현대종합상사로 적어 냈다. 현대건설 지망은 외국 건설 현장 파견 근무를 통한 목돈 마련, 제2, 3지망은 지방 근무 회피가 목적이었다. 맨 먼저 주력 기업인 현대 건설 배치 명단이 발표되고 다음다음 차례에 현대종합상사 배치 명단이 발표되었는데 내가 호명되었다. 와~ 하는 환호 소리와 함께 축하 악수가 쏟아지고, 일부 친해진 동기들은 헹가래까지 해주었다.

첫 출근과 오리엔테이션

소위 말하는 자대 배치 후 출근하자 대회의실로 모이라고 했다. 같이 배치된 동기생이 16명이 서로 상견례 하며 보니 일부는 같은 숙소에서 연수를 받았던 친구도 있어 반가웠다. 인사 총무팀의 안내로 향후 1주일 교육 일정을 설명 받았다. 회사 대표이사 외 고참 중역들이 입사 환영차 배석해 있었다. 그런데 No.2 자리에 앉으신 분 얼굴이 어디서 뵌 분이었다. 그렇다. 필기시험 합격 후 면접시험 치르던 날, 면접관 중 가장 가운데 앉아서 나에게 여러 가지 날카롭고 어려운 질문을 많이 하셨던 그분! 질문 중의 하나는 "막내아들로 자라 버릇이 없겠구만?"이었다. 그 상황에서 잠시의 주저함 없이 자신 있는 목소리로 답변을 하였다. "일반적으로 막내는 오냐 오냐 키워서 버릇이 없다고 생각하십니다. 그러나 저는 평소 엄격한 유교적 분위기 집안에서 자라 예절이 바르다는 말을 많이 들었고 버릇없다는 소리는 듣지 않고 자랐습니다." 내가 종합상사로 배치된 것은 그분이 나를 콕 집었기 때문이라는 걸 알게 되었다. 나는 운이 좋은 놈이다. 한편으로는 입사 영어 점수도 괜찮은 편이었고 그 시절에 제2외국어를 공부한 사람들이 보기 드문데 명랑하고 착해 보이는 촌놈이 그런대로 괜찮아 보여 종합상사로 끌어 간 것이 아닌가 생각한다.

1주일 오리엔테이션 교육을 받은 뒤 희망 부서를 적어내라는 인사과 직원 안내를 받았다. 성격상 당연히 영업부문을 지원하려고 내심 마음을 정해 두었는데 업무부Business Coordination Dept. 김영철 과장이란 분의 부서 소개를 듣고 흥미가 생겼다. 본 부서는 회사 재무, 재정 관리 파트와 영업 파트의 한 중간에서 회사 전반 업무 심사, 영문·국문 계약서 검토, 은행 네고 서류 검토·수정 등 폭넓은 업무 실력을 키울 수 있는 곳이라면서 업무부를 지원하라고 마지막 멘트까지 하셨다. 곧바로 당초 계획을 수정하여 영업부 지망에서 업무부로 수정 제출했다.

업무부에서 그려진 성장곡선

업무부를 선택한 것은 인생 행로를 변경하는 중요한 결정이었다. 잠재력을 발휘하는 동기를 부여 받았고 나를 성장시켜 준 많은 분을 만나게 되었다. 당시 강두수 부장, 김종성 차장, 김영철 과장, 윤창현 대리 등 막강한 실력파 밑에서 조련을 받아 한 걸음 한 걸음 진보했다.

배치된 과는 업무2과이고 담당 과장은 신입사원 오리엔테이션에서 업무부로 지원하게 만든 장본인 김영철 과장이었다. 과원으로는 김 과장, 김경현 대리, 김시회 대리, 이영민 사원 그리고 나 총 5명이다. 회식이 잦았던 우리 과는 보름도 안 되어 판공비가 소진되었다. 회식비 보충을 위해 1차 소주를 똑같은 양으로 마시고 2차로 당시 종로 2가에 있던 실내 야구 타격기에 가서 500원짜리 코인을 두 개씩 들고 들어가 첫 코인은 연습 게임, 두 번째 코인은 실전 돈내기 게임에 들어갔다. 타석에 들어가 커브볼 혹은 직구를 선택하여 볼 열개를 타격하는데 타자 뒤편에서 스윙 직후 점수를 외쳐 나중에 합산 점수를 발표했다. 예를 들면, 직선으로 날아가는 볼은 2점, 땅볼 전진볼은 1점, 파울볼은 0점, 헛스윙은 마이너스 1점인 식이다. 경기 후 점수를 비교하여 꼴등이 제일 많은 금액 내고 1등이 제일 적은 금액을 내서 그 돈으로 2차 술집을 갔다. 술이 약한 내가 꼴등 혹은 3위할 가능성이 높았는데 1차에서 마신 술에 상당히 취기가 오른 상태에서 스윙을 하니 헛스윙이 많았기 때문이다.

신입사원 신고식

업무부 남자 신입사원이 치르는 의례가 있었다. 먼저 5급 여직원 대졸자는 4급들이 돈을 각출하여 신입 사원 환영 점심을 사주었다. 그러면 남자 사원은 대략 1주일 이내에 그 여직원들을 상대로 식사 대접을 하게 되어 있었다. 나는 남들이 잘 하지 않는 방법을 기획하는 것을 즐기기 때문에 여직원들을 상대로 그간 선배 신입사원들이 어떤 식으로 대접을 했는지 확인했다. 조사 후 내린 결론은 경양식 레스토랑이었다. 바로 계동 본사 사옥 근처에 위치한 경양식 레스토랑을 모두 들러 분위기, 메뉴가격대 포함, 종업원 서비스 질, 식당에 대한 평가 등을 종합하였고 가장 적절하다고 판단한 식당을 하나 정했다. 식당 사장과 웨이터 면담을 하고 아래와 같이 주문을 하였다.

- ‣ 메뉴는 스테이크고기 품질은 上品
- ‣ 첫 음식은 맛있는 채소/고기 스프 → 스테이크 → 과일 소량 → 커피 순으로 낼 것. 단, 음식 사이에 서빙이 끊기지 않고 물 흐르

듯 진행할 것

‣ 테이블에는 큼직한 촛불 그리고 향기 나는 생화를 올려놓을 것
‣ 우리 여직원들이 도착하면 "종합상사 업무부에서 오셨죠?"라고
  인사하고 자리로 안내할 것

식당에서도 이런 세심한 요구를 받아 본 적이 없는지 초기 협의 시
다소 어색한 표정을 지었으나 세심한 준비 덕분에 의례식을 무난히
마쳤다. 이구동성으로 이렇게 멋있는 대접을 받아 본 적이 없었고 너
무 맛있고 좋았다며 싱글벙글 하였다. 계산을 마치고 사무실에 돌아
왔는데 벌써 소문을 들었는지 선배 사원들이 어떻게 점심을 대접했
냐며 여직원들이 난리라고 했다. 그 소문은 삽시간에 다른 부서 여
직원들에게도 퍼져 화젯거리가 되었다. 조금의 정성과 창의적인 기
획을 하여 대접 받았다는 느낌이 들도록 하면 상대는 말하지 않아도
고마운 생각을 갖는다.

그렇게 믿음과 친분이 쌓인 부서 여직원들이정희, 이향숙, 이우희 등은
내 일을 자기 일처럼 많이 도와주었다. 당시 서류를 타자로 작성해
야 하는데 절대적으로 여직원들 손이 필요했다. 상부에서 작성하라
는 서류, 당일 작성하라는 서류, 당장 시간을 다투는 서류 등 여직원
도 손이 딸렸다. 신입사원이 작성 요청한 서류는 대개 순번에서 맨
뒤쪽이었다. 이 순번을 때로는 바꾸어야 하는 경우도 발생하는데 여
직원들이 순번을 바꿔 내 일을 종종 선처리해 주었다. 잔뜩 긴급을
요할 때는 다른 부서 여직원까지 동원하여 시간 안에 처리를 하였더
니 윗분들이 나더러 재주도 좋다고 말씀하셨다.

분위기 메이커

본디 업무부 분위기는 본부장부터 법대 출신이었고 율사법 전공자들이 상당수 포진되어 있어 분위기가 정적이고 다소 무거웠다. 업무 자체도 좀 딱딱하고 따지는 일들이 대부분이어서 개방적이거나 유연하지 못했다. 나는 매우 외향적이고 명랑하며 긍정적인 성격이어서 아무에게나 말을 잘 걸고 질문도 어렵지 않게 하는 타입이었다. 나의 등장으로 부서 분위기가 서서히 바뀌기 시작했고 상사 분들도 직접 그런 언급을 하셨다.

신입 사원 MC

당시는 부서장이 당일 저녁 퇴근길에 회식하자고 하면 직원들이 피치 못할 상황을 제외하고는 다른 약속을 취소하고 회식에 참석하는 것이 매우 일반적인 시절이었다. 신입사원 환영 회식 자리에서 활어가 튀는 듯한 모습으로 노래와 춤 솜씨를 보이고 노래 추임새까지 곁들여 분위기를 진작시켜 모든 부서원을 흥에 겹게 만들었다. 그 이후 모든 부서 회식 및 타 업무 행사 MC는 내가 도맡게 되었다. 부서보다 더 규모가 커진 본부 및 다른 본부와의 합동 모임에도 사회 진행자로 지정되다 보니 MC 요령도 늘어갔다.

회사 축구 대표선수

부서 남자 직원 대부분을 가동한 축구팀을 구성하여 사내 기획부, 상품부, 선박부 등과 친선 축구 시합을 주선하고 경기 후 상대 부서와 회식 자리를 만들어 상호 간 친선 무드를 조성했다. 이를 계기로 타 부서 멤버들과 넓은 네트워크를 형성한 것은 물론, 업무 협력 분위기가 더욱 좋아졌다. 대학 단과 대학 축구 대표를 했고, 군대에서도 축구 대표 선수를 하는 등 축구는 내 인생과 뗄 수 없는 인연이 되었다. 회사 축구부 주전 자리를 꿰어 차고 서울 연수원 운동장^{현재 광화문 경희궁과 서울역사박물관 자리}에서 매월 개최되는 그룹사 대항 축구 시합에 출전하여 종합상사가 최다 우승을 했고 경품으로 받은 비누, 샴푸, 치약 등이 들어 있는 종합 선물 세트 일부는 주변 사람들에게 선물로 주었다. 또한 사내 한마음 체육대회에서 최다 득점으로 MVP를 두 번이나 수상하는 행운까지 누렸다.

　세상 일이 다 그러하듯이 무슨 일이든 숨은 노력 없이 그냥 얻어지는 것은 없다. 앞서 언급한 결과를 얻기 위해 축구 시합이 있기 적어도 일주일 전부터 매일 여명이 트지도 않은 새벽 5시에 기상하여 인근 초등학교 운동장에 가서 혼자 볼 드리블, 수많은 슈팅 및 패널티킥 연습을 하였다. 실전을 감안한 집중적인 연습은 항상 자신감을 충전해 주었고 남들과 차별화한 반 박자 빠른 슈팅은 상대 골키퍼가 손을 쓸 수 없었다. 연습을 반복하다 보면 발등에 볼이 얹히는 감각을 익히게 된다. 개인적으로는 축구 활동 덕에 사내 직원들을 많이 알게 되었다. "아~ 그 공 잘 차고 사교적인 친구?!"라는 이미지가 더불어 사는 세상에 지렛대 역할을 많이 해줬다.

성장 속도가 올라가다

큰 그림 보는 법을 배우다

당시 업무부에서 심사 업무가 메인이었지만 영문 계약서 검토, 은행 네고 서류 해석 및 작성을 위해 신용장 통일 규칙과 외환 관리법도 열심히 공부하였다. 아울러 국제 거래 중 발생한 클레임 해결안 도출과 이를 위해 변호사 사무실에 들러 대응 방안 협의, 해결안 작성 보고 등등 관여하는 업무 범위가 매우 넓고 다양했다. 이런 업무들을 진행하면서 실력 있는 상사로부터 전체 그림을 보는 법, 핵심 문제점에 대한 접근 방법, 하나의 이슈가 종횡으로 어떤 일에 영향을 주거나 저촉이 되는지 등의 가르침을 체계적으로 배워 갔다. 당연히 상대방의 취약점 혹은 허점이 무언지 알아내는 훈련과 어떤 견제구를 던져 상대방의 의중을 어떻게 알아내야 하는지 등의 요령도 터득해 갔다. 세월 지나 내가 제시한 문제 해결안이 먹혀 골치 아픈 일이 풀리는 일들이 늘어나자 어떤 업무 관련자는 '해결사'라는 호칭을 붙여 주기도 했다.

이런 경험을 통해 후일 수백 장의 서류 중 어느 이메일 중간에 기재된 영문 한 줄을 집중적으로 물고 늘어져 약 1.3억 원의 배상금을 독일 회사로부터 받아 낸 적도 있었다. 2년이 넘도록 풀리지 않고 있던 문제를 한 방에 해결한 경우이다. 좀 더 단단한 실력 함양을 위해 많은 경우의 수를 가정한 솔루션 도출에 참조가 되는 『설득의 법칙』, 『협상의 법칙』 등의 책도 여러 차례 읽었다. 문제 해결을 위해서는 상대방이 내심 원하고 있거나 마지노선으로 지키고자 하는 것이 뭔지 알아내야 협상이 쉬워진다. 그와 관련하여 자주 사용하는 비유 표현은 '빙산의 일각'이다. 물 밑에 잠겨 있어 보이는 않는 얼음 부위가 상대방이 가려워하거나 차마 말하지 않고 속으로 가지고 있는 욕구이다. 이를 읽어 내거나 알아내면 협상은 좀 더 수월하게 이뤄진다. 비즈니스 중 클레임이 발생하면 문제 초기부터 관련 계약이 어떤 내용으로 작성되어 있는지 잘 파악해야 한다.

상대방과의 교신 중 특히 편지, 이메일을 주고받을 시 사용하는 단어 하나하나에 신중해야 한다. 해당 단어 하나 잘못 선택하여 사태가 악화하거나 매우 곤란한 입장으로 몰리는 경우도 종종 발생한다. 비즈니스 파트너 간 일이 순탄하게 진행될 때는 클레임이나 시비거리가 별로 발생하지 않는다. 그러나 그 반대의 상황이 되면 서로 손해 보는 일을 피하기 위해 상대방 약점을 파고 들어가게 되고 그간의 불만족스러웠던 이슈들을 내세워 어떤 형태로든 보상 받으려고 한다.

모두 아는 내용이겠지만, 유럽과 미국 고객의 비즈니스 방식은 각각 차이가 있다. 상호 신뢰관계가 형성되면 유럽 고객은 그들이 다소 손해가 나거나 불리한 상황이 생겨도 어느 정도 자신들이 흡수를 하면서 인내를 하는 편이지만, 미국 고객은 대체적으로 이해타산을 심하게 따지는 편이라 자신이 갑인 경우는 곧바로 클레임을 넣고 몰아치는 자세로 돌변한다. 이 대목에서 강조하고자 하는 중요한 것 하나는 초기 거래 계약서 체결 시 계약서 조건들을 꼼꼼하게 들여다보고 우리 측 안이 최대한 반영되도록 끈질기게 밀어붙이는 노력이다.

일본어 공부

사실 일본어를 배우는 것에 대해 나는 적극적이지 못했다. 역사와 관련된 자긍심과 자존심 때문이었다. 대학 시절 어려운 중국어를 선택하고 스페인어를 선택하여 공부한 것도 이와 연관이 있다. 그런데 업무부에서 영·국문 계약서를 검토하고 있을 때, 어느 시점부터 실무 영업 부서에서 일본어 계약서 검토 의뢰가 들어오기 시작했다. 독해도 안 되고 읽는 법도 모르는데…. 업무 처리는 해야 되겠고 방법이 없어 일본어를 전공한 사내 주부 여사원에게 신세를 몇 번 졌는데 귀찮아하는 눈치였다. 얼마간의 애로를 겪고서 일본어를 공부하겠다 마음을 먹고, 일본어 교재를 사서 일단 독학에 들어갔다.

아침 6시에 시작하는 EBS 일본어 강좌도 시청하기 시작했다. 결혼 예물로 아내가 사 온 '금성LG 미라클 TV'에는 당시로서 두드러지는 알람 기능이 있었다. 아침 6시 세팅을 해두면 정확히 그 시간에 "오하이오 고자이마스굿모닝~"하고 TV가 켜짐과 동시에 일본어 선생님의 목소리가 흘러나왔다. 그러면 잠이 덜 깬 눈을 비비며 EBS 교재를 펴서 일본어 공부를 했다. 이런 시도가 나중에 생각지도 않게 일본 동경 지점 파견 근무로 연결될 줄 누가 알았겠는가? 그렇다. 어떤 목표든 세우고 달성을 위한 노력을 하다 보면 달성이 될 수도 있고 안 될 수도 있다. 설령 안 되더라도 다른 부수적인 결실이 생긴다. 노력한 자에게 보너스로 오는 행운이다.

그렇게 일본어를 공부하고 있는데 고맙게도 회사에서 점심시간에 일본어 강좌를 개설해 주었다. 곧바로 신청하여 일본어 실력 보강

작업에 들어갔고 인사기록 카드에 '일본어 중급'이 기재되게 되었다.

새로운 경험

고스톱 열풍

1980~1990년대에 한국에 고스톱 열풍이 불었다. 직장인, 공무원 할 것 없이 짬이 나면 고스톱을 쳤다. 점심시간 및 일과 후 4~5명씩 몰려가 고스톱을 쳤는데 종종 밤을 새는 우리에게 단골 식당 주인은 가게 열쇠를 맡기고 퇴근하기도 했다. 고스톱의 묘미는 쪽자기 패 한 장을 내고 바닥에 있는 패를 뒤집어 같으면 멤버들에게 피 하나씩 뺏는 것, 똥 싸 놓은 것을 먹고 피를 하나씩 뺏는 맛, 쓰리고Three Go, 같은 패 세 장 흔들고 고Go하는 맛, 상대방이 고한 것을 역공하여 독박을 씌우는 맛 등등 다양했다. 갖가지 경우의 수를 가상하여 플레이해야 하므로 플레이어 사이에 어리숙하게 패를 치는 사람이 끼면 판돈이 커져 낭패를 보는 경우도 종종 생긴다. 카드놀이와는 달리 쭈그리고 앉아 하프 스윙을 하는 고스톱은 오래 하면 허리와 무릎이 아팠다. 양복 바지는 완전 구겨지고 밤 새워 치면 모두들 토끼 눈이 된다. 고스톱은 전략 게임이고 사람들 마음 씀씀이를 읽어내는 데 도움이 되는 놀이이다. 고스톱 몇 번 같이 쳐 보면 사람들 속을 읽을 수 있다고 하는 것이 허언은 아니다. 멤버 중 한 사람의 부인이 우리가 자기 남편과 같이 고스톱 치고 있어서 귀가 시간이 늦다고 경찰에 신고하여 경찰들이 고스톱 치는 현장을 덮치기도 하였다. 요즘은 고스톱 치는 사람 보는 것이 쉽지 않다.

인생 첫 스키장의 쓰린 기억

사수 역할을 했던 김시회 대리가 대학 시절 스키 강사로 아르바이트를 한 적이 있다고 술자리에서 얘기를 해 한 번 데려가 달라고 부탁했다. 그렇게 간 곳이 천마산 스키장이었다. 당시 거금을 들여 스키장이란 곳을 난생 처음으로 가봤다. 초보 코스에서 김 대리가 잠깐 시범 및 요령을 가르쳐 주고는 어디론가 사라져 버렸다. 초보 코스에서 혼자 무수히 넘어지고 수차례 고랑으로 빠지고 옷이 다 젖어 관광버스 타고 돌아왔다. 별로 기억이 좋지 않았던 인생 첫 스키 경험이었다. 세월이 지나 최상급 코스까지 타게 되었는데 어떻든 내 스키의 시작점은 천마산이었다.

신입사원 하계 수련회

같이 공채 합격한 동기들, ROTC 중간 입사자들, 같은 해 입사한 모든 남녀 직원들이 매년 강릉 경포대 해변으로 수련회를 갔다. 강릉에 있는 동해 관광호텔후일 현대 호텔의 운동장 같은 방에서 수십 명씩 잠을 잤다. 회사에서 출발하는 관광버스에 분승하여 동해로 향하던 신입사원 여행은 모두를 들뜨게 했다. 넘실대는 푸른 파도, 햇빛에 반사된 모래사장, 파도를 가르고 지나가는 어선들, 하늘을 나는 갈매기들, 밤하늘에 빛나는 별들, 사람들이 쏘아 올리는 폭죽, 아무것도 두려울 것이 없는 젊음이란 무기, 같은 유니폼을 입은 신입사원의 싱그러움……. 현대 그룹 입사의 맛이 이런 거였구나. 조 편성된 대로 각가지 이벤트들이 진행되어 갔다.

개인별 장기 자랑

개인별 장기 자랑 프로그램이 있었다. 참가 희망하는 개개인이 신청을 하는데 대부분 장기 자랑은 노래였다. 나는 차별화를 위해 초등학교 시절 했던 웅변을 준비하여 목청껏 그리고 멋진 제스처를 써가면서 초반 분위기를 잡은 뒤 밴드 음악에 맞춰 조용필의 〈친구여〉를 불러 최우수상을 받았다. 남이 하는 똑같은 방식으로는 차별화가 되지 않는다. 이 차별화를 위해 장기 자랑을 어떻게 할 것인지 시나리오를 잡았고 후한 경품을 받을 수 있었다.

난생 처음 팬 사인을 해주다

다음 큰 행사로는 조별 장기 자랑이었다. 한 조당 약 15~18명씩 편성이 되어 조원이 모두 참석한 장기 자랑을 해야 했다. 이미 조 편성이 되어 있어 수련회 출발 전에 조별로 모여 장기 자랑으로 뭘 할 건지 정해서 사전 리허설을 하였다. 어떤 조는 술집에서 벌어지는 술 취한 손님과 이에 대응하는 술집 종업원 간의 단막 연극, 어떤 조는 회사 간부와 직원 간에 벌어지는 보고 소동을 보여 주었다. 우리조는 협의 중 마땅한 제안들이 없어 내가 〈품바-각설이 타령〉을 하자고 불쑥 제안하였다. 당시 전남 무안군 일로읍 〈품바 타령〉이 실내 공연장에서 대 성황리에 장기 공연 되었다. 나는 우연히 그 공연을 관람하였는데 공연 각설이 패와 함께 어울려 신나게 놀아봤다.

워낙 타령이 인상에 남고 리듬이 귀에 쏙쏙 박혀 금세 익숙해졌다. 내가 각본을 짜고 남자 각설이로 타령 전반을 주도하고, 여자 각설이는 여직원이 맡았다. 다행히 여직원도 그 각설이 공연을 보았다고 했다. 각설이가 찾아가 문전걸식을 하는 부잣집 대감은 현재 미국에 살고 있는 동기 송재익이었다. 걸식용 깡통, 허름한 와이셔츠를 뒤집어 입고, 숯검댕이를 얼굴에 바르고, 머리는 헝클어뜨리고, 바지 한쪽은 걷어 올리고 벙거지를 쓰니 영락없는 거지였다.

우리 차례가 되니 사회자가 소개를 했다. "이번 조는 〈품바 타령〉입니다!" 인사를 하고 시작하였다.

(대감 댁 대문 앞에서)

어허 품바 잘도 헌다.

품바허이고 잘도 헌다.

얼씨구 씨구 들어 간다~ 아 절씨구 씨구 들어간다.

작년에 왔던 각설이가 죽지도 않고 또 왔네

어허 품바 잘도 헌다.

품바 허이고 잘도 헌다~ 하고

시원하게 목청을 뿜어내니 중간 박수가 터져 나온다.

이어서, 송 대감이 나오더니

"어떤 돼야지 같은 놈이 남의 집에 와서 시끄럽게 하는거야~ 썩 꺼지지 못할까~" 하고 고함을 친다.

"대감님 밥 한 푼 줍쇼~ 며칠을 굶어 배가 너무 고프당께요~" 하고 각설이가 사정을 하는디 대감 왈, "송장한테 줄 밥은 있어도 니 줄 밥은 없다 요놈아. 썩 꺼지거라~"

"대감님, 너무 글지 마시오잉. 그래도 저희들은 오란 데는 없어도 갈 데 는 쌔부럤당께요."

이어 후속 품바 타령을 불러 재낀다.

어이 1자~ 들고나 봐라. 일선 가신 우리 낭군, 제대 않고 휴가 왔네

어이 2자~ 들고나 봐라. 이승만이 대통령에 함태영 씨가 부대통령

… 중략 …

남았네~ 남았네에 장(10)자 한 장이 남았구나. 장하도다 우리 민족 남북 통일만 기다린다. 어허 품바 잘도 헌다~

신명나게 우리 조원들과 함께 합창을 하고 어깨를 들썩 들썩하면서 흔들어 대니 행사장 안이 온통 국악 마당이 되었다. 참석한 중역 분 자제 초등학생들도 그 흥에 빠져 춤을 덩실덩실 추고 말 그대로 엔도르핀, 도파민 생산공장이 되었다. 모든 참관인이 환한 얼굴에 즐거워하는 모습이 보였다. 공연을 마치자 우레와 같은 박수가 터져 나왔고 내 이마는 땀 범벅이 되었다.

공연을 마치고, 원래 시나리오에 없는 즉흥 연기도 하였다. 곧바로 회사 중역 분들이 앉아 있는 곳을 향해 다가가면서 "어허 품바 잘도 헌다. 작년에 왔던 각설이가 죽지도 않고 또 왔네~" 후렴구를 불렀다. 그러고는 거지 걸식 밥통^{깡통}을 그분들 코앞에 들이 대고 "뭐 혀~? 구경 값 안 내고~" 하니 너나 할 것 없이 줄줄이 현금을 넣는다. 한참 수금

을 하고 있는데 참석자 중 최고직인 박 전무님 표정이 재미있어 애드립을 하였다 "왜, 떫으냐~?"하고 내가 툭 말을 내뱉으니 또 한 번의 함성과 우레와 같은 박수와 함께 눈물을 흘리면서 배꼽을 잡고 뒹구는 사람까지 나왔다. 정말 환상의 무대였다.

심사 결과가 나왔는데 압도적으로 우리 조의 〈품바 타령〉이 일등! 심사 위원장이신 박 전무님이 심사평을 하시는데 "품바 타령은 너무나 멋지고 즐겁고 신이 났다. 공연팀의 준비도 잘되어 있었고 팀과 관객이 혼연 일체가 되어 더욱 빛났다. 가능하면 서울 본사 대강당에서 앵콜 공연을 해봅시다"라고 했다. 우리 조는 많은 상품을 받았다. 그날 저녁, 내가 취침하는 숙소에 어린이들 5~7명이 하얀 백지 혹은 메모지, 펜을 들고 와 사인을 요청하였다. 엉겁결에 인생 처음으로 팬들에게 사인을 해주는 영광을 누렸다.

남장 여장 미인대회

나는 참가 계획이 없었는데 동기들이 나가라고 떠밀어 어쩔 수 없이 미스 멕시코 모델을 선택해 참가하였다. 동기 김종주는 미스 잉글랜드였다. 이것 또한 인생에서 처음 경험한 일들이다. 여자 모습으로 꾸며야 하니 얼굴에 면도를 깊게 한 후 그 위에 화장품으로 덧칠을 하고 입술에는 루즈를 발랐다. 같은 조에 배속된 조연옥 동기가 주도를 하여 꾸며 주었다. 힘든 일은 첫째, 여자 가슴을 만들어야 하니 브래지어를 입고 가슴이 꺼지지 않도록 안쪽을 채워 넣는 작업이 용이치 않았으며, 둘째는 아랫도리 부분을 여성 모양으로 위장하는 작업이었다. 손수건들을 집어넣어 최대한 볼록함을 막았다. 그러나 미인대회는 탈락했다. 작전의 실패! 즉 차별화에 실패한 것이다. 우리는 여성스럽게 만드는 데에 치중했는데 정작 1등한 친구는 상체는 브래지어만 입은 여성 모양으로, 하체는 남성 모양 그대로 보여주어 심사원들과 구경꾼을 크게 웃겨서 오히려 좋은 점수를 받았다.

수련회 사진전

수련회 다녀온 후 약 1주일, 지하 1층 복도 벽에 수련회 관련 각종 사진들이 전시되었다. 사진을 찾기 희망하는 자는 사진 밑에 이름을 적으라고 안내판에 적혀 있었다. 점심시간 늦게 사진전에 가서 순간 포착 수련회 사진을 구경하고 특히 내가 찍힌 사진을 집중적으로 보는데 특이한 현상을 발견하였다. 내가 주인공으로 나온 사진 밑에 사진에 등장하지 않은 사람들의 이름이 상당수 적혀 있는 것이 아닌가? 이게 무슨 일? 나중에 종합해 보니 내 표정이 재미있고, 인기 있었던 각설이 주인공 사진이고 하니 같이 연수를 갔던 여직원들이 사진 추가 요청을 하였던 것이다. 여하튼 수련회 이후 동기들 친목이 강화되었고 서로를 좀 더 알게 되었다.

이 수련회에서의 활약에 힘입어 익년1985년 신입 시원 강릉 수련회에 MC로 발탁되었고, 현지에 가서 그들과 3박 4일을 보내며 1년 후배 기수들을 모두 알게 되는 기회를 맞았다. 일부 행사는 총무과 여직원과 둘이서 더블 MC로 진행하였다. 진행 시나리오 작성은 내가 주도하였고 여직원과 호흡 맞추는 연습을 하였다. 시나리오 기획

요령도 늘리는 기회가 되었으니 얼마나 감사한 일들인가? 행사 분위기가 다운될 시 활용할 카드, 어느 대목에서 어떤 조크나 퀴즈를 낼 것인지 등도 사전 고려 대상이다. 동 기회를 계기로 MC 진행 스킬이 무척 늘었던 것으로 기억한다.

신입사원 수련회 사회 진행

슬픔을 딛고 결혼하다

어머니 별세

건강하시고 식사도 잘 하시던 어머니가 갑자기 세상을 뜨셨다. 샤워 시설이 없는 시골이라 세숫대야에 머리를 감다가 쓰러져서 택시를 불러 병원까지 모셨으나 회복이 안 된 채 돌아가셨다. 고혈압 증

뜨겁게 전진하고 쿨하게 돌아서라

세가 있었으나 특별한 병원 처방이 없던 시절이라 아마도 뇌혈관이 막힌 것으로 추정한다. 서울에 살고 있던 이유로 임종도 못 본 채 떠나셨다. 막내아들과 말 한마디 못 나누고 숨을 거두신 어머니 머리를 잡고 어머니를 불러 보았지만 차디찬 체온만 돌아올 뿐이었다. 항상 막내 자랑을 하시며 아들이 객지에서 오면 버선발로 나와 "우리 새끼 왔는가~"하고 반겨 주시던 어머니.

회사 첫 월급 받아 사드린 내복도 아깝다고 아껴 입으시고 내가 사드린 화장품도 아깝다고 잘 안 쓰시던 어머니는 나의 효도도 받아 보지 못하고 이별을 고하셨다. 홀로 남으신 아버지는 어찌하라고. 우리 식구들은 먼저 돌아가신 이모님이 어머니를 데려갔다고 했다. 사이가 좋으신 어머니 손위 언니가 먼저 돌아가셔서 그 제사에 참석하려고 머리 감다가 쓰러지셨기 때문이다. 사람의 운명을 어찌 아리요?

노력 끝에 받은 결혼 승낙

넷째 형수의 소개로 지금의 아내를 만났다. 내가 결혼 상대를 고를 때 최우선으로 보는 부분이 성격인데 처음 본 아내는 성격이 온화하고 내성적이었다. 내가 외향적이고 다소 성격도 급한 편이어서 상대가 반대의 캐릭터를 갖고 있는 것이 서로 보완 될 것이라는 나만의 철학이 있었다. 대학에서 피아노를 전공했던 아내는 당시 조그마한 규모의 피아노 학원을 운영하고 있었다. 중학교 독창대회에 나갔을 때 피아노 반주를 해줬던 누나의 여운도 어느 정도 작용했던 것 같다. 그렇게 우리는 데이트를 지속했고 서로 결혼상대로 생각을 굳혔다. 나는 30세를 넘기지 않는 1986년 내 결혼을 하고 싶은데 장모님이 더 늦게 결혼시키고 싶어 하셔서 설득이 필요했다. 아내에게 내가 직접 장모님을 찾아뵙고 관철을 시키겠다고 날짜를 잡아 달라 부탁했다. 약속된 날짜에 간단한 선물을 사 들고 처가댁을 방문했다. 장모님께 인사를 드리고 방문한 이유를 설명 드렸다. 결혼을 늦추시려는 장모님, 무조건 올해는 결혼하려 한다는 나. 밀당이 어느 정도 진행되던 중 장모님의 묵직한 질문이 터져 나왔다.

"저축은 많이 해 두었나?" 나는 대답했다. "객지 생활을 하다 보니 돈이 부족하여 저축해 둔 돈이 미미합니다." 다음 질문, "그러면 집에서 박군 몫으로 얼마 정도 받을 부분이 있느냐?" 대답하기를 "없습니다. 큰 형님이 저 대학 졸업까지 많이 도와주셨고 큰 형님 슬하 조카들이 7명이나 되는지라 조카들 교육 등을 감안, 저는 집에 선언하기를 대학 졸업까지만 도움을 받고 상속이나 증여도 받지 않는다고 했습니다"라고 하니 장모님께서 난감한 표정을 지으시면서 "그래도 얼마간은 집에서 주시겠지요?" 하신다. 나는 대답했다. "기대치 않고 있습니다."

불안해 하시는 장모님과 식구들에게 나의 설득 카드를 꺼냈다.

"어머님, 제가 다니는 현대종합상사에는 해외 지점이 50여개나 됩니다. 저는 해외 지점 근무를 목표로 하고 있습니다. 해외 근무를 하게 되면 4~5년간 현지에 가족 대동하여 살 수 있는데, 주택과 차량이 회사에서 나오고 월급도 더 받게 됩니다. 주재원으로 선발되어 나가면 저축할 수 있는 금액이 많아지고 제가 열심히 사는 타입이어서 따님을 고생시키는 일은 없을 것입니다"라고 자신 있게 설명 드리고 참석하신 분들의 긍정적인 반응을 받았다.

행복한 결혼식

나는 나대로 부모님으로부터 결혼 승낙을 받았고 처가댁 승낙을 받는 데 성공했다. 양가 상견례도 마치고 1986년 11월 22일, 홍릉에 소재한 '세종대왕 기념관'에서 결혼식을 올렸다. 당시로는 드물었던 기념관 앞 야외촬영도 했다. 일반 예식장보다 덜 복잡하고 넉넉한 분위기가 좋았다. 당시 신혼여행은 제주도가 대세였다. 택시 한 대를 3일 전세 내어 제주도 각 명승지를 돌며 택시 기사가 지정해 주는 포토존에서 사진 찍고 맛집을 찾아 식사하고 많은 곳을 구경했다. 사실 아내는 음악 합창단 반주를 맡아 합창단과 함께 일본 여행하면서 국제선 비행기도 타 본 적이 있었는데 촌놈인 나는 신혼 여행가면서 처음으로 비행기를 타 봤다. 상상만 하던 비행기를 타 보니 기분이 들뜨고 창밖으로 보이는 한국 산하가 신기해 보였다.

신혼집 구하기

시골집에 부탁하여 전세자금 천만 원을 빌렸다. 시골 논, 밭 등을 담보로 농협에서 빌려 성북구 장위동 단독 주택 2층집 방 두 칸에 첫 둥지를 틀었다. 주인집에 폐를 끼치지 않기 위해 조용히 2층으로 가는 나무 계단을 걸어 올라가던 그 기억도, 아내가 예물로 가지고 온 전축에 LP판을 넣고 클래식 음악을 들었던 기억도 새롭기만 하다.

젊은 신혼부부가 나란히 누워 창문으로 들어오는 따스한 햇빛과 함께 전축에서 흘러나오는 음악을 듣던 그 기억. 전셋집은 아내 피아노 학원도 가까웠고 매우 조용한 양옥집이었다. 빌린 전세금은 분할하여 전액 상환하였다.

아이들의 탄생

결혼 이듬해 1987년 9월, 허니문 베이비인 큰 딸 수진이가 태어났다. 신혼여행 다녀와서 얼마 안 있어 아내가 입덧을 하여 결혼 전에 사고 친 것이 아닌가 하는 장모님의 의심이 있었지만 아내가 의사 소견서 보여주면서 설명 드렸더니 허니문임을 인정하셨다. 나는 내심 첫 애가 아들이기를 바랐다. 아들이면 나랑 운동을 같이 할 수 있고 목욕탕도 같이 가서 서로 등도 밀어주는 등 재미가 있을 거라는 엉뚱한 생각 때문이었다. 입덧하는 아내가 그간 잘 먹던 음식에도 헛구역질하면서 힘들어 하니 참으로 난감하고 평상시 먹지도 않은 피자 사와라, 오뎅 사와라, 딸기 사와라 하면 퇴근길에 사들고 갔던 생각이 난다. 첫 아기인지라 어떻게 대응해야 할지 몰라 당황도 많이 했다. 아기가 밤에 자주 깨서 울어대면 직장 나가는 남편이 잠 설치고 회사 가서 피곤할 거라며 나를 옆방으로 피신시켜 주고, 혼자서 갓난애를 돌본 아내의 배려에 항상 감사한다. 첫 아이 탄생 후 4년 뒤 둘째 딸 수빈이가 태어났고 그로부터 7년 뒤 막내아들이 태어났다.

Chapter 2

일본 주재원 생활

1987년 12월 어느 날, 외근 갔다 회사 건물로 들어서는데 동기 한 명이 나한테 "너 동경법인으로 발령 났더라. 축하한다"라고 얘기했다. 사무실에 들어오니 여기저기서 축하 인사를 해 주었다. 어떻게 업무부 직원이 지점 발령이 날 수 있는 거지? 지금까지 전례가 없던 파격적인 일이었다. 부서장 자리로 가서 "부서장님이 저를 추천하여 발령이 난 것입니까?" 여쭈니 자기도 모르는 일이라고 했다. 나중에 확인을 해보니 현대건설에서 종합상사로 신규 부임하신 故신철규 대표이사께서 회사 전반적인 변화를 주시는 정책의 일환으로 관리 부분에 일하는 직원들에게도 기회를 주라는 특별 지시와 함께 추천은 각 본부장 및 부서장을 거치지 말고 인사팀에서 직접 엄선하라고 한 것이었다. 각 본부장 및 부서장을 거치면 자기들이 선호하는 직원들을 선발하는 경향이 있어서 이를 차단하기 위한 조치였다는 것이다. 참으로 파격적인 정책 실시로 나는 운 좋게 대리 2년차에 주재원으로 선발되었다. 복수 추천제이므로 나와 회사선배 두 사람이 추천되었는데 선배보다 일본어 및 영어 성적이 높아 내가 뽑혔다고 한다. 기쁜 나머지 아내에게 기쁜 소식을 전하니 울먹거렸다. 장모님께 그 해가 가기 전에 결혼하게 해달라고 요청 드리면서 곧 해외 지점 근무 갈 거라고 호언했던 약속은 이렇게 1년여 만에 지켜졌다.

설렘 가득 첫 국제선 비행

제주도 신혼여행 때 처음으로 비행기를 탔는데 해외 주재 발령으로 국제선을 처음 타보게 되었다. 회사에서 만들어 준 여권과 간단한 짐들을 챙겨 들고 김포공항으로 가는 버스를 탈 때부터 출국 수속을 받는 동안의 설렘은 지금도 남아있다. 동경 나리타 공항으로 가는 국제선 비행기는 사이즈도 크고 승무원들도 더욱 세련되어 보였다. 국내선에서는 제공되지 않는 점심도 제공되었다. 일본 입국 절차는 까다롭고 입국 서류 작성도 불편하였다. 같이 동경 발령이 난 선배 직원들과 입국 줄을 서서 한 사람씩 들어가는데 공항 직원이 묻는 질문에 답변을 못하는 사람들을 대신하여 나의 서툰 통역으로 해결되는 것을 보니 참으로 뿌듯하였다. 와~ 내가 진짜 일본인과 일본어 대화를 할 수 있구나. 그간 일본어 한국 선생님과는 일본어 대화를 해보았으나 원어민과의 대화는 처음이었다.

유락쬬 뎅기 비루(有樂町 電氣 빌딩) 사무실 출근

회사에서 주선해 준 재일교포 하숙집에 짐을 풀고 다음 날 전철을 타고 회사로 출근하였다. 현대 계열사 지점이 모두 함께 위치한 사무실이었는데 지하철역과 바로 연결되어 아주 편리하였다. 법인장에게 부임 인사를 드리고 부임 축하와 격려사를 들은 뒤 각 계열사 지점장 및 직원들에게 찾아가 인사를 하였다. 현대건설, 현대전자, 현대중공업, 현대중전기, 현대가구리바트 등등. 법인의 가장 큰 역할은 현대 그룹에 소요되는 일본산 철강재 및 비철금속재를 통합 구매하는 것이었다.

지하철 푸쉬맨이 바쁜 도자이센(東西線)

선배 주재원들이 동경 시내에 비싼 임대료 내고 매우 비좁은 아파트를 임대하여 사는 모습이 마음에 안 차서, 사무실과 거리가 떨어져 있더라도 넓고 앞이 확 트인 남향집을 구해보고 싶었다. 열심히 찾다가 바다와 가깝고 매우 큰 규모의 수족관이 있는 니시카사이西葛에서 마음에 드는 집을 발견하였다. 정남향 3층 아파트였고, 주변에는 백화점과 슈퍼마켓들이 많아 경쟁 속에 가격이 싸면서 제품도 다양하였다. 병원, 유치원 및 지하철역도 아파트에서 가까웠다. 당시 회사 규정에 의해 일본 지역은 가족이 6개월 후에야 남편 임지로 올 수 있었다. 아내도 내가 계약한 아파트를 맘에 들어 했고 아무도

아버지와 하꼬네 여행

살지 않았던 새 주택이어서 더욱 좋았다. 일본식 다다미방도 여유가 있으니 시골 아버지도 초대하여 며칠 계시다 가시고 처제도 일본으로 불러 공부를 하는 동안 잠시 우리 집에서 함께 거주하였다. 처제는 일본에서 지금의 남편 정연길 축산 생명공학 박사를 만나 결혼, 2남 1녀를 낳고 잘 살고 있다. 인연은 그렇게 우연히 만들어진다.

　출근길에 타야 하는 도자이센東西線은 국내 2호선보다 더 지옥철이었다. 역마다 푸쉬맨이 있었다. 전역에서 승차한 사람이 다음 역에서 문이 열리면 튕겨 나가 다시 못 타는 일이 수시로 발생했다. 그러나 보니 팔과 몸이 별도로 있고, 여자 핸드백이 다른 사람들 사이에 끼어 있기도 했다. 어느 여름 날 출근 길, 푸쉬맨에 떠밀려 사람이 엉키다 보니 내 앞에 여성과 정면으로 맞닿게 되었다. 서로가 움직일 수 없는 콩나무 시루 같은 전철 공간인지라 서로 체념하고 얼

굴만 서로 외면하여 서서 세 정거장이 지나도록 상대의 심장 박동을
세어야 하는 기분은 참으로 묘했다.

독일형 삼익 피아노 현지 판매

현대종합상사가 미국, 유럽 등에 삼익 피아노 제품 수출을 매년 신
장하고 있던 때 피아노 본 고장에 가까운 일본 시장 공략을 위해 양
사가 판매 협약을 맺었다. 삼익 피아노 대표이사가 당사에 삼익 브
랜드 피아노 판매 독점권을 허용한 것이다. 독점권 획득이 가능했
던 것은 당시 종합상사 상품부 박상모 차장의 협상 성공 덕이었다.

법인 사무실에 출근하여 뜻하지 않은 소식을 접했다. 내가 관리부
가 아닌 상품부로 전보되어 피아노 판매 전담이 되었다는, 즉 영업
팀으로 전환 배치가 된 것이다. 업무부에 일하면서도 영업부로 이동
하려는 계획 하에 영업 부문의 프로세스, 영업 방법, 고객과의 상담
요령 등을 그간 연습을 해왔기 때문에 너무나 반가운 일이었다. 사연
을 알아보니 본사 상품부를 총괄하는 이사께서 동경 법인장에게 연
락을 하여 내가 영업을 잘 할 것으로 보이니 전담으로 배치해 달라
고 요청하였다는 것이다. 그 얘기를 듣는 순간, 내가 상품부와 업무
부 간 친선 축구 시합을 주선하여 운동장에서 시합을 할 당시 상품
부 이사님도 직접 시합에 참가하셨는데 경기 후 나를 칭찬하셨던 기
억이 났다. 나에 대한 좋은 이미지를 갖고 계신 것으로 생각되었다.
당시 그분 왈 "자네는 몸이 너무 빠르고 개인기가 좋아 수비하기도

힘들어. 참 축구를 잘 하는구만" 하고 말씀하셨는데 그 인연으로 그분과 친숙해졌고 나의 운명은 또 바뀌고 있었던 것이다. 역시 세상은 더불어 사는 것이고 서로 도움을 줄 수 있다는 것을 확실히 알았다.

호랑이 굴에서 살아나기

야마하, 카와이 같은 세계적 브랜드를 가지고 있는 일본 시장에 한국제 피아노를 판다는 것은 호랑이 굴로 들어가는 일과 같았다. 소리도 좋고, 브랜드 지명도도 있고, 품질도 좋은 자국산 피아노가 있는데 일본인이 왜 외국산, 그것도 한국제 피아노를 사겠는가? 답이 있다면 좋은 소리, 멋진 디자인, 좋은 품질에 경쟁적인 가격!

결국 판매 성공은 유력 대리점 네트워크를 얼마나 구성하느냐였다. 각 지역별 피아노 취급점 소재 지역을 파악하고 순회 방문을 통해 그들과의 얼굴을 익혀가는 노력을 쉼 없이 하였다. 대리점 사장들은 한국 사람이 왔으니 만나는 본다는 심정으로 응대 하는데 취급할 의사가 거의 없었다. 굵직한 대리점은 모두 야마하, 카와이와 특약 관계로 묶여 있었다. 그들에게 어프로치 했던 하나의 방법은 그들이 별도 판매 회사를 만들어 우리 피아노를 팔게 하는 것인데 과연 그런 투자를 할 가치가 있느냐 하는 부분에서 그들은 리스크를 지려고 하지 않았다.

초조함과 고민 속에 궁리해 낸 방안은 다음과 같다.

1) 독일인이 설계한 독일형 피아노 어필소리, 가격, 품질 양호: 일반

관심 취급점

2) 유력 취급점 대상 위탁판매 시도: 제품 팔리면 대금 지불하세요

3) 보수적인 취급점 사장 대상으로 인간적 접근: 일본어 수기手記 편지 쓰기, 자주 인사 가기

4) 외상 지불 기간 연장

각각의 전략이 조금씩 먹혀 대리점 수가 점점 늘어 갔다. 그러나 영세 규모의 대리점들이 많은지라 대리점 계약서 맺는 것도 부담스러워 하여 상호 신용 베이스로 거래를 지속하였다. 한 가지 사례로, 고가古河, Koga 피아노라는 제법 규모 있는 대리점 후보사를 발견했으나 한국산 제품에 부정적이었다. 연세가 많으시고 고집도 있는 사장 마음을 붙들기 위해 나는 수십 차례의 방문은 물론 수십 통의 손 편지를 썼다. 일본어 편지를 자유자재로 쓸 실력은 아니어서 종종 문법도 틀리고 단어도 틀렸다. 편지를 써 가면서 작문 실력도 늘어 갔고 고객사 사장과 친해졌다. 나의 가상한 노력에 감화한 사장은 비즈니스 기회를 열어 주었다. 동양권에서는 예로부터 글로 쓰고 전달하는 기록문화가 발달하였고 그리스, 로마 등 유럽에서는 말로 설파하는 기술들이 많이 발달하였다. 기록으로 남는 손 편지는 위력이 있었다. 나 같은 젊은이가 열심히 살아가는 모습이 예뻐 보여 도와주고 싶었다고 말씀하셨다.

일본 피아노와 한국 피아노의 차이

삼익 피아노가 가격, 음색에서는 나름 인정을 받았다. 그런데 겨울철이 되자 클레임이 터지기 시작했다. 주요 클레임은 피아노 건반이 내려갔다 올라오지 않는다는 것이었다. 피아노 건반이 안 올라오면 연주가 되지 않는 대형 사건이다.

한국에서 파견된 수리 엔지니어를 데리고 피아노 사용 고객을 찾아가서 피아노 상판을 열어 조사해 보니 건반에 습기가 차고 일부는 곰팡이까지 생겨 건반이 안 올라온 것이었다. 일본 가정집은 한국과 같이 온돌난방이 아니고 집안에 난로를 피워 온기를 유지하는 방식이었다. 겨울에는 외풍이 들어오지 않도록 창문에 비닐 테이핑을 하는데 문제는 젖은 빨래를 난로 근방에 걸어 건조를 시켰다는 점이다. 그러다 보니 빨래에서 나온 습기들이 나무 속으로 파고 들어 가는데, 피아노는 향판을 비롯해 나무 소재가 많아 이를 흡수하는 데 적격인 것이었다. 엔지니어가 곰팡이를 긁어내고 열풍기로 나무를 말려 임시 수리를 하였다. 어떤 고객은 제품을 반환하기도 하였다. 일본산 피아노는 어땠을까? 겨울에 건반이 안 올라오는 경우가 거의 없었다. 본 클레임은 내부적으로 큰 이슈가 되어 정밀 분석하였는데 일본제와 한국제 피아노 목재 건조하는 방식에서 큰 차이가 있었다. 일본은 목재를 바닷물에 오랫동안 담가 두면서 목재 내부의 송진을 빼 낸 뒤 자연광에서 자연 건조를 시키는데 반해 한국 피아노에 쓰인 목재는 체임버에 넣고 높은 열을 가해 기계식으로 강제 건조를 하므로 진이 완전히 빠지지 않아 목재 내부에 일부 습기가 남아있었다. 남은 습기는 외부 습기를 추가로 흡수하여 곰팡이가 피는 환경을 촉진했고, 건반 사이에 곰팡이가 생겨 건반 올라오는 걸 방해했던 것이다. 한국 피아노 목재 건조의 원천적인 문제점은 후천적으로 개선할 수 있는 일이 아니어서 곰팡이로 건반이 자주 안 올라오는 피아노는 교체를 해 주거나 반품을 받는 사례까지 있었다. 겨울이 다가오면 영업 담당자와 수리기술자는 항상 긴장하게 되었고 판매 신장에 장애요인도 되었다.

이시다 사장과 인연 시작

이시다石田 피아노 사社의 이시다 사장은 뛰어난 사업가였다. 야마하 피아노 판매 및 음악학원을 여러 곳에 운영하고 있었고 서양 비즈니스 트렌드를 꿰고 있을 정도의 안목도 있었다. 그의 아내는 일본에서도 유명하다는 무사시노 음대를 졸업한 미인이었다. 야마하를 팔고 있기에 한국 피아노를 팔 수 없는 실정인데 발이 넓은 사람이라 어떻게 해서라도 비즈니스 관계를 만들고 싶어 공을 많이 들였다.

그와 인간적으로 친해지게 되어 하루는 고급 저택에 초대를 받았다. 일본인은 통상 자기 집에 외부 사람을 초대하지 않는다. 그런데 첫 방문일에 사고를 쳤다. 화장실 변기에 소변을 누고 어떤 버튼을 눌렀더니 찌~익하고 철사봉이 앞으로 나오는 게 아닌가. '이게 뭐지?' 하고 바라보고 있는데 갑자기 물줄기가 분수처럼 천장을 때렸다. 당황한 나는 깜짝 놀라 변기 뚜껑을 닫고 눌렀는데도 뚜껑 사이로 물이 줄줄 흘러나왔다. 약 1~2분 정도 경과하자 물이 멎었다. 1988년에 비데를 처음으로 보고 경험했던 것이다. 바닥에 흥건히 고인 물을 타월로 닦아 청소를 깨끗이 한 뒤 이시다 사장에게 가서 자초지종을 설명했더니 깔깔대고 웃었다.

무조건 비즈니스를 만들겠다는 목표로 어느 정도 친분이 쌓였을 즈음, 또 하나의 사고를 쳤다. 회사 상부에 보고 없이, 이시다 사장에게 사전 협의도 없이 피아노 두 대를 트럭 회사에 의뢰하여 이시다 피아노 가게에 배송해 버린 것이다. 피아노 매장에서는 자기네들이 주문하지도 않은 피아노 2대, 그것도 한국산 피아노가 왔으니 이게 무슨 일이냐고……. 이시다 사장에게 설명을 했다. 위탁 판매로 물건을 줄 테니 피아노 팔리면 대금 주라고. 난색을 표현한 그에게 "당신네들 백화점 특판할 때 사이드로 팔면 되지 않냐? 그러면 야마하와 상충되는 일도 없고. 여하간 나는 2대를 돌려받지 않을 테니 삶아 먹던지 구워 먹던지 맘대로 하쇼" 하고 똥배짱을 튕겼다.

한편 주문서 없이 피아노 2대를 내보냈다고 질책하는 회사 상관에게는 어디로 증발되는 물건은 아니니 필히 팔아 대금을 받겠다고 사정하여 상황을 넘어갔다. 그런 일이 발생한 후 그는 우리 피아노를 상당수 팔아 주었다. 역시 사람이 자산이다.

일생에 기회는 한 번만 오는가?

　이시다 사장은 자기네 회사 직원을 상대로 1년에 한 번 가는 샤인 료꼬社圓 旅行에 우리 가족을 초대하여 그의 회사 직원들과 함께 온천 여행도 갔다. 그는 종종 나에게 회사를 그만두고 본인과 사업을 하자고 했다. 봉급쟁이 해서는 돈을 모을 수 없고 풍요롭게 살기 어렵다는 것이다. 그의 대학 친구들도 미쯔이, 미쓰비시, 스미토모 상사 등에서 근무하고 있지만 모임에 나와도 한 턱 내는 것은 거의 불가하여 거의 자신이 지불한다고 했다.

　무슨 사업을 하자는 것이냐 하고 묻자 한국에 '회전 스시' 식당을 열고 그 다음은 '아웃백' 같은 식당 체인점을 열자고 했다. 필요한 요리사 및 자금은 모두 자기가 댈 테니 나는 총괄 사장을 하라는 것이었다. 레스토랑 트렌드가 미국 → 일본 → 한국으로 움직이고 있으니 일본이 이미 그러했듯이 한국으로 움직일 것이라고 설명했다. 나에 대한 신뢰가 있기에 제안을 한다고 덧붙였다. 그런 좋은 제안을 소심한 판단으로 그만 거절하였다. 종합상사맨에 대한 자부심이 식당 사장을 하는 것보다 더 중요하다고 생각했다.

　이런 사업 제안을 1989년 후반부터 해 왔는데 내가 1990년 말 한국 본사 복귀 후 반 년이 지났을 무렵, 신문 광고에 '회전 스시' 레스토랑이 한국 최초로 개점했다고 나왔다. 그리고 얼마 후 미국형 레스토랑 체인점들이 들어서기 시작했다. 그의 예언이 맞아 떨어진 것이다. 지나고 보니 내 인생에서 오는 몇 번의 기회가 있었다면 그 첫 번째가 이 사업이 아니었나 생각된다. 식당 분점을 여러 도시에 만들어 갔다면 식당 체인점 운영의 큰 손이 되었을 수도……. 물론 정반대의 결과가 나왔을 수도 있다. 후회는 없지만 아쉬움은 남았다.

나만의 일본어 공부법

초기 독학으로 시작하여 사내 교육을 받으면서 일취월장하여 일본어 독해와 회화 실력이 늘어 갔다. 일본 발령을 받기 직전에 열심히 공부했던 책은 당시 시사영어사에서 발간한 일상회화 일본어 책이었는데 책 페이지 왼쪽은 일본어, 오른쪽은 한글이 적혀 있었다. 왼쪽 일본어 부분을 종이로 가린 채 오른쪽 한글만을 보고 일본어로 번역하는 연습을, 또는 역으로 일본어를 한국어로 바꾸는 연습을 자주 했다. 그리고 맨 처음 일본 공항에 도착하여 실전 일본어를 하는데 나도 모르게 술술 나왔다. 일본에 도착해서는 일본 NHK 드라마를 계속 시청하면서 배우들이 하는 대사를 들리는 대로 한글로 적어 놨다가 드라마 끝난 후 드라마 장면을 연상하면서 일본어 사전을 찾아 노트에 정리하기 시작하였다. 어떤 단어는 잘못 듣고 적어 사전에서 찾을 수 없는 단어도 부지기수였다. 사전에서 신규 단어를 찾으면 사전에 예문이 있는 것도 노트에 적어 나갔는데 기록한 날짜도 적어 두었다. 문방구에서 찾기 힘든 특特 A4 용지 크기의 큰 노트였는데 정리를 해 가다 보니 10권이 훌쩍 넘었다. 손때 묻은 이 노트들은 서재에 아직도 잘 보관되어있다. 물론 일본 신문 및 잡지 기사도 닥치는 대로 읽고 새로운 단어를 기록해갔다. 그렇게 매일 공부를 해 나가다 보니 일본어 전공자를 제외하고는 일본어 구사 능력이 높은 편에 속했다. 영어나 한글도 같은 단어를 연속으로 쓰는 것보다 의미는 같으나 다른 단어, 표현을 하는 여유가 생기니 언어 품격도 향상되었다. 고객에게 손 편지 쓰는 것도 점차 자신이 더해졌다. 나중에는 일본 속담집 책도 샀다.

니이가타 지점으로 이동

피아노 판매 신장을 위해 본사 상품팀 박상모 차장이 동경에 부임하여 피아노 전담 팀장이 되었다. 경력이 짧은 대리급 책임자인 내가 판매 확대를 하는 것에 한계가 있다고 느껴서 베테랑을 추가 파견한 것이다. 야마하, 카와이가 주름잡고 있는 일본 피아노 시장을 본사에서 잘못 이해하고 있는 부분도 있었다. 판매가 보합세로 유지되고 있는 가운데 한 가지 일이 발생하였다. 니이가타에 신설 지점을 개설하려 하는데 박 차장이 적임자로 보이니 그곳으로 가라는 동경 법인장의 통보를 접했다. 회사의 명령이니 어쩔 수 없는 상황이었다. 개설 이유인즉, 현대 그룹이 정주영 회장님 주도하에 러시아 스베틀라야 산림 개발권을 취득, 현지 상황 점검차 회장님이 수시로 현지 출장을 가시게 되었다. 니이가타는 대항항공이 취항하고 있고 스베틀라야 쪽을 가는 비행기편은 니이가타 밖에 없어 현대 방문단 이동 편의를 위해 불가불 지점이 개설되었다. 당시 일본은 경제 상

황 및 경기가 좋아 나중에 거품 경기가 빠지고 불경기에 접어들었음 현대종합
상사 지점이 이미 6개 동경, 오사카, 나고야, 큐슈, 시코쿠, 삿포로가 있었고
니이가타가 추가되어 7개 지점이 되었다.

박 차장은 지점을 개설하는 것은 좋은데 기본 운영이 되어야 하니
피아노 판매 본점을 동경에서 니이가타로 옮겨 달라고 상부에 요청
어렵게 승낙을 받았다. 자연스럽게 나도 니이가타로 전근되었다. 니
이가타는 일본에서도 쌀 품질이 좋고 물이 좋은 곳으로 양질의 일본
주酒, 정종가 생산되고 미인이 많다고 하는 지역이다. 바닷가도 그리
멀지 않고 겨울에는 많은 눈이 쌓여 온통 설국雪國이라 스키장도 많
다. 일본인 최초 노벨문학상을 받은 가와바타 야스나리 소설『설국』
의 배경이 된 도시였다. 유명한 온천과 멋진 골프장도 즐비했다. 차
로 몇 시간 움직이면 2,000m가 넘는 산들이 즐비한 북알프스가 있
는데 유명한 오쿠호타 다케3,190m, 야리가 타케3,180m 등이 여기에
속한다. 한 여름철에도 녹지 않는 만년설과 울창한 산림이 눈부시
게 아름답다. 고산지대에 가면 1년에 겨우 몇 mm 자라는 앉은뱅이
나무들이 가득하다. 바람과 추위 등 척박한 환경 탓에 나무들이 한
껏 자라지 못하기 때문이다. 동경 생활 2년보다 니이가타 생활 1년
이 심적으로 훨씬 풍요롭고 평화로웠다. 지금도 니이가타 이름을 들
으면 내 젊은 시절의 니이가타 추억이 떠오른다. 박 지점장과 같이
차로 이동하면서 불렀던 나훈아의 〈무시로〉는 들을 때마다 나를 니
이가타로 데려갔다. 그분은 니이가타 주재 인연으로 사업이 번창하
여 매우 성공한 인사가 되었고 시집도 발간했다. 지금도 가끔 서로

의 안부를 확인하고 산다.

골프 입문

니이가타에서 새로이 도전한 것은 골프였다. 박 지점장을 따라 골프연습장 가서 7번 아이언으로 연습해 보다가 어느 날 골프채 세일이 있다고 한 세트 구입하라는 지점장의 권유로 미즈노 아이언 세트를 덥석 샀다. 운동 신경은 조금 있는 편이어서 실내 연습장에서 흉내 스윙을 하다 보니 공이 반듯하게 날아갔다. 당시만 해도 그린피가 비싸 낮 시간에는 엄두를 못 내던 중, 알아보니 조조할인 골프장이 운영되고 있는 곳이 몇 군데 있었다. 선착순으로 몇 십 팀을 받아주는 것이라 집에서 새벽 2시 30분경 출발하여 골프장 대문 앞에서 줄을 서서 입장을 기다린 뒤 당일 허용 팀 수에 들어가면 입장, 허용치를 넘으면 바로 앞에서 기회가 날아가기도 하였다. 골프장 정식 멤버들이 입장하기 전까지 운동을 마쳐야 하기 때문에 여명이 트기 전에 티오프하는 출발팀의 공이 어느 방향으로 날아가는지 뒤 팀이 일제히 봐줘야 하는 재미있는 광경이 연출되었다. 초기에는 골프장에서 공을 못 맞추고 땅도 많이 팠다. 한국에 귀국해서는 골프할 여력이 없어 골프채를 창고에 넣어 두었다. 그러나 일단 이렇게 나의 골프는 시작되었다.

왕회장님 의전 준비와 합석

1990년 5월경, 서울에서 스베틀라야로 이동하기 위해 왕회장님 일행이 대한항공 편으로 니이가타에 오신다는 전통이 왔다. 지점장과 나는 방문자 일행이 니이가타에 머무는 시간, 즉 환승시간 2시간 차를 감안, 상세한 의전 시나리오를 아래와 같이 짰다.

첫째, 식사는 한식, 일식, 중식 중 무엇으로 할 것인가? 예상하겠지만 비행기에서 내린 왕회장님의 그 날 느낌에 따라 정해지는 것이어서 맛이 좋다고 평가된 세 군데 식당을 동시에 예약했다. 한식만 준비했는데 갑자기 일식이 드시고 싶다하면 낭패가 생기기 때문이다. 물론 예약한 식당에 사전에 들러 식사 메뉴를 체크하고 실제 요리도 시켜 시식을 했다. 음식점 사장에게는 미리 VIP가 방문할 시 대응 요령도 귀띔을 해 두었다.

둘째, 스베틀라야로 가는 비행기 탑승시간을 고려, 공항에서 각 식당으로 가는 데 소요되는 시간 및 동선 확인이었다. 동 시간대에 이동 도로 옵션을 통해 걸리는 평균시간을 체크했다. 일행을 차량으로 모시게 될 지점장이 직접 운전대를 잡고 나는 조수석에 앉아 도로 상황 및 시간을 체크했다. 맨 먼저 최단 거리 코스로 이동 시 소요시간, 갑작스런 도로 정체를 가정한 우회 도로 이용 시 소요시간, 제 3의 우회 도로 체크 등 몇 차례 예행연습을 하였다. 실수가 있어서는 안 되기 때문이었다.

셋째, 혹 식사를 안 하신다고 했을 시 대안은? 가까운 온천, 구경

거리 점검 등이었다.

간부 직원 사이에 "일에 실패하면 용서 받아도 의전儀典에 실패하면 용서받지 못한다"라는 말이 회자되었다. 일 잘하고 똑똑하다고 평가 받아 온 어느 책임자가 의전 한 번 실패하여 회사를 그만 두거나 전보되는 소문을 많이 들어봤다. 들었던 소문 중의 하나는 왕회장님께서 미국 각 지역 지점장들의 순차적 유선 업무 보고를 받고 계셨는데 어느 지점장 보고 중에 갑자기 아기 울음소리가 전화에 들어가고 말았다. 그러자 회장님께서 "당신은 지금 사무실에서 전화하는 것이 아니고 집에서 하고 있는 거야?"라는 질책이 있었다고 한다. 그런 뒤 해당 지점장은 본사 복귀 명령을 받았다고. 미국 지점의 경우 지역에 따라 새벽 4~6시에 전화 보고를 해야 하는데 평상시는 사무실에서 하다가 그날따라 집에서 하다가 들켜서 이삿짐을 쌌다는 것이다. 하필 애가 그 시간에 우는 바람에….

왕회장님이 도착하시고, 한식을 하자고 하여 한식당으로 이동 후 같은 룸에서 식사를 하게 되었다. 당시 일행에는 언론에도 유명했고 나중에 MBC드라마 주인공이기도 했던 현대건설 이 사장, 현대종합상사 자원개발 본부장 주 전무후일, 한국 가스공사 사장 역임 외 2인이 합석했다. 왕회장님은 식사를 하시면서 가장 막내인 나에게도 식사 많이 하라고 따뜻한 말씀을 해주셨다. 식사 담화 중에, 스베틀라야에서는 아무런 위락시설이 없어 낚시를 어쩔 수 없이 하게 되는데 이번에도 가게 되면 또 낚시를 해야 된다고 누군가 얘기를 꺼내니 왕회장님 왈, "나는 낚시를 좋아하지 않아서 안 한다"고 하시니 이 사장이

"우리 회장님은 낚시는 싫어하시는데 잡힌 생선을 잘 드신다"고 재담을 하여 모두가 크게 웃었던 기억이 난다. 본사에 있었으면 먼 발치에서 지나가는 모습만 뵐 수 있는 왕회장님을 바로 코앞에서 접할 수 있었던 것은 주재원이 갖는 특권인가 하는 생각도 들었다. 그리고 소문대로 회장님 손은 정말로 크다는 것을 곁눈으로 확인할 수 있었다. 지나고 보니 그 자리는 매우 역사적인 자리였다. 준비했던 의전은 무난히 끝났는데 지점장이 나중에 하신 말씀 하나는, 도로 신호가 바뀔 것 같아 차를 빠르게 몰았더니 "박 지점장, 그렇게 운전하면 운전면허 뺏을 거야" 하고 웃으셨는데 당시 너무 긴장했다고 한다.

지점 축소와 이별여행

일본 거품 경기가 빠르게 가라앉으니 실적도 떨어지고 타산도 안 맞아 7개 지점을 차츰 줄여 가거나 지점원 수를 줄이기 시작했다. 지점장의 노력에도 불구하고 지점원인 나도 축소 대상이 되어 4년을 못 채운 채 약 3년 만에 귀국 명령을 받았다. 참으로 안타까웠다. 해외수당 상당액을 저축 및 계를 들고 있어서 1년만 더 주재하면 목돈을 만질 수 있었는데 모든 것이 수포로 돌아갔다. 일본 주재 중 고향 시골과 처가에 동일 금액 용돈 드리는 것도 더 이상 지속할 수 없게 되었다. 해외수당이 없는 본사 급여로는 감당할 수가 없었기 때문이다. 가족 여행도 뒤로 미루고 열심히 일하며 저축하고 있었는데 한편으로는 회사가 야속하기도 했다. 흐름에 거역할 수도 없어 받아들이기로 하고 서둘러 일본과의 이별여행지를 선택하였다.

첫 장소는 일본의 알프스라고 불리는 북알프스 중 관광객이 많은 다테야마산 여행이었다. 일본 회사명 중 알프스, 알파인이 있는데 모두 북알프스와 연관이 있다고 들었다. 코스는 도야마역에서 출발하는 다테야마 산악철도를 타고 가미코까지 이동, 그 후 버스로 갈아타고 산 정상까지 갔다. 이동 중에 펼쳐지는 바깥 풍경은 동화 속 그림 같았다. 중간 중간에 도보로 이동하는 트래킹족도 보고, 굽이굽이 커브길을 돌고 돌아 올라가는 버스의 흔들림도 느끼면서 아내와 딸은 물론 모든 탑승객이 감탄사를 쏟아냈다. 산 정상에 다다르니 바위산을 뚫어 만든 터널이 있는데 터널 양쪽에서 동시에 버스가 출발, 터널 한 중앙에서 교차하는 것도 신기했다. 터널을 빠져 나와 하차하여 산 밑에 있는 다테야마댐을 내려다보니 짙푸른 물이 가득 차 있고 그 위로 케이블카가 운행되고 있었다. 여기 저기 만년설과 2,000m 넘는 산들이 연속적으로 이어져 있는 모습이 장관이었다. 그때까지 일본에서 본 가장 아름다운 풍광이었다.

두 번째 여행지는 니이가타현 앞 바다에 있는 '사도佐渡 섬'이었다. 니이가타항에서 페리호에 차를 싣고 가족 여행을 한 것이다. 제주도 크기의 반 정도 되는 큰 섬인데 애도시대에 세도가와 지식인들이 유배되는 곳으로도 악명이 높았다고 한다. 사도금산에 위치한 금광 채굴에 천 명이 넘은 조선인이 강제노역을 했다고 크게 알려진 계기는 일본 정부가 사도 광산을 유네스코 세계문화유산에 등재 신청을 하게 되면서부터이다. 여행 당시에는 이런 역사적 배경을 전혀 모른

채 현지 관광지 유명세를 듣고 갔었다. 섬에는 따오기 숲 공원, 오미즈시마 해수욕장 등 볼만한 경관들이 많이 있다. 이렇게 하여 일본 주재 생활은 막이 내렸다.

　일본에 가기 전에는 역사적으로 얽힌 감정 등에 영향을 받아 다소 거리가 있던 나라였는데 그들의 선진 문화와 예절, 매사 처리의 섬세함, 신용, 전통이 이어지는 교육제도, 음식 그리고 전국으로 연결된 철도와 신칸센은 나에게 많은 깨우침을 주었다. 누군가가 말하기를, 선진국은 기준을 만들어 가는 나라이고 인문학적 통찰이 존재하면서 대답을 잘하는 것보다 질문을 잘하는 곳이라 했다. 일본은 그들만의 기준을 만들어 실천하는 나라이며 노벨상을 20명 이상 배출한 선진국이다. 내가 부임한 80년대 일본 식당이나 선술집에서는 노미호다이처음 값 지불하고 그 이후에는 술을 맘대로 갖다 마심와 다베호다이처음 값 지불하고 마음대로 음식을 갖다 먹음 제도가 성행하고 있었다. 요즘 한국에서 많이 적용되는 '무한 리필'과 같은 개념인데 우리보다 훨씬 앞서 자기들 기준을 설정, 적용되고 있었던 것이다. 두 군데의 여행으로 그나마 아쉬움을 달래고 '일본이여, 사요나라안녕~~!'라는 입안소리를 되뇌며 귀국길에 올랐다.

Chapter 3

진정한 리더란

　본사 복귀 결정이 나고 이삿짐을 정리하였다. 정든 니이가타를 떠난다고 하니 아쉬움이 매우 컸다. 일본어 실력도 제법 물이 올라 속담고또와자까지도 공부하기 시작했는데 더 완성을 못하고 접는 마음 한 구석이 허전하기만 했다. 여행다운 여행도 못 해보고 본사로 복귀하는 것에 대한 억울함도 겹쳤다.

　본사 인사팀장이 근무 희망 부서를 물어 왔다. 동경 발령이 나기 전부터 가려고 했던 부서가 기계부였기에 기계부로 가게 해 달라고 했다. 그런데 인사팀장은 최근 전자부가 뜨고 있고 유망해 보이니 전자부로 가라고 했다. 내가 머뭇거리니 일단 가보고 맘에 안 들면 나중에 부서를 전환배치 해주겠다고 설득해 전자부로 정하고 귀국 길에 올랐다.

전자부 통신과에 배치되다

인사팀장에게서 들은 대로 전자부는 분주하게 돌아가고 있었다. 전자부라는 부서로 독립하여 설립된 지는 얼마 안 되었지만 현대전자에서 생산하고 있는 PC, 모니터, 전화기, 차량 오디오 및 위성방송 수신기 등을 수출하고 있었다. 대부분 아이템은 유럽 쪽에 팔리는 편이었고 차량용 오디오는 미국 쪽에 많이 팔렸다. 지인은 거의 없는 부서로 배치되니 이방인 같은 느낌도 들었다. 미국 지점에서 근무하다 들어왔다는 부서장은 새로 전입 온 신병 같은 사람을 따뜻하게 품기보다는 다소 편견을 가지고 대했다. 해외에서 근무하다 들어오면 본사 주파수를 맞추는데 통상 3개월 이상이 걸린다는데 그의 살갑지 않은 태도는 스트레스가 되었다. 다행히 밀라노 지점 근무 마치고 귀국하셨다는 김종곤 차장님은 "박 대리, 본사 생활 적응하려면 6개월은 필요할 거야. 서두르지 말고 마음에 여유를 갖고 근무하라"고 격려를 해주셨는데 참으로 큰 위안이 되었다. 다행히 기존 부서장은 회사를 떠났고 차장님이 이듬해 부장으로 승진하여 부서장이 되셨다.

영어 미팅에서 일본어가 불쑥

일본 가기 전까지는 나름 영어 회화 실력이 괜찮았다. 하지만 일본 생활 3년 동안 일본어만을 사용했기 때문에 영어 감각이 바닥으로 확 떨어진 탓에 유럽 손님과 미팅을 하는데 힘이 들었다. 상대가 말하는 영어는 대략 알아듣겠는데 내가 말하려 하면 거의 혀가 돌아가지 않아서 무척 당황했다. "예스, 예스"라고 답해야 할 대목에서 "하이, 하이"가 튀어나오고 "As I explained it내가 설명드렸듯이"이라고 얘기하는 대목에서는 "와다시가 세쯔메이 싯다 요우니"가 나도 모르게 튀어나와 상대방을 당황시켰다. 그날부터 바로 영어 공부에 시간을 할애했고 조금씩 입이 열리기 시작했다. 통상 일본, 중국 및 스페인어 문화권에 근무하게 되면 근무 중 현지 언어를 사용할 수밖에 없어 영어가 상대적으로 제2언어 신세가 되다 보니 영어 능력이 퇴보하게 되고 실력 복원하는 데 집중적인 노력이 필요하다. 요즘은 어디에서나 CNN, BBC 등 유선 TV 영어 방송이 존재하므로 내가 경험한 그런 황당함을 당하는 일이 거의 없을 것이다.

인사 고과는 투명하게

하루는 부서장 호출이 있어 자리로 갔더니 통신과 외에 정보과까지 맡아 보라고 말씀하셨다. 두 팀을 맡는 것은 물리적으로 힘들고 내 능력으로 볼 때도 무리라고 정중히 거절했더니 맡을 사람이 나밖에 없다고 설득을 하셨다. 어쩔 수 없이 두 팀을 관리하는 과장이 되었다. 사실 초기 거절은 하였으나 내심 조직 운영에 대한 자신감은 항상 있어 다다익선을 지향하는 나였다. 때로는 거칠게 때로는 치밀하게 또 때로는 방임적인 방식을 동원해 조직을 운영하였다. 팀원들은 개성이 강하고 덩치도 크고 성깔도 있어서 술 마시다 외부인들과 싸움이 벌어지는 일도 몇 차례 있었다. 대개 상대방 측에서 결례를 하여 싸움이 일어났다. 어느 날에는 소위 동네 깍두기들과 한 바탕 소동이 벌어져서 손을 다친 사람도 나왔다. 어떤 날에는 무교동 '무랑루즈'에서 시비가 붙었는데 상대측에서 맥주병을 깨고 선공을 해왔다. 그러자 우리 직원 두 명이 각각 맥주병 두 병을 동시에 테이블에 부딪쳐 깨고 날카롭게 깨진 맥주병 손잡이 두 개를 들고 무대로 올라가 "너 이 자식들, 무대로 올라와! 상대해 줄 테니까!"하고 소리를 질렀다. 그러자 실내가 완전 무질서의 소용돌이에 빠졌다. 순간 겁이 덜컥 났다. 그날 회식 모임의 헤드였던 나는 바로 무대로 쫓아올라가 두 명의 직원에게 호통을 쳐서 무대 밑으로 끌어내렸고, 웨이터들이 중간에서 사태 수습을 해준 덕분에 천만다행으로 더 큰 사고로 번지지는 않았다. 이런 터프가이들이 팀 멤버로 있다 보니 나 또한 어느 정도의 터프함 없이는 팀 운영의 묘를 살릴 수 없었다. 나 또한 젊은 혈기로 같이 주먹을 휘두르기도 했다.

　얘기가 다소 빗나갔는데, 두 과課 8명을 인사 고과하라는 통지가 왔다. 곧바로 인사과에 가서 회사에서 사용하는 직급별 인사 고과 평가서 샘플을 줄 수 있냐고 문의하였는데 실무자는 안 된다고 했다. 실무자와 얘기해서는 안 될 것 같아 인사과장에게 부탁을 하였다. 평가 내용이 적혀 있지 않는 평가문항만 표시된 샘플이면 되니 출력본 혹은 복사본을 한 부 달라고 했다. 그러자 "왜 필요하냐?"고 물었다. "사원, 대리 시절 상부에서 나를 평가하는데 무슨 내용에 근거하여 평가하는 줄 모르고 평가를 받았다. 그때 그것이 궁금했고 내가 평가자가 된다면 피평가자들에게 평가 항목을 알게 한 뒤 공정한 평가를 하겠다고 결심해서이다"라고 답변했다. 인사과장은 '여태 이런 요구를 받아 본 적이 없었는데' 하고 고민하다가 샘플을 내주었다.

그 해당 샘플을 인원수대로 복사, 준비하고는 직원들을 회의실로 모아 자초지종과 함께 나눠 주니 직원들도 그때까지 본 적도 없고 경험하지 못한 인사 고과 문항들을 펴 들고 신기한 표정을 지었다. 그 문항표는 순식간에 옆 팀으로 공유가 되었다. 내가 가졌던 인사 고과에 대한 궁금증이 만들어 낸 결과물이었다.

유럽 주요 7개국 순회 출장과 톨레도 관광

부서장은 해외 영업을 하는 직원들이 실전 경험을 하도록 고참 혹은 조수 없이 혼자 해외 출장을 갈 수 있게 배려해 주셨다. 보스가 실행하는 그런 방식을 보고 배우면서 후일 나도 후배들에게 의도적인 해외 출장 기회를 만들어 주는 노력을 하였다. 해외 출장이라고는 일본 출장 밖에 가본 적 없는 나에게 나 홀로 유럽 출장 기회를 주신 것이다. 전자부 각종 샘플과 고객용 선물을 가슴팍까지 올라오는 큰 가방에 가득 채웠더니 예외 없이 비행기 화물 초과 운임이 발생했다. 혼자 싣고 끄집어내고 끌기도 무거운 그 샘플 가방! 지점이 있는 지역 출장을 가면 지점원이 도착 공항까지 나와 차로 픽업을 해주니 한결 수월하지만 지점이 없는 지역에 출장 갈 때는 온몸이 땀 범벅이 되었다. 고객과 미팅 및 식사를 마치고 호텔방에 돌아오면 녹초가 되었다. 미팅 피로와 한국과의 8시간 시차는 얼굴색을 황색에서 창백한 백색으로 만들었다. 하루 미팅 마치면 짐 싸서 인접국으로 이동, 다음 날 미팅 그리고 미팅. 그럼에도 본사로 보낼 출장 중간보고서 작성, 팩스 송부도 해야 했으니 한 번 다녀오면 몸무게 2kg는 쉽게 빠졌다. 내 기억으로 12박 13일 출장이었다.

출장 중 일요일을 스페인 마드리드에서 보낼 수 있었다. 마드리드 지점원이 관광이나 하라고 관광버스 탑승지까지 태워다주어 홀로 마드리드에서 약 70km 떨어진 톨레도 관광을 하는 행운을 얻었다. 톨레도는 도시 전체가 세계 문화유산으로도 지정되었고 중세시대 스페인 수도였다. 세르반테스 『돈키호테』 소설도 작가가 이곳에서 군인 생활하면서 쓴 작품이라고 한다. 지금도 기억나는 톨레도 대성당은 고딕식과 르네상스 양식으로 지어진 스페인 최고의 성당으로 건축 기간만 약 270년 소요되었다고 한다. 중세 모습을 간직하고 있는 톨레도는 꼭 한 번 들러 봐야 할 관광 추천 명소이다. 혼자 영어 및 스페인어를 뒤섞어 써 가면서 도시를 돌아보다가 우연히 만난 일본인 관광 그룹을 따라 일본어 해설을 들으니 조금 이해가 되었다. 내가 시간 투자하여 공부한 바 있는 스페인어와 일본어를 유럽에 와서 써 보다니 참으로 감개무량하고 보람을 느꼈다.

나 홀로 출장을 통해 금액으로 환산할 수 없는 현장 경험을 하게 되었고 대처 요령도 많이 늘었다. 그리고 직접 고객을 만나 얼굴도 익히고 친해져 후일 상호 호혜적인 거래를 이어갔으며 진행 방향을 설정할 수 있었다. 무엇보다 고귀한 것은 고객과의 미팅 진행 요령 학습과 향후 더 큰 거래를 위해 공급자 측에서 품질 문제를 어떻게 대응해야 하는지 확실히 인식한 점이다.

아파트 주택 조합 가입

월급쟁이를 하는 사람의 로망은 자기 집을 갖는 것이다. 전세살이를 하는 우리 가족은 계약 기간이 끝나면 전세금을 올려 주거나 전세금이 맞는 전셋집으로 이사를 계속해야 했다. 주택 청약도 몇 번 해 보았으나 당첨이 되지 않던 차에 마침 회사 내 이미 결성된 주택 조합에 부적격자가 다수 발생하여 추가 대체 조합원을 뽑는다는 소식을 접했다. 곧바로 가입 신청을 하였다. 아파트 건설 지역이 목동이라는 것도 마음을 끌었다. 부적격자라고 함은 이미 주택을 소유하고 있는 사람은 주택 조합원 자격에 결격이 된다는 조항에 부합하는 경우였다. 부적격자를 대체하여 조합원이 되는 대신 기존 멤버에게 일정액의 프리미엄을 지불하는 조건으로 신규 조합원이 되었다. 문제는 요구 프리미엄 금액이 너무 과다해서 이 금액을 낮추는 작업을 하는데, 기존 멤버들의 의견들이 분분하여 서로 합의가 안 되고 지지부진하였다는 점이다. 이에 조합장이 기존 멤버와 신규 멤버를 한 자리에 모아 합의안을 만들자고 제안을 하였다. 나는 조합장에게 부탁하여 기존 멤버 리스트를 입수, 구성원 개개인을 개략 파악하였다. 신규 멤버는 대부분 대리급들이고 기존 멤버는 차·부장급인데 친분이 있는 분들이 일부 포함되어 있어 다소 안심이 되었다.

기존 멤버를 설득하여 프리미엄 금액을 낮추는 숙제를 내가 맡게 되었다. 회의실 단상에 올라 고참 멤버들을 향해 말했다.

"안녕하십니까, 선배님들. 저는 전자 자동차 본부에 근무하는 박용호 대리입니다. 우선 조합원으로서 좋은 입지에 계시다가 기회를 포기하는 입장에 서신 선배님께 미안한 마음입니다. 요구하신 금액과 저희들이 희망하는 금액과의 괴리가 상당히 큰 가운데 합의가 안 되어 오늘 결론을 내보자는 조합장님의 제안으로 신규 멤버를 대표하여 이 자리에 섰습니다.

저희들은 우유 먹는 어린애들이 있고 부모님의 자금 지원 등을 받기 어려운 처지에 있는 사람들이 대부분이며 수시로 이사를 반복하는 신세입니다. 고참 선배님들은 해외 근무 혹은 장기근속을 하시면서 자녀 교육도 잘 하셨고 회사에서 인정받는 위치에 있는 분들임을 잘 알고 있고 존경합니다. … 중략 … 회사 후배라는 단어 대신 어린 동생들이라고 생각해 주시면, 어린 동생들이 집 한 칸 마련하려고 애쓰는구나, 라고 가엾게 봐 주시면 어떨런지요? 저희는 선배 형님들 배려 덕에 자부심을 가지고 기대에 어긋나지 않는 후배들이 되고자 하오니 부디 저희들의 입장을 수용해 주실 것을 간곡히 부탁드립니다."

이렇게 말하며 기존 멤버들과 눈 마주보기를 통해 간절함을 호소하였고 결국 기분 좋게 합의안에 도달하였다. 신규 멤버들로부터 수고했다는 감사 인사까지 받았다. 이후 아파트 건립 관련, 계약금, 프리미엄, 중간 지불금 등으로 분주해지고 어린 두 딸을 키우는 데 쫓

기어 처가살이도 하게 되었다. 그 덕에 두 딸들이 외할머니 손에서
예쁘게 자라게 되었고 외할머니에 대한 고마움을 간직하고 지금도
감사함을 표시하는 것을 보면 흐뭇하다. 우리 부부 또한 장모님의 헌
신적인 사랑에 늘 감사하면서 살고 있다.

솔직함과 정당성을 내세운 정면 돌파

C 본부장과 라면 에피소드: 당당해야 할 때는 당당해야

전자 자동차 본부를 총괄하는 C 본부장은 유별나셨다. 업무적으
로는 배울 것이 많았던 반면에 직원들이 가까이 하기엔 너무 먼 당
신이었다. 성격도 급하고, 욕도 잘 하고 표정도 금세 바뀌고, 고교 후
배를 너무 티 나게 챙기고, 수를 너무 많이 부리고, 상사에게는 무척
이나 깍듯하지만 자기 부하에게는 함부로 대하는 타입이었다. 아래
직원들이 쉬쉬하면서도 누구나 으레 느끼고 있는 공감대였다. 직원
들끼리 그 분에 대해 '탤런트'라는 별명을 붙였다. TV극에서 수많은
얼굴로 변신하며 연기하는 사람 같다고 해서 붙힌 것이다. 직원들이
무슨 실수를 했거나 업무 처리가 마음에 안 들거나 태도가 마음에
안 들면 본인 사무실로 불러 세워놓고는 보통 30분 이상 질책을 하
시곤 했다. 사원부터 부장까지 지위 상관없이 혹독하게 질책을 받았
다. 그래서 그 사무실에서 터지고 나온 사람을 보면 술 마신 사람처
럼 거의 얼굴이 붉어져서 나왔다. 어떤 이는 속이 상해서 점심시간
에 낮술을 마신 경우도 가끔 있었다. 또 직원들이 노이로제에 걸리

는 것이 전화 받기였다. 외부에서 온 전화벨이 울리기 시작해서 3번 이상 울릴 때까지 누군가가 받지 않다가 걸리면 바로 호출 당했다. 본부장 논리에 일리는 있다. 그 전화 하나가 몇 백만 불 프로젝트로 연결될지 그 누가 알겠느냐는 일침이었다. 심지어는 복도를 지나가다가 전화벨이 울리고 있을 때 직원들이 안 받으면 본인이 직접 받기도 하는데, 이런 일이 발생하면 여지없이 울린 전화기 근방에 있던 모든 이가 바로 호출 대상이 되었다.

C 부장과 얽힌 우스꽝스럽고 어찌 보면 슬픈 에피소드가 하나 있다. 하루는 외근하고 오전 11시경 사무실에 막 들어오니 얼굴색이 창백해진 동기 친구 L이 나하고 음료수 한잔하잔다. 그러자고 따라 나갔는데 계동빌딩 뒤편에 있는 슈퍼로 가더니 "맥주 한 잔 할래?" 했다. 나는 낮술하면 얼굴이 빨개져서 커피 음료를 마시고 그 친구는 맥주 1캔을 단숨에 마셔 버렸다. 무슨 일이 있었냐고 물으니 본부장실에 들어가 30분 이상 터지고 막 나왔는데 너무 비참하고 모욕당한 느낌이어서 속이 상한다는 것이었다. 그래서 친구를 달래주고 기분 풀도록 잠깐 얘기를 나누다 사무실로 들어왔다. 사무실에 돌아오니 부하 직원이 속히 본부장실로 가라고 했다. 본부장이 우리 둘이 사무실 나간 것과 건물 뒷문으로 걸어 나가는 것을 직접 눈으로 확인하면서 시간을 재고 있다는 것이었다. 참으로 어이없었다. 본부장이 우리 돌아오는 시간까지 재고 있었다고? 둘이 본부장실로 갔더니 다짜고짜 욕을 하면서 "누구는 이 시간에 배 안 고프냐? 근무 시간 중에 라면이나 먹고 다니고" 하고 큰 소리를 치셨다. 이에 곧바로 응수를

했다. "라면 먹으러 간 것이 아니고 차 한잔하고 왔습니다. 사무실에서는 마땅히 마실 데가 없어서요"라고 말하자 연이어 공격이 들어왔다. "너희들 근무 시간에 차 마시면서 얼마나 시간 쓴 것 같냐?"고 해서 "저희 생각으로는 약 10분 정도 걸린 것 같습니다"라고 답변했더니 "정확히 23분가량 걸렸다"고 얘기한다. 아~ 이런 분을 본부장으로 모시고 있다니……. 친구는 말 한마디 대꾸도 없이 침묵했다. 사태 수습을 위해 죄송하다고 얘기하고 앞으로 커피 마시는 것을 자제하겠다고 말씀드렸더니 "앞으로 마시고 싶으면 내 사무실로 와라"고 했다. 정말 그래도 되겠냐고 여쭈었더니 그러라고 하시길래 "알겠습니다. 그렇게 하겠습니다"하고 똥배짱으로 들이댔다. 나는 상황을 판단해 가능하면 정면 돌파를 하는 편이다. 에둘러 상황을 풀려고 하면 오히려 꼬이는 경우도 있고 개운치 않아서이다.

그렇게 마무리가 되고 둘이 본부장실에서 나왔다. 친구 하는 말, "야, 용호야 어떻게 너는 본부장 눈을 똑바로 쳐다보고 주눅 안 들고 따질 것 따지면서 얘기를 할 수 있냐? 너 참 대단하다"라고 한다. 그래서 내가 얘기했다. "야, 우리가 무슨 죽을 죄 지었냐? 그리고 먹지도 않은 라면 먹었다고 나무라는데 안 먹었다고 얘기해야지 억울하잖아. 나는 정당하게 할 얘기는 하는 타입이야." 그 친구의 침묵은 어느 정도 이해되었다. 근무 시간에 맥주를 마신 것이 겁이 났고 우리 부서로 오기 전에 회사 회장님 비서를 했기에 주로 지시를 받고 "예, 예"라는 답변을 주로 했다. 따라서 상관이 얘기하는데 대꾸하고 따지는 일에는 익숙하지 않았다. 그 친구는 그 후 얼마 지나지 않아 안타깝게도 계열사로 전보 발령이 났다. 통상 회장·사장실 비서 출신은 비서 임기를 마치면 본인들이 희망하는 해외 지점으로 발령을 내 주는 것이 상례였다. 이 친구도 그런 절차 관계상 잠깐 우리 부서로 잠정 발령이 난 상태였는데 김밥 옆구리 터지듯이 해외 발령 기회를 본부장 고교 후배인 K 과장에게 뺏기고 말았다. 학연의 힘이 참으로 세다는 것을 두 눈으로 똑똑히 보았다. 세상은 힘 가진 자들이 균형감각을 잃으면 정의롭지 못하고 불공정한 일들이 생겨 날 수 있음을 어린 나이에 느꼈다.

　나도 일본에서 본사 복귀 후 얼마 정도 지나 대표이사 비서 후보로 나를 추천한다는 인사팀의 전갈을 받은 적이 있는데 깜짝 놀랐다. 비서 체질이 아니거니와 하고 싶은 마음이 조금도 없었던지라 다음과 같은 이유를 내세워 단념시켰다. 첫째, 나는 성격이 외향적이고 동적인 성격이라 가만히 앉아서 하는 일은 나와 맞지 않는다. 둘째, 덤벙거리는 부분이 있어 꼼꼼하게 일정을 챙기고 "예, 예"하는 비서 일을 못할 것이다. 만약 내가 비서를 하게 되면 중요한 사안들을 놓치거나 실수를 하여 윗분 신경을 거슬리면 그 여파가 주변 중역이나 인사·총무팀에 가게 될 수도 있다. 셋째, 해외 지점에서 영업하다 들어온 사람을 영업에 활용하는 것이 회사에도 득이 되지 않겠느냐? 이렇게 하여 나는 비서 후보군에서 용케 빠져 나왔다. 무슨 일에 반대의견을 내는 일이나 상대방을 설득하는 일이나 그 상황에 맞는 논리를 가지고 얘기하는 것이 일을 수월하게 마무리하는 포인트이다.

상사의 부당함에 맞서다: 대의명분으로 얻은 힘

분위기 좋던 전자부에 권 이사가 전입해 들어오면서 망가지기 시작하였다. 직원들 간에는 익히 악평이 나 있던 권 이사가 방콕지점에서 귀국 발령을 받아 배치된 곳이 우리 부서였다. 내가 잘 아는 선배가 동인과 같은 지점 근무를 했는데 동인이 하도 괴팍하고 말도 안 되는 일을 트집 잡아 지점원들을 숨 못 쉬게 괴롭히고 있다고 들었다. 오죽하면 지점 주재 직원들이 연판장을 작성하여 도저히 권 이사와는 근무를 못하겠으니 조치를 해 달라고 본사에 메시지를 넣었겠는가? 그 메시지를 받은 본사 임원이 가재는 게편이라고 그 내용을 권 이사한테 알려 준 바람에 선배는 역풍을 맞아 본사 복귀 명령을 받고 말았다. 인사 고과도 엉망이 된 선배는 복귀 후 오래 근무하지 못 하고 회사를 떠났다. 그 악평의 중심에 선 인사가 우리 부서로 온 것이다. 소문에 의하면, 권 이사가 본사로 복귀했으나 나이도 많고, 평이 안 좋아 모든 영업 본부에서 같이 일하는 것을 꺼려 갈 데가 없어 곤란해 할 때 우리 본부장이 과거 종합상사 경력 사원 입사동기라는 점을 감안하여 전자 자동차 본부로 받아 줬다고 했다. 전입한 뒤부터 기행이 시작되었다. 요즘은 근무 좌석 배치가 리버럴하지만 당시 창문 쪽은 이사, 부장, 차장이 앉고 그 앞으로 차장, 과장, 대리, 사원 형태로 배치된 구조였다. 본부장부터 별도 사무실과 비서가 주어졌다. 그런데 어느 날 본인의 좌우에 배치된 부장, 차장 책상을 앞으로 이동하라고 억지를 부렸다. 아래 것들이 감히 본인과 같은 위치에 앉을 수 없다는 권위의식이 발동한 것이다. 다른 본부는 원래 모습 그대로 이사, 부장, 차장이 창 쪽에 나란히 앉았다. 그런데 본인의 권위를 내세워 달리 배치하라고 하니 답답해졌다. 이에 대해 아무런 반론과 대꾸를 못하는 윗분들을 보니 참으로 안타까웠다. 아무리 괴팍한 권 이사라도 그렇지 한 마디도 못하는 상사의 모습은 딱해 보였다. 차장 밑에서는 내가 제일 고참 격이었고 이런 부당함에 마음이 편치 않았던 나는 이사에게 다가가 "이사님, 이러시면 안 됩니다. 다른 본부, 부서는 모두 그대로인데 우리 부서만 이렇게 하면 모양새도 맞지 않을 뿐 아니라 차·부장을 한 칸씩 밀어 앞으로 나가면 우리 사원들은 다른 본부 동료들과는 다르게 복도 쪽에 자리 배치가 되어야 합니다. 재고 부탁드립니다"라고 말씀을 드렸다. "네가 뭔데 이런 얘기를 하는 거야? 건방지게" 하면서 눈을 부릅뜨고 째려본다. 나는 위의 논리로 답변을 하고 재고 부탁드린다고 첨언을 했다.

여하간 그 덕인지 몰라도 자리 이동은 발생하지 않았다. 내 논리가 틀린 것이 아니어서 무시하기 어려웠던 것으로 보였다. 사원 책상이 복도까지 밀려 배치된다는 것은 본인이 생각해 봐도 아닌 것이라 판단한 것 같았다.

해외 법인장과의 전화 소동: 부당함에 맞선 저항

당시 러시아와 직접 교역에 불편함과 리스크가 있어 당사 싱가포르 법인이 중간 역할을 하면서 신용장 개설 혹은 양도해줬다. 그런데 싱가포르에서 처리해 줘야 할 일을 처리해 주지 않아 본사에서의 상품 제조, 선적에 문제가 생겼고, 그 건으로 현지 법인 J 과장과 통화를 하면서 독촉을 했더니 강압적으로 말을 하면서 내 말을 끊고 무시하여 서로의 언성이 높아졌다. 말 함부로 하지 말라고 J 과장에게 얘기하고 있는데 갑자기 다른 사람의 음성이 나오면서 "너 어떤 놈이냐?"부터 시작해 쌍시옷 단어가 나오고 난리였다. 비교적 차분히 현 문제점을 설명하는데 "시끄러워, 이 친구야~ 너 본부장이 누구야?"하면서 말을 들으려 하지 않고 위압적 고성을 질렀다. 이 대목에서는 그대로 넘어가서는 안 되겠다 판단하고 "잠깐만요, 상무님! 제가 일개 대리밖에 안 되어 말을 들을 필요가 없다고 무시하시는 건지요?"하고 따지니 소리를 버럭 지르며 나중에 두고 보자는 식으로 전화를 끊어 버렸다. 부서 직원들이 내가 통화 중 고성으로 또록또록 따지는 것을 다 들었다. 다들 근심스럽게 바라보았다. 부서장이 불러 누구랑 통화한 거냐고 묻길래, 이런 이런 일로 H 상무와 통화했는데 너무 함부로 말씀하시길래 따진 것이라고 설명드렸다. 워낙 까칠한 H 상무 성격을 익히 알고 있는 부서장은 걱정하는 표정을 지으면서도 내가 크게 잘못한 것은 없다고 하셨다. 직원들이 걱정하기 시작했다. 그도 그럴 것이 H 상무는 우리 본부장의 고교 1년 선배였고 며칠 있으면 해외 본부장 회의차 H 상무가 본사 출장을 오게 되는데 분명 우리 본부장 만나러 올 것이기 때문이다.

나는 피하지 않고 정면돌파 하기로 했다. 아니나 다를까, 1991년 12월 말 본사에 도착한 H 상무가 우리 본부장실로 걸어 들어오는 것이 보였다. 나는 벌떡 자리에서 일어나 H 상무에게 달려가 인사를 드리면서 "안녕하십니까? H 상무님, 제가 일전에 통화 드린 박용호

입니다. 그때는 정말 죄송했습니다" 하고 말씀드렸다. 나를 빤히 쳐다보시더니 어디서 본 듯한 인상이라 생각하셨는지(1984년 신입사원 수련대회에 참석하신 분임) "응, 자네가 박용호인가? 그래, 열심히 일해!" 하고 웃으며 본부장실로 가셨다. 비록 윗사람일지라도 내가 정당하고 잘못이 없으면 당당히 할 얘기는 하면서 살자는 것이 나의 신조이다.

직(職)을 건 인수증 발급 사건: 리더는 책임을 질 줄 알아야 한다

우리가 수출하는 품목 중 5 Portable TV가 있었다. 부평 소재 ㈜흥양에서 만든 제품이었는데 폴란드에 수출을 하고 있었다. 폴란드 지점에는 전자부 소속으로 잠깐 근무한 L 차장이 있었는데 현지 고객으로부터 비정기적 오더를 받아 본사로 통보해 왔다. 하루는 다소 빠른 시점에 반복 오더가 왔으니 선적을 준비하라는 텔렉스가 와서 ㈜흥양에 발주서를 내고 생산 지시를 내렸다. 제품 생산 완료되어 선적을 마쳤는데 폴란드에서 긴급 연락이 와 오더 취소를 해달라고 했다. 오더가 중복되었다는 것이며 자기가 실수를 하여 같은 오더인데 신규 오더로 오판하여 이중 오더를 냈다는 것이다. 본사에서도 확인을 잘 했어야 한다는 둥 도망가는 듯한 변명을 하는 L 차장이 그렇게 비겁해 보일 수가 없었다. 우리 담당 직원이 좀 더 세밀히 보았더라면 이중 오더인 것을 알 수 있었다. 나도 직원 보고를 믿고 재차 확인하지 않은 잘못이 있었다.

이 일을 어떻게 수습하지? 제품은 이미 선적되어 유럽으로 이동 중에 있고 오더는 일종의 허수 오더였고, 제조사는 은행 네고하여 현금화 되는 인수증을 달라고 할 것인데……. 조금 있으니 선하증권과 함께 인수증 발급해 달라는 제조사 요구가 왔다. 하늘이 노래졌다. 일단 제조사에 긴급 방문하여 조금 기다려 달라고 사정하고 상황 설명을 했으나 자기네들도 인수증 대금이 들어와야 회사 자금 운영이 가능하니 기다릴 수 없다는 것이었다. 천근만근의 심정으로 사무실로 돌아와 아직 사태의 심각성을 인지하지 못하고 있던 담당 실무 이철환 사원에게 재정부에 가서 인수증 발급받아 올 수 있느냐 물으니 가능하다고 했다. 일단 받아오라고 지시했다. 인수증 발급을 하려면 나도 부서 내부 결제를 받아야 하는데 건너뛰고 집행했다. 이유는 결제를 받게 되면 결제한 상사도 불이익이 생기거나 불편이 생길 수 있어 이를 방지할 생각으로 나 혼자 짐을 지기로 결심했기 때문이다. 인수증을 받아온 뒤에야 상관 권 차장에게 벌어진 상황 설명을 했다. "일이 이렇게 되어 어떡하냐? 폴란드 L 차장은 뭐하는 친구이고 우리 담당 사원은 뭘 한 거냐?"라고 비난과 불만을 얘기하셨다. 일단 내 책임 하에 해결해 보겠다고 말씀드리고 이 상황에 대해서는 모른 척 하시라고 말씀 드렸다. 이미 엎질러진 물이었다! 이 건과 관련, 담당직원을 질책하지도 않았다.

인수증을 가방에 넣고 고객사가 위치한 부평으로 갔다. 마지막까지 제조사에 좀 기다려 달라고 다시 한 번 사정 해본다는 생각과 함께. 1호선 전철을 타고 이동하는 동안 나는 마치 가축이 도살장에 잡혀 가는 심정이었다. 업체 도착하여 다시 사정을 해보았지만 지금 당장 자기 현금을 써야 한다고 인수증 달라고 했다. 상황이 인수증을 내 줄 수밖에 없어 떨리는 마음으로 인수증을 건네주고 서울로 향했다. 이제 내 신변에 대한 걱정을 해야 했다. 고약한 권 이사가 이 사실을 알게 되면 어떻게 나올 것이 뻔했고 재정부에서는 수출대금이 해외 고객으로부터 들어오지도 않는데 제조사에 대금을 먼저 주었다고 노이즈 생길 것은 자명해 직장 생활 계속 여부가 걱정되었다. 서울로 돌아오는 전철 안에서 고민 고민하다가 생각해 낸 것이 재정부 담당 임원 강 이사님을 찾아가 자초지종 말씀드리고 도와 달라고 부탁해보는 방법이었다. 강 이사님은 업무부 신입사원 시절 초기 나의 부서장이셨다. 이렇게라도 비벼 볼 언덕이 있다는 생각이 들자 조금 힘이 났다.

사무실에 도착하자마자 강 이사님을 뵈러 홀로 재정부로 갔다. 인사를 하고 쭈뼛거리고 있는 나를 보시자 무슨 할 얘기 있냐고 물으셔서 그렇다고 답했더니 잠깐 기다리라 하고는 소파로 오셨다. 자초지종을 말씀드리고 제가 의지할 데가 이사님 밖에 없을 것 같아 왔다고 했다. 잠시 생각에 빠지시더니 "알았다. 재정부가 인수증 대금을 지불할 테니 너무 걱정하지 마라. 그리고 항해 중인 제품은 독일에서 잡아 창고에 우선 보관하고 폴란드로는 인도하지 말고 다음 기회에 팔도록 하라" 하시면서 담당 직원에게 인수증 네고가 들어오면 대금 결제하라고 즉석 지시를 하셨다. "정말 감사합니다! 앞으로 더 주의해서 일하겠습니다"라고 감사 인사를 드린 뒤 가슴을 쓸어내리며 자리로 돌아왔다. 호랑이한테 물려가도 정신 차리면 산다는 것이 이런 걸 두고 한 말인가? 책임을 전가하지 않는 보스, 사람을 품을 줄 아는 보스, 베풀 줄 아는 보스가 되겠다고 생각해 온 나에게 과거 직속 상관이 나를 품고 베풀어 주신 것이었다!

배꼽 빠진 본부 송년회

전자 자동차 본부 송년회 사회를 맡게 되었다. 행사 진행 프로그램을 기획하는 과정에서 뭔가 클라이맥스를 만들고 싶어 고민하던 중 재미난 아이디어가 떠올랐다. 본부장이 자주 쓰는 말과 말투, 걸음걸이, 직원 깨는 장면, 외부 전화 받을 때 목소리 톤 등등 본부장 흉내를 내는 이벤트였다. 이 아이디어에 대해 어떻게 생각하느냐 물으니 동료들이 아주 재미있을 것 같다고 대찬성이었다. 단, 그 후유증이 없을까. 즉 행사 후 찍히는 일이 없을까 하는 고민 얘기도 나왔다. 리스크는 MC가 지는 것이니 걱정 말라고 얘기하고 평상시 직원들끼리 본부장 흉을 보다가 흉내를 잘 내던 직원 5명 정도를 선발, 각각의 메뉴를 정해 연습을 시켰다.

드디어 송년회 날이 되었고 식사와 함께 마시는 술로 기분들이 올라가고 있을 때 2부 행사를 진행하겠다며 장내 방송을 하였다. 1년을 돌아보는 술회, 아쉬웠던 일들, 안 좋았던 일들 털어 버리기, 간부 및 부하 직원 장기자랑 등을 진행하였다. 그리고 오늘 마지막 행사로 준비한 '본부장 흉내내기' 이벤트를 진행한다고 선언을 하니 내용을 모르는 본부장 포함 간부들이 웅성거렸다. 간단히 진행 요령을 설명하고 예행연습을 한 5명을 무대로 불러 세워 차례로 흉내내기를 시작하였다

1번 참가자 아무개본부장 욕 흉내: 야 임마, 야~~ 야, 키만 덜렁 커가지고 껍죽거리거나 하고, 니가 잘하는 게 뭐야~? 넥타이는 때가 꾸질꾸질 하질 않나, 너 집에 가서 넥타이 풀지도 않고 올가미같이 빼서 걸어 놨다가 다시 목에다 걸고 오는 거지? 니 며칠 째 같은 넥타이 매고 있잖아, 그지? 야~ 구두는 언제 닦았어? 니 구두 보면 니가 어떻게 일하는지 보여 임마, 똑바로 서 임마…….''

2번 참가자 아무개본부장 어투 흉내: 야~~~ 야, 도대체 니는 뭐하는 놈이야? 일하는 것이 왜 이리 티미해? 니 식구 몇 명이야? "애들 포함 4명입니다." "4명이나 돼?! 어휴, 자를 수도 없고. 야~ 니 과장 오라고 해!"

3번 참가자 아무개본부장 전화 목소리 톤 변화 흉내: 열심히 직원을 세워 놓고 깨고 있는데 외부에서 전화가 왔다고 비서가 연결해 준다. 방금까지 얼굴색 변하면서까지 직원 박살내던 사람이 "아, 예예~~~ 전화 주셔서 감사하구요. 곧 조치해드리겠습니다. 고맙습니다"라고 통화 마친 후 곧바로 "야~~~ 야, 내가 어디까지 얘기 했어?"하고 깨는 모드로 돌아오는 흉내.

4, 5번 참가자도 메뉴는 다르지만 분위기는 비슷한 흉내를 했다. 각 참가자가 실감나게 본부장 흉내를 시현하는 동안 송년회 식당은 폭소 대잔치가 되어 웃다가 우는 사람, 배꼽 잡고 웃다가 나뒹구는

사람, 2002년 월드컵 당시 옆 사람을 껴안듯이 서로 안고 팔딱 팔딱 뛰는 사람, 테이블 물건은 바닥으로 뒹굴고……. 최고로 많이 웃었던 송년회, 가장 기억되는 송년회, 가장 흥미로운 송년회가 되었다.

송년회를 마치는 순서로 본부장 말씀을 듣기로 하고 본부장 표정을 힐끗 보니 본인도 너무 웃어 즐거운 표정이었다. 한편으로 다소 충격도 받은 것 같았다. "정말 즐거운 송년회였고 사회자 수고했다"라는 말과 함께 1991년 송년회는 막을 내렸다. 그런 기획을 한 나에게 어떠한 불이익이나 비난은 없었다.

C 본부장 유고와 권 이사의 전횡

C 본부장의 배려로 전자부 임원으로 온 권 이사는 부서 분위기를 엉망으로 만드는 재주가 있었다. 옆자리 윤수 과장과 둘이서 작당을 했다. 권 이사가 사무실에 있으면 꼬장꼬장 애들을 괴롭히고 여러 사람이 힘드니 둘이서 교대로 협력업체 방문 명분으로 권 이사를 외출시키자고. 둘이서 폭탄 돌리기라고 할까? 그런데 방문을 몇 차례 주선했는데 이번엔 협력업체에서 불만이 튀어나왔다. 권 이사 없이 방문하면 안 되냐, 그 양반 오면 말이 잘 안 통하고 불편하니 가능하면 직원들과 같이 오라고 할 정도였다.

그런 시점에 본부장에게 골칫거리가 생겼다. 동구 지역에 외상으로 현대차를 팔았는데 폴란드 포함 일부 딜러들이 대금을 지불하지 않고 연체가 많이 발생한 것이다. 회장님 지시에 의해 "C 본부장은 폴란드로 당장 출장 가서 대금 회수될 때까지 들어오지 마라"는 불호령이 떨어져 2~3개월 본사 근무를 못하는 신세가 되었다. 이런 상황에 본부장을 보필해야 할 권 이사는 "C 본부장은 이제 끝났다"는 둥의 얘기를 하면서 본인이 본부장인 양 행세를 하며 주인이 비어있는 본부장실을 수시로 들락거리기 시작했다. 본사 보고차 잠시 귀국하신 본부장과 옆에서 술을 마시는데 본부장이 한숨 쉬며 왈 "아, 권 이사를 받지 말았어야 하는 건데…." 하던 장면이 줄곧 머리를 떠나지 않았다. 같이 힘을 합쳐도 안 되는데 밑에서 일이 안 되게 트는 모습은 참으로 추해 보였다. 사람 됨됨이가 좋고 스마트한 참모 선발은 어느 조직에서나 중요한 일이다.

전자부와의 갑작스런 결별

시장 경기 하락과 부서 분위기 침체 속에 전자부에 적자가 발생하기 시작했다. 적자를 줄이는 가장 단순하고 빠른 방법은 사람 머릿수를 줄이는 것이다. 부서원 4명을 줄인다는 소문이 있었다. 권 이사 등장으로 부서 분위기는 점점 악화되어 가고 설상가상으로 적자까지 발생하니 분위기가 살벌해지기 시작했다. 정서상으로 4명의 명단에 드는 것이 자존심이 상하는 일이지만 권 이사와 계속 같은 부서에서 일하는 것이 더 괴로운 일일 것 같아, 속으로는 이참에 다른 부서로 옮겨 가는 것도 나쁘지 않다며 은근히 명단에 포함되기를 바라기도 했다. 탈출할 기회이니까.

전보 대상 명단이 나왔는데 나를 포함 4명이 포함되어 있었다. 과장 2명, 대리 2명. 부서에는 차·부장을 제외하고는 해외 지점 근무 경력이 있는 사람은 내가 유일했다. 상부에 올바른 소리와 정당한 소리를 대표적으로 내왔던 내가 껄끄럽기도 했을 것이다. 폴란드 망명 생활을 하는 본부장이 나를 전보하는 것에 반대했음에도 권 이사는 전횡을 휘둘러 기어코 나를 방출했다. 또 다른 시련이 시작되는 것인가, 전화위복이 되는 것인가?

내가 방출 명단에 포함된 것을 인지한 권 차장은 안타까워하며 "이런 사태를 막지 못해 미안하다"고 했다. 혹 가고 싶은 부서나 생각해 둔 부서가 있냐고 물어 바로 대답했다. 일본에서 귀국하여 가고 싶어 하던 기계 본부! 권 차장은 기계 본부장을 찾아가 내 이력서와 전자부에서의 역학관계 등을 설명하고 내가 기계 본부를 희망한다는 메시지도 전달하여 OK를 받아왔다.

인사팀에서 전보 발령이 뜨고 전자부와 결별 시간이 왔다. 회의실에 과장급 이상 직원이 모인 자리에서 권 이사가 이별사를 각각 시켰다. 먼저 세 사람이 이별사라고 하는데 너무 판에 박힌 정치적인 발언들을 하는 것 같아 마음에 들지 않았다. 즉 "이번 일을 계기로 명심하고 열심히 노력하겠습니다" 운운한 것이었다. 내 차례가 왔다. 권 이사에게 부탁 말씀드리겠다고 운을 뗀 뒤 "조직을 운영하는 보스는 품어야 할 것들이 많습니다. 조직원이 부족한 부분이 있으면 그 부분을 가르침으로 메꿔도 줘야 하고, 변화를 원하면 변화를 요구하고 변하지 않으면 조치를 해야 합니다. 이제 저는 전자부를 떠납니다. 남아 있는 직원들은 모두 저보다 어린 후배들인데 후배들한테는 이런 식으로 하지 않았으면 좋겠습니다! 모두 안녕히 계십시오"라고 권 이사에게 설교 아닌 설교를 했다. 이사 얼굴이 울그락불그락 해지고 배석한 사람들이 모두 긴장했다. 할 말을 한 속은 후련해졌다. 회의실에서 분이 찬 얼굴로 나온 이사는 본인이 들고 있던 다이어리를 자기 책상에다 내치는 소인배의 모습을 보였다. 별명이 '독불 장군'이라고요? 세상은 혼자 사는 곳이 아니랍니다. "살아남는 종種은 가장 강한 종이 아니고 그렇다고 두뇌가 뛰어난 종도 아니고 변화에 가장 잘 적응하는 종이다"라는 찰스 다윈의 말을 순간 떠올려 봤다.

식당에서 소주를 같이 하던 장형석 대리가 분통을 터뜨리며 우는 바람에 내 볼에 눈물이 흘러내렸다. "괜찮아, 나는 더 좋아"라고 말했다. 다른 부서로 전보된 직원 중에는 전화위복이 되어 나중에 해외 지점 주재원으로 나간 뒤 사업가로 변신 성공하였다. 남아 있는 후배들의 고충소리는 스테레오처럼 계속 들려왔다. 괴짜 상사를 만나 운명의 방향이 보다 더 발전적으로 전환되었다고 생각했고 나는 절대 그런 리더가 되지 않을 것이라는 타산지석의 학습도 하였으니 돌이켜 보면 그런 악덕 상사를 만난 것도 방출된 것도 감사해야 할 일이다. Thing will work out all right! Best wishes on all that lie ahead!다 잘 될거야! 앞으로 다가올 모든 일들이 잘 되기를!

뜨겁게 전진하고 쿨하게 돌아서라

Chapter 4

도약을 향하여

회사 전보 명령에 따라 기계부에 가서 본부장 김 전무, 황 이사, 부서장 및 다른 직원들에게 전입 인사를 하였다. 내가 업무부 시절 기계본부 업무를 쭉 담당해왔고 일본 법인 근무 명령 전에도 내가 오려고 했던 곳이었기에 신입 직원을 제외하고는 대부분 구면인 사람들이어서 첫날부터 어색함이나 불편함은 없었다. 근무 지정처는 컨테이너 과였다. 컨테이너과는 당시 계열사 현대정공후일 현대모비스이 생산하는 스틸 및 알루미늄 냉동 컨테이너를 수출 전담하는 조직이었다. 현대정공은 당시 전 세계 컨테이너의 40% 넘는 물량을 제조하는 대표 회사였는데 계약 금액 자체가 건당 백만 불 이상 규모로 종합상사가 취하는 1% 미만의 커미션도 본부 손익 중 최고치를 점유하고 있는 중요한 팀이었다. 팀원으로는 김귀복 차장, 안순영 대리, 신민철 사원 그리고 나중에 입사한 류수영 사원이었다.

컨테이너 매출이익 올리다

수출계약이 이뤄지면 현대정공 컨테이너 영업팀과 커미션 요율을 협의하는데 요율이 너무 낮게 책정되어 왔다. 영업팀이 인심을 더 써 요율를 조금 높여 주어도 막강한 힘을 과시하던 재정팀 협조 사인을 받으러 가면 하향조정이 일쑤여서 영업팀은 아예 초기부터 최저치 근방 요율을 기재하였다. 기존에는 우리 팀이 정공 영업팀과 요율 실랑이를 하는 데 그쳤는데 나는 영업팀에게 얘기하여 같이 정공 재정팀에 가자고 요청했다. 재정팀에 가보니 책임자가 업무부 시절 나의 도움을 받곤 했던 분이었다. 서로 오랜만에 만나 인사를 나누고 수수료율 협의, 이전보다 더 높은 수수료를 확보했다. 세상사 돌고 도는 것이라 인심 잃지 않고 잘 지내면 도움을 주고받을 수 있다. 정공 영업팀도 놀라는 눈치였다. 올라간 수수료율에 기초한 상호 계약서 완성본을 들고 본부로 돌아와 상부에 보고했더니 전입온 지 얼마 안 된 과장이 큰 일을 했다며 칭찬이 쏟아졌다. 그 이후 정공과의 실무적 협의는 거의 과장인 내가 주도하여 처리했다. 좋은 인연과 좋은 인상을 남겨준다는 것이 얼마나 중요한지 다시 한 번 느꼈다.

세상에 죽으란 법은 없다

조직 개편이 있어 원래 차·부장이 맡아야 할 철도차량 팀장 역을 내가 맡게 되었다. 철도차량을 잘 알고 있는 과장이 퇴사해버렸기 때문이다. 조직도 상에는 상부 K 이사가 팀장을 겸하는 것으로 되었으나 실무 처리는 거의 내가 하다 보니 팀장회의에 들어가면 다른 팀 차·부장과 같은 입장에서 현안 보고를 하였다. 철도차량 비즈니스는 All or Nothing 프로젝트로 실적이 생길 때는 몇 억불로 되지만 매번 수주가 되는 것이 아니니 제로 실적 기간도 매우 길었다. 내가 맡았을 때는 장기간 실적이 제로였다. 매주 몇 차례 본부장 주재 회의가 있으면 팀 업무 보고를 내가 했다. 실적도 없고 진전사항도 없다 보니 매 건이 시비거리가 되어 본부장 질책은 거의 나에게로 직접 떨어졌다. 다른 팀 팀장들은 모두 차·부장이고 본부장과 오랫동안 같이 일한 점도 있고 고참들이기에 발표 및 답변도 요령 있게 잘했다. 그들에게는 질책할 것이 있어도 정도가 훨씬 완화된 톤으로 얘기들이 오갔다. 그런 모습들이 경력 짧은 나에게는 스트레스로 쌓여만 갔다.

이 팀으로 배속된 것은 나름 일을 할 만한 직원이라고 평가되어 그런 것일 텐데 내가 금방 헤쳐 나갈 성질의 아이템이 아니었다. 회사 생활이 괴로워져 못 마시는 술도 과음하여 취중에 아내에게 내가 사표를 내면 6개월 정도는 가족 먹여 살려주라는 얘기도 했다. 책상 서랍에 퇴직원도 준비해 놓고 있었다. 하루는 용기를 내어 본부장 면담을 요청하였다. "당초 K 이사가 팀장을 겸하니 수행 업무만 잘 하면 된다고 하셨는데 실무적으로는 그렇게 운영이 안 되어 최근 몇 개월 일을 해 보니 제게 버겁다. 원망 같은 것 안 할 테니 내 위에 차·부장 중 한 사람 팀장으로 갓을 씌워달라"고 본부장께 강력한 요청을 하였다. 그 이후 본부장의 질책 강도는 낮아졌고 그런 대로 견

딜만하게 되었다.

세상은 죽으라는 법은 없나보다. 얼마 안 있어 대만으로부터 약 2억 불 철도 차량 수주가 되었다. 단숨에 목표치의 몇 배를 달성해버린 것이다. 그간의 고통과 설움을 한 방에 다 날려버렸다. 한 치 앞을 못 보는 것이 세상사이다. 다시 에너지가 충전되어 의욕과 또 다른 목표가 보이기 시작했다. 모든 것이 감사할 뿐이었다.

차세대 리더에 뽑히다

그룹 인력개발원에서 발의하여 현대 그룹 전 계열사를 상대로 '차세대 리더'를 선발, 미국 명문 아이비리그 코넬 대학 연수 기회와 함께 좋은 인재로 육성하자는 취지의 프로젝트가 현대 그룹 입사 후 처음으로 생겼다. 각 계열사별로 차세대 리더 조건을 갖춘 인재를 선발하여 통보하라는 전문이 내려온 모양이었다. 선발 조건은 근무 평가 결과가 좋고 장래가 촉망되는 과장급 직원이다. 해외 연수 프로그램이므로 영어 성적이 중상 이상 되어야 했다. 당시 다행히 토플 점수가 잘 나와 기계 본부에서는 나 혼자 선발되는 행운을 갖게 되었다. 전자부에서 괴팍하고 배울 거 별로 없는 상관을 만나 쫓겨나오듯이 전보되어 와서 이런 영광을 갖게 되다니 전화위복이 아니고 뭐란 말인가? 명칭도 멋진 '차세대 리더!' "그래, 나는 후일 멋진 리더가 되는 거야" 하고 혼잣말도 해 봤다. 그날따라 하늘은 구름 무리들과 조화되어 파란색 바탕을 그리며 아름다운 눈으로 나를 내려다

보는 것 같았다. 세상은 자기가 어떤 눈으로 보고 가느냐에 따라 여러 얼굴을 내보인다. 차세대 리더에 선발된 것은 오랜 기간 동안 행복을 주었고 동기부여도 해 주었다. 과거는 변하지 않지만 과거에 대한 해석은 이렇게 변할 수 있었다. 당시 저를 추천해 주신 김종배 부장님과 김덕성 상무님에 대한 감사의 마음을 여전히 따스하게 간직하고 있고 서울에 거주하신 김 상무님현재 사업하시는 사장님은 일년에 몇 차례 뵙고 지낸다.

연수 대상 인사 발령이 나고 용인에 있는 인력개발원으로 입소하였다. 미국 현지 연수에 대비한 사전 준비 교육을 마친 후 코넬 대학으로 연수를 떠났다. 모든 강의가 하루 종일 영어로 실시되어 내용 이해를 위해서 온 귀를 기울여야 했다. 대학에서 준비한 시뮬레이션 게임 문제를 받아서 각 조별로 서로 먼저 해답을 찾으려고 열심히 머리를 맞대고 문제를 풀었던 일은 스릴이 가득했다. 각 계열사에서 뽑혀 온 직원들과 동지애도 생기고 네트워크도 만들어졌다.

연수 기간 중 대학 영내에서 재미난 해프닝이 생겼다. 동료들과 캠퍼스 내에서 차량 운전을 하고 이동하는데 횡단하는 사람이 없는 건널목을 '일단 스톱' 간판을 놓치고 막 좌회전 하는데 언제 왔는지 경찰 순찰차가 다가와 스피커로 차를 세우라 했다. 한국에서 교육 받을 때 주의 사항 항목에 들어있는 것을 실수로 놓친 것이다. 경찰이 다가오면 움직이지 말고 차에서 대기하고 그들이 요구하는 운전면허 또는 여권을 제시해야 한다는 점을 깜빡했다. 게다가 동승했던 한 친구가 곁에서 손을 쓰기도 전에 한국식으로 차문을 열고 발을 땅에 내딛었다.

"Freeze! Hands up, please꼼짝 말고 손들어"라고 경찰관이 외치는데 벌써 권총을 뽑아 들고서 그 친구를 겨냥하고 있었다. 다가온 경찰에게 우리는 한국에서 이 대학에 연수 온 사람들이라고 설명하고 사정하였더니 이번만은 봐줄 테니 법 준수를 잘하라 하고 가버렸다.

주말에 연수 동기들과 포드 토러스 차량을 렌트하여 나이아가라 폭포 구경을 갔다. 폭포 밑까지 유람선을 타고 접근하여 비산되는 폭포비를 맞았던 기억은 지금도 새롭다. 합승했던 한 친구는 캐나다로 이민 온 옛 고교 친구를 얼굴이라도 보려고 나이아가라로 불렀다. 차를 몰고 온 이민 친구는 부부가 조그마한 상점을 운영하고 있는데 가게를 아무 때나 비우거나 문을 닫을 수 없는 법적 조건 때문에 그날도 옛 친구 보려고 어렵게 시간을 내서 왔다고 했다. 가게 운영 때문에 애들 교육도 세심히 신경 쓰기가 어렵다는 고충을 들으니 미국, 캐나다 이민자의 애환을 공감할 수 있었다. 막연히 미국 가서 사는 사람들은 애들 교육도 잘 시키고 풍요롭고 행복하게 잘 살겠지 하던 생각이 틀렸음을 인식하였다.

나를 키운 다양한 품목 경험

운명이 그런 방향으로 가는지 나는 현대정공이 생산하는 주요 품목들을 두루 경험하게 되었다. 컨테이너, 철도 차량, 공작기계, 특장 개조차 등등. 자연스럽게 상대처의 많은 사람과 접촉하고 제품에 대한 지식도 넓어졌다. 추가로 맡게 된 공작기계는 일본 마작Mazak과

기술 제휴하여 국내 생산 후 미국, 유럽으로 수출을 개시하였다. 수출용에는 기계 몸체는 자유스럽게 수출가능 하나, 기계의 두뇌 역할을 하는 CNCComputer Numerical Control는 마작 제품 대신 다른 CNC를 부착하라는 조건이 붙어 있어 독일 지멘스 CNC를 쓰게 되었다. 동 업무를 맡은 뒤 독일 법인 주재 발령을 받게 되었다.

일주일 만에 일군 우승

사내 본부 대항 웅변대회가 열린다는 공지가 떴다. 본부 내 직원 중에 나를 제외하고 웅변 경험이 있는 사람이 없었다. 사원, 대리급 꿈나무들이 대부분 참가 예상되는데 고참 과장인 내가 출전할 수는 없어 누구를 참가 시킬까 고민하다가 직속 부하이자 신입 사원인 류수영 씨를 불렀다. 웅변 경험 전혀 없으나 목청이 좋고 활달하기 때문이었다. 이틀 만에 원고를 만들고 약 1주일 정도 점심시간에 회의실에서 연습을 시켰다. 강조할 부분, 차분히 해야 할 부분, 클라이맥스를 때려야 할 부분 등을 집중 조련하여 대회에 나갔다. 다른 본부에는 어릴 적 웅변을 해 본 직원도 출전했다. 결과는 기계본부 류수영 우승! 그 친구는 현재 LG그룹에 근무 중이고 가끔씩 갖는 술자리에서 우승 추억을 소환하며 침을 튀기곤 한다.

Chapter 5

도약대에 서다

　'차세대 리더' 교육도 마치고 취급 제품도 더 늘어 바쁘게 생활하던 중 1996년 1월부로 프랑크푸르트 법인 근무 명을 받았다. 일련의 흐름은 모두 나를 챙겨 주신 윗분들 덕분이었다. 미국보다 정감이 많은 유럽 본부로 가게 되어 무척 기뻤고 두 번째 맞는 해외 근무는 향후 내 인생 여정에 지대한 영향을 끼칠 거란 걸 직감으로 알아 설레기도 했다. 한 가지 마음에 걸렸던 것은 종합상사 소속으로 발령이 났으나 현대정공 측의 강력한 요구로 종합상사 유럽 법인 사무실이 아닌 현대정공 프랑크푸르트 지점 사무실에서 근무하라는 부분이었다. 당시 종합상사가 전 유럽을 상대로 공작기계 영업을 담당하고 정공은 A/S를 책임지는 형태의 협업 계약이 양사 간 체결되었기 때문이다.

독일의 첫인상

프랑크푸르트에 도착하여 법인에서 소개해 준 자그마한 게스트 하우스에 짐을 풀었다. 독일 날씨는 변덕스럽고 해가 나는 날이 한국에 비해 매우 적었다. 한국 같은 난방시설이 없고 전기 온풍기 혹은 난로로 방 온도를 올리긴 해도 으스스하게 추웠다. 참으로 기분 나쁜 추위였다. 화끈하게 추운 것도 아닌 것이 뼈 속을 타고 냉기가 들어오는 듯한 그 기분은 경험하지 않은 사람은 모른다. 그런 기후에서 자란 독일의 겨울나무들을 보면 삐뚤어지고 가지 중간에 검정 혹 같은 것이 붙어 있어 마치 귀신나무 같았다. 나무들은 뿌리를 깊게 뻗지 않아 태풍이나 강풍이 불면 쉽게 넘어갔다.

현지 Stock 판매 전개

각 나라별 딜러들은 대략 선정이 되어 있어 신규 딜러를 발굴해야 하는 번거로움은 없었다. 현지 창고 공장에 기계 재고를 비치하고 고객 오더가 들어오면 인도를 하는 Stock 판매를 전개했다. 이미 일본에서 삼익 피아노 Stock 판매를 해 본 경험이 있다 보니 실무적 어려움은 적었다. 부피가 작은 일반 선반Lathe부터 5~10t 무게가 나가는 Vertical & Horizontal Machine을 다루기 위해서는 크레인이 붙어 있는 큰 창고를 임차할 필요가 있었다. 창고 계약을 하고 창고에서 기계를 보관, 수리, 작동 교육 등을 수행하였는데 초기 베테랑 기술자는 본사에서 파견 받은 사람들이었다. 현지인 세일즈 매니저, 보조원 및 현지인 기술자도 채용했다. 기계 하드웨어 성능은 우수한 것으로 평가 받아 안심인데 두뇌에 해당되는 지멘스 CNC는 높은 레벨이나 일반 기술자들이 사용하기에는 너무 복잡했다. 그것이 기계 판매 신장에 제약 요인으로 작용하였다.

전형적인 독일 마을, 독일 집에 살다

일본 주재 시 주택 물색도 그러했듯이 독일에 온 이상 독일 사람이 사는 형태의 주택에서 살아 보고 싶었다. 또한 독일 마을에 살아야 한국인이 없거나 적을 것이고, 한국 사람이 적어야 가족들이 독일어를 제대로 배울 수 있을 것이라는 생각했다. 대부분 독일 주재원들이 프랑크푸르트 시내 혹은 위성 도시에 위치한 아파트에 사는데 요즘 한국 아파트 소음 문제처럼 층간 소음 때문에 위아래 층과 불편하게 살고 있는 케이스도 많이 보아 그런 사안들도 참조가 되었다.

한국 사람들이 즐겨 먹는 된장, 김치찌개 및 마늘 냄새를 독일 사람들은 매우 싫어한다. 오징어를 구우면 시체 타는 냄새가 난다고 극도로 싫어했다. 아파트 내에서 요리하면 당연히 그 냄새가 이웃에 풍겨 독일인 이웃과 불편한 관계를 유지하는 주재원도 종종 보았다. 어떤 독일인은 그런 냄새를 풍기는 한국 주재원 집 문 앞에 기척도 없이 향수병을 놓고 가기도 했다.

그런 갈등 요인을 피할 겸 앞뜰에 잔디밭과 나무가 있고 애들 학교도 가까운 주택을 찾으려고 노력했다. 한국인 부동산 중개소 몇 군데에 내가 찾는 주택 조건을 알려주고 소개를 부탁했으나 자기네들이 확보한 물건들이 거의 없었다. 신문에 게재된 임대 주택 정보를 이용해 몇 군데 집을 소개했으나 전혀 맘에 들지 않았고, 내가 요청한 요건들이 전혀 반영되지 않았다. 독일인 공인중개소에 직접 전화를 걸어 찾는 주택 조건을 얘기했더니 1시간도 안 되어 찾고자 하는 주택이 있다고 연락을 해 왔다. 독일인 중개회사는 확보된 물건도 많고 네트워크도 좋아 보였다. 처음 안내한 집을 보자마자 마음에 들어 즉석에서 손으로 임차의향서를 작성, 집 주인에게 보여 주고 내가 이 집에 살려고 하니 다른 사람에게 임대하지 말아 달라고 부탁했다.

그 집은 단독 주택인데 지하 1층, 1층 거실 및 식당, 2층 방 두 개, 3층 다락방 구조이고 미니 정원이 있고 잔디가 심어져 있었다. 건물 앞 약 40m 앞에는 어린이 놀이터가 있고 사방으로 연결되는 숲 산책길, 숲 속 연못도 아름답고 마을 뒤편에는 말을 사육하면서 승마를 가르치는 승마장 시설도 있는 참으로 예쁜 마을이었다. 그 마을 이름은 Schlossborn이었다. Schloss가 성城이라는 뜻인데 이 마을에는 예쁜 중세 시대 성도 있다. 마을 진입로는 양쪽에 숲을 끼고 직선으로 약 1.2km 직선 도로인데 사계절 모두 아름다운 길이다. 가끔 사슴이 튀어나와 차량과 충돌하는 사고가 일어나기도 했다. 나도 밤에 귀가하다가 길을 건너뛰던 사슴 뒷다리가 차에 부딪힌 적이 있었다. 마을이 프랑크푸르트 시내에서 좀 떨어져 있어 가족들 이동이 불편할 것을 감안, 아내에게 중고차를 사 주었는데 당시 주변에서 보기

드문 결정이었다. 대부분 주재원 남편이 본인 차로 가족들을 이동시키는 것이 일반적인 상황이었기 때문이다. 마을에는 한국인이 한 명도 없고, 단지 어릴 적 독일인 집에 입양된 한국 어린이 한 명이 있었는데 한국말을 전혀 하지 못했다. 한국 복귀 후 독일 출장을 가게 되면 잠깐 짬을 내어 혼자서 이 마을과 살던 집을 보러 갔다. 내가 6년을 살았던 하얀 주택에는 다른 사람이 살고 있었다. 잠시 어린이 놀이터에 앉아 그 시절을 떠올려 보곤 했다. 그때 놀이터에서 뛰어놀던 어린 두 딸의 모습이 오버랩 되었다. 우리 큰 딸도 독일 출장 갔을 때 Schlossborn을 가봤다고 했다.

집에 놀러 와 본 현지 주재원, 현지인 직원, 본사 출장자, 지인 및 친구들은 이구동성으로 어떻게 이런 멋진 동네에 예쁜 집을 찾아 살고 있냐고 부러워했다. 이 집에서 연로하셨던 아버지, 아내를 잘 키워 주신 장인 장모님, 옛날 부하 직원, 아내 대학 친구와 그녀의 아들 등이 몇 밤을 지내고 귀국했다. 종종 가족 없이 반년 정도 독일에 파견 근무 나온 엔지니어들을 집에 초대하여 한국 음식과 와인 파티를 열었다. 그때의 추억과 아내가 정성들여 만들어준 음식 맛을 못 잊어 요즘도 가끔 밤 10시가 넘어서 "형님 목소리 들으려고 전화했어요" 하는 몇 명의 엔지니어가 있다. 세상은 우리가 어떻게 사느냐에 따라 다르게 보이는 아름다움이 있다. 그들이 발을 딛고 좋아했던 집 앞 정원에 자라는 잔디 깎는 일이 조금 귀찮기는 했지만 잔디 위에서 구워 먹는 삼겹살, 독일 소시지 맛은 지금도 입에 군침이 돌게 한다.

1998년 가을, 그 아름다운 집에서 막내아들 강현이도 태어났다.

식구가 총 5명이 된 것이다. 큰 애와는 11살 차이, 둘째와는 7살 차이가 있는 늦둥이가 축복 속에 탄생했다. 마음의 부자, 자식 부자가 되었다. 그 막내가 벌써 대학원생이 되었다.

딸들의 독일학교 생활

아내와 두 딸이 독일에 도착했다. 애들 학교를 Frankfurt International SchoolFIS로 보낼지 독일 학교에 보낼지를 놓고 아내와 협의를 했다. 당시 회사에서는 주재원 자녀의 FIS 등록금도 모두 부담해 주기에 거의 모든 주재원들이 자녀들을 영어 학교로 보내고 있었다. 그러나 우리는 큰 딸 수진한국 초등 3년은 독일 초등학교, 둘째 딸 수빈한국 유치원은 독일 유치원에 보내는 것으로 결정했다. 그 이유는, 영어는 어차피 애들이 성장하면서 익숙해질 것이나 제2외국어인 독일어는 이 기회 아니면 배울 수가 없을 것이기 때문이었다. 큰 딸 수진이는 한국에 있을 때 영어를 잘했다. 우연히 집으로 배달되는 윤선생 파닉스 영어 학습지를 따라 해보더니 배우는 속도가 빨라서 듣기 시험까지 도전하였는데, 초등 2년생이 성북·노원구에서 당당히 2등을 하여 전국 초등생 대상 전국 영어 경시대회에 출전하기도 했다. 독일 6년 거주하는 동안 큰 딸은 김나지움초등 5학년~고교 3년 과정에 진학해 공부도 잘 하면서 학교 관현악단에서 리드 바이올린을 맡는 재능도 보여주었다. 둘째 딸은 독일 초등학교를 다니다가 귀국 1년여 남기고 FIS로 전학을 보냈다. 독일학교 선생님이 수빈이가 영어학교로 옮겨 가는 것에 의문을 제기했다. 혹 자기네들 교육이 부족하거나 잘못해서 FIS로 옮기냐고 물었다. 한국에서의 영어 학습 필요성을 설명 듣고서야 이해가 되었다고 전학에 승인을 해주었다. 딸애가 FIS로 옮긴 뒤에도 독일학교 담임과 친구들이 수빈이를 이벤트 있을 때마다 불러내어 같이 놀도록 허용해 준 열린 마음에 감사했고 아직도 많은 여운을 남기고 있다. 애들은 마을 연극제, 체육대회에 참가하여 독일인과 스스럼없이 지내고 선의의 경쟁도 했다. 큰 애는 50m 달리기 시합에서 독일 어린이들을 이겼고, 둘째는 이웃집 유치원 독일 친구 카밀라를 큰 목소리와 체격으로 압도하며 주도권을 쥐기도 했다.

독일 생활 중 안 좋았던 기억도 있다. 학교 사친회가 있어 참석하면 금발의 독일 학부모가 유색 인종에 대한 차별적인 행동을 보인 것이었다. 인사도 안 받고 외면하는 사람이 있었다. 물론 나도 똑같은 대우를 해줬지만 그들에 대한 좋지 않은 인상은 지금도 남아있다. 혹자는 얘기했다. 독일 사람에게는 강하게 나가야지 약하게 나가면 자기들이 우위인 것처럼 행동하고 우습게 보는 경향이 있다고. 그들은 외국인이 "당신네들 인종차별 하는 거다"라고 달려들면 슬슬 도망간다. 나도 독일인과 말다툼을 하면서 차별대우 단어를 써가며 소리를 질렀더니 효과가 있었다.

애들을 독일학교 보낸 것이 성공이었냐 실패였냐 쉽게 단정할 수 없지만 성공 쪽에 무게를 둔다. 애들은 독어를 잘 습득해 활용하고 있고, 영어도 잘 습득하였다. 후일 두 딸이 동시에 토익 만점을 맞

뜨겁게 전진하고 쿨하게 돌아서라

아 오기도 했다.

주재 기간을 마치고 귀국하게 될 때 애들이 한국 교육에 애로 사항을 덜 느끼도록 하기 위해 현지 주말 한국 학교를 다니게 했다. 애들끼리 교류도 되고 학부모들도 서로 알고 지낼 수 있는 좋은 장소였다. 만일에 대비하여 우리 애들에게 국어, 수학 등 개인 강습을 받게 했는데 귀국 후 국내 학교 적응에 많은 도움이 되었다. 독일에서의 개인 강습은 한국에 비교도 안 될 만큼 저렴했다.

왕VIP 식사 당번 차출

독일에 부임한 지 2개월 정도 되었을 즈음, 왕VIP가 독일 지멘스 그룹과의 미팅차 오신다고 전문이 왔다. 다른 계열사 직원 한 사람과 내가 식사 당번으로 차출이 되었다. 당번이 해야 할 일은 왕VIP 일행에 아침 식사를 호텔에서 챙겨야 하는 일이었다. 호텔에서 한식을 준비한다고? 호텔에는 조식이 포함되어 있고 고급 메뉴도 많은데 냄새도 나고 준비하려면 번잡스러운 한식을 왜 드시는지, 양식을 싫어하시는지 등 궁금증이 많았다.

대부분의 반찬은 현지 한국 식당의 도움을 받아 준비하고 일부 반찬은 직원들이 별도 준비했다. 주어진 첫째 일은 식당을 정하고 준비할 반찬 메뉴를 정하는 일이었다. 더 중요한 일은 반찬이 짜고 매워서는 안 되고 조미료가 들어가서는 절대 안 되는 것이었다. 조미료를 썼는지 안 썼는지를 드시는 분들이 귀신같이 안다는 것이다. 식당

주인과 주방장을 만나 사전 교육과 당부 사항을 전달했는데 문제는 조미료 없이 맛이 안 난다고 살짝 살짝 몰래 조미료를 넣어 버리는 주방장을 맨투맨 방어해야 하는 것이었다. 우선 식당 주인과 친해져야 하고 주방장과도 서로 가까워지는 것이 급선무였다. 서로 친해지고 믿게 되어야 조미료를 안 넣게 되는 지름길이니 사교성 있고 사람들과 잘 친해지는 내가 식당 쪽 일을 거의 도맡았다. 식사 당번을 맡은 이상 세밀하고 깔끔하게 일을 수행하고 싶었다.

식사 당번은 왕VIP 방 옆에 붙어 있는, 연결 통로가 있는 방에서 수행비서와 함께 잠을 잤다. 아침 식사를 준비해두는 공간도 이 방이었다. 왕VIP 전용 그릇과 수저 세트도 별도로 챙겼다. 식당에서 반찬을 준비하는 것도 쉬운 작업이 아니었다. 식객들이 모두 빠져나간 뒤부터 반찬거리를 준비해야 하므로 보통 밤 10시 반이 넘어서야 우리 반찬 준비가 시작되었다. 준비된 반찬들을 호텔방으로 옮겨 놓고 아침 식사를 무리 없이 진행할 수 있도록 챙기다 보면 새벽 2시가 넘었다. 반찬 리스트, 그릇 수량, 반찬 완성 시간, 빌려온 품목, 비상연락망, 소화제 포함 비상약품, 왕VIP가 즐겨 마시는 양주, 그림자 수비^팁왕VIP 눈에 안 띄게 행사를 도와주는 멤버를 칭함 등이 빼곡하게 정리된 체크리스트를 면밀히 확인하는 일도 놓치지 않아야 했다. 식사 당번 아침 기상시간은 5시 이전으로 왕VIP의 체류 기간이 길어지면 며칠 밤은 수면 시간이 부족했다. 당시 수행비서^{후일 현대차 사장 역임}는 왕VIP가 즐기시는 반찬, 식사 습관 등도 잘 숙지하고 있었고 반찬 등을 나누어 담는 손놀림도 매우 빨라 따라하는 것도 땀이 났다. 비서는 새벽 옆방의 인기척 혹은 헛기침 소리도 알아차리는 예민한 감각과 세밀함이 있었다. 종합상사에서 사장 비서 후보로 올라갔을 때 못한다고 빠져나온 나의 선택이 얼마나 잘한 일인지 스스로를 위로했다. 잠에 곯아떨어진 식사 당번들은 옆방에서 무슨 소리가 났는지 전혀 몰랐다. 간밤 숙취로 새벽에 간간히 라면을 찾으시기도 한다고 라면, 라면 그릇, 양념, 파, 계란 등도 상시 준비했다.

아침에 기상하자마자 간단히 세면을 하고 바로 식사 준비에 들어갔다. 출장팀에는 고위직이 동행되고 인원이 많아 식사 준비가 여간 복잡하다. 반찬 양, 반찬그릇, 수저세트 등 준비물이 더 많다. 하루 일과를 시작하면서 먹는 밥이기에 맛있어야 하고 식객들이 만족하도록 하는 것이 우리의 목표였다. 수행 중역 분들까지 이른 아침에 식사 준비방에 들락거리면서 잘 준비하라고 부담을 주었다. 식사를 다 차리고 식객들이 자리하여 식사를 시작했는데 왕VIP가 국물이 시원하고 맛있다고 한 마디 하실 양이면 온 식객들과 식사 당번의 발걸음이 가벼워지고 기분이 좋아진다. 만약 반찬이 짜다거나 조미료가 많이 들어간 것 같다거나 맛이 왜 이러냐 등의 멘트가 나오면 그날 기상예보는 구름이거나 비가 된다. 잔뜩 긴장해 있는데 국물 한 그릇 더 주라, 무슨 반찬 더 달라 하는 멘트나 주변 식객들의 아침 식사 찬사가 있으면 어제 저녁 고생한 보람이 있는 거다. 당일 중요한 미팅이 있는데 식사부터 기분이 안 좋으면 미팅에 보이지 않는 악영향을 줄 수도 있다.

여하간 며칠 독일에 체류하셨는데 큰 실수 없이 식사 당번 역을 잘 수행한 덕에 뮌헨 출장에도 식사 당번 원정 출장을 갔다. 당번 일을 끝내고 사무실로 돌아오니 사람들이 칭찬을 했다. 고되고 책임 있는 일을 하면서 어렵다는 불평 없이 생글생글 웃으면서 일을 잘하더라는 찬사도 전해 들었다. 그렇다. 이왕 주어진 일, 즐거운 마음으로 하는 거다.

이런 경험은 사회생활을 하면서 세밀한 접근과 다양한 센싱 능력을 키우는데 일조했다. 일본 니이가타 주재 중 왕회장님을 모시기 위해 사전 답사, 준비 등을 하면서 챙겨야 할 주요 항목, 주의해야 할 행동들을 숙지하면서 의전의 중요성을 알았듯이 이번 식사 당번으로서 배운 것이 매우 많았다. 나 역시 나이 들면서 해외 출장을 가면 한식을 먹어야 기분이 좋고 속도 편하다. 맛있게 먹은 아침식사가 당일 몸 컨디션 및 미팅에도 영향을 준다는 것을 깨우쳤다. 해외 출장 중에 우리 음식인 한식이 그리운 이유이기도 하다. 식사 당번도 의전의 일부이다. 의전을 하면서 한 가지 잊지 말아야 하는 것은 고위직 인사의 1시간과 하위 직원의 1시간은 차이가 크다는 점이다. 처리하는 일의 가치가 현격히 차이가 나므로 그분들의 시간이 잘 활용되도록 참모와 직원들은 최선을 다해야 한다. 이 지면을 통해 프랑크푸르트 'SH 식당', 뮌헨의 'S 식당' 사장 부부에게 다시 한 번 감사 인사를 드린다. 정말 마음으로 도와주셨고 세월이 흘러 소속이 바뀌어 독일 출장 중 식당에 들르면 얼굴 알아보고 추가 서비스를 준 분들이다.

여담으로 왕VIP는 해외 출장 오시면 가끔 주재원 혹은 주재원 부부 동반 식사 초대를 해 주셨다. 객지에서 고생이 많고 부인들은 내조하느라 수고가 많다는 격려와 함께. 하루는 프랑크푸르트 시내 식당에서 현대 계열사 포함 전 주재원을 저녁 초대하셨다. 왕VIP 식당 도착시간에 맞춰 식당 앞에 양쪽으로 간부 위주로 도열해 있는데 독일인들이 지나가다가 쳐다보며 궁금한 표정을 지었다. 주재원들의 복장이 대개 검정 혹은 곤색 양복이었다. 왕VIP 필두로 수행원들이 도열된 줄 사이로 걸어 들어오시는데 양 옆 도열한 직원들이 일제히 목을 숙이니 말 그대로 영화 〈대부〉를 보는 것 같았다. 당연히 독일인들이 궁금해 할 대목이었다. 이왕 주어진 일, 웃는 얼굴로 주변을 즐겁게 해주자. 내 기분도 좋고 주변인들도 찬사를 보낸다. 진심으로 대하면 진심으로 돌아온다.

의전 실패는 용서받지 못한다?

외교, 회사, 학교, 군대, 정치 등 어느 분야이건 정도의 차이가 있으나 의전이라는 요식행위가 존재한다. 그것이 과하여 아부나 아첨으로 보일 수 있고 사람에 따라서는 의전 받는 것을 권력의 일부로 알고 하위직급자에게 복종을 강요하거나 서로 평등하지 않다는 것을 보여주고 싶어 하는 경우도 있다. 그런 이기적인 관점이 아닌 조직 상하 간 관습 및 예의로 행해지는 의전 요령을 간단히 정리해 봤다. 본사를 한국에 두고 있는 국내 회사의 해외법인지점에 본사 VIP가 출장을 온 경우를 가정한 것이다. 다음 쪽의 내용과 대응 방법은 상황에 따라 다를 수 있어 참고용이다.

1) VIP 출장자의 출장상세 및 체크 리스트 작성: 해외법인 도착일자, 동행자 수, 비행편, 출장목적, 예약된 호텔, 환승 여부, 좋아하는 음식, 캐릭터, 첫 여행 여부 등을 상세히 사전 파악해야 한다. 파악한 내용에 기초하여 동원할 의전 차량 대수, 차량 브랜드, 1호차 탑승자/운전자 선정, 식당, 도착 후 동선, 의전 대응팀 구성, 상세 체크리스트 협의 작성 공유한다. 시간,주요사항, 미팅 상대, 우리 측 미팅 참가자, 일정별 내부담당자 및 챙겨야할 사항, 대응팀 비상연락망, 음식종류별 식당 리스트

2) 왕VIP 방문 시 고려 사항: 도착지 공항 VIP 특별 통로 사용여부 체크-국적기 이용 시 현지 국적선사 지점장 협조 받고, 비국적선 경우 공항 측 담당과 신속 체크아웃 의전 사용료 협의, 비행기가 램프에 못 대고 버스 편으로 탑승자 운송할 경우 비행기로부터 VIP 별도 에스코트 차량 이용 및 신속 체크아웃 가능토록 사전 조정 필요.

3) 법인 주요 보고 자료실적, 이익, 조직도 포함준비: 필요시 의전 차량 내에서 개략 볼 수 있게 별도 프린트물 준비. VIP 출장 중 면담할 회사 있을 경우 그 회사와 걸려있는 주요 현안, 면담 시간 및 면담 회사 최근 근황 요약 자료 준비, 그 외에 법인 사무실 혹은 투숙 호텔에서 면담 회사까지의 거리, 위치 지도 준비, 면담사 선물 준비 여부 확인, 면담사 측 미팅 참가자 연락처, 방문자 국가 국기 게양여부, VIP의 예상 질문서 및 답변서도 참고로 작성. 업무 관련, 방문국 경제지표 및 정치상황 관련, 한국인 거주인원, 대사 및 영사,

한국 운동선수 활약상, 해당국과 한국의 주요 교역품, 최근 핫이슈인 AI 주도 회사 및 트렌드, 자율 주행차, 전기차 등

4) 의전 차량에 비치할 비품: 슬리퍼 및 구둣주걱, 3~4가지 음료컨디션, 비타민, 주스, 물-차량 냉장고 없을 시는 아이스박스에 보관, **목베개, 목캔디, 필기도구, 모바일 충전기, 옷걸이**필요시, **트렁크에는 만약을 대비한 목장갑, 소화제, 아스피린 등 의약품, VIP 취향 고품격 와인, 위스키 및 우산 비치.**

5) **VIP 일정 비어 있을 시 가동 프로그램: 관광지**거리·시간별 **방문, 오페라 공연, 쇼핑몰, 박물관, 유서 깊은 골프장**라운딩 자유 예약 가능조치, 골프클럽 및 라운딩 파트너, 그늘집 없을 경우 전반라운딩 후 간식 준비 방안, **VIP 친한 지인이 현지 거주 시 연락처 및 동선 확인.**

6) **투숙 호텔 내 가능한 서비스**안마, 음식 등 **및 시설 체크.** 피트니스, 수영장, 카지노, 안마의자 등

7) **VIP 휴식처 확보: 새벽 도착 비행기 탑승 VIP가 오전 미팅이 있을 시, 잠깐 수면 및 휴식 취할 호텔 혹은 시설 미리 물색.**

8) **VIP용 선물: 해야 한다면 어떤 상품이 좋은지? 비행기 화물 처리 번잡할 시 별도로 본사로 출장 가는 사람 편에 보내는 방법** 예: 골프 드라이버, 현지특산물 등, **VIP 가족 선물** 예: 브랜드 화장품, 무선이어폰 등이 더 효과적일 수도 있음.

9) **VIP 영접 적정 인원수: 성향에 따라 공항, 호텔 등에 영접 및 의전 인원 많이 나타나는 것 싫어하는 경우 감안, 적정 인원 출연. 챙겨야 할 것들이 많아 인원 동원이 필요할 시는 '그림자 수비**

팀' 안 보이는 데서 특무임무 수행하는 그룹 **활용 필요.**

10) 기타 사항:

　가. 파리 공항처럼 도착층 출구가 여러 군데일 경우 대비 가
　　　동 인원 점검.

　나. 공항 관제 상황에 따라 도착구가 수시 변경될 수 있음 감
　　　안, 탄력 운영 필요.

　다. VIP 도착 전에 공항 도착이 필수이므로 도로 정체 등으로
　　　도착이 늦은 경우 주차장에 주차할 시간 없을 시 범칙금
　　　감수하고 주차 제한 지역에라도 신속 주차하고 환영 준비.

　라. VIP 당일 방문지가 많을 경우, 당일 시간 일정을 수시 혹
　　　은 적절한 타임에 리마인드.

　마. VIP 미팅 상대 회사 측 대응 실무자와 친밀관계 유지를 통
　　　해 상대측 정보를 많이 파악하여 의전에 활용.

　바. VIP 숙취 다음날 아침 해장국 조달 필요 여부.

　사. VIP 수행비서와 사전 핫라인 구성하여 조언 많이 받을 것.

　아. VIP 현지 출국 시 공항 사전 체크인 가능토록 상시 조치
　　　호텔 체크인도 마찬가지.

　자. 의전 중 우연히 청취한 중요 정보 있을 시 핸들링 주의.

　차. 의전 수행 중 긴급통화용 별도 모바일 준비 여부 검토 등

　나름 만반의 준비를 한다고 해도 예상치 못한 질문 하나로 머리가
하얘지는 경우도 발생한다. 예를 들면, 의전차가 배추밭을 지나가는

중 갑자기 현지 배추 한 통에 얼마나 하는지, 현지 대학에서 인기가 있는 학과는 뭔지, 대졸 신입사원 연봉액 등 모든 질문에 완벽히 대응할 수는 없다. 솔직하게 때로는 다소 요령껏 대답하는 능력도 필요하다. 세상에 완벽한 정답은 없다.

충성 딜러 육성 전략과 그들과의 우정

주요 딜러들과 이벤트를 만들다

당사 딜러로 선정된 주요 4개국프랑스, 영국, 이탈리아, 스페인 딜러는 규모 면에서나 잠재력 면에서도 매우 괜찮은 회사들이었다. 이들 판매량이 당사 전체 매출의 80% 정도를 차지하기 때문에 이들을 집중 육성하는 것이 매우 중요했다. 이들 모두 판매 신장이 가능한 딜러이나 문제는 앞에서 언급한 대로 우리가 채택한 지멘스 CNC가 복잡한 프로그램 체계로 인해 작동이 어렵다는 점 그리고 우리가 생산하고 있는 기계들이 일반 보급형 기계로 독일, 이태리, 스위스, 일본 업체가 보유하고 있는 다축형 장비가 없다는 점이었다. 식당의 메뉴에 비유하자면 된장찌개, 김치찌개까지는 준수한데 그 이상의 메뉴가 없어 소위 구색이 맞지 않은 것이다. 그런 상황임에도 시장 확대 책임을 맡고 있는 유럽 총괄 세일즈 매니저인 나는 온갖 지혜를 짜내 그들 판매량을 늘려야 했다. 그 방법으로는 아래 사항들이 있다.

▸ 각국 딜러 전시회 장비 및 엔지니어 지원: 장비 대여는 물론 베테랑 엔지니어 파견 지원

▸ 판매 광고비 지원과 딜러 가족 선물 챙기기

▸ 대금 지급 조건 개선: 외상 신용판매 확대 및 위탁 판매 실시

▸ 딜러 엔지니어 초청 교육 및 친분 유지

▸ 매월 순회 방문 및 최종 고객사 탐방

▸ 딜러 파티 행사 및 딜러 한국 초청 등 특별 이벤트 활용

딜러 파티 행사에 대해 잠깐 기술하고자 한다. 딜러들은 속성상 여러 브랜드 제품을 팔고 싶어 한다. 자기 고객들에게 다양한 솔루션을 제공할 수 있고 브랜드에 따라서는 마진이 매우 높기 때문이다. 제조사 입장에서는 자기네 제품만을 전담으로 팔아 주기를 원하지만 딜러는 기회가 되면 다른 제조사 제품을 팔고 싶어 한다. 이 문제로 때로는 서로 결별을 해야 하는 경우도 발생한다. 빌바오에 위치한 스페인 딜러는 당사의 경쟁사인 D회사에서 딜러십 계약을 맺자고 요청이 왔는데 거절하고 현대와 계약을 맺은 것을 후회했다. 당시 D사는 기계 제조 역사도 길고, 기술력, 가격 경쟁력 및 제품 다양성면에서 당사보다 앞서 있었다.

이렇듯 우리 제품의 핸디캡 극복과 딜러 이탈을 방지하기 위해서는 딜러들과 친밀한 우정 쌓기가 매우 중요하다. 우리의 얼굴을 봐서라도 다른 제품을 취급할 수 없게 '심리적 고리'를 만드는 것이다. 미국과 달리 유럽인은 의리가 있고, 보수적 성향이 강해서 눈앞의 이해관계로 금방 등을 돌리는 사람들이 아니다. 그런 끈끈한 우정 쌓기 정책의 일환으로 기획했던 것이 있다. 해당 연도가 마무리되고 업무적으로 여유가 생기는 연말에 오스트리아 인스부루크동계 올림픽 개최

장소로 주요국 딜러 부부를 초대하여 낮에는 스키를 즐기고, 밤에는 가장 멋들어진 레스토랑에서 와인 및 칵테일 파티를 연 것이었다.

인스부르크 스키 리조트는 여러 곳이 있는데 슬로프 길이가 보통 13~40km, 고도가 모두 2,000m 이상이다. 가장 긴 곳은 Stubai Glacier 스키 리조트인데 슬로프 길이가 무려 110km에 이르며 고도 3,210m에 달한다고 하니 상상이 되지 않는다. 이렇게 슬로프가 길다 보니 스키어가 지치면 쉬어 갈 수 있는 움막집 카페, 식당들이 슬로프 중간 중간에 있다. 딜러들도 처음 와 보는 이런 아름다운 장소에서 추억을 만드니 어찌 가슴이 설레지 않겠는가? 주황색 전구 불빛과 촛불이 어우러진 레스토랑에서 가족 구성, 성장 과정, 출생지, 취미 등을 서로 물어보고 취기가 한참 오를 때까지 잔을 들이켜며 밤이 깊어지도록 이야기꽃을 피우다 보면 어느새 더 가까운 친구가 되어있음을 실감한다. 야간 스키장 조명에 하얀 눈이 조금씩 날리고 멈춰선 리프트와 곤돌라를 바라보노라면 영업을 한다는 자부심이 생기고 실적에 대한 스트레스가 날아갔다. 주재원 부인들과 딜러 부인들 간의 친교도 매우 중요한 연결고리이다. 그들은 한국이라는 동양 나라에 우리 같은 친구가 있는 것이 자랑이고, 우리는 유럽 국가에 좋은 친구들을 갖게 되니 원원Win-win이 되는 것이다.

그런 성의와 노력을 통해 당초 판매량 중간 정도의 프랑스 딜러는 당사 장비를 메인으로 판매하면서 나중에는 당사 장비를 가장 많이 파는 딜러로 성장했다. 이들에게 다른 딜러들과 많이 차별되는 특별한 인센티브를 준 것도 아니지만 상호 주파수가 맞다 보니 당사 제품 판매에 그들이 집중해 준 덕분이었다.

하노버 공작기계 전시회 참가

기계 전시회로 오랜 전통을 가진 '하노버 메세'는 이유 물문하고 참가해야 하는 전시회이다. '현대'라는 이름을 걸고 상당 면적을 신청해서 우리 기계들을 전시하여 브랜드를 알리고 딜러들의 자존심을 채워주는 중요 행사이다. 딜러들을 초청하여 신제품 소개, 향후 제품 개발 계획, 딜러 지원책 등을 발표하고 2부 행사도 가졌다. 2부 행사에는 마술사를 초빙하여 마술쇼를 하거나 한국 사물놀이패를 초청하여 전통 문화를 자랑하기도 한다. 한 번은 프랑트푸르트 뮤지컬 극장에서 활동 중인 한국인 성악가 부부를 초빙하여 동·서양 예술 세계를 망라한 퍼포먼스도 했다. 전시회에 전시된 장비는 현장 판매 혹은 구매 희망 딜러에게 전시모델 할인 특판도 했다.

판매가격 흥정에 골프를 활용하다

프랑스 딜러가 당사 드라이브 방식대로 판매를 해 보더니 자신감이 붙어 한 번에 기계 5대 구매하기로 했다. 대신 가격 할인을 요청해 와 상호 조정 실랑이를 하면서 막판에 도달했는데 대당 약 1,000불의 가격 차이를 놓고 결론이 나지 않아 시일이 경과하고 있었다. 어떻게 돌파를 할까 궁리하다가 2대2 골프 포볼 경기2명씩 팀을 구성하여 각자 본인의 공으로 플레이를 진행하고 각 팀에서 좋은 점수를 팀의 점수로 카운트하는 방식를 제안하였다. 우리가 시합에 지면 대당 약 700~1,000

불쑥 할인해주고 상대가 지면 할인 없이 장비를 구매하는 조건을 내세웠다. 승산이 있다고 생각한 딜러는 흔쾌히 수락하고 시합날과 장소를 합의하였다. 아무래도 우리가 익숙한 독일로 불러들여 게임을 하는 것이 유리하고 시합 후 뒤풀이 장소도 독일 쪽이 좋을 것 같아 독일에서 시합하는 것으로 결정했다.

계절은 여름의 초입이었다. 낮이 길어져 오후 6시가 넘어도 훤했다. 시합날이 약 1주일 남았기에 그때부터 지점장과 나는 업무를 마치고 바로 쌍방 시합할 골프장에 가서 실전 같은 연습을 하였다. 이윽고 결전의 날이 되어 시합을 하는데 각 홀마다 지고 이기고 팽팽한 접전이 지속되었다. 결과는 1타차로 우리의 승! 뒤풀이 저녁 식당에서 딜러는 할인되지 않은 가격으로 정식 발주서를 발행했다. 가격 합의를 매우 즐거운 방식으로 마무리 지은 나름 재치 있는 제안이었고 서로가 기분 좋은 딜이었다.

삶의 부침(浮沈)은 순간에 일어난다

현대종합상사와 현대정공 간에 공작기계 협업이 깨졌다. 쌍방 간 논쟁이 일어났는데 종합상사 주장은 "판매 신장을 해보려 해도 고객이 원하는 신제품이 없고, 기계 사용법이 너무 어려워 일반 고객에게 팔기도 어렵다. 장비 재고는 늘고 수입 대금 이자 및 유지 보수 비용도 증가하여 사업 매력이 없다"였고 정공 주장은 "종합상사가 판매 능력이 부족하다"였다. 앞에서 언급은 안 하였으나 판매 강화의 일환으로 종합상사 기계본부에서 김 이사까지 독일에 전담 책임자로 파견한 상황이었다. 사람이 추가된다고 판매가 더 늘 상황은 아니었다.

논쟁의 종착지는 상호 이별하는 것이었다. 김 이사는 터키 이스탄불 지점장으로 발령이 나고 타 지점으로 전환 배치가 진행되던 중 세일즈 매니저인 나는 정공으로 전보된다는 뉴스를 접했다. 종합상사에 입사하여 13년 동안 형성된 네트워크가 얼마인데 하루아침에 소속이 바뀐다는 것이 용납이 안 되었다. 얼핏 보아도 전보되자마자 서자 취급 당할 것이 뻔하고 앞날이 불투명하다는 생각이 들었다. 당시 정공 법인장을 맡고 계신 K 이사께 면담을 신청하여 종합상사로 돌아가게 도와 달라고 간곡히 요청을 드렸다. 위에 기술한 걱정거리를 설명드렸다. 그러나 이미 늦었다고 했다. 양사 대표이사 간 합의가 되어 나는 정공으로 전보 결정이 된 상황이라고 했다. 참으로 난감하고 막막한 기분이었다. 그러나 어찌하랴. 그것도 운명인 것을……. 받아들이고 마음을 가다듬었다.

전보 발령이 있기 약 2~3주 전 한국 출장갈 일이 생겨 가는 김에 정공 연구소에 들렀다. 신제품 개발 현황과 향후 제품 론칭 로드맵 확인, 연구소 직원들의 개발 관련 애로 사항 청취 등이 목적이었다. 확인 결과는 충격적이었다. 개발 상황은 지지부진하고 딜러들에게 발표한 제품 론칭 일정과는 거리가 멀었다. 그들은 애타게 기존 삼축 모델보다 레벨이 높은 4.5축 신규 장비 공급을 요구하고 있는 상황이었다. 심각한 것은 4.5축 개발을 할 수 있는 엔지니어가 절대 부족인데다가 추가 투자도 멈췄다는 점이다. 쉽게 말하면 있는 기계나 잘 팔라는 것이었다. 한국 내 시장은 현대, 기아차 부품업체들을 상대로 억지 춘향이라도 하겠지만 유럽시장 확대에는 한계가 있다고 판단되었다. 출장 보고서는 고스란히 상부에 보고되었다. 이 상황을 알고 있는 나를 현대정공으로 보내 일하라는 결정은 앞날이 순탄치 않을 것이라는 신호로 보였다.

정공으로 소속이 바뀌고 근무를 시작한 지 얼마 지나지 않아 본사 사업 본부장이 프랑크푸르트 출장을 왔다. 추진력과 의지, 고집이 대단하신 분으로 정평이 나 있었다. 업무 보고 말미에 건의 사항을 얘기했다. 내가 연구소 출장 가서 확인했던 사항을 언급하면서 투자도 없고 개발 인력도 부족하고 딜러들이 요구하는 기종 공급 약속도 못 지키는 상황에서 판매 확대가 난망 시 되니 속히 시정해 달라는 요구 발언을 했다. 의욕은 있었지만 경험이 일천하고 개인적 친분도 없던 차장급 직원이 너무 직설적으로 표현하는 바람에 그만 본부장 심기를 건드렸다. 본부장 얼굴 표정이 어두워지고 분위기가 스산하게 회의를 마쳤다. 배석했던 상당수 본사 파견 직원들은 자기들이 하고 싶어 했던 말을 내가 대신해 준 것에 대해 시원하게 얘기 잘 했다고 격려해줬다.

그런 후 며칠 지나 본사 직원이 나한테 전화해서 언제 귀국하냐고 물었다. 금시초문에 무슨 귀국이냐고 되물으니 지금 본사에는 내가 귀국 발령이 날 거라고 소문이 나 있다는 것이었다. 아뿔싸! 본부장이 나를 괘씸하게 보아 귀국시키려고 조치를 취하고 있었던 것이다. 프랑크푸르트에 부임한 지 2년도 안되어 바뀐 소속의 회사로 쫓겨 들어간다? 원래 자기 새끼가 아니었으니 언제든지 쳐내는 게 가능한 존재가 된 것이다. 이미 후속 인사가 내정되어 출국 준비를 하고 있었다. 참으로 암담했다. 나도 모르게 눈물이 흘러내렸다. 집에 상황을 얘기하니 아내도 슬퍼했다. 애들 학교 문제, 이사 문제, 딜러들과의 이별, 주재 기간도 못 채우고 쫓겨 들어왔다고 안쓰럽게 쳐다볼 사람들의 표정, 아들의 성공을 바라며 가르침을 주신 아버지에 안겨줄 실망감 등등 머릿속이 복잡해졌다. 잠도 설치고 내가 저지른 실수에 대해 후회가 커져만 갔다. 그러나 이미 주사위는 던져졌으니 어이하리. 내 힘으로 어떻게 해 볼 도리가 없는 절망적 상황으로 추락했다. 법인장께 누를 끼쳐 죄송하다고 말씀드리고 귀국을 위한 마음의 준비를 해 나갔다. 온몸에서 에너지가 빠져나가고 일할 의욕도 바닥이었다. 어느 시인의 시구가 떠올랐다.

"털려고 들면 먼지 없는 이 없고/ 덮으려 들면 못 덮을 허물 없으되/ 누구의 눈에 들기는 힘들어도/ 그 눈 밖에 나기는 한 순간이더라"

그런데 천우신조처럼 도움의 손길이 뻗쳤다. 다름 아닌 법인장께서 본부장을 설득하여 나를 스테이 시킨 것이었다. 하느님, 감사합니다! 법인장님, 감사합니다. 본부장님도 마음을 푸셔서 감사합니다. 이 감사한 마음은 지금도 변함없이 내 가슴에 자리하고 있다. 법인장께서 나에게 더 기회를 주려고 본부장을 어렵게 설득하신 모양이었다. 독일에 스테이하는 대신 나는 유럽 총괄 매니저에서 물러나 이태리 지역 판매 담당으로 추락하였다. 하지만 그거라도 좋다. 독일에서 더 근무할 수 있는 것만으로도 충분했다. 회사에서 제공하는 차량 한 대를 받아 이태리 지역으로 혼자 출장 가는 신세! 이 대목에서 여지 없이 내 긍정 마인드 안에 있는 긍정회로가 활발히 작동했다. 그래! 그간 이태리 출장은 비행기 타고 가서 딜러 미팅만 하고 독일로 돌아오는 과정만 반복해서 구경도 제대로 못했는데 이 기회에 이태리 구석구석을 더 구경하자. Thanks God. 일종의 심리 회복탄력성이 작동한 것이다. 내면의 심리적 근육을 단련하는 도구가 바로 회복탄력성이다. 미소를 짓자! 프랑스 심리학자 뒤센이 회복탄력성을 키우는 훈련 중에 웃음 근육을 발견했다고 하는데 입과 눈까지 다 움직이는 진짜 미소를 많이 지어야 한다고 주장했다. 이를 '뒤센의 미소'라고 칭한다는 신문 기사를 본 적이 있다. 화장실 거울 앞에서 미소 연습을 해봤다. 내가 웃어야 거울도 웃었다.

몇 개월이 지나 갑자기 법인장께서 회장님의 부름을 받아 본사로 복귀하셨다. 현대차 운영권이 회장님께 넘어 가면서 사람들이 필요하여 측근들을 불러 모으는 것 같았다. 후속 법인장 인사가 있고 일부 조직 변경이 되면서 나중에 나는 다시 유럽 총괄 세일즈 매니저로 복귀했다. 그런 추락을 경험하면서 주위 사람들의 처신과 변하는 마음을 보았다. 정치판과 비슷한 양상이었다. 힘없는 위치로 떨어지니 평상시 가까운 척했던 사람들이 거리를 두었다. 소위 본부장에게 찍힌 인사와 가까이 지내면 혹시 불이익이 자신들에게 올까 봐 가까이 오지 않았다. 나의 용감한(?) 문제 제기에 박수를 보냈던 사람들도 일부 포함되어 있었다. 의리와 정으로 연결되어 있던 몇 명을 제외하고는 상당수가 그런 모습을 보였다. 원래 자리로 복귀하니 그 무리들의 처신이 다시 바뀐 것도 보았다. 세상살이가 그러려니 하고 받아들이는 성격 탓에 별 거리감 없이 그들과 다시 잘 지내게 되었다.

추락의 참담함을 경험하고는 보고하거나 말하는 방식에 변화를 주었다. 특히 괘씸죄를 조심해야 하고 체면을 깎는 형태의 발언을 해서는 안 된다고. 그리고 직설적 화법보다는 간접화법 혹은 우회 화법을 쓰는 편이 훨씬 안전하다는 것도 학습하게 되었다. 말로 천 냥 빚을 갚는다는 말이 그냥 나온 것이 아니다. 이런 깨우침은 고스란히 후배 교육에 응용되었다.

독일 교포 축구단 가입

독일 국민 스포츠는 축구와 테니스이다. 지금은 골프도 많이 대중화되었다고 한다. 한국에서도 조기 축구 활동을 했던 터라 축구 운동장 천지인 독일에서의 축구는 자연히 나를 신나게 하고 힐링해 주는 최고의 스포츠였다. 순발력이 살아 있었고 조금의 발재간도 있어 공격 포지션이었다. 주재원 출신으로는 나 혼자 밖에 없었다. 다른 그룹 주재원 중에도 축구를 좀 하는 친구가 있었겠지만 그들은 주로 골프에 집중했던 것 같다. 우스갯말로 독일에서 골프를 치면 1억 벌어간다는 말이 있었다. 독일에서 치는 회수를 한국 골프장에서 지불하는 그린피+카트비+캐디피로 계산하면 억 단위 금액이 나오기 때문이다.

독일 프랑크푸르트 교포 축구단은 독일 광부로 와서 현지에 정착한 사람들과 그들 2세가 주류를 이루고 있었다. 대다수가 식당, 게스트 하우스, 차량 정비, 부동산 소개업 등에 종사하는 관계로 크게 돈을 번 사람은 드물었다. 사실 한국인이 독일에서 특별한 기술, 학력 없이 현지 회사에 근무하기에는 다소 제한 사항이 있어 보였다. 소득 수준도 낮은 편이고 고국을 떠난 지 오래 되어 후세대와 대화 초점이 잘 안 맞기도 했다. 그러다 보니 대기업 주재원들과 어울리는 경우가 드물었고 다소 서먹서먹한 관계를 유지하고 있었다. 나는 원래 사람들과의 만남을 좋아하는 타입이라 그들과 잘 어울리며 즐거운 주말 축구를 이어 나갔다. 어려운 시절에 독일 광부로 파견되어 고국에 송금한 외화가 대한민국 중흥에 밑거름이 되었고 대부분이 매우 착한 사람들이어서 그들과 스스럼없이 지냈다. 가끔은 프랑크푸르트 근방에서 활동하는 한·중·일 회사원들로 구성된 축구팀이 3파전 시합도 하고 뒤셀도르프에 원정을 가기도 했다. '프랑크푸르트 현대정공팀 대 현대전자팀' 간 상금내기 축구 시합도 하였다. 매번 잔디 구장에서 시합하는 것은 아니지만 파란 잔디구장에서 경기하면서 느끼는 행복감과 스릴은 지금도 생생한 추억으로 살아 있다. 파란 잔디에서 축구를 하면 체력 소모는 더 많다. 잔디가 축구화 쿠션을 감싸는 형태로 저항을 많이 일으키기 때문이다. 그러나 잔디에서 뛰면 몸이 훨씬 가볍다는 느낌이 들고, 미끄러지듯이 태클 걸기도 쉽고 걸려 넘어져도 부상이 적다. 슈팅을 할 때도 맨 땅에서 하는 것보다 훨씬 강력한 슈팅이 가능하다. 볼이 잔디 위에 살짝 걸쳐져 있기 때문이다.

한국 프로 축구팀 부산 대우 로얄즈 FC에서 축구를 하다 무릎 부상이 심해져 선수 생활을 접고 독일 축구 코칭 과정 수업을 받기 위해 온 선수 한 명이 우리 축구회에 가입하였다. 소속팀에서 이름이 난 주전 선수가 아니었음에도 그가 나타난 후 그간 화려한 스포트라이트를 받았던 기존 스타 플레이어 실력이 초라해 보였다. 그 친구는 아군 골대 앞에서 공을 몰고 상대방 골대 앞까지 내달려 골을 넣고 돌아왔다. 실수를 하지 않는 한 공을 뺏기지도 않았다. 프로축구팀 후보 멤버의 실력이 이 정도이면 국가 대표로 선발된 선수는 어느 정도일까 상상도 해 보았다. 세상은 항상 그러하다. 학교에서는 공부 잘하는 친구가 대우받고 축구장에서는 공 잘 차는 친구가 대우받고 골프장에서는 핸디 낮은 사람이 대우받는다. 뭐든지 다 잘할 수는 없지만 조금씩이라도 할 수 있다는 것은 본인의 영역을 키우는 훌륭한 툴Tool이 된다. 술 잘 마시는 것도 실력이라고 나는 항상 강조한다.

유럽 각국 여행

일본 주재 시절 여행도 제대로 못 해보고 귀국했던 아쉬움이 컸던지라 유럽 주재 중에는 기회가 되는 대로 가족 여행을 즐겼다. 동구권을 제외하고는 서부 유럽은 제법 여행했다. 당시 동구권 여행을 하게 되면 차량 보험사에서 보험을 안 들어 주었다. 1991년 말 소련 연방 해체된 후 독립된 동구권 나라의 치안이 불안한 상황에 현지에

서 차량 도둑이 빈번히 발생
했기 때문이다. 심지어는 차
량 바퀴를 분리하여 가 버리
거나 바퀴를 돌려받을 때 현
찰을 줘야 하는 상황까지 있
었다고 했다.

여하간 독일 주재 동안, 현
지 연휴 및 휴가 기간에는 어
김없이 독일 포함 주변국 여
행을 시도하였다. 모두 차량
을 운전하여 갈 수 있어 자유

이태리 가족 여행

여행이 가능했고 이태리 여행은 여행사를 통해 갔다. 제한된 시간
에 많은 명소를 둘러 볼 수 있기 때문이었다. 유럽 사람들처럼 일 년
에 30일 가량의 휴가를 쓸 수 있는 게 아니다 보니 주말 연휴 및 현
지 부활절 휴가 등을 최대한 이용했다. 한국인이 주로 서울, 부산, 대
구, 광주 찍는 식의 여행을 하듯이 수박 겉핥기 여행을 주로 하게 되
었다. 한 곳에서 오랫동안 관람하면서 역사를 더듬고 음미할 여유
없이 포토존에서 사진 찍고 다음 목적지로 부리나케 움직이는 여행
을 했다. 유럽 사람들이 보면 도저히 이해가 안 가는 여행 방식이다.

요즘은 인터넷에 정보가 넘쳐 유럽 여행 코스 안내 및 여행을 알
선해 주는 여행사가 많아 별도로 기술할 필요는 없는 것 같다. 그러
나 나의 여행지 중 일반 여행객이 잘 모르거나 익숙하지 않은 추천

장소가 있다. 프랑스 남부 칸 지방 근처에 있는 '로크포르트 뒤 프로방스'이다. 이곳은 집 더미 같은 바위들이 늘어서 자연적으로 성채城砦를 이룬 곳으로 주변이 온통 바위산이다. 근방에 상당히 많은 바위동굴 호텔들이 있는데 그 호텔에서 하룻밤 묵어가면 프랑스의 맛있는 빵과 그 지역에서 나오는 와인을 맛볼 수 있다. 생각해 보라. 바위 동굴 안에 호텔이 있다는 것과 그 이국적인 호텔에서 아늑한 잠을 잘 수 있다는 것을.

또 다른 추천지는 북구의 스위스로 불리는 노르웨이이다. 스위스 못지않은 산세와 호수, 피오르드 해안 등이 있음은 물론 오로라를 구경할 수 있는 지역도 많다. 아주 이색적인 바위터널도 있다. 왕복 2차선 11.4km 그니스랑 터널 운전이다. 우리가 일반적으로 지나가는 터널들은 안벽을 별도 보강재로 받치는데 이 터널은 바위산을 인위적으로 뚫어 완성이 된 것이라 내부에서 보면 보강재가 없고 깎여진 바위 모양이 그대로 보인다. 단지 주의해야 하는 것은 폐쇄된 왕복 2차선을 제한속도 시속 80km로 달릴 때 가슴 답답함과 어지럼증이 생길 수 있다는 점이다. 폐쇄 공간이면서 차선이 그리 넓지 않아서 오는 느낌일 것이다. 바위터널로 제일 긴 터널은 왕복 2차선으로 24.5km 길이인 로드네스 터널2020년 개통이라고 한다. 터널 속에서 24.5km를 계속 운전한다고 생각해 보라. 북한이 땅굴 파는 기술을 노르웨이에서 연수 받았다는 일설도 있다.

뜨겁게 전진하고 쿨하게 돌아서라

현대자동차로 회사 소속 변경

현대정공 공작기계 사업부가 현대자동차 기계사업부로 합병이 됨에 따라 나의 소속도 현대자동차로 변경되었다. 같은 부임지에서 동일 업무를 하는 동안 현대종합상사에서 정공으로, 정공에서 현대자동차로 바뀐 것이다. 소속이 바뀌자 좋은 점이 많아졌다. 급여도 많아지고 무엇보다 회사 차량이 제공되었다. 당연히 회사 지명도도 현대차가 더 좋았다. 정공 소속일 때는 개인차를 사용했는데 현대자동차는 주재원들에게 차량을 제공했다. 나중에는 1년에 한 번 가족의 한국 방문 프로그램도 운영되어 회사에 대한 자긍심도 올랐다. 당시만 해도 유럽 도로에 현대차가 그리 많지 않았다. 고속도로 가다가 몇 대 보게 되면 무척 기분 좋은 하루가 되곤 했다. 한국 사람이라도 열심히 타고 돌아다니면서 지명도를 올릴 필요도 있었다. 독일은 막강한 자동차 회사가 즐비하고 독일인의 자국 차량 선호도는 매우 높다. 이름만 들어도 금방 알 수 있는 다임러 벤츠, 폭스바겐, BMW, 아우디, 포르쉐, 오펠 등이다. 일본 도요타 차량도 보기 힘들었던 시절이다. 요즘은 판도가 많이 바뀌어 현대 기아차 보급률이 많이 늘었다. 자랑스러운 일이다.

긍정의 힘으로 버틴 진급 전쟁

차장 고참으로 부장 진급을 앞둔 2000년 후반기, 종합상사에서 정공으로 혈혈단신으로 전보된 후 첫 해, 걱정했던 대로 나의 인사 고과는 소위 긁어지고 말았다. 충격적인 C를 받은 것이다. 현대 그룹 입사 이래 받아 본 평가 중 최하위 등급이었다. 굴러 온 돌에게 좋은 평가 주기는 좀 뭐했을지라도 C는 타격이 컸다. 고과 관리 차원에서 치명상인 C를 받아버리면 그 이후 좋은 평가를 받아도 리커버리하기가 여간 어렵다. 제때 진급은 물론 그 다음해 진급에도 영향을 준다. 즉 2001년 1월 진급 실패 그리고 2002년 1월 진급도 어려울 수 있는 큰 임팩트였다. 상황이 그러하고 힘의 논리가 그러한데 어찌할 수가 있겠는가? '그래, 진급은 안 되어도 좋으니 독일 생활이나 더 오래하다 귀국하면 되지' 하고 내 스스로를 다독였다. 또 다시 긍정 회로를 가동했다. 긍정의 아이콘 박용호! 사람 미워하는 것을 잘 못하는 나! 기회는 다시 올 것이고 세상은 둥글다. 때로는 가늘고 길게 가는 것도 방법이다. 서둘러 가려다 넘어지거나 남에게 피해줄 수도 있으니 소처럼 뚜벅 뚜벅 걸어가자.

모든 시름 잊어버리고 열심히 살면서 장비 판매도 어느 정도 궤도에 오르고 한참 재미있게 영업을 하는 중인데 2002년 1월 진급 대상자 후반기 인사 고과 기간이 다가왔다. 어떤 평가가 나올지 모르는 상황에 내 자력으로 점수를 더 얻을 수 있는 것이 딱 한 가지 있었다. 토익 영어 점수를 800점 이상 받으면 고과 가점을 주는 제도가 있었다. 오랫동안 손을 떠난 토익 책을 구입하여 공부하였다. 그런데 일이 안 되려고 그런지 시험 이틀 전부터 심한 고열과 함께 지독한 독감에 걸려 컨디션이 엉망이 되어 버렸다. 어떻든 시험결과

공인서를 받아야 하기 때문에 어지럼증을 참고 시험장에 가서 기침 가래와 함께 어렵게 시험을 치렀다. 결과는 799점. 1점이 부족하여 가점을 받을 수 없다. 또 다시 수험 비용을 지불하고 다음 차수 시험을 신청했다. 회복된 컨디션으로 다시 시험을 치러서 855점을 획득, 2001년 12월 12일 발행된 공인 인증 점수표를 부랴부랴 본사로 먼저 팩스하고 원본을 속달로 별송하였다. 아슬아슬하게 시간 내에 점수표를 제출, 가점을 받았다.

나는 현지에서 더 일할 수 있기를 희망하여 본사 본부장께 의사타진을 했지만 이제 본사로 들어와서 일하라고 했다. 나중에 안 사실이지만 이번에도 진급 커트라인에 미세한 점수 차이로 진급에 빨간불이 들어온 것을 본부장 재량으로 진급자 명단에 들었다고 한다. 그렇게 아슬아슬하게 부장이 되고 공작기계 수출부장으로 발령을 받아 양재동 본사에서 근무하게 되었다.

딜러와의 잊지 못할 이별 파티

본사 복귀 명령을 받고 그간 정들었던 딜러들에게 전화, 이메일로 이별이 다가왔다고 전했다. 당시 일본 장비업체들은 영업 전문화를 감안해서 주재원을 10년 이상씩 유럽에 근무하도록 했고, 국내 경쟁업체인 D사도 책임자가 10년 이상씩 같은 업무를 맡고 있었다. 이 사실을 알고 있는 당사 딜러들은 이렇게 가버리면 향후 비즈니스를 어찌하려 하느냐며 본인들이 우리 본사에 청원서를 내겠다고 목소

프랑스 친구 프랑소와와 함께

리를 높이는 딜러도 있었다.

순회 방문을 하면서 이별 식사를 하였는데 이태리 딜러는 몽블랑 만년필 세트를 선물을 주면서 아쉬워했고 프랑스 딜러 사장은 온갖 음식, 케이크, 와인, 샴페인 등을 잔뜩 준비하고 전 직원을 이별파티에 참석시켰다. 그러고는 "비즈니스 파트너이자 친한 친구가 된 미스터 박이 회사의 명에 따라 한국으로 돌아가게 되었다. 그간 베풀어 준 사랑과 우정에 대해 깊이 감사한다. 그러나 좋은 친구가 떠나게 되어 너무 슬프다. 한국에 가서도 좋은 일이 많기를 기원한다. 헤어짐의 아쉬움을 달래기 위해서라도 한잔하자. 그리고 한국이든 프랑스든 서로 만나자"라고 이별사를 읊었다. 그리고 선물을 주는데 놀랍게도 스위스 명품 시계 브라이틀링BREITLING이었다. 만져보기도 힘들고 공항 명품 코너에서만 보았던 시계를 선물로 받은 것이다.

이런 우리의 우정은 한국에 돌아와서도 유지되었다. 프랑소와 미쉘랑레 사장은 현재도 안부를 교환하는 친한 벗이다. 독어, 영어 구사가 가능한 우리 큰 딸은 이화여대에서 불어를 전공하여 프랑스 교환학생을 갔다. 여름 방학 인턴십이 필요하다고 하여 이 친구에게 부탁했더니 자기 회사에서 하라고 흔쾌히 수락해 주었다. 회사 근방에 딸애가 쓸 합리적인 가격의 게스트하우스 물색을 부탁하자 그러겠다고 하더니 글쎄, 우리 딸을 한 달 동안 자택에서 기숙시키고 출퇴근을 자기 차로 시켜 주었다. 세상에, 이런 친구를 가진 나는 얼마나 행복한 사람인가? 이 친구와는 사우나도 같이 하는 사이다.

세월이 흘러 프랑스 출장 중 시간이 되면 그 친구를 만났고 그가 방한하면 만사 제쳐 놓고 함께 시간을 보냈다. 친구는 소중하다. 그리고 영원하다. 현재는 기계 사업 대신 영농 사업을 하고 있다고 한다. 그 친구와 마셔 본 끈적끈적한 와인, 수십 년 보관되어 거미줄이 가득 붙어 있는 와인병을 닦아내고 와인을 따라주는 와이너리 웨이터의 자긍심 가득한 표정과 환상적인 와인 맛은 잊을 수가 없다. 요즘 한국에 한 번 들르라고 종용하고 있다. 그동안 밀린 회포를 풀고 그 시절 추억담을 나누며 취하고 싶다, 친구야.

당당함은 나의 힘

독일 재판정에 서다

독일 현지법인에 현지인을 다수 채용했다. 채용해 놓고 보니 조직에 도움이 안 되거나 근무 분위기를 헤쳐 같은 배를 타고 갈 수 없는 한 직원이 있었다. 일 처리 능력 부족, 다른 직원들과의 불협화음, 회사에 대한 불만, 책임감 부족 등이 반복되어 해고해야겠다고 마음을 굳혔다. 독일에서의 해고는 쉬운 일이 아니어서 법인장은 더 써보자는 의견을 내기도 했다. 그녀가 행한 잘못된 일들을 모두 기록으로 남기고 본인에게 서면 경고를 남겼다. 하지만 바탕이 그러한지 변화도 없고 반성도 없다. 결국 칼을 뽑았다. 그간의 경고장을 첨부하여 해고 통지를 했다. 나갈 수 없다고 버텼다. 변호사와 상담을 하니 해고의 사유는 되나 법이 약자 편이어서 간단치 않다고 한다.

여하간 해고 결심을 굳혔으니 해고할 수 있는 논리나 해법을 가져오라고 변호사에게 압력을 넣었다. 그런 사이 상대측에서도 변호사를 써서 대응해 왔다. 결국 간이 재판으로 가게 되었다. 변호사와 함께 법정 출두하니 상대측도 변호사와 같이 왔다. 내 나름의 정당한 사유와 증거가 무시될 수는 없어 보였는지 판사 판결이 나왔다. 판결요지는 "그녀에게 3개월치 급여를 일시불로 지불하라"였다.

그렇게 종결되나 했더니 또 시비가 들어왔다. 성실한 근무를 하였으니 다른 회사 입사 지원에 필요한 '추천서'를 써 달라는 것이었다. 품행이 방정하지 못해 해고했는데 어떻게 추천서를 써 주느냐? 써줄 수 없다고 버티니 우리 측 변호사가 나를 설득하는 설명을 했다. 독일에서는 이직을 하게 되면 전 근무처에서 근무했다는 내용과 추천서가 따라가는 것이 상례이니 써주자고 했다. 참고로 추천서에 쓰는 상투어들이 있어서 그런 단어들을 사용하여 작성하면 겉으로는

뜨겁게 전진하고 쿨하게 돌아서라

그럴싸한 해석이지만 회사 인사팀 직원들이 받아 보고 추천 의사가 희박하다는 것을 바로 안다는 것이었다. 신경 쓰이는 한 건을 해결하니 속이 후련해졌다.

독일 법정에 간다고 하니 일부 인사는 걱정 어린 눈빛을 하고 일부는 대단하다는 반응이었다. 독일에서 독일인을 해고하기 위해 독일 법정에 당당히 갔다. 독일 법이 대륙법으로서 뿌리 깊게 자리하고 적용되어 온 것이니 상황에 맞는 정당한 판결을 할 것이라는 확신을 갖고 밀어 붙여 성공했다. 그런 상황을 본 독일 현지인들은 그후 허튼 짓을 하지 못했다.

파리 술집의 바가지 요금과 몸싸움

종합상사 기계 본부 재직 시 부하 직원인 C 대리가 독일에 들러 나와 함께 프랑스 출장을 가게 되었다. 당시 종합상사 지점장 임덕정 차장은 대학에서 불어를 전공하고 샹송도 잘 부르는 내 고향 출신 후배였다. 임 지점장과 업무를 끝내고 같이 저녁을 한 뒤 나와 C 대리는 호텔로 돌아왔다. C 대리는 프랑스 출장이 처음이었고 에펠탑을 멀리서 보았을 뿐 가까이 구경을 못해 이참에 구경이라도 시켜줄 생각으로 시내로 같이 나갔다. 에펠탑 구경 후 파리 술집 쇼를 볼 생각으로 호텔 출발 전 C 대리에게 지갑을 가지고 오지 말라 당부했다. 종합상사 파리 지점장은 파리 근무만 두 번째하고 있었는데, 파리의 어두운 면까지 속속들이 알고 있어 저녁에는 본인 안내 없이 술집에 가지 말라며 우리에게 어드바이스를 했다. 현금 없으면 카드로 지불하도록 온갖 압박을 하여 바가지 씌운 돈을 가져간다고 귀띔을 해준 터인데 C 대리와 나 둘이서 챌린지를 한 셈이다. 임 지점장도 하루 업무 피로에 집에서 쉬고 있을 텐데 저녁에 다시 불러내기가 미안하여 연락을 취하지 않았다. 전에 파리 구경을 한 적이 있는 내 자신만을 믿고 둘이 에펠탑의 환상적인 조명과 함께 휘황찬란한 파리 야경을 즐겼다. 영업만 잘 되면 오늘처럼 멋지게 직장생활 할 수 있다는 둥 주저리주저리 얘기를 나누고 서로 가족 안부도 교환했다. 사실 나도 밤에 에펠탑 근방까지 와 본 것은 처음이라 낮 분위기와 현격한 차이가 있다는 점도 확인했다.

에펠탑 구경을 마치고 야간 쇼를 볼 요량으로 입장료를 지불하고 둘이서 들어갔다. 위스키 두 잔을 시켜 마시면서 잡담을 하고 있는데 두 여자가 다가와 앉아도 되냐 묻길래 앉으라고 했다. 그러고는 주스 한 잔씩 시켜도 되냐고 물어 '그까짓 주스가 얼마나 되겠어' 하는 생각으로 그러라고 했다. 네 명이서 앉아 쇼를 보며 한참 떠들던 중 담배 한 갑만 주문하고 싶다고 해서 또 그러라고 했다. 시간이 어느 정도 지나 호텔로 돌아가려고 계산서를 가져오라고 했는데, 아뿔싸! 전자식 인쇄가 된 계산서도 아니고 그냥 누르스름한 이면지 같은 종이에 약 1,200불을 손으로 적어 가져왔다. 들고 온 사람은 레슬링 선수 체격에 팔뚝에는 여러 가지 문신이 그려져 있는 스킨헤드 남성이었다. 금방이라도 눈이 튀어 나올 정도로 눈이 큰 괴물로 보였다. 우리가 지불해야 하는 것은 위스키 두 잔, 주스 두 잔, 담배 한 갑인데 그것이 어찌 1,200불이 나올 수 있냐고 따지니 고개를 좌우로 저으면서 지불이나 하라고 윽박질렀다. 마침 옆 테이블에서 똑같이 당한 듯한 4명의 멤버가 종업원과 실랑이를 벌이면서 얼마간의 돈을 테이블에 던지고 우르르 출구 쪽 계단을 오르려 움직였다. 몸싸움이 일어나는 중에 나는 C 대리에게 "우리 저쪽으로 붙자"고 말하고 그들이 나가려 실랑이 하는 줄 뒤로 달라붙었다. 스킨헤드 놈들이 우리 둘을 떼어 밀치니 뒤로 넘어질 정도였다. 4명 그룹에는 한 친구가 불어를 능숙히 구사하면서 실랑이 끝에 출구로 빠져나갔다. 우리만 낙동강 오리알이 되어 이들과 대치를 하는 형국이 되었다. 이제는 깡으로 버티는 수밖에 도리가 없었다. 큰 소리로 "We will never pay our bill. It's overcharged. It's a scam. Also you guys hit me. Call the police. Call the police!우리는 절대 지불하지 않을 것이다. 이건 바가지 씌운 것이고 사기. 또한 너희 놈들은 나를 때렸다. 경찰 불러라! 경찰 불러!"라고 소리를 고래고래 질렀다. 마치 죽기 아니면 살기 게임에 들어간 사람처럼. 그 장면을 본 C 대리는 잔뜩 겁에 질려 있었다. 옆에 서 있던 C 대리에게 물었다 "지갑 가져온 것은 아니지?" 아뿔싸. 가져왔단다. 큰일 났다. 분명히 가져 오지 말라고 했는데……. 나는 지갑 없이 현금만 250프랑만 지니고 왔는데 왜 말을 안 듣고 가져왔단 말인가? 이제 모든 주의를 온통 나한테로 돌려 그들이 C 대리에게 말을 걸지 못하게 하는 일이 급선무가 되었다. "우리 돈 없다. 250프랑 밖에 없다"고 하면서 주머니에 있는 돈을 꺼내 보여 주었다. 그들은 "신용 카드 내 놔라. 그걸로 지불하면 된다"라고 응수해 왔다. 짐짓 그들이 C 대리 지갑을 확인할까 봐 겁이 덜컥 났다. 나는 배 째라 작전으로 밀어붙였다. 계속 경찰 부르라고 소리치면서 이 돈밖에 없으니 받으려면 받고 아니면 경찰 불러라, 못 믿겠으면 너희들이 내 주머니를 뒤져 보라고 얘기하면서 몸을 그들에게 들이댔다. 그런데 남의 몸에 손을 대면 안 되는 뭔가의 법이 있었는지 뒤지지를 못하고 멈칫거렸다. 그 모습을 보고 나는 더 큰 소리로 고함을 쳤다. 자기네들끼리 뭐라고 속삭이더니 그 돈이라도 달라고 했다. 난 200프랑 밖에 못주겠다, 나머지 50프랑은 호텔까지 택시비라 못 준다 하고 200프랑만 내밀었더니 벌레 씹은 표정으로 욕을 하며 꺼지라고 소리쳤다.

　십 년 감수하고 택시를 탔다. 호텔로 돌아오는데 몸싸움하면서 그들이 C 대리 지갑을 발견할까 봐 조마조마했던 긴장이 풀리며 온몸에 피로가 밀려 왔다. C 대리는 "와~ 박 차장님 다시 봤어요. 어떻게 걔들과 싸우는데 겁에 질리지 않고 몸으로 부딪치며 소리 지르며 싸워요. 저는 엄두도 못 내겠던데. 그리고 택시비 50프랑을 빼서 손에 쥐는 장면도 놀라웠어요!" 하고 말했다. "방법이 없잖니. 설마 그들이 해코지를 하겠냐는 똥배짱으로 달려든 거야" 하고 설명했다. 그렇다. 위기 상황에서도 돌파구를 마련해서 뚫어 가고 해결하는 것이 리더가 하는 역할이다.

잊지 못할 샤모니와 튀니지 여행

샤모니 스키장

　2000년 겨울, 나의 막역한 친구가 된 프랑스 딜러 사장 프랑소와

가 초대하여 주말에 샤모니 몽블랑 스키장을 갔다. 샤모니 스키장은 세계에서 가장 오래된 스키장 중 하나로 프랑스 알프스 산맥 해발 2,500m 넘는 곳에 위치한다. 샤모니 시내에서 올라가는 케이블카를 약 20여분 탑승하는데 올라가면서 바라보는 몽블랑 산의 웅장한 경치는 참으로 경이로웠다. 이 지역에서는 스노보드, 산악등반, 트래킹, 아이스클라이밍 등 다양한 겨울 스포츠를 12월~4월 사이에 즐길 수 있다. 쌓여있던 눈이 좀 녹아 크래바스빙하의 갈라진 틈도 군데군데 보여 겁도 났다. 오스트리아 인스부르크 스키장과는 또 다른 분위기가 맘에 들었다. 리스크를 줄이기 위해 가능한 한 스키 자국이 많은 곳을 기준으로 해서 한참을 타고 내려가니 중간에 멋진 레스토랑들이 나왔다. 프랑스인은 점심 식사 중에 와인을 마신다. 우리도 와인과 함께 식사를 한 뒤 진한 커피를 맛보면서 세상 사는 이야기를 나누었다. 간간히 바깥 경치도 구경하는데 그렇게 멋있을 수가 없었다. 프랑스 친구 둘과 나까지 셋이서 즐긴 샤모니 스키는 내 기억의 필름에 확연히 비춰진다. 이런 친구를 가진 나는 얼마나 행복한 사람인가?

튀니지 여행

수도가 튀니스인 튀니지는 대륙 구분상 아프리카에 위치하지만 흑인은 보기 드물고 아랍어를 사용하는 이슬람 국가이다. 농업국가로 주 수출품은 올리브 오일, 매운 고추, 자몽, 무화과 등이다. 당시 튀니지에는 프랑스 딜러가 현지에 판매 에이전트를 지정, 장비를 판매하고 있었는데 동 에이전트가 시간을 내어 SUV 차량으로 직접 관광 가이드를 해줬다. 인상적인 기억이 몇 가지 있었는데 첫 번째, 사람 키보다 높은 낙타를 타고 모래 언덕을 올라가는 스릴이었다. 바람이 불면 가는 실모래가 바람 불어가는 방향으로 밀려가는 모습은 흡사 바람에 날리는 낙엽 같았다. 두 번째는 사막에 있는 내륙염전 구경이었다. 볼리비아의 우유니 소금사막 규모는 아니었지만 바닷물 염분 농도보다 8~10배 짠 소금이 널려 있었다. 겨울철에는 염전에 물이 고여 멀리서 보면 호수처럼 보인다고 했다.

세 번째는 동화책에서 들어본 신기루를 만난 것이었다. 사막 저편 지평선이 바닷물이 있는 수평선으로 보였고 그 위에 배들이 떠서 움직이는 형상이었다. 가까이에 바다가 있나? 아무리 생각해도 바다가 없는 곳인데 물이 보이고 떠있는 배가 보였다. 바삐 차를 몰아 배가 보였던 곳으로 가 보았는데 아무것도 없었다. 헛것을 보고 홀린 사람처럼 고개를 갸우뚱거리며 믿을 수가 없다고 말하니 동행자들이 웃었다. 사실인즉 사막 지역에서 발생하는 일종의 광학적 현상으로 밤낮의 심한 온도차에 의한 빛의 굴절이 만들어 낸 착시였다. 주로 하루 중 온도차가 가장 큰 일출, 일몰 시간에 가장 많이 볼 수 있다고 했다.

네 번째는 영화 〈스타워즈〉 촬영지 '마투라'였다. 미국 캐넌에서 보던 바위, 언덕 같은 것이 넓게 전개되는 온통 빨간색의 산인데 나무, 풀, 물이 전혀 없는 사막 산맥이 이어진 곳이었다. 영화대로 비행 물체만 올려놓으면 〈스타워즈〉의 일부분이 되었다. 마지막으로 강한 인상을 준 곳은 오아시스였다. 어느 숨겨진 수맥에서 나오는 물인지 모르겠으나 많은 물이 나와 사막 마을 고랑을 타고 흘러내렸다. 물 나온 근처에 마을이 형성되어 있고 열대림 숲이 우거져 있었다. 신기하여 손으로 물을 떠서 입에 대 보았다. 우리가 일상으로 마시는 물맛이었다.

감사하며 살자

영국 공작기계 딜러 방문차 영국 출장을 가게 되었다. 당시 나는 회사 소속이 현대종합상사에서 현대정공으로 바뀐 지 오래되지 않은 때였는데 정공 본사 수출부장 일행과 런던을 방문하였다. 토요일 오전, 현대 그룹사 영국 지점들이 모여 있는 사무실을 방문했더니 종합상사 법인 관리부 총괄 김종성 이사가 무척 반갑게 맞아 주셨다. 이 분은 종합상사 업무부 시절 나의 직속 상관이었고 회식 시간에 함께 노래도 많이 불렀으며, 부서 축구 시합도 하면서 매우 각별한 사이가 된 분이다. 그간 밀린 얘기를 나누고 일행과 같이 사무실에서 나가려 하는데 나를 부르시더니 오후 한 나절, 한인 운전사 겸 안내자가 딸린 런던 투어 택시를 예약해 두었으니 정공 출장 동행자들과 함께 런던 구경이라도 하라고 하셨다. 괜찮다고 손사레를 치는데도 이미 대금까지 지불했으니 꼭 하라신다. 한때 모셨던 보스의 따뜻한 마음과 리더십에 다시 한 번 감격했다. 동행한 본사 수출부장도 옛 상사와의 끈적한 관계와 세월이 지나서도 유지되는 우정을 보고 매우 깊은 인상을 받았다며 놀랐다고 했다. 보스의 배려 덕분에 우리 일행은 버킹엄 궁전, 대영 박물관, 런던 브릿지, 웨스트민스터 사원셰익스피어와 찰스 디킨스 묘지가 안에 있음, 국회 의사당 외부 등을 두루 구경하는 기회를 가졌다. 옛 보스에 대한 그리움과 런던에서의 뜻하지 않은 배려에 대한 감사함에 서울에 돌아와서 옛 김 이사님과 몇 차례의 만남 시간을 갖고 함께 노래도 불렀다. 건강 상태가 안 좋으시다가 요즘 다소 회복이 되셨다고 하여 곧 만나뵙는 것으로 통화를 마쳤다.

Chapter 6

현대차 본사 입성

독일 6년 주재를 마치고 귀국하여 현대차 양재동 본사에서 공작기계 수출부장으로 업무를 시작했다. 근무지는 서울이나 제조 공장이 울산인지라 울산 출장이 매우 잦았다. 공장 직원들과도 친분이 필요하고 제조 공정도 학습하고자 틈나는 대로 공장 내부를 돌아다녔다. 미국 법인의 적자를 줄이는 방안과 수출을 늘리는 방안을 찾아보라는 상부의 지시가 떨어졌다. 해외 법인이 판매 증대를 할 수 있도록 지원하는 일들이 주업이 되었다.

미국 기계 판매법인 적자 개선

누적 적자가 커지고 있는 미국 법인이 골칫거리였다. 판매 실적도 저조하고 뭔가 회복될 여지도 안 보이는데 딜러별 미수금도 많이 남아 있었다. 법인 운영 개선안을 내라는 본부장 지시를 받은 후 나의 관점에서 보는 개선안을 작성 후 보고하였더니 본인이 생각한 부분과 많이 겹친다고 당장 출장 가서 조치하라는 명령이 떨어졌다. 주 내용은 첫째, 경비 절감과 현지화를 겨냥, 법인장을 현지인 혹은 현지 거주 한국인으로 바꾸는 것이었다. 한국에서 법인장을 파견하면 주택수당, 현지수당, 자녀 교육비 등을 감안할 때 현지인 고용보다 2배 이상의 경비가 들었다. 두 번째는 주재원과 현지인 수를 줄이는 작업이었다. 법인 비즈니스가 계속 하락세에 있고 미국 경기도 좋지 않은 상황이라 많은 경비를 들이면서 인원수를 유지하는 것은 전혀 건설적이지 못했다. 본사 사업부도 독립 채산제인데 해외법인 적자 메꾸는 데 벌었던 이익을 쓸 수도 없고 써서도 안 되었다. 셋째는 장비 대금을 장기간 체불하는 딜러들을 순회 방문하여 그들의 지불 약속을 서면으로 받아 내는 작업이었다. 외상대금에 대한 이자도 무시할 수 없었다. 만약 재협의된 지불 일자를 지키지 않으면 연체이자를 강제적으로 징구하겠다는 내용을 포함한 지불약정서를 받았다. 그렇게 하여 대부분의 미수금을 회수하게 되었다.

밀라노 기계 전시회 지원 및 참관

유럽 공작기계 전시회는 밀라노에서 개최되었다. 유럽에서 귀국 후 반년이 넘어 유럽 전시회 지원 출장을 가게 되었다. 오랜만에 딜러들을 다시 만나게 되니 얼마나 설레고 기쁜지 몰랐다. 그런데 볼썽사나운 일이 생겼다. 딜러 대상 발표 및 협의 시간 프로그램에 본사 수출부장의 테이블 배치가 수석 테이블은 아니더라도 차석 테이블에 딜러들과 같이 배치되어야 하는 것이 상식인데 기타석에 배치되어 있었다. 유럽 총괄 세일즈 매니저를 역임했던 사람에 대한 푸대접이 너무 심했다. 독일 법인장 작품임을 직감했다. 사심이 많고 이기적 성격을 그간 쭉 보여 준 인사인지라 그러려니 하면서도 내심 화가 났다. 어떤 이유가 있더라도 그런 조치를 한 것은 기본 예의조차도 없는 치졸한 처사였기 때문이다. 과거 프랑스 전시회 기간 중 본인 숙소를 5성급 고급 호텔로 잡아 그곳으로 아내를 불러 함께 투숙하고 회사 경비를 썼다가 눈에 띄어 시비 걸린 적이 있어 나에 대한 야속함을 표현하기도 했었다. 전시회 기간 동안 모든 직원이 전시회 성공을 위해 분주해 있는데 독일에 있는 아내를 불러 개별적 케어를 한다는 그 자체부터 이해가 되지 않았다. 공적인 일과 사적인 일은 분명히 구별해야 한다. 리더라는 법인장이 그런 마음을 가져서는 안 되는 것이었다. 여하간 아무 내색을 하지 않고 참았다. 당일 전시회를 마무리 짓고 딜러들과 저녁 식사를 같이 하면서 술도 좀 마시고 옛날 얘기도 나누며 즐거운 시간을 가졌다. 몇몇 딜러는 내가 한국으로 귀국하고 나서 재미가 없어졌다며 언제 유럽으로 다시 오느냐고 짓궂은 질문을 하기도 했다.

식사를 마치고 한국인 직원들끼리 2차를 가서 맥주 한 잔을 더하며 밀린 얘기들을 나누었다. 그리고 호텔로 돌아가는 길에 법인장과 시비가 붙었다. 내가 시비를 걸었다. 어떻게 그런 무례를 범할 수 있냐고 따지니 변명인 즉 내가 행하지도 않았고 듣도 보도 못한 이유를 댔다. 수출부장인 내가 독일 사업계획 예산을 깎았다는 이야기를 누군가한테서 들어서 서운했다는 것이었다. 단연코 그런 적이 없는데 그런 못된 고자질을 한 사람이 누구냐고 다그쳤더니 그건 얘기해 줄수 없다고 했다. 미확인 된 오해가 있으면 나한테 직접 물어보면 될 일이고 몸소 근무했던 법인에 어려움을 주는 일을 내가 할 사람이냐고 타박을 했다. 참으로 딱해 보였다. 예산을 깎는 일은 재경이나 상부에서 관장하는 일이지 개인으로서 처리할 수 있는 것이 아니었다. 그런 일을 한 적도 없는데 확인 절차도 없이 내가 했다고 단정하고 그런 행위를 하다니…. 이런 사람이 회사 법인장을 맡아 어떻게 조직을 운영할 것인지는 빤한 일이었다. 아무리 서운해도 기본적인 예의는 지키는 것이 상식이다. 리더일수록 가슴을 열어야 한다. 그 이후로는 그 인사와 사무적인 일 외에는 왕래가 없는 사이가 되었다. 그렇다고 미워하는 마음이 남아 있는 것도 아니다. 즐겁게 살아도 부족한 세상인데 이런 사람도 있고 저런 사람도 있는 거라고 웃어넘길 뿐. 어디 살고 있는지 모르나 잘 지내기를 바랄 뿐이다.

MBA 인터넷 강좌 제1기 회원

우연히 매일 경제 신문 광고를 보니 HUNET 주관의 온라인 MBA 과정이 개설되었다. 본 강좌를 통해 새롭게 형성되어 가는 문화와 시대 흐름을 따라 알아 두면 좋은 지식들을 습득할 수 있을 것 같아 지원했다. 각 대학에서 실시하는 MBA 과정도 있으나 비용이 너무 비싸고 시간도 많이 소요되는 것 같아 일단 간이 버전 온라인 강의 맛을 보기로 했다. 한동안 해외 근무로 외부 강의나 학계의 새로운 이론에 동떨어져 있어 인터넷 강좌를 경험한 사례도 없었던 터라 하루하루 학습해 나가는 과정이 흥미로웠다. 강의는 반복해서 들을 수 있어서 중간에 놓치거나 이해가 안 된 부분은 다시보기를 하면 되었다. 열심히 하다 보니 해당 강좌 광고에 내 인터뷰 내용이 업로드 되기도 하였다. 중간 중간 오프라인 강의가 있어 사회 저명인사나 교수들이 초대되어 좋은 메시지와 지식 전달도 해주었다. 6개월 동안 열심히 학습하여 과정을 수료하니 제1기 회원을 대상으로 평생회원 대우와 함께 명사 강의 등을 무료로 듣는 특전도 주어졌다.

이렇듯 무엇이든지 해 보는 것은 안 해보는 것보다 자신을 발전시킨다. 발전의 원동력은 호기심이다. 호기심과 궁금증을 갖는 연습을 하게 되면 가까운 답을 찾으려 책을 뒤져 보고 현인에게 물어보고 친구들과 의견 교환을 하면서 몰랐던 부분을 알게 된다. 즐거운 일이다. 개인적으로 와 닿지 않은 광고 문구가 두 개 있다. 하나는 어느 은행에서 광고 효과를 톡톡히 봤던 "여러분~ 부자 되세요!"이고 또 하나는 너무 흔하게 쓰이는 "항상 꽃길만 걸으세요"이다. 전자는 물질 만능주의를 조장해 돈을 강조하는 느낌이 들고, 후자는 인생의 부침도 없이 항상 좋은 일 속에서만 살기를 바란다는 해석 때문이다. 돈을 벌고 싶어도 마음대로 안 되는 사람들 관점에서 보면 고통스러운 말이 될 수도 있다. 행복의 맛은 고통과 번민이 만들어 준 선물이어서 그냥 몇 마디 단어로 만들어지는 것이 아니다.

부하의 상사 평가

　현대차는 2002년경 부하가 상사를 평가하는 제도를 도입하였다. 당시는 초창기여서 평가표는 참조자료로 쓰이긴 했으나 다른 그룹에 비해 빠른 시점에 시행했다. 울산 공장에 출장을 가서 업무 보고를 마쳤는데 본부장이 불쑥 "박 부장, 직원들한테 어떻게 했기에 당신에 대한 평가가 그렇게 좋아?"하고 물으셨다. "네? 좋게 나왔나요?"하고 질문 드리니 "다른 부장들에 비해 훨씬 좋은 평가표가 나왔어"라고 답변하셨다. 나중에 인사과에서 자료가 넘어 와 자세히 보니 각 항목별 점수가 부서 평균보다 모두 높았고 다이어그램 그래프가 원형에 가깝게 그려졌다. 직원들이 후하게 평가를 해 준 것 같았다. 평가 항목은 비전 제시/창의성과 혁신/도덕성/의사 결정력/업무 추진력/지휘 통솔력/책임감/팀워크 활성화/부하 육성, 동기 부여/교섭력/대인 관계였다. 당시 느꼈던 소회는 현대차가 다른 그룹에 비해 선진화 시도가 빠르다는 것에 대한 놀라움이었고, 나에게 후한 평가를 해 준 직원들에게 모범이 되는 리더가 되겠다는 마음을 다지는 동기부여가 되었다.

Chapter 7

자동차 전장회사에 발을 딛다

종합상사 전자부 근무 시절, 전자 제품 기능 변화, 빠른 신제품 등장, 알고리즘 발달 등을 보면서 언젠가 기회가 되면 전자 분야에서 일해 보고 싶었다. 기계장비 영업을 약 10년 넘게 하다 보니 흥미가 점점 떨어지기 시작했다. 상대해야 할 고객은 각국 수입상 혹은 딜러들이라 제한된 쳇바퀴만 도는 느낌이고 장비 무게도 작은 장비가 보통 2t이 넘어 핸들링도 어려웠다. 다소 무기력해지는 느낌 속에 있던 2004년 어느 봄날 너무도 반가운 전화 한 통이 왔다. 독일 근무 당시 본사 사업 본부장이었고 2004년 2월 자동차 전장 제품 생산 회사인 계열사 ㈜본텍의 대표이사로 부임하셨던 양성준 부사장이었다. 전화상으로 "어이~ 박용호. 너 나랑 같이 일해 볼래? 회사를 키우려고 하는데 말귀 잘 알아먹는 친구가 좀 필요하다"라고 하셨다. "네, 사장님과 일하게 된다면 기꺼이 도전해 보고 싶습니다. 감사합니다" 하고 답변을 하니 "그래? 진짜지? 알았다. 기다려 봐라" 하고는 전화를 끊으셨다.

양 부사장님은 자동차로 전보되기 직전, 공작기계 본부장직위 상무을 맡고 계셨다. 독일 출장을 오셨을 때 처음 대면했고, 독일 업무 보고 후 함께 유럽 주요 딜러들을 순방하면서 현지 판매 상황 및 환경을 확인하고, 내가 건의한 사항들을 거의 수용해 주셔서 장비 판매가 최고조로 올라갔다. 당시 내 이미지가 좋게 각인된 모양이었다. 나중에 어떤 동료에게 들은 얘기인데 본부장이 나에 대해 "애가 똘똘하고 영업 감각이나 친화력이 좋아 쓸 만하네"라고 평을 하셨다고 했다. 본사 복귀하여 양재동 현대차 빌딩에서 같이 근무를 하다 보니 가끔 복도에서 마주치거나 사무실에서 잠깐 인사를 나누는 정도의 접촉이 있었다. 전화를 받고 약 사흘 뒤, 본텍으로 전보 발령이 났다. 이렇게 빠르게 발령이 날 줄은 꿈에도 몰랐다. 나중에 들은 얘기로는 양 부사장께서 당시 현대차 인사 총괄 본부장에게 전화하여 내가 필요하니 본텍으로 보내달라고 요청을 하셨다고 한다. 전보 발령지를 보신 본부장이 나에게 전화를 넣어 어떤 로비를 하였기에 내가 본텍으로 발령이 났냐고 다소 흥분된 목소리로 다그치셨다. 최근 일어난 일련의 상황을 설명드리니 "응, 그랬구나, 당신이 그럴 사람은 아니지"하고 수긍하시면서 누구를 내 후임 부서장에 앉히지 하고 고민 섞인 얘기로 전화가 끝났다.

중요한 것은 상호 간 신뢰

　사람을 서로 신뢰한다는 것은 삶에 있어서 계산되지 않는 무한한 가치이다. 본텍은 충북 진천에 있었다. 발령이 나고 약 1주일의 시간 여유가 있었다. 보통은 회사를 모회사에서 계열 자회사로 옮기는데 직급은 올려 주는 것이냐, 급여는 얼마 정도이냐, 맡게 될 업무는 어떤 일이냐 등을 물을 것이다. 그러나 나는 이런 문의를 한 번도 한 적이 없었다. 부임해서도 묻지를 않았다. 보스가 어련히 알아서 처리해 주실 테니 그냥 흘러간 대로 가자하는 것이 내 마음이고 행동 방식이었다. 시간이 지나 양 부사장은 나를 조금 다르고 조금 기특한 놈으로 보았다고 언급하셨다. 여하간 가서 보니 연봉은 천만 원 가량 줄어든 것으로 기억하고 있다.

　직장 생활의 대부분을 해외 영업에 종사했는데 본텍에 가보니 영업팀이 없었다. 몇 년 전 모비스와의 합병을 추진하면서 연구소와 영업권은 전부 모비스로 넘어갔고 본텍은 제조, 품질, 구매, 기획 기능만 남아 있었다. 양 부사장은 나중에 영업이 돌아오니 우선 구매와 기획을 맡아 경력도 쌓아 보고 학습하라 하셨다. 양 부사장의 현대차 근무 시작도 구매부여서 구매 전문통으로 통했다. 처음 해보는 구매 업무를 하나하나 배워나갔다. 협력업체 방문, 협력업체와의 단가 협의, 품질 문제 개선, 공장 내부 가동현황 체크, 현장 학습 및 모비스와의 합동 회의 등등 그동안 접해보지 못한 자동차 전장 부문에 눈을 뜨게 되는 행운을 갖게 되었다.

인원 채용은 신중히

당시 공장장이었던 H 상무 제조 총괄이 품질까지 담당하고 있었다. 회사 조직 중에 품질, 재경 부문을 부차장급이 맡고 있었는데 상위직급으로 전환하는 것이 필요해 양 부문에 중역을 뽑기로 했다. 품질 담당 중역은 양 부사장께서 현대차에 같이 근무한 적이 있는 L 이사를 불러 와 걱정이 한시름 놓였다. 시간이 지나 어느 날 재경 담당 중역 후보 L 이사를 언급하시면서 그 친구 어떻게 생각하냐고 물으셨다. 그는 나와 종합상사에서 같이 근무한 적이 있어 사람 괜찮다고 말씀드렸더니 양재동과 얘기하여 영입하는 것으로 결정되었다. 그렇게 하여 L은 한 직급 올려 상무로 부임했다. 양 부사장이 서울 사석 모임에서 재경 중역 한 사람 필요하다는 얘기를 꺼낸 적이 있었는데 양재동에 근무하는 모 부사장이 양재동에서의 L의 입지를 고려, 추천했다고 한다. 모 부사장과 L은 현대 그룹 미국법인에서 각각 다른 소속으로 주재원 근무하면서 알게 된 사이였다.

그러나 L이 부임한 지 얼마 안 되어 불협화음이 생기기 시작했다. 양 부사장 및 기존 멤버들과 호흡이 맞지 않고 역방향으로 행동하는 모습이 자주 목격되었다. 양 부사장이 한 마디 하셨다. "네가 괜찮다고 해서 그 친구를 데려왔는데 전혀 아니지 않느냐?"고 말이다. 내가 알고 있는 과거의 그이는 내가 잘못 본 사람이었던 것이다. 내가 잘 모르고 긍정적으로 평가해 준 것이 멤버 간 불협화음 발생 원인이 되었으니 양 부사장께 죄송한 마음뿐이고 후회가 막심했다. 같이 근무를 하면서 겪어 보니 L은 타인을 무시하거나 폄하하는 발언을 쉽게 하는 타입이고 주위를 이롭게 하는 캐릭터는 아니었다. 역시 인원 채용은 신중히 해야함을 몸소 배운 경험이었다.

직원들 기(氣) 불어넣기

회사 제조 관련 직원들은 대부분 용역업체 파견 인원으로 운영되고 있었다. 일감이 적을 때는 인원을 줄이는 것도 용이하고 급여도 조금 더 적어 경비 면에서 도움이 되기 때문이다. 회사 직접 인원이 관리 업무를 맡고 있는 이중 구조이다 보니 서로가 같이 전체 행사 하는 것도 제한적이고 어색했다. 서로의 괴리를 줄이기 위해 대표이사와 협의하여 우리 직원과 파견용역 직원이 함께 체육대회도 개최 하기도 하면서 팀워크 다졌다. 내가 맡은 구매팀은 '구매는 회사의 꽃이다'라는 구호를 외치게 하면서 자긍심을 올렸다. 나의 평소 지론은 '회사의 기획과 구매팀에 엘리트를 배치하자'다. 엘리트들이 현실적이고 창의적인 기획을 하는 것은 선박의 방향타처럼 매우 중요하고, 회사 영업이익은 부품 및 자재를 여하히 값싸게 잘 구매하느냐와 직결되었다. 그들이 반짝반짝한 아이디어로 회사에 이바지할 수 있도록 교육시키고 사기를 앙양하는 것이 매우 중요한 일이었다.

구매팀의 팀워크를 위해 체육 활동을 권장하고 회사 전체 축구팀을 보강하여 현대차 그룹 계열사 축구 시합에도 출전하였다. 급조된 팀으로 첫 출전하여 첫 승을 했을 때는 짜릿했다. 구매팀 회식은 가능하면 청주 시내로 가서 맛집을 골라 저녁을 하고 마무리 뒤풀이를 위해 2차는 당시 시설이 제일 좋은 디스코텍으로 갔다. 이 집의 특성은 2층에 수십 명 수용이 가능한 노래방이 있는데 노래방 안에는 큰 스크린이 있어서 플로어에 사람들이 많은지, 공간이 우리가 춤추기에 적당하게 있는지를 노래 부르면서도 볼 수 있어 노래 부르기 좋아하는 사람은 계속 노래 부르고 춤추기 좋아하는 사람들은 1층 플로어로 내려가 땀이 나도록 몸을 흔들어 대며 스트레스를 풀었다. 과거에 그들이 경험하지 못한 규모와 분위기에 기뻐했고 업무로 돌아와서는 으쌰으쌰 하는 열기들을 느낄 수 있었다. 이왕이면 그들이 경험하지 못한 것들을 접할 기회를 만들어 주었다. 심지어는 주말에 홍천 비발디 스키장에 구매 직원들을 데리고 가 스키 기본 강습을 시킨 뒤 초보 코스에 도전시켰다. 구매 팀워크는 회사 내에서 가장 짱짱한 곳이 되었다.

상황에 따른 협상 전략 시나리오 변경

영업을 하다가 구매 업무를 하는 것은 비교적 쉬웠다. 구매자가 언제나 갑의 위치에 있다 보니 을의 위치인 납품 협력업체들이 갑의 입맛을 맞추려고 애를 쓴다. 영업을 오래 한 나는 항상 을의 입장에서 갑으로부터 좋은 평가를 받기 위해 온갖 노력을 하였고 종종 푸대접도 받았다. 그러나 구매는 그런 푸대접을 받은 경우는 매우 드물다. 그래서 구매 업무부터 직장 생활을 시작한 사람은 어떻게든 구매 업무를 하려고 애쓴다. 구매하는 습관과 태도에 익숙한 사람은 말투도 다소 강압적인데 그런 분위기에서 오래 생활한 사람을 영업으로 보내면 매우 힘들어한다. 적응 못해 떠나는 사람도 발생한다. 나는 영업을 하다가 구매를 한 케이스로 영업 습관이 몸에 밴 사람이라 갑의 위치임에도 그런 티가 많이 나지 않아 협력업체 사장들과 스스럼없는 대화를 할 수 있었다. 그들의 애로 사항도 많이 청취하고 개선해 주려는 노력을 하다 보니 자연적으로 업계 돌아가는 뉴스 청취, 제품 지식은 물론 제조 현장 견학 등의 기회가 많아져 스스로의 학습량도 많아졌다. 구매와 관련된 일들을 일일이 표현할 수 없지만 구매 관련 실전 협상 케이스 일부를 언급코자 한다. 미국 소재 장비 공급업체를 상대로 얻어 낸 가격 인하 건과 납기 단축 불가 건을 성공시킨 사례이다. 경비를 고려해서 두 건 모두 나 홀로 출장이었다.

TRW 장비 및 부품가격 인하: '내 무기 내려놓기' 전략

2004년 당시 본텍은 현대자동차용 ACUAir Bag Control Unit를 조립 생산하고 있었는데 거의 모든 부품과 장비를 기술 제휴회사인 TRW에서 구매해 왔다. 기술을 제공하는 곳이 TRW이다 보니 구매 가격 인하도 쉽지 않고 그들이 부르는 값이 최종 구매가였다. 당시 대표이사 대행직을 맡고 있던 김득수 상무가 나를 불러 TRW에서 생산 장비를 구매해야 하는데 값이 네고가 안 되니 출장 가서 한 번 붙어보라 하셨다. 가서 출장 항공료만이라도 벌어 오면 되니 부담 갖지 말고 다녀오라고 했다. 구매를 맡은 이후 우리 회사 제품 생산용 해외 장비 구매 첫 경험 케이스였다. 곧바로 상대방을 공략할 자료들을 수집하고 내가 입사하기 전에 이뤄진 히스토리 등을 파악 후 출장길에 올랐다. 미팅 진행 시나리오를 짜고 나름 만반의 준비를 하여 미팅에 갔다. 미팅 시작되어 준비된 품질 문제 및 대응 지연 등이 초래한 당사 손해, 또한 꾸준한 수량 구매 등 자료 브리핑을 하고 그런 이유로 가격 인하를 요구했다. 그런데 오히려 당사에서 그간 지키지 못한 약속약속된 구매 수량 미달, 품질 문제 발생 Data 분석 자료 미제출, 소통 문제 등을 자료와 함께 내보이며 가격 인상이 더 필요하다고 역공을 해왔다. 더 이상 미팅 진행을 해서는 득 될 것이 없어 잠시 브레이크 타임을 갖자고 제안한 뒤 어떻게 해서 이 난관을 뚫고 나갈 수 있지 고민을 했다. 후속 미팅을 시작할 때는 책상 위에 있는 내 자료들을 모두 가방 속에 넣어버렸다.

상대가 깃털을 세울 때 싸워서 이길 수 있으면 나도 깃털을 세우지만 완패할 가능성이 높을 때 활용해야 하는 전략은 나를 저 바닥으로 내리치고 상대의 관대한 처분을 받는 자세를 취하는 것이다. 협상 분위기를 180도 전환하여 "헤이 Mr.~ 사실 나는 본텍에 입사한 지 얼마 안 되어 그간 히스토리를 잘 모른다. 상황을 잘 파악하지 못하고 내 주장을 한 것 같다. 너희 얘기를 들어 보니 우리 측에서 잘못 대응한 것이 많아 보이는데 대신 사과를 하겠다. 모든 결정을 존경하겠으니 내가 브리핑한 내용을 참조하여 내일 오전에 귀사 의견을 주라. 단 한 가지 언급하고 싶은 것은 쌍방은 앞으로도 좋은 파트너로 오래 동안 가야 할 것이고, 성장세에 있는 현대차의 미래 그림을 참조하여 야박한 결정보다는 따스한 제스처를 기대한다"고 얘기하고는 미팅을 끝냈다. 내가 무기들을 땅 바닥에 내려놓은 자세로 선처를 요구하니 상대방 얼굴에 긴장이 없어지고 눈빛도 부드러워졌다.

나는 그대의 선처를 기다리는 사람이고 그대의 도움을 필요로 하는 힘없는 사람이라는 '무기 버리기' 전략을 구사하고 호텔에 돌아오니 온갖 생각과 잡념이 머리를 혼란스럽게 만들었다. 괜히 출장 와서 파트너를 자극, 긁어 부스럼 만드는 모양새가 된 건 아닌지. 여하간 그렇게 시간은 가고 아침에 눈을 떠 오전 미팅 채비를 하고 미팅룸에서 대기하고 있는데 그가 도착했다. 그의 표정이 밝고 발걸음도 가벼워 보여 직감적으로 은근히 좋은 결과가 기대되었다. 상대가 자기 제안을 설명했다. 아, 그런데 어찌 이런 일이?! 기대도 못한 파격적인 제안을 한 것이었다. 일견 생산 장비와 부품 가격이 무려 약 6만불 인하되었다. 너무 감사한 나머지 "Thanks a million"을 연거푸 뿜어냈다. 악수를 하고 상대를 껴안았다. 내가 선택한 전략이 적중한 것이었다. 야호! 그렇게 미팅이 마무리될 즈음 상대가 부탁을 하나 했다. 내용인 즉 약 1개월 후 자기 부하 일행이 당사를 방문하는데 방한하면 좀 챙겨 달라는 것이었다. 1개월 후 방문한 그들을 따뜻하게 맞이하여 정성들인 접대를 해 주었고 체류기간 동안 불편 사항 있으면 즉각 연락하라고 전화번호도 알려 주었다.

순수함과 진정성을 내보이면 상대도 그 마음을 읽고 도와주려는 마음이 생긴다. 갑이라고 고자세와 친근감 없는 행동과 말을 하면 상대방은 반감을 갖고 도와 줄 마음을 접을 수도 있다. 때로는 '내 무기 내려놓기' 전략을 써 볼 필요가 있다. 출장 항공 요금만이라도 커버하면 된다는 미팅에서 그 요금의 수십 배를 벌어 온 출장이었다.

불가능하다는 납기 단축: 동정심 유발 전략

2005년 여름, 미국 북동부 코네티컷 주 월링포드Wallingford 소재 UDC 사에 납기 단축 요청 출장 건이었다. 생산하는 제품은 진동 장비인데 차량에 장착되는 전장제품이 운행 중 받게 되는 충격 진동을 감안해 당사 최종 완제품을 진동기계에 일정시간 올려놓고 작동 혹은 고장 발생 여부를 테스트하는 장비이다. 통상 실제 도로상황에서 받는 충격과 진동보다 센 수치를 걸어 시험한다.

자동차에서 수주한 신규 오디오 생산이 12월부터 생산에 들어가야 하는데 제조부문으로부터 장비 발주 의뢰가 너무 늦게 구매팀으로 넘어와 UDC에서 긴급 발주를 하였으나 납기는 2006년 3월이란다. 수차례 간곡한 부탁을 하여도 자기네들이 당사 측보다 더 빠른 시점에 발주한 기존 고객 오더가 있어서 불가하다는 것이었다. 다급해진 상황이 이어지자 대표이사가 나더러 출장 가서 해결하라고 지시했다. UDC 사에 미팅을 원한다고 메시지를 수차례 넣었지만 출장 와도 결과는 변하지 않으니 오지 말라는 답장이 왔다. 그래도 얼굴 보고 사정하고 응석 부리면 해결된다는 구매 분야의 무언의 관습을 믿고 핑계를 만들었다. 내가 미국 출장 갈 다른 일이 있어 간 김에 귀사 공장 구경이라도 하고 싶어서 그러니 시간을 좀 내달라 사정하여 이윽고 2005년 8월 24일 UDC를 방문했다. 공장 지대가 아닌

곳에 회사가 위치해 입구가 마치 과수원길 같아 포근한 분위기였다.

미팅 상대자는 대표이사 Mcihael Reen이었다. 차를 한잔하고 당사 소개 브리핑을 하였다. 당일 미팅에서의 관심을 더 끌기 위해 역점을 둔 것은, 당사는 현대차 그룹의 자회사인데 로얄 패밀리가 대주주로 있으며 자동차 전장 제품을 전문으로 생산하는 회사라는 점이었다. 현대 그룹 설립자의 맏아들이 회장으로 새로 취임, 현대·기아차를 글로벌 Top 5로 만든다는 목표를 세우고 빠른 속도로 성장하는 회사라고 강변하면서 당사에 대한 대접을 너무 소홀히 하지 말라는 무언의 압력을 가했다. 그러고는 공장 견학을 하고 싶다고 요청하여 공장 투어를 시작했다. 제조 현장을 둘러보니 수십 대의 장비들이 조립 단계에 있는데 모두 고객명이 적혀 있었다. 당사가 발주한 모델과 같은 장비들이 상당수 보였는데 늦게 발주한 당사 장비는 흔적조차도 없었다.

최종 마무리 미팅이 시작되었다. 먼저 대표이사한테 미국 영화 〈라이언 일병 구하기〉 영화 내용을 아느냐 물으니 안다고 답한다. 내가 여기 온 첫 번째 목적은 우리 회사 내에 특출한 베테랑 직원이 한 명 있는데 이 친구가 업무에 바빠 귀사에 적기 장비 발주하는 것을 놓쳐서 납기 문제가 원만히 해결이 안 되면 자칫 인사상의 불이익을 받게 될 위기에 있다. 나는 이 친구를 우선 위기에서 구하고자 한다. 귀하도 알다시피 좋은 인재는 잘 관리하여 떠나지 않게 하는 것이 매우 중요한 인사관리 포인트이다. 이 친구를 구할 수 있도록 좀 도와줬으면 한다(물론 억지로 지어낸 픽션이다). 그런 면에서 납기 단축은 사람을 구하는 데 절대 필요한 요소이다. 다시 강조하건대 우리는 11월 말까지 이 기계를 설치하여 제품 양산에 대한 준비를 해야 한다. 혹 귀사의 협력사들이 당사 주문 제품에 소요되는 부품을 긴급하게 생산하는데 있어 추가로 들어가는 경비가 있으면 당사가 지불할 테니 부디 장비 납품될 수 있도록 선처를 부탁한다고 사정을 했다. 우리의 딱한 사정을 이해한 대표이사는 내부 검토하여 2주일 이내에 회신 주겠다고 했다. 1주일 후 답신이 왔다. 추가 비용 없이 당사 발주한 장비를 11월 말까지 납품하겠다는 내용이었다.

불가능해 보이는 일이라도 직접 당사자를 만나 논리적인 설득과 부탁을 하면서 지혜를 짜면 해결이 될 수도 있다. 잊지 말아야 할 가장 중요한 일은 상대에게 우리의 현재 모습 대신 미래의 모습을 그려 주는 것이다. 우리 미래를 그려 주면 그들도 우리와 꾸준한 관계를 유지해야 미래의 과실을 따 먹을 수 있다는 희망을 갖게 되므로 현재 당면한 일에 더 협조해 줄 가능성이 높다.

어느 협력업체 사장의 돈 봉투

구매 분야는 유혹이 많은 지대이다. 갑의 위치에 있는 구매 직원에게 물질적 뇌물 등을 주어 차기 비즈니스에서도 유리한 입장을 유지하려는 목적이다. 동원되는 방법도 다양하다. 담당에게 매월 일정액 전달, 담당 및 가족 여행 경비 부담, 생일 선물 제공, 회식비 대납, 술 접대, 상품권 제공 등.

어떤 협력업체 사장과 회사에서 미팅을 하고 헤어졌는데 내 책상 위 다이어리 사이에 두툼한 하얀 봉투가 놓여있었다. 열어 보니 당시 거금인 현금 50만 원이었다. 그 사장을 급히 찾았으나 이미 우리 회사를 떠난 뒤라 귀사 중으로 돌려 줄 수가 없었다. 간부 직원 일부와 동 사실을 공유하고 돌려줄 방법을 언급했다. 리더가 모범을 보여야 함에 일부러 공유하고 편지를 써서 현금을 동봉하여 등기로 보냈다. 그 편지 내용은 "사장님의 따뜻한 마음에 대해서는 감사하다. 그러나 이런 행위는 귀하가 어떤 약점이 있는 것으로 오해될 수 있고 공정성을 해칠 수 있으니 앞으로는 이런 일이 발생하지 않도록 신경 써 달라. 이번의 행위가 다음 비즈니스에 영향을 줄 거라는 걱정은 안 하셔도 된다. 이 건을 결부시켜서 불이익을 주는 일은 없으니 평상시처럼 양질의 제품을 공급해 주기 바란다"였다.

그리고 직원들에게 구매 업무를 하면서 불미스럽고 양심에 찔리는 일은 하지 말 것을 주문하고 교육했다. 돈을 돌려줄 수 없는 상황이 발생하면 직원들에게 공지하고 공통비로 쓰는 것도 괜찮은 방법으로 생각한다. 요즈음 큰 그룹들은 자체 감사실이 있어 부당한 행위를 감시하는 기능을 한다. 그럼에도 사건이 계속 터지는 것은 자본주의에서의 돈의 위력 때문으로 보인다.

보스의 갑작스러운 퇴임

2004년 6월, 부품가격 네고를 위해 일본 출장을 가 있는데 비서

가 울먹이며 전화를 했다. 양 부사장이 사무실 개인 짐을 싸고 있다는 청천벽력 같은 소리였다. 이유를 물어보자 내용은 모른다고, 어떤 전화를 받으시더니 짐을 싸고 계신다는 것이었다. 바로 양 부사장께 전화를 걸어 어찌된 일이냐고 여쭈니 본인도 이유를 모르겠고 손해를 끼친 것도 없이 회사도 잘 돌아가고 있는데 어떻게 이런 대우를 하는지 기가 막히고 억울하다고 하시면서 목소리에 울음기가 묻어 있었다. 눈물이 핑 돌았다. '현대'에서의 안 좋은 전통 중의 하나가 전화 한 통화로 직장 생명이 끊기는 것이고 통보 받으면 형편없이 내쫓긴 사람처럼 즉시 짐을 싸는 것이었다. 떠나는 사람에게 떠날 준비를 하게 시간을 주고 예령을 주는 최소한의 예의는 사치일까? 잔인해 보였다.

출장에서 돌아와 양 부사장님을 뵙고 제대로 보필하지 못해 죄송하다는 말씀을 드리고 슬픈 마음을 전했다. 양 부사장님 왈, "나 때문에 본텍으로 와서 고생만 시켜 미안하다. 너를 전입해 올 때 바로 이사로 진급시키려고 생각했다가 연말에 시키자 했는데 이 상황이 되니 내가 판단을 잘못했다는 생각이 든다. 참으로 미안하고 안타깝구나" 하셨다. "그런 말씀 마십시오. 양 부사장님 덕분에 제가 해 보고 싶은 전자 분야 일을 하게 되어 오히려 감사합니다. 저는 어떤 환경이 되든 평상시처럼 열심히 살아 보겠습니다"라고 답했다. 양 부사장님은 통보를 접한 이후 잠을 편히 못 자고 겨우 잠이 들어 깨어 보면 새벽 1시, 새벽 3시라고……. 다시 잠을 청하려고 혼자 독주를 마신다고도 했다. 화병이라도 난 사람처럼 몸서리를 치는 것 같았다.

아, 불쌍한 월급쟁이여~ 주인이 떠나라면 무조건 떠나야 하는 바람 같은 존재인가? 이런 꼴 안 보려고 무수한 직장인이 회사를 떠나 자기 사업을 악착같이 하려는 것인가 보다.

어디까지가 사실이고 소문인지 모르나 양 부사장을 끌어 내리는 데 일조한 사람이 L이라고 했다. 양 부사장의 일거수일투족을 양재에 보고한 모양이었다. 술을 많이 마신다는 둥 적격자가 아니라는 둥…. 양 부사장이 대표이사로 부임하면서 받은 숙제가 당초 본텍 조직이었다가 당시 모비스 소속으로 전환되어 있는 연구소와 영업을 본텍으로 되찾아 와야 하는데 양 부사장으로는 약하다고 보고가 되었다는 소문이었다. 모비스 회장과 너무 친한 관계로 이런 일을 밀어붙일 적격자가 아니라는 얘기까지 했다고 한다. 어떻든 후속 대표이사가 내정되었다는 소식도 접하게 되었다.

나를 이끌어 주고 아껴 준 보스가 이렇게 떠나다니 받아들여지지 않았다. 의욕도 없어지고 이런 상황을 만들어 낸 사람들이 참으로 원망스러웠다. 남에 눈에 피눈물이 나게 한 사람들은 지금 배불리 먹고 살까? 과거 본인들이 행한 일에 대한 조금의 반성이라도 하면서 살고 있을까? 나를 챙겨 준 보스가 떠나게 되니 영리한 머리를 쓰곤 했던 인사들의 태도도 일부 바뀌었다. 소위 백이 없어진 나를 보고 태도를 바꾼 사람도 나타나고 이전 소속 회사 일부 인사는 내가 양 부사장 보고 갔는데 이제 낙동강 오리알이 되었다며 얘기했다는 소리도 들려왔다. 참으로 헛웃음이 나왔다. 어느 줄에 서야 본인에게 이익이 올까, 썩은 동아줄이라도 잡아야 하는데 하고 계속 계산기 두드리는 사람들은 그런 셈법을 쓰고 힘 있는 자에게 붙어 산다. 업무를 하면서 무엇을 배우고 미래에 어떤 도전을 할 것인지 그림을 그리는 사람은 묵묵히 현재의 길을 간다. 그러다가 자신을 알아주는 상사와 부하들을 만나는 행운이 있으면 더욱 즐거운 일상을 영위할 수 있는 것이다.

본텍을 떠나신 양 부사장께 중간 안부 인사를 드리니 분하고 억울하여 아직도 잠을 많이 설친다고 얘기하셨다. 여전히 술 한잔 마시고 겨우 잠들어 한참 잤다고 깨어 보면 겨우 한 두시간 지났다고, 아내 모르게 거실로 나와 깜깜한 창밖을 보다가 다시 잠을 청해 보려고 양주 몇 잔을 들이켠다고.

자고로 사람은 마음을 곱게 잘 써야 한다. 삐뚤어진 사고로 남을 해하거나 자기 영욕만을 탐하는 자는 복이 들어오지 않는다. 타인에게 피해를 주는 사람은 잠시 당대에는 힘과 부富도 있을 수 있으나 절대 오래가지 않는다. 그런 사례는 주변에서 얼마든지 본다.

양 부사장은 경남에 소재한 자동차 부품업체 부회장으로 가셔서 갖고 있는 역량을 십분 발휘하여 회사를 계속 성장켰다. 부품사 오너가 평생 같이 가자고 제안을 했다고 한다. 스트레스 덜 받고 업무의 재량권을 많이 이양 받아 즐겁게 사시는 모습을 보니 좋고 골프 회원권도 받아 자동차 그룹 후배들과 종종 라운딩도 즐기셨다. 우리의 소중한 인연은 계속되어 일 년에 몇 번씩 소주 한 잔하고 연말에는 거르지 않고 송년회를 가졌다. 세상살이라는 것이 마음 통하는 사람들과 교감하며 긍정적인 에너지를 서로 주고받으며 감사하고 사는 것인 것 같다. 사랑을 가득 주셨던 보스는 더 활동하셔야 할 나이에 세상을 뜨셨다. 갑작스런 퇴임으로 받았던 긴 기간의 충격과 스트레스가 혹 악영향을 주지는 않았는지 혼자 생각해 보았다.

대표이사 변동 소용돌이와
경쟁사 현대오토넷 약진

잘 돌아가던 회사 수장을 떠나게 한 후 여러 CEO가 거쳐 갔다. 짧게는 1개월 임시 재임 CEO도 있었다. 물처럼 바람처럼 흘러가자. 유능제강柔能制剛이라는 말이 있지 않은가? 부드러운 것이 강한 것을 이긴다. 다가올 미래가 험할지라도 유연한 태도와 담담함을 가지고 산다면 나름 뿌리 깊은 나무가 될 수 있을 것이다. 현대차 근무 중이면서 본텍 대표이사를 겸한 분도 계셨다. 확실한 것은 현대차 그룹 차량에 부착될 라디오, DVD, 내비게이션 등을 제조·납품하는 회사, 그것도 로열패밀리 지분이 들어 있는 전자 회사에서 나는 제품 기능, 제조 공정 및 품질 관리 등 실무적인 지식들을 늘려갔다는 점이다. 신경이 쓰이는 것은 연구소와 영업이 모비스에 있는 것과 우리가 만들고 있는 전장품보다 더 앞선 제품을 만들고 있는 경쟁사 현대오토넷당시는 계열 분리되어 계열사 아니었음이 활기차게 영업을 하면서 유리한 입지를 유지하고 있다는 점이었다. 지금은 삼성전자에 인수된 미국의 전장 및 오디오기업 하만Harman이 현대오토넷을 인수하려고도 했다. 그들이 인수하면 바로 현대차에 납품하는 기회가 되므로 눈독을 들였는데 현대차 그룹에서 부정적 의견을 내자 인수를 단념했다. 그런 와중에 그려진 그림이 오토넷을 현대차 그룹이 인수하여 같은 제품군을 생산하는 본텍과 합병이었다.

그런 혼란기는 새로 선임된 J 사장이 부임하면서 차츰 안정을 되찾아 간다. D전자 기획본부장을 거쳐 외국계 계열회사 대표이사로 근무하던 중 현대차 그룹으로 스카우트 된 엘리트 사장이었다.

인생의 길잡이, 아버지의 서거

1986년 가을, 어머니를 하늘로 보내고 난 뒤 인생 정신적 지주이자 길잡이 스승 역할을 하신 아버지가 2005년 봄 별세하셨다. 아버지를 모신 큰 형님 내외분과 큰 소리 한 번 나지 않게 잘 지내시고 마을의 어르신 역할을 하신 분이었다. 큰 형님 내외가 아버지에게 효도하고 잘 모셔 주시어 나머지 형제들은 별 걱정 없이 생활할 수 있었다. '아들아, 인심 잃지 말고 살아라. 조금 손해 보듯이 살아라'는 가르침을 주시고 이 막둥이 아들에게 무한한 사랑을 베푸신 아버지가 세상을 뜨시니 눈물과 함께 너무도 큰 슬픔이 가슴을 억눌렀다.

돌아가시기 며칠 전부터 마음의 준비를 하라는 큰 형수님의 언질에 따라 서울 집에서 내려갈 준비를 하고 있었다. 오늘 밤을 넘기기 힘들 것 같다는 큰 형수님 전갈을 받고 시골로 차를 몰았다. 빨리 도착하려고 속도를 내고 가는 동안에도 아버지의 상황이 수시로 바뀌고 있다며 언제쯤 도착 가능하냐는 전화가 계속 왔다. 아무 의사 표시를 못하시는 아버지가 막내를 보고 돌아가시려고 안간힘을 쓰고 계신 것 같다는 얘기도 해 주셨다.

저녁참에 도착하여 "아버지, 용호 왔어요"라고 귓전에 대고 말을 건넸더니 아버지 눈에서 눈물이 흘러내렸다. 큰 형수님 말대로 나의 도착을 확인하고 떠나시려 마지막 힘을 쓰신 것임을 직감했다. 막내에 대한 애틋한 사랑이었다. 형님들, 누나와는 달리 당신 인생에서 가장 짧은 기간 얼굴보고 헤어지는 막내가 안쓰러워 기다리신 것이다. 나는 평소에 어느 집안이든 막내를 제일 예뻐하는 이유에 대해 이렇게 주장하곤 했다. 막내가 태어났을 때 부모는 이미 나이가 들어 있는 어른으로서 어린 아이가 마냥 예쁘고 이승에서 서로 대할 수 있는 시간이 가장 짧기 때문이라고. 막내는 부모님의 젊었을 때 아름다운 모습을 본 적이 없다.

우리 형제들은 아버지 곁에 나란히 누워 얘기를 나누다가 깜빡 잠이 들었는데, 우리들에게 일어나라는 신호였는지 큰 기침을 몇 차례 하시고는 가쁜 숨을 내쉬더니 그 길로 운명하셨다. 임종을 지켜본 형제들이 오열하는 가운데 아버지의 몸은 싸늘히 식어 갔다. 아버지와의 온갖 추억들이 주마등처럼 지나간다. 평상시 만들어 놓은 가묘 자리에 묘를 만들어 저승에서도 평안하시고 못난 우리 형제, 가족들 가호를 기원하였다.

아버지는 세상 변화에 대해 수용을 잘 하시는 편이어서 자식들이나 젊은이들과도 대화가 잘 되시는 분이었다. 일 처리 방법과 문제의 핵심 파악 능력도 빠르셔서 마을의 리더 역할을 쭉 하셨다. 큰 소리 내지 않으시면서 보이지 않게 자식들을 사랑하셨다. 넷째 형이 고향 마을에서 10km 이상 떨어진 벌교중학교에 다닐 때 벌교꼬막으로 유명세 탄 곳에서 자취를 하였다고 한다. 집에 와서 월요일 새벽 일찍 자취 쌀과 반찬을 등에 메고 길도 구불구불하고 산짐승이 출현하는 주릿재존제산 줄기를 넘어서 벌교로 가는데, 처음에는 아버지나 둘째 형이 짐을 대신 메고 벌교까지 가곤 했고 나중에는 형 혼자 가라고 했다 한다. 넷째 형은 한때 이 상황을 원망했다고 하는데 나중에 알고 보니 형이 짐을 메고 길을 떠나면 아버지께서 저만치 떨어져서 뒤를 따라가시다가 여명이 밝아 오면 집으로 돌아오셨음을 알고 뭉클했다고 한다. 아버지는 자식들에게 그런 사랑을 늘 품고 사셨다.

장례를 치르고 나서 나는 온 가족들이 모여 있는 자리에서 선언 아닌 선언을 하였다. "오늘 이후부터는 큰 형님 내외분을 부모님으로 여기고 명절에 찾아뵙겠습니다." 그 이후 특별한 상황이 없으면 설날, 추석명절 때마다 나는 우리 가족을 태우고 머나먼 전라도 보성을 다녀왔다. 자연스럽게 사촌들끼리 서로 교류하는 시간을 만들 수 있었고 조카들은 내 말을 존중해 주었다. 우리 형제들이 모두 객지에 나가 생활하던 시절, 부모님 봉양에 신경을 안 써도 될 만큼 큰 형님 내외분이 잘 모셔 준 덕분에 동생들이 마음 편하게 살 수 있었음에 대한 감사 표현이기도 했다.

고향을 지키는 사람들 수가 점점 줄어들고 있다. 어릴 적 큰 마을이었던 우리 동네는 빈집이 많아졌고 연로하신 노인들만 살고 계신다. 동네 막내 격인 마을 이장 나이가 이미 60대 중반이다. 우리 마을이 어떤 모습으로 바뀔지 생각하면 서글픔과 헛헛함이 밀려온다. 내가 다니던 초등학교도 폐교된 지 오래다. 우리 마을 사람들의 인생 소풍 기간은 마을에 서있는 나무들이 다 알고 있다. 어릴 적 함께 했던 당산나무, 마을 입구 소나무들은 별로 세월을 타지 않고 같은 자리에 굳건히 서 있다. 내 어릴 적 개구쟁이 행적과 해맑게 뛰어 놀던 모습을 모두 알고 있으면서 말 한마디 안 한다. 가끔 다가가 만져 보아도 내 감촉을 되새김할 뿐 말이 없다. 나무야! 우리 마을 사람들이 오래 오래 건강하게 살 수 있도록 버팀목이 되어다오. 마을 사람들이 모두 떠나버리면 너희들도 외롭지 않겠니?

직속 부하와의 가슴 아픈 법적 공방

내가 맡고 있는 구매팀에 경력사원으로 채용된 L 과장이 업무상 실수로 회사에서 해고되었다. 부품의 과다 발주로 불필요한 과잉 재고를 발생시키고 구매 대금 결제로 인해 자금 회전 및 이자 발생 문제를 일으켰다는 책임론 때문이었다. 그 과장은 외자 구매 경력도 있고 말귀도 잘 알아듣고 융통성도 있는 편이었다. 문책이라고는 하지만 너무 과한 처사인 것 같기도 하여 구제를 해보려고 했으나 상부의 결정은 단호하였다. 사람을 좋아하고 아끼는 성격인 나는 마음이 너무 아팠다. 업무 책임 외에 이 친구의 말하는 태도 등이 악영향을 끼쳤을 수도 있다고도 생각했지만 몹시 안타까운 상황이었다.

L 과장은 부당 해고라고 주장하여 회사를 상대로 노동청에 고발하

였다. 회사에 이런 일이 생기면 통상 인사·총무과에서 대응을 하는데 이 건을 나보고 직접 담당하라는 상부 지시가 떨어졌다. 부하를 상대로 제3자가 아니라 직속 상관인 내가 사후처리를 해야 하는 상황에 얼른 마음이 동하지 않았으나 지시를 받은 이상 대응할 수밖에 없었다. L 과장을 개인적으로 몇 차례 만나 고발 취하를 요청했으나 그는 자신의 억울함에 분을 참지 못하고 복수를 하겠다는 생각으로 가득 차 있었다. 나와의 관계를 보아서는 취하하고 싶으나 그럴 수가 없어 미안하다고 했다. 회사를 상대로 개인이 승소하기 힘들고 경비 및 시간 감당을 해야 한다며 재고해달라 충고했는데 받아들이지 않았다. 결국 재판정에서 얼굴 보자고 한 후 헤어졌다.

구매를 총괄하는 우두머리로서 사이가 나쁘지도 않았던 부하 직원을 해고한 것이 정당하다는 회사 측 유리한 자료를 혼자서 작성하는 동안에도 마음은 아픔의 연속이었다. 자료를 작성하여 변호사에게 전달하니 내 얼굴을 보며 놀라는 표정을 지었다. 자료를 큰 손질 안하고 법원에 제출해도 될 만큼 잘 작성했다며 혹시 법률 전공을 했냐고 물었다. 과거 현대종합상사 업무부 시절 훌륭한 선배들 밑에서 갈고 닦은 것들이 은연중에 빛을 발하는 대목이었다. 시간이 지나 법정에서 L 과장과 일종의 적으로 마주치게 되었는데 정말 가슴이 시려왔다. 피하고 싶었다. L 과장의 모친과 누나 등 가족이 함께 법정에 온 것을 보는 순간, 내가 그 입장이라면 어떤 심정일까, 어떤 기도를 할까 등등 혼자만의 질문이 머리를 때렸다. 가족에게 가벼운 목례를 하고 L 과장에게 간단한 수인사를 하였다. 양측 선서도 마치고, 일부 변론 후 승소 판정이 났다. 퇴정을 하고 나오는데 뒤편에 L 과장 일행이 따라 나오는 것이 보였다. 헤어지는 인사 없이 가는 것이 좋을 것 같아 발걸음을 재촉했다. 혼잣말로 "L 과장, 미안하다!"라고 내뱉을 뿐이었다. 이렇게 나는 인연이 있었던 한 사람과 멀어진 사이가 되어 버렸다. 어디에 있든 부디 잘 살고 있기를 바랄 뿐이다.

Chapter 8

새로운 현대오토넷 탄생

우여곡절 끝에 경쟁 관계에 있던 양사 합병에 이른다. 규모가 더 작은 본텍이 규모가 더 큰 오토넷을 합병하는 모양새였다. 같은 제품군을 생산하는 두 회사가 별도로 경쟁하면서 출혈하기보다는 합병하여 시너지 효과를 내는 방향으로 결정이 되었다. 사명은 아무래도 주식 상장된 ㈜현대오토넷을 사용하는 것이 객관적으로 유리하여 현대오토넷을 쓰기로 결정되었다. 초대 대표이사가 어느 쪽에서 나오느냐에 대한 지대한 관심 속에 본텍 대표이사를 역임한 J 사장이 합병된 회사 대표를 맡아 2007년부터 새로운 오토넷 시대가 열렸다. 쌍방 인원 조정 없이 가는 것으로 결정이 되어 참으로 다행이었다. 대부분 합병이 되면 피합병된 회사를 대상으로 인원 조정이 일어남을 감안할 때 오토넷 직원들은 안도의 한숨을 쉬었다.

구매실장을 맡다

현대차 그룹 이사대우로 승진 발령이 나고 나는 합병된 구매 조직의 구매실장을 맡게 되었다. 기존 양사 각 구매부장이 구매 1, 2부를 맡게 되어 나의 지휘를 받게 되었다. 당초 2005년 초에 중역 진급설이 있었는데 본텍 전임 대표이사를 내쫓는 데 기여한 그 사람이 반대를 하여 중역 진급이 무산된 것도 익히 알고 있었다. 내가 모시는 보스에게 해를 가하고 그 보스를 따르던 내게도 해를 가한 사람이었다.

구매 부문의 분위기를 쇄신하기로 마음먹고 조직 개편을 단행했다. 대표이사 조언도 받아 부품구매와 기구 구매로 나누어 각각 전문화하고 구매기획팀을 만들어 구매 부문 전략 수립, 사업 계획 총괄, 협력사 관리 체계 점검, 협력사 대상 각종 행사 진행 등을 수행하게 했다. 그리고 직원들이 협력업체 대표나 직원에게 함부로 얘기하는 행위 등도 못하게 교육을 해갔다. 어느 회사를 가나 협력업체를 대하는 구매 쪽 분위기는 딱딱하고 다소 고압적이다. 직원들 큰 형님 혹은 아버지뻘 되는 협력업체 사장에게 거의 반말 비슷한 어투 사용도 빈번하다. 그런 장면이 눈에 띄면 곧바로 불러 주의를 주곤 했다. "그 양반들은 너희들의 상투 끝에 있는 분들이다. 세상 풍파, 산전수전 다 겪은 분들에게 새파란 너희들이 그런 말투를 쓰는 것은 아무리 구매 분야라도 예의가 아니다."

그런 분위기이다 보니 당사를 방문한 협력업체 사장들이 내 자리에 와서 마음 편하게 차 한잔을 못한다. 사장들에게 내 자리로 오는 팁을 주었다. 직원 혹은 구매 담당이 어디가냐고 묻거든, 나를 복도나 화장실에서 마주쳤는데 자리로 와서 차 한 잔하고 가라고 했다고 답하라고 하였다. 그런 방식으로 업체 사장들과 대화하는 횟수를 늘려 그들의 희망 사항과 애로 사항을 가감 없이 직접 청취할 수 있었고 구매 정책 수립 시 그들 의견을 반영하는데 현실적 도움이 되었다.

해외 부품 가격 협상 요령

대부분 중소·중견 기업의 부품 구매는 외국 부품사의 한국 내 대리점을 통해 원화 구매로 이뤄진다. 단위 발주 수량이 적어 외국 본사로부터 구매도 힘들지만 국내 대리점과 소주 한잔하면서 한국말로 얘기하는 것이 훨씬 편하기 때문이다. 당시 오토넷도 일부 품목은 직접 수입하지만 대부분을 한국 대리점을 통해 구매 중이었다. 대리점이 낀 부품공급사의 구매 단가 인하는 양에 차지 않아 일본 주요 부품 공급업체, NEC, 파나소닉, 르네사스, 도시바, 알파인, 샤프 등을 직접 방문 미팅하여 상당폭 구매가격 인하 조정을 받아 내곤 했다. 가격 협상은 현재 거래 상황을 기준하여 하는 것이 아니고 우리의 미래 그림과 우리와 장기 거래를 하면 어떤 이점이 생기는지를 그들에게 보여 주면서 설득해야 한다. 따라서 그 설득에 필요한 논리와 데이터 준비를 잘해야 한다. 예를 들면, 현재 구매하고 있는 수량 기준으로 높은 가격을 받고 그들이 판매하여 얻는 이익이 단기적으로는 달콤하고 좋아 보일지 모르나 증가될 미래 수량에 다소 낮은 마진율로 곱해 본다면 미래 가치가 더 크다는 논리를 내세워야 한다.

즉 '현재 적은 수량 X 높은 마진 < 미래 증가될 수량 X 적정 마진' 개념이다. 분명히 후자가 총체적인 매출 및 마진에서 전자에 비해 훨씬 앞선다는 논리이다. 거기에다 수량이 늘어나면 부품 공급자의 공장 가동률이 향상될 것이고 생산량이 많아지면 공급자도 부품 구매가 늘어나 그들의 기존 부품 공급사로부터 가격 인하를 받을 수 있어 윈윈이 된다는 그림이다. 가장 중요한 팁은 중대한 네고에는 대표이사를 동행하는 것이 효과적이라는 점이다. 대표이사가 미팅에 나타난 것만으로도 상대측은 신경을 더 쓰게 되며 대표이사가 자기네들과의 거래를 중요하게 여기고 있구나 하는 느낌을 받게 된다. 미팅 주도를 대표이사가 하지 않더라도 미팅 자리에 배석한 것만으로도 얻어 낼 수 있는 몫이 더 많고 어떤 형태이든 성의 표시를 더하게 되어 있다.

직접 방문 미팅으로 구매 가격을 대폭 개선한 사례 중 하나를 적어 본다. 일본 업체로 비전 테스터 제조사로부터 정기적으로 장비를 구매해 온 업체인데 한국 내에 대리점을 운영하고 있었다. 대리점에게 두 번에 걸쳐 가격인하안을 받아 보았는데 시늉만 할 뿐 별 변동이 없었다. 일본 본사에서 가격 인하를 더 이상 못준다고 연락해 와서 마지막 3번째 기회를 주었다. 이번에도 만족할 만한 가격을 내지 않으면 내가 직접 일본 방문하여 네고하겠다고 선언을 했다. 3번째 가격도 거의 변동이 없었고 내가 방문해도 별 소용이 없을 것이라고 말해왔다. 대리점 사장에게 이르기를 "지금부터 더 애국자가 되시오. 비싸게 외국 제품을 수입하면 외화 낭비가 되는 겁니다. 수입가가 내려가더라도 귀하의 수익은 내려가지 않게 하겠습니다. 가격 인하를 위해 내가 직접 나설 테니 미팅 동행을 하되 그들에게 유리한 이적 행위는 하지 말고 내가 성공할 수 있도록 측면을 지원하시오."

그렇게 하여 나와 대리점 사장이 함께 일본 본사를 방문, 상대측 중역과 협상을 전개했다. 내가 내세운 카드는 미래 그림 보여주기 전략이었다. 당사는 현대차 그룹 유일한 전장회사로 향후 현대차 그룹의 1차 목표 Top 5 글로벌 자동차사 백업 회사인데, 최근 당사가 구매하는 물량 수량 평균으로 계산하여 단가를 책정하지 말고 곧 성취할 글로벌 Top 5에 포함될 자동차 생산 대수 증가에 따른 귀사 전자장비 구매량 증가 예상을 감안하여 우리 미래 위상에 맞게 대우를 해 달라. 그러면 우리도 거래선 변경 없이 향후 증량 물량을 귀사에서 사겠다고 협상안을 제시했다. 그 외 공장 가동, 환율 변동 상황 등도 추가로 설명해 주었다. 그 결과 거의 10%에 육박하는 기대 이상의 단가 인하를 받아냈다. 절대 자기들이 최종적으로 제시한 가격 이하로는 안 내려갈 거라고 큰 소리를 쳤던 한국 대리점 사장은 고개를 들지 못했다. 그 후 대리점 사장에게 요청한 사항에 대해 답이 더딜 때 "내가 다시 일본 갈까요?"라고 얘기하면 "아닙니다. 제가 해결해 보겠습니다"하고 답변이 돌아왔다.

세상에 이런 일이

구매 부문에서 상당한 성과를 내고 더 큰 그림을 그려보려는 시점에 현대차 구매 본부에서 근무하던 H 이사를 오토넷 구매 담당 상무로 승진 발령을 내어 내려 보냈다. 그룹 내에서 당사의 위치가 낮기 때문에 그룹 상위 회사에서 진급이 안 되거나 필요상 계열사로 보낼 때는 대개 1계급 승진시켜 전보 발령을 했다. H 상무는 그룹 입사 이래 구매 부문에서만 근무했기에 구매 외 다른 분야 일을 맡길 수도 없었다. 구매 분야에서 더 일해 보고 싶었던 나는 대표이사 명에 따라 해외 영업으로 전환 배치가 되었다. 원래 해외 영업을 주업으로 했던 터라 언젠가는 돌아가야 할 자리이지만 시기적으로 상당히 아쉬웠다.

해외 영업으로 출근하여 직원들 인사를 하고 그들이 보유하고 있는 백로그Back Log, 오더 잔량를 점검해 보니 거의 제로에 가까웠다. 있던 잔고도 매출 처리을 위해 당초 납기일보다 앞당겨 선적 처리되어 향후 매출거리가 거의 없었다. 말 그대로 맨땅에 헤딩하기였다. 더 큰 문제는 연간 사업계획서였다. 가계약이나 진행조차도 안 된 프로젝트를 나열, 매출 예상 금액으로 기재하여 놓았는데 참으로 기가 찼다. 자동차 부품은 해당년도에 수주를 한다고 해도 1년 반 내지 2년 후에나 매출이 발생되는데 수주도 안 된 프로젝트를 사업계획서에 목표 매출로 잡아 둔 것이었다. 내가 부임하기 전에 수주가 된 다임러향 오디오도 거의 2년 후에나 매출이 발생한다. 전임자는 이런 사업계획서를 만들어 놓고 이미 퇴사한 상태이고 직원들에게 어찌 된 영문인지 물으니 당초 소액 기준 사업계획서를 제출했는데 경영 진과 사업계획 수립 회의를 하면서 상향 조정 압박을 강하게 몇 차 례 받는 와중에 어쩔 수 없이 숫자만 올린 것이라고 했다. 어안이 벙 벙했다. 그들 말에 의하면 까라면 깐다, 그 뒤는 모르겠다는 식이었 다. 정말로 매출거리가 없었고 부서 존재의 의미가 없는 심적 공황 상태에 직면했다. 그간 영업해 오다가 비즈니스를 종료한다고 통보 해 버린 멕시코향 SKD Semi-Knock Down 오디오 비즈니스라도 되살 리지 않으면 정말 매출처리 할 거리가 없었다. 다급한 마음에 멕시 코 엘라크라 회사 사장에 급히 연락하여 라스베가스 CES 전시회에 서 만나자고 제의 후 현지 미팅을 했다. 오토넷으로부터 이미 거래 중단 통보를 받았기에 대체업체로 중국 오디오 업체와 이야기가 진 행 중이라고 했다. 온갖 명분과 미래 그림을 설명하고 사정도 하여 그를 설득했고 결국 비즈니스를 재개했다. 거래 금액이 크지는 않지 만 월별 매출 발생에 절대적으로 필요했던 거래인지라 그나마 안도 의 숨이 나왔다.

당장 수주하여 짧은 기간에 매출로 연결되는 비즈니스를 찾아야 했다. 짧은 시간에 매출이 가능한 프로젝트로 PIO Port Installation Option 오디오가 있었다. 현대·기아차 해외 딜러들이 차량 수입관세 를 낮출 목적으로 완성차에 오디오를 부착하지 않은 채 선적하고 가 격이 싼 오디오를 별도로 수입하여 수입 항구 보세구역에서 오디오 를 부착하는 형태의 비즈니스였다. 이 PIO를 해 보려고 애를 썼지만 현대모비스 수출팀에서 이미 대부분의 고객과 시장을 장악하고 있어 뚫고 들어갈 수가 없었다. 대표이사까지 나서서 엄청난 드라이브를 걸고 직접 시도를 했으나 기존 거래 관계가 있고 현대차에 입김이 더 센 현대모비스를 이길 수는 없었다.

이런 고통 속에 날로 스트레스가 커가는 어느 가을날, 대★ 현대차 그룹에서 어떻게 그런 인사 발령을 했는지 상상도 안 되고 도저히 이해가 가지 않는 일이 벌어졌다. 창원에 있는 기계 제조사 W사를 비롯한 쇠붙이 차량 부품 제조 계열사 몇 군데를 맡고 있는 부회장이 오토넷 부회장도 겸한다는 인사 발령이 난 것이었다. 하드웨어 제조 분야만 경험했을 뿐 전자 분야에 경험이 전무한 분이 전장 회사를 맡는다고 하니 마치 현대전자 초기에 경영자를 건설과 중공업에서 데려와 엄청난 시행착오를 했던 일이 또 벌어지겠구나 하는 생각이 고개를 들었다. 부회장이 부임한 후 회사 내 위계질서는 무너지기 시작했다. 그룹 내 입지가 높고 그룹 회장님의 신임을 받고 있는 부회장인지라 대부분의 중역들이 부회장 라인화 되고 본텍 출신 일부 임원만 대표이사에 예의를 갖추고 따르는 양상이었다. 사내에 분파 정당들이 생기는 모습이었다. 회의 석상에서 대표이사 방침과 발언에 노골적인 반기를 드는 인사들도 등장했다. 참으로 요지경이었다. 한 방향으로 열심히 가야 할 팀워크는 실종되어 갔고 의사 결정도 마음대로 안 되는 중역회의는 혼란 그 자체였다. 직원들은 코미디 프로그램을 보는 것 같다고 웅성거렸다. 부회장이 부임하여 전자회사인 오토넷을 이끌고 좋은 회사로 변모하기를 기대하는 것은 무리였고 이상한 일들만 열심히 추진되었다.

첫째, 지시했던 일이나 하기로 되어 있는 일은 이유 달지 말고 이행하라. 엉터리 사업계획이라도 이유 달지 말고 달성하라. 회식 2차 장소에 모이라 하면 핑계 대며 도망가지 말고 모여라.

모이지 않고 일부 불참자가 발생한 날 폭행 사건도 발생했다. 요즈음에는 상상도 못할 일들이었다.

둘째, 단축 마라톤, 탁구 및 등산 등이 시작되었다. 부임하자마자 단축 마라톤 대회 참가 독려가 시작되었다. 운동을 싫어하거나 안 하는 사람 및 몸집이 큰 직원들에게는 큰 형벌이나 마찬가지였다. 여하튼 나도 난생 처음으로 10km 마라톤 대회에 7~8회 참가했고 제3회 용인관광 마라톤 대회에서는 개인 최고 기록 50분 33초를 찍었다.

사내에 탁구 테이블이 설치되었고 본부 대항 시합을 했다. 잘 하는 팀을 선발하여 창원에 근무하는 계열사 팀과의 시합도 벌어졌다. 일 잘하는 사람보다 운동 잘하는 사람이 인사 고과 점수를 더 받는다는 얘기들도 떠돌아 다녔다. 급기야는 오토넷 중국 천진 공장에 근무하는 탁구 잘 치는 중국 직원을 한국에 불러 시합을 시켰다. 본부 대표로 뽑힌 선수는 근무 및 근무 외 시간에 시합에 대비한 연습을 해야 했고 선수는 나중에 일을 몰아서 해야 하거나 주위 사람이 업무의 일부를 대신 처리해야 하는 상황이 발생했다.

등산은 금요일 오후 혹은 토요일에 주로 행해졌는데 전세버스로 지리산 및 가까운 산 입구에 내려 주면 직원들은 목표 지점주로 정상을 향해 등산 시작하였다. 등산부터 하산까지 정해진 시간 내에 등

뜨겁게 전진하고 쿨하게 돌아서라

산을 마쳐야 해서 등산을 잘 못하는 사람들은 많은 고생을 하였다. 창원 직원들은 지리산을 올라가는데 원점 회귀 시간을 개인별로 체크했다고 했다. 등산 안내도에 5~6시간 코스를 그들은 3시간 이내에 원점 회귀 한다고 하니 경이로운 마라톤 등산이었다. 로마 제국 시절 검투사들을 선발, 그들 간에 싸움시합을 시켜 놓고 구경하면서 응원하고 즐기는 형국과 흡사했다.

셋째, 건물 내 벽면에 대형 거울과 생산공장 내 어항이 설치되었다. 어떤 이유인지는 확인한 적 없으나 부회장은 매직펜을 들고 복도, 화장실 등 흰 벽면에 대형 직사각형 거울 부착 장소를 마크했다. 아파트 방안 창문크기에 가까운 거울, 그것도 약 4~5mm 정도 두께가 있어 매우 무거운 유리 거울을 사서 매직 표시된 벽면에 부착했다. 긴 복도를 지나다 보면 몇 개의 거울을 지나치게 된다. 지나가면서 정면 얼굴 혹은 옆 얼굴을 비춰보는 것이 나쁘지는 않았다. 전자 회사 공장이라 여자 작업자가 많음을 고려해서 취한 조치려니 하고 좋은 해석을 해 보았지만 너무 과했다. 거울 판매점에 대형 거울 재고가 다 떨어져 공급이 딸려서 납품이 될 때까지 상당 기간 기다려 설치하기도 했다. 한 가지 더 이상한 것은 전자 공장 조립라인 옆에 대형 어항들이 설치되었다는 점이다. 쾌적한 작업 분위기를 만들어 주려는 배려였는지 아직도 궁금하다. 외국 및 국내 유수 전자 공장 견학을 많이 해 봤지만 공장 조립라인 옆에 어항이 비치된 것은 세계 최초(?)가 아닐까?

전에 안 해본 것들을 시도하는 것은 의미가 있다. 인생 한 번 살다 가는데 이런 일 저런 일 해보고 싶은 대로 해 볼 수 있는 것은 아무에게나 아무 시대나 주어지는 특권이 아닐 것이다. 큰 국가 내에 별도로 존재하는 소왕국이었다. 한편 그런 특권을 행사하는 사람이 부러운 적도 있었다. 인생의 대부분을 남의 눈치보고 "예, 예"하며 살다가 잠깐 고개 들어 보니 힘 빠진 늙은이로 변해 있다지 않은가.

GM, 다임러로부터 오더를 받다

현대차 그룹 계열사 명함으로 해외 OEOriginal Equipment를 수주하는 것은 매우 어려웠다. 해외 선진 자동차 회사의 경우 기존 협력업체 기반이 충분한데 구태여 경쟁사인 현대차 그룹 계열사와 비즈니스를 하여 그들 기술이 현대차 그룹으로 흘러 들어가게 하고 싶지 않았다. 거꾸로 우리 측에서는 그들과 거래하면서 그들의 우위 기술을 배워 현대·기아차에 적용하고 싶었다. 당시는 그들과 미팅 잡는 것조차도 힘들었다. 눈 가리고 아웅하는 식으로 그들에게 당사 연구소 조직은 국내 현대차 대응 조직과 분리된 해외 고객 대응 조직이 운영되고 있고, 거래를 하게 되면 상호 비밀 협약서를 맺어 진행될 것이니 그건 걱정 안 해도 된다고 설득하곤 했다. 그들이 비즈니스 기회를 준다고 해도 걱정거리는 외국어로 된 PQPre-Qualification 서류를 해독할 연구소 엔지니어가 매우 제한되어 있어 엔지니어를 끌고 가는 것도 보통 일이 아니었다. 요즘 대학생들은 해외 어학연수도 하고 영어 학습을 많이 하여 영어에 자유로운 상황이다. 정말 초기에는 외국 고객 영어 서류를 한글로 번역하여 엔지니어에게 배포하고 그들이 만든 한글 서류는 해외영업팀에서 영어로 번역하여 제출하는 형국이었으니 매우 번잡했고 엔지니어들도 해외 비즈니스 조직에 끼려 하지 않았다. 현대·기아차 대응하는 것에 대비해 약 3배 이상의 일거리였고 스트레스가 크다고 했다. 더욱이 중간 중간 고객이 요구하는 서류의 양도 국내 보다 몇 배 많았다. 그도 그럴 것이 자동차 제조 역사가 100년이 넘는 다임러, GM은 체계화된 매뉴얼, 프로세스, 검증 방안, 품질 관리, 제조 공법 등이 완벽히 내재화, 서류화되어 있었기 때문이다.

GM향(向) ICSIntegrated Control System

GM에 차량 오디오 몸체를 납품하고 싶어 계속 문을 두드려 보았는데 이미 터줏대감들이 자리를 차지하고 있었다. 일본의 후지쯔, 알파인, 미국의 델파이 등이다. 우리는 아예 PQ 서류 수령 대상에도 포함되어 있지 않았다. 그러던 차에 GM측 인사로부터 귀띔을 받은게 바로 ICS였다. GM은 차량 오디오, 내비 등의 몸체는 기본적으로 공용화 해 놓고 프런트 패널 부분만 디자인을 바꿔 오디오 신모델로 부착하는데, 그 프런트 패널을 GM은 ICS라고 한다. 즉 오디오 도전 바로 전 단계인 ICS에 먼저 접근해보라는 것이었다. 경쟁도 덜 치열하고 물량도 상당히 많고 지속적으로 모델 체인지가 있으니 하기 나름으로 장기 공급 기회가 열릴 수 있다는 설명이었다.

대표이사의 주도 하에 입찰 대응 조직을 만들어 거의 야근을 해 가면서 입찰에 성공, 첫 납품을 2008년부터 시작했다. 그 씨앗이 자라 현재는 현대모비스가 GM의 주요 공급자 역할을 하고 있다. 그렇게 GM 문호 개방이 이뤄진 이후 신뢰를 쌓아 제동 장치 및 다른 제품 공급권을 추가로 획득했다. 후배들의 눈부신 활약에 박수를 보낸다.

다임러 벤츠향 배터리 센서

동 제품의 탄생은 과거 히스토리가 묻어 있어 주변 사람들조차 많이 모르고 있는 경이롭고 훌륭한 작품이다. 동 제품의 개발자는 오토넷 연구소 조성우 박사였다. 동인을 개발자로 지명하고 뒷받침해 준 사람은 대표이사였다. 다임러 개발 품목 배터리 센서가 들어 있다는 정보를 입수한 대표이사는 조 박사에게 개발을 지시했다. 배터리 센서라 함은 차량에 장착된 배터리의 온도, 방전 상태 등 배터리 건강상태를 미리 인지하게 하는 센서로 기술 진화와 함께 나중에 Stop&Go차량이 신호등에 걸려 브레이크 밟으면 자동으로 시동이 꺼지는 기능와 연결되는 중요한 기술 제품이다.

현재 시중에 나와 있지 않은 제품 개발 숙제를 받은 조 박사는 관련 책자들을 수집하여 거의 독학으로 배터리 센서 연구를 하여 어렵게 제품을 개발했다. 현대차에 소개를 하니 실적도 없고 첫 개발한 제품이라고 외면했다고 한다. 할 수 없이 다임러프로젝트에 집중하여 입찰 참가했다. 결과는 현대오토넷과 콘티넨탈독일 두 개사로 선정하여 동시 개발 경쟁을 시켰다. 물량은 각각 연간 약 60만 개였다.

무모한 도전을 통해 획득한 기회를 놓치지 않기 위해 연구소와 해외영업팀은 혼연 일체가 되어 제품 완성도에 최선을 다했는데 그런 노력 덕분에 개발 진도 및 중간 제품 평가에서 당사 개발품이 더 좋아 다임러가 콘티넨탈 물량까지 모두 우리에게 넘겨주는 대역사를 썼다. 다임러 수주를 했다고 하니 현대차에서도 실력을 인정하여 오토넷에 센서를 발주했다.

다임러에 납품되고 있는 오디오에 대한 다임러 내부 평가가 좋았던 것도 센서 수주에 도움을 주었을 것이다. 급기야는 다임러 연구소장이 수십 명 수행원을 이끌고 오토넷을 방문했다. 당사 대표이사와 다임러 연구소장 간의 신뢰 관계도 형성되는 등 쌍방 협조 분위기가 무르익어 금후 오토넷에 많은 기회가 올 것이라는 다임러 직원의 귀띔도 있었다.

사내 유보금 소진과 회사 자금 회전 경색

2008년 말로 기억된다. 회사 자금 조달이 삐걱거리기 시작하면서 그룹 모회사에 손을 벌리는 일이 발생했다. 모회사가 눈여겨 들여다보기 시작했고 우리를 대하는 태도도 부정적으로 바뀌기 시작했다. 재경 간부들이 운전 자금 확보하느라 분주히 움직이고 이렇게 가다가는 회사 부도 위험이 있다고 경고했다. 이런 상황이 초래된 것은 여러 이유가 있지만 첫째, 진천 공장과 군포 연구소 신설 투자 발생으로 회사 사내 유보금이 대부분 소진된 점이다. 모회사 상부에서의 과감한 투자 요구 이행에 충실할 수밖에 없었지만 그룹 내 적절한 조정자 역할을 하는 인사들의 조언 및 지원을 통해 투자 규모를 하향 조정했더라면 좋았을 걸 하는 아쉬움이 있다. 둘째, 현대·기아차 가격 경쟁력 향상에 도움을 주기 위한 대의에서 매년 모회사에의 판매 단가를 다른 계열사 대비 과도한 인하를 해주어 회사 이익률이 매년 감소한 점이다. 셋째, 당사가 판매하는 제품군에 영업이익이 안 나거나 미미한 상품부품 공급사에서 구매한 제품에 조금의 부가가치나 단가를 올려 파는 제품을 통칭이 상당히 많았던 점도 회사 채산성 악화에 일조했다.

회사 분위기 다운과 민심 이반

회사 자금 회전이 원활치 않으니 사내 및 바깥 기류가 심상치 않게 변했다. 사내에서는 뭔가에 쫓기는 분위기와 함께 회의가 더 길어지고 토의 및 의사 결정 과정에 평상시와 다른 높은 목소리도 흘러나왔다. 민심은 점점 더 이반되고 명령 체계도 제 기능을 잃어가기 시작했다. 부회장 부임 이후 나는 대표이사 라인으로 분류되어 있다고 누군가 귀띔해 줬다. 한국인의 사색 당파가 그냥 생긴 것이 아니다. 나는 연속극을 즐겨 보지 않는다. 좀 보다 보면 배반하는 자, 역모를 꾸미는 자, 편을 가르는 자, 힘이 생기면 달리 행동하는 자들이 너무 많이 등장하기 때문이다. 이런 내용이 안 들어가면 연속극이 재미가 없다고 하는데 너무 심하다.

여하간 회사 대세가 기울었고 대표이사도 오래 못 갈 것으로 보이니 대표이사와 너무 가까이하지 마라는 충고를 몇 차례 해준 분도 있었다. 나를 생각해서 그런 충고를 한 것이다. 충고를 받아들이지 않으면 나중에 후회할 것이라는 후렴과 함께. 그때마다 했던 답변은 똑같았다. "저는 어떤 분이 내 보스로 있든 자리에서 보필할 것이고 상관에 대한 예우는 지킬 것이다. 지금까지 그런 식으로 살아온 사람이라서 보스가 궁지에 몰린다고 외면하고 내게 유리한 노선을 택하는 위인이 못됩니다. 아무튼 충고 말씀은 감사합니다." 아마도 그 분은 회사 향후 전개 방향에 대한 정보를 이미 알고 있었던 것으로 보였다.

현대모비스와의 합병 발표

2009년 1/4 분기 말쯤으로 기억한다. 중국 천진공장에 출장 가 있을 때였는데 본사에서 연락이 왔다. 대표이사 퇴임 결정이 나서 바로 이별 인사를 하기 위해 임시 중역회의가 열릴 것이라는 소식과 오토넷은 모비스로 합병되는 수순을 밟고 있다고 했다. 이미 힘들어진 회사의 어려운 분위기에 놓여 있던 직원들은 더 좋은 회사 모비스와 합병을 환영하는 분위기였다. 모비스는 그룹의 주력 회사로 급여나 근무 조건이 월등히 좋다. 어느 분의 충고를 들을 때 암시 받았던 대로 대표이사 사임이 현실화되었다. 2009년 5월 임시 주주총회에서 합병 결론이 난다. 직원들은 구조조정 없이 합병되는 것으로 결정이 되었으니 직원들은 당연히 좋아했다.

문제는 임원들이었다. 임기가 1년으로 이듬해에 재계약이 안 되면 자동으로 물러나야 하는 자리이다. 모비스에도 같은 일을 하는 중역들이 이미 있기 때문에 자리가 겹치는 중역, 피합병인 신분으로 의례 구조조정이 되는 중역은 설 자리가 없어진다. 회사 경영상의 책임을 진 대표이사는 이미 사임한 상태이고 적자를 내는 데 일조한 오토넷 중역들은 도매금으로 비난의 화살을 피할 수가 없게 되었다. 이제 당장 나의 운명도 풍전등화였다. 거기에다가 대표이사 라인으로 낙인 되어 있는 사람 아닌가? 힘없는 개인으로서 처분만을 기다리며 불안한 나날을 보냈다. 모비스로의 승선이 안 될 시를 감안한 이런 저런 대책안을 생각해 봤다. 과거부터 도전해 보고 싶은 개인 사업을 해 본다? 자동차 부품 해외 수출을 희망하는 자동차 부품사에 입사를 하여 그 회사를 키워본다? 그러나 다행으로 승선 결정이 났다. 안 보이는 데서 도와준 분이 있었다는 것도 나중에 알았다. 출근도 군포가 아닌 서울 역삼동이니 집에서 출퇴근하기도 좋고 사람들 만나기도 매우 편리한 서울로 재진입했다.

뜨겁게 전진하고 쿨하게 돌아서라

Chapter 9

현대모비스 승선

나는 운이 좋아 모비스 승선을 하였으나 일부 중역은 회사를 떠났다. 연구소는 핵심 개발인력들이 모여 있는 곳이니 피해가 비교적 적었다. 근무 환경이 바뀌고 새로운 사람들을 많이 알게 되고 모비스 문화에 빠르게 적응도 해야 했다. 복지 제도도 잘 빌드업 되어 있고 가장 눈에 띄는 편의성은 모비스 화상 시스템이었다. 모비스 공장, 해외 지점, 연구소 할 것 없이 화상통화와 회의를 할 수 있는 강력한 도구이다. 해외 출장을 가도 중역들은 항공기 비즈니스석을 탄다. 그 전에 경험하지 못한 좋은 대우에 감사하는 마음으로 재직 동안 좋은 작품들을 남겨 보리라.

전장 수출실장을 맡다

해외 사업본부 산하 2개실이 있는데 전장수출실과 해외영업실이다. 전자는 피합병된 구 오토넷 수출팀으로 구성되어 있고 후자는 원래 모비스에 있던 수출팀으로 구성되어 있다. 더 좋은 배경 회사 얼굴로 해외 OE들과 신규 비즈니스를 만들어 봐야지 다짐했다. 미국, 유럽, 일본, 중국 따질 것 없이 부지런히 영업을 했다. 그 중에 효자는 GM향 ICS였다. 추가로 3억불 수주도 했다. 주요 매출은 자사 제품으로 ICS, 배터리 센서, 다임러향 오디오, PIO 오디오 등이고 상품으로는 차량에 장착되는 포터블 내비게이션Portable Navigation이 있었다. 그 중에 다임러 오디오는 판매 적자가 생겨 경영진으로부터 많은 질책 대상이었다. 설움도 많았다. 초기 다임러 비즈니스 물꼬를 튼 제품이고 배터리 센서 수주에도 보이지 않은 기여를 했다. 하지만 현 시점 올라간 인건비, 생산비 등 계산으로 적자가 발생한 것은 사실이나 비즈니스에 초기 관여한 사람과 경영자만이 아는 숨어 있는 노력과 얽힌 사연은 다른 사람이 알지도 못했을 뿐 아니라 관심도 없었다.

미운 오리털

모비스 원가 계산으로 돌려 보니 다임러 오디오는 적자 폭이 더 커지고 배터리 센서는 미미한 손실이 발생한 모양이었다. 모비스 인건비 및 일반 관리비 등이 오토넷에 비해 월등히 높으니 당연히 손익에 영향이 생겼다. 저가 수주를 하면 누가 수주 못하냐는 원색적인 비난도 흘러나왔다. 다임러 오디오 수주에 관여하지 않았던 나로서는 억울하지만 비난을 감수했다. 그 회사에 경영진으로 분류될 수 있는 중역으로 일했던 나이기에 항변도 못했고 항변하고 싶은 생각도 들지 않았다. 매월 경영회의에 들어가 전장 수출실 영업보고를 할 때마다 미운 오리털이던 나는 어려운 질문에 답해야 하는 부담과 실적에 대한 시비를 받았다. 이미 사임한 대표이사도 거명하면서 그런 식으로 회사를 운영하니 회사가 망한 거라고 언어 화살을 자주 맞는 이런 신세를 누가 얼마나 이해해 줄까. 때로는 수십 명의 임원회의 자리에서 당당하게 항변을 했다. 틀린 내용이거나 오해 때문에 혼이 나는 경우에는 몇 대 얻어터지더라도 정정해야 한다는 신조로 보충 설명을 하여 잘못된 부분을 시정하려고 노력했다. 회사 간 합병이 일어날 때는 합병하는 입장이 되어야 한다. 피합병 회사의 신세는 초라하고 고독하다. 월례 행사처럼 반복되는 난타 속에서도 아닌 것은 아니라고 당당히 항변하는 장면을 목격한 어느 중역이 나에게 얘기를 했다. "와, 박 이사, 체격도 왜소한 사람이 맷집이 대단하네. 그리고 당당하게 답변하는 용기가 놀랍다." 그 말에 대한 내 답변은 "내가 죽을죄를 진 것은 아니잖느냐?"였다.

해프닝은 그 전에도 이미 일어났다. 연말이 다가오면 해외 법인장들이 모두 귀국하여 익년도 경영 전략회의를 한다. 본사 간부 및 해외법인 인원 약 120명이 넘는 참석자가 있는 가운데 해외 사업본부장이 환영 인사를 하고 난 뒤, 본인 산하 영업실장들에게 마이크를 주면서 발언 기회를 줬다. 엉겁결에 마이크를 잡고 인사를 하는데 또 오토넷 얘기가 나오며 핀잔을 먹었다. 오해된 부분에 대해 그런 것이 아니라고 일부 소명 발언을 하다가 오래 끌어서는 안 되겠다는 생각이 들어 회사에 손해를 끼쳐 죄송하다고 머리를 조아리니 다른 분이 "너무 죄송해 할 것 없다. 그런 일이 당신 단독으로 할 수 있는 일이 아니잖아" 하면서 상황 구제를 해 주셨다. 눈물겹게 고마웠다.

그날의 사업 계획 리뷰와 토론이 끝나고 저녁 회식 시간이 되었다. 테이블에 온갖 주류들과 안주, 음식들이 충분히 비치되었다. 오늘도 나는 미운 오리털. 술에 약함에도 불구하고 쌓여 온 스트레스를 날리고자 과음을 했다. 곧 죽어도 꽥한다고! 그러고는 누가 시키지도 않았는데 술잔에 양주를 가득 채워 단상으로 올라가 마이크로 건배 제의를 했다. "자, 여러분~ 저는 전장수출실을 맡고 있는 박용호입니다. 회사에 손해를 끼쳐 죄송합니다. 적자가 난 만큼 그 적자를 오늘 술로 채우겠습니다. 건배!" 많은 사람이 취기가 올라와 있을 즈음이라 못들은 사람은 못 들었을 거다. 그날 저녁 필름이 끊겨져 어떻게 집에 갔는지 전혀 기억이 안 났다. 이쯤 되면 나도 객기가 있나 보다. "비난은 쓸모없다. 아무리 우리를 비난하더라도 우리에게 손해를 주지 않는다"는 철강왕 앤드류 카네기 말을 조금 더 이해했다면 몸을 망가뜨리며 스트레스 해소용 알코올을 들이붓는 일은 없었을 텐데. 그래도 설움 받은 마음을 조금이나마 푸는 시간이었다. 그걸로 충분히 감사했다.

세월이 지나 서로 모두 모비스를 떠나 다른 소속이 되어 있던 시절, 어느 병원 장례식장 저녁 자리에서 불가피하게 그 분과 마주 앉게 된 상황이 되었다. 나에게 그 많은 스트레스와 비난을 주었던 그 분이 "모비스 시절, 내가 너무 좀 너무했지?"라고 말을 건네셨다. 그 시간 이후로 난 그 분을 '사나이'로 간주하고 서운해 했던 감정 등을 모두 날려 버렸다. 말 그대로 모든 안 좋았던 기억을 리셋해 버렸다. 그런 용기를 내지 못하거나 본인의 행위에 대해 알지 못하는 사람이 많은 세상에 '사나이' 모습은 너무 아름답지 않은가? 미운 오리털은 어느새 예쁘고 따스한 오리털로 바뀌어 있었다.

해외 영업실장으로서의 성과

기존 맡았던 전장 영업실은 차량에 붙는 각종 전자 품목을 수출하는 조직이었고 새로 맡게 된 해외 영업실은 본디 모비스가 생산해 온 브레이크, 램프, 조향 장치 등을 수출하는 조직이다. 새로운 품목이니 새롭게 학습을 하여 이해를 해야 했다. 기존에 수출되고 있는 품목은 주로 차량용 램프였다. 고객은 일본 미쓰비시, 스바루, 미국의 크라이슬러 정도였다. 우선적 목표로는 기존 고객에게 공급 품목을 늘리는 것과 신규 고객 발굴이었다. 가깝게는 일본의 혼다와 스즈끼와도 미팅을 여러 차례 하고, 미국 GM, 크라이슬러, 독일 다임러, 폭스바겐, BMW, 프랑스 르노와 PSA, 중국의 길리, 장성기차, FAW과 상하이 GM, 이태리 피아트 등 전 세계 자동차 회사들과 미팅 및 기술 전시회 등을 하면서 많은 발품을 팔았다. 본사 해외 영업실도 품목별로 팀을 만들어 전문화하고 해외 지점에도 주재원을 파견하여 현지 고객과 실시간으로 소통하도록 조치했다. 상기 회사들과는 거래가 생긴 곳도 있고 모비스가 현대차 계열사라는 것이 꺼림 대상이 되어 거래가 되지 않은 곳도 많았다. 일단 첫 거래 트기가 힘들었다. 첫 거래가 열리면 그것을 기반으로 하여 본사 및 지사 인력이 고객과 소통하고, 고객 밀착관리를 통해 추가 프로젝트를 수주해갔다. 기존 거래선에 신규 프로젝트를 늘린 것은 많으니 언급할 필요는 없겠고 내가 리더십을 가지고 신규로 개발한 거래선이 두 곳 있다. 일본의 마쯔다Mazda와 중국의 FAW일기교차였다.

일본 마쯔다 자동차향 안개등

다른 산업 분야에도 있지만 자동차 부문은 각 자동차 업체를 상대로 테크쇼Tech Show라는 것을 한다. 고객과 협의하여 고객이 준비해 준 전시장에 당사 제품을 전시하고 고객 측 주요 인사들과 미팅하여 향후 거래 가능성을 올리는 중요한 이벤트이다. 마쯔다 테크쇼 기간 중 나는 디트로이트 출장이 있어 불참했다. 그런데 전시회 이후 당사 제품 관련 문의 사항이나 프로젝트 정보조차도 전혀 없었다. 당시 동경 법인장 김대영 부장에게 미션을 주어 30분 이내라도 좋으니 마쯔다 구매 본부장 후지카와 씨와 무조건 미팅을 잡아라 지시를 내렸다. 만난 적이 없는 상대를 초면에 당사에 우호적으로 만들어야 하는 데 쉬운 작업이 아니다. 지점장이 어렵게 미팅을 잡았다고 연락이 와서 일본 히로시마로 넘어 갔다. 내가 일본어 구사가 가능하니 통역 불편 없이 상대와 직접 대화하고 특유의 친화력으로 구매 본부장과 함께 배석한 구매 간부들을 내 편으로 만들어 갔다. 내가 구매 본부장이 당사에 흥미를 갖게 하려고 만든 프레임은 '3M'이었다. 일종의 스토리텔링 기법이었다. 초면에 '3M'을 거론하자 '3M'이 무엇이냐고 눈을 번뜩였다.

'3M'은 Mazda, Mitsubishi, Mobis의 초성을 따서 부른 이름이었다. 설득의 요지는 이미 당사는 일본 미쯔비시Mitsubishi 자동차에 램프를 수출하고 있고 품질을 인정받고 있다. 일본 자국 내 주요 램프 제작사 3개 회사고이또, 스탠리, 이치코가 담합을 하여 일본 내 자동차 회사에 높은 가격을 유지하고 있다가 최근 일본 공정위원회로부터 벌금을 받고 가격 인하를 한 것에 결정적인 기여를 한 업체가 모비스이다. 그간 그들이 한 부당행위를 간과해서는 안 된다. 그간 비싸게 구매한 것에 대한 억울함도 없느냐? 나는 일본에 두 업체, 마쯔다와 미쯔비시 거래를 완성하여 3M 고리를 만들고 싶다. 다른 자동차 회사는 관심 없다.

그리고 당사가 미국, 유럽 자동차사에 수출하고 있는 제품소개와 향후 PRMProduct Road Map을 보여 주며 그들의 구미를 당기는 일에 일단 성공했다. 구매 본부장은 과거 기아차와 협업 상 한국 방문을 자주 했던 관계로 다소 친한親韓 인사인 점을 대화 중에 파악했다. 아내가 한국 드라마를 매우 좋아한 덕에 자기도 〈겨울 연가〉일본에서는 후유노 소나타-당시 배용준 배우가 본 드라마로 인기 스타가 되어 욘사마로 불리게 된 공전의 히트작, 〈선덕여왕〉, 〈이산〉 등도 시청한 인사였다. 대화의 공통점을 많이 만들고 공을 들여 친근함을 만든 뒤 두 번째 만남에서는 저녁 시간을 받아 내어 그의 단골 술집에 갔다. 히로시마에서 생산되는 유명한 정종, 다싸이獺祭, 獺은 족제비과 수달(水獺)에 쓰이는 한자: 최근 면세점에서도 팔리고 있음를 마시며 흠뻑 취했다. 서로가 마음을 터놓는 사이가 되었다. 저녁이 깊어 갈 무렵 본부장이 약간 취한 목소리로 "조그마한 품목이라도 관심 있냐?"고 물어 왔다. 나는 즉시 "크고 작음에 상관하지 않으며 기회만 주면 작은 품목이라도 열심히 하겠다"고 일본 사람들이 하는 방식대로 고개를 연신 숙이면서 부탁한다고 얘기했다. 신규 고객이 되려면 일단 거래선으로 등재되는 것이 중요하다. 그런 노력의 결과로 2013년 후반기에 받은 수주 품목이 차량 안개등이었다. 초기 수주액은 미미한 금액이었으나 나중에 몇 배 큰 금액이 되었다. 당초 전구가 들어가는 구형 모델이었으나 LED 소자등으로 변경되면서 덩달아 금액이 몇 배로 커졌다.

처음부터 큰 거래를 기대하고 욕심부리면 안 된다. 특히 일본회사와 거래 시는 더욱 그렇다. 조그마한 것부터 신용을 쌓아 가면 더 큰 기회가 주어진다. 안개등을 기반으로 그 다음 추진 품목은 EPB전자 브레이크에 열심히 펌프질을 하여 분위기가 무르익어 가는 시절, 나는 모비스를 떠나게 되었고 후배들이 EPB와 자동차 후미등 수주를 추가하여 여전히 서로 좋은 거래를 하고 있다고 한다. 당시 어려운 미팅을 잡고 실무적 업무 수행을 한 김대영 동경 법인장에게 감사를 전한다.

중국 일기교차 에어 서스펜션 시스템

중국 '일기 그룹'은 폭스바겐을 비롯한 유수한 해외 자동차 회사와 합작회사를 만들어 중국 시장 내 지명도가 높은 회사이다. 그 계열사 중 하나인 일기교차를 뚫은 어려운 성공 스토리이다. 에어 서스펜션Air Suspension은 고급 세단이나 SUV에 부착되는데 도로 상황에 따라 차량의 높낮이를 조정할 수 있는 장치이다. 예를 들면, 아스팔트 도로에서는 차량 높이를 낮추어 승차감을 올리고 비포장도로나 덜컹거리는 길에서는 차량 높이를 올려 도로에서 오는 충격 등을 완화하여 승차감을 올리는 유압 조절 장치이다.

일기교차는 고급 SUV를 만들어 중국 관공서에 공급할 예정이었다. 이미 독일 콘티넨탈이 선점하여 그들 제품 공급이 기정사실화된 상황에서 뒤늦게 모비스가 뛰어들어 수주를 해버린 케이스이다. 콘티넨탈의 중국 법인 인원이 밀착 관리를 하고 있는 데다 그들 독일 본사 부사장이 수주를 위해 중국 방문을 하고 있는 상황이었다. 일기교차와 일전을 하려 상해 지점에 미션을 주어 미팅 날짜를 잡았다. 그런데 지점원들이 걱정하는 포인트는 첫째, 고객이 콘티넨탈에 이미 기울어 있고 둘째, 고객이 원하는 제품은 SUV용으로 콘티넨탈은 이미 SUV용으로 장착 및 판매가 되고 있는데 반해 우리는 승용차용만 있을 뿐이라는 점. 셋째, 당사는 브랜드 지명도에서도 그들에 뒤져서 불리하다는 것이었다.

국내 상황을 재점검하기 위해 자료 수집해보니 제시할 자료도 형편없이 부족했다. 하는 수 없이 에어 서스펜션이 부착되어 있는 기아차 K9 차량 국내용 카탈로그를 챙겨 갔다. 미팅이 시작되고 상황을 보니 가격적인 부분을 빼고는 내세울 게 없었다. 뭔가 색다른 논리를 만들지 않으면 값이 싸니 우리 제품을 써달라는 부탁만 해야 하는 상황이었다. 동 상황에서의 분위기 주도를 하기 위해 전개한 포인트는 다음과 같다.

1) 중국과 한국은 지리적으로도 붙어 있고 과거부터 형제국이었다. 형제국한테 도움을 안 주고 멀리 독일을 지원해 주는 것은 의리상 좀 그렇지 않느냐?

2) 우리 제품은 기아차 최고의 세단 K9에 이미 적용하고 있고 SUV용 제품은 우리도 즉각 대응 가능하다.

3) 당신들이 독일 제품을 선택한 경우, 품질 문제가 생기면 우리는 4시간 이내에 한국에서 출장대응이 된다. 그러나 독일 회사는 중국 현지법인 대응이 안 되는 경우 독일 엔지니어가 와야 하는데 적어도 2일이 걸려야 대응팀이 중국에 도착한다.

4) 당신네들이 브랜드 문제를 거론하는데 브랜드가 무슨 소용이 있냐? 본 제품은 차량 섀시와 외강판으로 둘러싸인 내부에 장착되는데 일반 고객이 무슨 브랜드인지 어떻게 아느냐? 차량 실내에 붙는 하만Harman 스피커 같은 제품도 아닌데….

5) 괜히 돈 많이 주고 비싼 제품 사지 말고 경쟁력 있는 당사 제품을 써라.

이런 과정을 거쳐 고객사 총 책임 간부를 설득시켰고 물꼬를 우리 쪽으로 돌리는 데 성공, 결국 수주했다. 운이 좋게도 독일 회사 부사장이 우리 미팅 전일 고객사를 만나고 갔다. 고객 미팅은 경쟁사보다 늦게 일정을 잡아야 좋다. 경쟁사가 어떤 카드를 꺼내 놓고 갔는지 알 수 있기 때문이다. 반대로 축구의 승부차기는 먼저 차는 것이 좋다. 먼저 득점을 하면 상대가 부담을 받아 실축할 가능성이 높기 때문이다. 당시 실무적으로 고객사 실무 담당들에게 선물도 안기면서 친한 관계를 유지하여 그들 내부 여론을 당사 제품 선택으로 가게 만든 당시 지점원 중국어 능통자 이철환 과장에게도 다시 한 번 감사를 전한다.

사람이 자산이다

나는 사람들을 많이 아끼는 형의 인간이다. 직원들의 표정을 보고 그들 고민거리 여부를 빠르게 감지하고, 그들과 스스럼없는 대화를 하면서 고민 부분을 해결했다. 이런 캐릭터 덕에 빠르게 상황 파악을 하여 적절한 조치를 했다. 가능하면 직원들의 장점을 더 많이 보려 했고 그 장점을 살려 조직에 기여할 수 있도록 신경을 썼다. 구성원들에 대한 관심은 직원 부인이 선생, 회사원, 가정주부인지 부모님이 하시는 개략적인 일 등 개개인의 사적 정보까지도 알게 되었다. 지금도 가끔씩 모임을 갖는 현역 후배들의 내 기억 포인트를 언급하면 "그걸 기억하고 있네요"라고 한다.

나의 업무 스타일은 깐깐하다고 정평이 나 있었다. 두루뭉술, 얼렁뚱땅, 눈에 보이는 요령 피우기, 상황 타개를 위해 하는 거짓말, 남의 핑계 대기, 불필요한 아부, 남 헐뜯는 행위 등을 하는 직원은 금방 내 눈에 띄었다. 그들이 개선되도록 때로는 직설적으로 때로는 은유, 우회적 화법으로 또 때로는 농담처럼 말을 건넸다. 그들이 상처받지 않게 하면서 정도를 걷도록 신경을 썼다. 혼을 낼 때는 혼을 내고 왜 혼을 내는지 설명도 해주었다. 필요한 충고는 가능한 한 개별적으로 하는 편이었다. 상사와의 불화로 회사를 떠나려는 직원 몇 명을 업무 전환배치 및 설득을 통해 계속 근무토록 하고 진행 사항을 지켜보기도 했는데 잘 다니고 있다고 한다. 업무를 깐깐하고 디테일하게 챙긴 이유는 성장하는 직원들이 제대로 업무를 배워 상위 리더 자리에 올라갔을 때 나보다 훨씬 실력 있는 인재로 성장해 주기를 바라기 때문이었다.

가능한 한 가지고 있는 지식이나 경험을 후배에게 많이 가르쳐 주고 그 대신 스스로 새로운 것을 채우는 노력을 하는 타입이다. 어떤 안을 도출하려고 할 때 나만의 안을 미리 생각해 두고 직원들에게 "당신들이 생각한 아이디어는 어떤 것이냐?"는 질문을 자주 던져 그들이 미리 뭔가를 고민하여 생각해 오게 하는 분위기를 만들었다. 그들 아이디어가 나보다 좋으면 즉석 채택을 하였다. 부하 직원과 형성된 친근감 덕에 내가 현역에서 떠난 지 오랜 시간이 흘렀음에도 그들과 언제든지 통화를 하고 서로 도움도 청하고 가끔 호출도 당하고 있다. 가능하면 그들의 형님 같은 사람으로 기억되었으면 좋겠다.

당시 20~40대 직장인 448명을 대상으로 취업 포털 인크루트의 설문 결과를 보면 재미있는 대목들이 발견된다. 첫째 질문, '임원중역

하면 떠오르는 이미지가 무언가?'에 대한 결과: 능력 있다24.3% 〉 꽉 막혔다19.2% 〉 줄을 잘 선다16.3% 〉 방해된다10.7% 〉 부럽다9.8% 순이었다. 두 번째 질문은 '이상적 임원중역 조건'에 대한 답변: 조직원을 하나로 묶을 수 있는 리더십을 가진 사람38.2% 〉 조직을 발전시킬 수 있는 능력자25% 〉 부하직원의 어려움을 나서서 해결해 주는 해결사18% 〉 조직 잘못을 떠안을 수 있는 책임자12% 순으로 나왔다. 나는 어디에 속할까?

TED 강의(영업과 구매 테크닉 관련)

사내에 TEDTechnology Entertainment Design 강의 프로그램이 생겼다. 처음으로 시도하는 것이라 선뜻 강의에 나서는 사람이 없어 주관 부처인 기업 문화팀 H 부장이 곤혹스러운 모양이었다. 어디서 들었는지 나한테 가보라는 조언을 듣고 왔다며 내 자리로 와서 강의를 해 줄 수 있냐고 조심스레 물었다. "가능하다. 원한다면 강의 제목까지 얘기해 줄 수 있다"고 하니 짐짓 놀랐다. H 부장에게 '미래의 그림으로 네고하라'라는 제목까지 주고 강의 날짜를 재확인 했다. 며칠 후 강의안을 줄 수 있냐고 묻길래 별도의 강의안을 문서로 작성하지 않을 것이며 대본 없이 진행한다고 하니 미심쩍어 했다.

강의날이 왔다. 마이크 잡고 대본 없이 1시간이 넘도록 강의를 했다. 강의 내용은 영업과 구매를 하는 사람들이 상대 거래처와 어떤 요령의 네고를 하는 것이 좋은지, 우리들이 네고를 잘 하기 위해서 평상시 어떤 훈련과 습관을 들여야 하는지, 자신 가꾸기 등을 주 내용으로 전개하였다. 주요 내용은 다음과 같다.

1) 처음 만나는 고객 명함을 받으면 필히 명함에다 상담 일시, 그 사람의 인상착의 및 특징을 기록한다. 예를 들면, 턱수염, 얼굴 반점, 검정 뿔테 안경 착용, 팔자걸음, 대머리, 머리 색깔 및 곱슬 여부, 닮은 사람, 목소리 특징, 말투, 매부리코, 체격, 체형, 영어 구사 수준 등 → 나중에 만나게 될 때 명함에 적힌 특징을 미리 보고, 그 사람 이름을 기억한 뒤 Mr. ○○라고 부름으로써 상대를 기분 좋고 만들고 미팅 분위기 주도에 도움이 된다. 한 번에 여러 사람의 명함을 받게 되는 경우, 시간 지나면 누가 누구인지 구분 못함.

2) 고객 첫 만남에 있어 3분 내에늦어도 5분 이내 상대방이 어떤 사람인지 파악할 수 있도록 훈련하라특히 영업맨. 그러려면 첫 대면 시 말을 걸고 가벼운 질문 등을 통해 상대방이 대답하는 방식과 말투, 눈빛 등을 읽어냄으로써 어떤 식으로 미팅을 전개하면 좋은지를 가늠한다. 가벼운 날씨 얘기, 어젯밤 주요 뉴스, 국가별 국민스포츠 스타 등등 이야깃거리는 많다. 이런 소재들을 이용해 처음 만난 사람들과의 편안한 대화 분위기 만드는 것을 아이스브레이킹 Ice Breaking이라 한다. 가볍게 웃고 시작하는 간단한 조크나 우스갯소리도 매우 효과적이다. 그런 고로, 만나자마자 자료 설명하고 화면 띄우고 하는 일은 지양하는 게 좋다. 상대를 파악하지도 못하고 향후 미팅 방향을 어떻게 잡을 것인가? 상대가 키맨인지, 발언권도 없는 단순 참가자인지, 누구와 주로 눈 마주치기를 하는 것이

좋은지 파악해야 할 항목이 많다.

3) 상대가 더 말을 많이 하도록 유도하고 경청하는 자세를 보여 주면서 상대가 보이는 부분 이면에 숨겨진 진의를 파악하는 노력을 한다. 심리학에서도 많이 사용되는 '빙산의 일각' 개념을 이해할 필요가 있다. 수면 위로 나와 있는 얼음은 물속에 잠겨 있는 큰 얼음덩어리의 지극한 일부이다. 겉으로 드러내는 일각만 보고 쫓아가면 숨겨진 진의眞意를 잡아내는데 실패한다. 설득의 법칙의 기본에도 이런 포인트가 들어있다.

4) 발표 자료는 그래픽 처리한 간단하면서 명확한 의중 전달이 필요하다. 그런 자료를 만들기 위해 평상시 다른 사람/부서에서 잘 만든 자료들을 받아 와 데이터 뱅크에 많이 채워 두고 있다가 상황에 맞는 필요한 양식을 응용, 작성하는 것이 요령이다.

5) 주위를 이롭고 즐겁게 하라. 나의 행동 철학이기도 하다. 그런 행동을 습관화 하면 주위에 도와주는 이도 생기고 우리에게 이롭고 즐거운 일로 보답할 것이다. 같이 있으면 좋겠다는 대상이 된다는 것은 보람된 일이기도 하다. 잘 안 만나주고 미팅 잡기도 힘든 외국 자동차 회사 구매 중역 및 팀장을 만날 때 내가 가장 신경 쓴 대목은 그들이 궁금해 하는 뉴스나 정보를 제공하는 일이었다. 다른 OE업체들이 추구하는 신규제품 방향, 당사가 개발하고 있는 신제품 정보, 그들이 제작한 차량의 한국 내 판매세와 차량의 장점 등 자료를 많이 모아 알려 주었다. 그들 내부 신제품 개발회의 등을 할 때 그런 자료 정보들을 활용하게 도와주는 역할도 한다.

그러다 보니 내가 미팅 제안을 하게 되면 자신들 미팅 스케줄이 꽉 차 있음에도 불구하고 20~30분 미팅 시간을 내 주고 어떤 경우는 뒷 미팅 시간을 늦추고 1시간 미팅도 해주었다. 30분 미팅이라도 대륙을 건너가기도 했다. 자주 얼굴을 마주쳐야 친해지고 정보도 얻기 때문이다. 내가 미팅 제안을 하면 그래도 관심을 보이고 만나 주었던 것은 미팅할 때마다 매번 새로운 뉴스를 전해 주는 사람으로 나를 생각했기 때문이라고 해석한다.

6) 미래의 그림으로 네고하라. 상대의 투자를 유도하거나 거래를 트려고 할 때 우리와 협력하면 미래에 어떤 수익과 과실이 열릴 것이라는 미래 그림을 보여 주는 일이다. 수많은 부동산 중개업자가 있는데 유난히 성공하고 돈을 버는 업자가 있다. 비결은 건물 혹은 집 매입에 관심 있는 손님에게 매입 후 3년, 5년 되면 많은 프리미엄을 남기게 된다는 그림을 보여 주는 것이다. 예를 들면, 5년 후 경전철이 들어올 가능성, 그 건물을 개조하여 다른 용도의 건물로 재탄생 시키면 인기 상가 건물이 되어 자동적으로 값이 뛸 것이라는 미래의 그림과 함께 딜을 하다 보니 고객들이 동업자와 계약하는 일이 많아진 것이다.

팁 문화가 자리 잡은 미국 레스토랑 근무 종업원들 간 팁 수입이 차이가 많이 난다. 팁을 많이 받는 종업원은 가족 손님이 오면 향후 자기 손님으로 만드는 그림을 그린다. 당일 수입을 많이 올리려고 손님에게 비싼 메뉴를 권유하기보다 가성비 있는 메뉴를 권유하고, 손님이 잘 모르고 쓸데없이 비싼 메뉴를 고르려 하면 오히려 오늘의 메뉴 중 합리적 가격에 맛 좋은 음식을 추천한다. 심지어는 가족 손님에 어린이가 포함될 것을 감안해 자기 경비로 어린이 선물을 비치해 두고 있다가 가족들 보는 앞에서 어린이와 잠깐 대화도 나누면서 선물을 전해준다. 가족들이 동 종업원에 신뢰감을 더 갖게 됨은 물론 많은 팁을 남기고 가고 다음에 또 찾아온다. 이 경우 미래 그림은 '끈끈한 관계의 고객을 만드는 것'이 될 것이다.

7) 방한하거나 내방한 고객을 극진히 대접하라. 외국사와 거래를 하다 보면 방한하는 손님이 있게 되는데 한국 체류 중 주말이나 업무 후 자유시간이 생기는 경우가 종종 있다. 그럴 때 가능한 한 자기 시간을 만들어 시내 관광 명소 안내 및 맛있는 식사 접대 등을 챙겨 주면 우리의 좋은 협력자 및 친구가 된다. 그들을 외국 가서 만나려고 하면 쉽게 만날 수 있는 상대들이 아니다. 우리 안마당에 왔을 때 조금의 시간 투자를 하면 훌륭한 조력자로 만들 수 있다.

8) 은혜를 받았으면 보답하는 사람이 되자. 특히 요즘 세상을 보면 너무도 이기적으로 돌아가고 있다. 겸양의 미덕도 공경의 마음도 과거에 비해 떨어져 있다. "밤 잔 원수 없고 날 샌 은혜 없다"라는 속담이 있다. 밤을 자고 나면 원수같이 여기던 감정이 풀리고 날을 새우고 나면 은혜에 대한 고마운 감정이 식어진다는 뜻이다. 우리들은 그런 속담을 뛰어 넘어서 은혜 베푼 자에 대한 보답을 하는 사람이면 좋겠다.

9) 불치하문不恥下問 윗사람이라고 아랫사람보다 더 많이 안다고 하는 세상은 지났다. 아랫사람에게 묻는 것을 어려워하는 사람들

이 가끔 있는데 그럴 필요가 없다. 과거에는 멘토링한다고 하면 윗사람이 아랫사람을 코치, 지도해 주는 의미만 있었으나 요즘에는 역멘토링Reverse Mentoring이라는 단어가 등장했다. 아랫사람이 디지털 시대에 뒤지거나 정보가 부족한 윗사람을 코치, 지도 한다는 뜻이다.

10) 인간의 8가지 다중 지능에 대한 이해 사람을 지능을 IQ로 기준 잡은 시대가 지나고 미국의 심리학자 다니엘 골만이 주장한 EQEmotional Quotient-자신의 감정을 적절히 조절, 원만한 인간관계를 구축할 수 있는 '마음의 지능지수'가 등장한다. 그 후 미국 하버드대 교육학자 하워드 가드너가 1983년 인간의 8가지 다중 지능을 발표한다. 사람마다 가지고 있는 지능이 8가지 중 어느 분야에 특출한 재능으로 나타난다는 이론이다. 즉 ① 언어 지능 ② 수리-논리 지능 ③ 음악 지능 ④ 체육-신체운동 지능 ⑤ 공간 지능 ⑥ 자연 탐구 지능 ⑦ 개인 이해 지능 ⑧ 대인 관계 지능이다. 각각의 지능과 재주가 있는 개개인은 본인의 재능을 살려서 성공하거나 본인이 즐거워하는 일을 하며 보람 있는 삶을 살 수가 있다. 누구는 IQ가 좋다는 단순 이론으로는 개개인의 재능을 읽어 낼 수가 없다.

11) 고객과는 재미난 추억거리를 자주 만들어라. 고객과 매번 비슷한 식사하기, 술 마시기 등은 지양하고 이벤트를 만들어 영원한 추억을 같이 만드는 것이 좋다. 예를 들면 야간 고궁돌기, 고객 취향의 스포츠 경기 관람, 1박 2일 골프, 스키여행, 남대문 시장 쇼핑, 한국적 쇼 관람남산 국립극장 등, 한국 민속촌, 국립박물관 관람

등. 이때 사진 기록을 상당수 남겨 조그마한 앨범이라도 만들어 주고 디지털 사진 전달을 하면 두고두고 훌륭한 이야깃거리, 공통 함수가 된다.

그 외에 미래의 그림으로 직접 네고하여 성공시킨 사례 2건을 TED 강의 중에 자세히 소개했다. 또한 자기 사랑, 덕, 상대에 대한 존중, 멋있는 서명 만들기, 색깔별 넥타이 사용 사례 등도 언급했다. 강의 마무리에 인용한 글귀는 신부이자 작가로만 알려진 알프레드 디 수자Alfred D Souza 시였다. 우리가 마음을 비우고 편안히 대응하는 방법을 알려 주는 기막힌 표현이다.

춤 춰라, 아무도 보고 있지 않은 것처럼

Dance, like nobody is watching you

사랑하라, 한 번도 상처받지 않은 것처럼

Love, like you've never been hurt

노래하라, 아무도 듣고 있지 않은 것처럼

Sing, like nobody is listening you

일하라, 돈이 필요 없는 것처럼

Work, like you don't need money

살아라, 오늘이 마지막 날인 것처럼

Live, like today is the last day to live

아름다운 이별을 위한 마무리

  회자정리會者定離, 세상 사람들은 모두 만났다가 헤어지는 운명 속에 산다. 어떤 사유이건 헤어진다. 미워서 혹은 너무 사랑해서, 이혼해서, 이사를 하거나 직장을 옮겨서, 운명을 달리 해서 등등. 떠난 자는 필히 돌아온다는 거자필반去者必返이라는 말이 있긴 하지만 다소 억지가 섞인 단어라는 느낌이다. 당시 고객사인 크라이슬러에서 우리 쪽 업무를 담당했던 직원이 회사를 떠나면서 보내온 메일이다. 어느 날 갑자기 연락이 안 되거나 연락 없이 회사를 떠나 연결이 안 되는 경우, 갑자기 떠난 자의 후임이라고 메시지가 와서야 전임이 떠난 사실을 알게 되는 일도 종종 생기는 세상에 적어도 이런 간단한 이별 노트 정도는 보내는 것이 좋을 성싶다.

Dear Sir,

As most of you have already heard, I have elected to pursue another career opportunity and my last day at Chrysler will be on Friday the 25th October.

It is with mixed feelings that I write this note as I have truly enjoyed working here. I've experienced working with a fine team of colleagues all of whom I will surely miss, however, I now feel for a new challenge and I'm sure we will cross paths again.

It has been a great pleasure working with all of you and I wish you, Fiat-Chrysler and all its suppliers-partners every success for future

Feel free to email me at OOOO @yahoo.com or contact me at 313 OOO OOOO as I have made some good friends in the industry and would like to keep in touch.

Please note that Mr. Mxxxx is taking over my position for the moment on top of his role as Lighting Global Lead. My permanent replacement will be announced later. You can reach Mxxxx @chrysler.com, phone No: 248 7xxxxxx

골프 연습장에서의 어떤 인연

세상을 살아가면서 셀 수 없이 많은 사람을 만나고 스친다. 인연이다. 불교에서는 원인을 도와 결과를 낳게 하는 작용을 인연이라고 한다. 옷깃만 스쳐도 인연! 잠시 얘기라도 하고 헤어진다면 엄청난 인연이다.

가끔 가는 실외 골프연습장이 있다. 한 시간 정도 연습을 하려고 갔는데 이날따라 볼이 생크가 나서 치는 동안 스트레스를 받고 있었다. 바로 옆 타석에 있는 어떤 분이 그 모습을 안타깝게 봤는지 "실례가 안 된다면 제가 몇 가지 코칭을 해도 되겠습니까?"라고 말을 건넨다. "네, 해주시면 감사하겠습니다"라고 대답하자 바로 코칭을 해준다.

1. 채 무게만으로도 공은 상당히 날아간다. 여기에 상체를 꼬아 풀기만 해도 된다. 오른쪽 팔이 겨드랑이와 가까우면 파워도 생기고 일정한 스윙 궤도 유지에 유리하다.

2. 그립 방식: 채는 손가락 위에 놓으며 약지와 새끼손가락만으로도 충분하니 힘 들여서 잡지마라. 스윙 전에 웨글을 2~3회 꼭 해라. 스윙은 크지 않아도 스위트 스팟에 맞기만 하면 일정거리 날아간다.

3. 무릎은 세우는 것보다 약간 낮춰라.

4. 채가 지면을 가능하면 길게 스치도록 스윙을 하며, 그 스치는 느낌을 느껴야 한다. 스치고 난 후 공 날아가는 방향을 봐도 되니 급하게 고개 들지 마라 등등.

그 코치를 받고 바로 연습을 하는데 거짓말같이 공이 똑 바로 멀리 날아가는 것 아닌가? 참으로 신기할 정도로 스스로도 믿기지 않은 샷이 나온 것이다. 이대로 하면 되겠다고 열심히 연습을 하고 있는데 코치해 준 분이 먼저 실례한다고 떠나기에 고맙다고 인사를 하고 헤어졌다. 시간이 지나 코치한 샷이 잘 안 나와 연습장에 가면 그분을 다시 만날 수 있을까 기대를 했으나 그 이후 한 번도 못 만났다. 코칭 받은 후 바로 연락처만이라도 받아 두었더라면 하고 두고두고 아쉬워했다. 그 일이 있은 후 인연의 사람들 연락처를 더욱 관리하게 되었다.

홀인원

2013년 11월 1박 2일 일정으로 대학 동문들홍상회과 강원도 고성에 위치한 설악 썬벨리 CC로 라운딩을 갔다. 첫날은 85타를 치고 저녁 회식을 멋들어지게 하고 다음 날 아침 골프를 시작하는데 첫 홀부터 샷 감이 좋았다. 지난 달 골프 연습장에서 코칭 받은 후 나온 샷이 나오는데 기분이 업되면서 한편으로 차분해졌다. 전반을 인코스에서 37타로 마치고 아웃코스 6번 홀까지 파 3개, 보기 3개. 7번 홀 파3 티박스에 서니 그린이 발보다 약간 낮았다. 니어리스트한다고 샷을 부드럽게 했는데 볼이 깃대를 향해 굴러 가다가 철커덕 그대로 홀로 빨려 들어갔다. 말 그대로 홀인원! 이 장면을 본 사람들이 일제히 환호성을 질렀다. 전반 37타, 후반 37타 총 74타, 내 생애 베스트 스코어를 기록했다.

어찌할 바를 모르는 나에게 캐디 아가씨는 클럽하우스에 홀인원 뉴스를 보고하고 나서 안내를 했다. 그린에 무릎을 꿇고 홀을 향해 큰 절을 하도록 바닥에 천도 깔아줬다. 홀인원 된 공을 넣는 복주머니도 펼쳤다. 후배 권오상이 추가 요령을 가르쳐 줬다. 홀마다 간단한 내기를 하기 위해 각출한 돈 잔액과 내 지갑에 있는 현찰을 모두 캐디 아가씨에게 주는 거라고 해서 모두 털어 줬다.

당초 클럽하우스에서 첫 홀 시작하는 곳으로 이동 중 홀인원 보험 당일 가입 가능 광고 배너가 서 있었는데 후배가 8,000원이면 가입된다며 내게 들어보라고 했다. 그간 홀컵 바로 옆까지 공을 세워 보기는 몇 차례 했으나 홀인원은 된 적이 없기에 내 재수에 홀인원이 되겠나 하고 그냥 지나쳤다. 그런데 홀인원을 해 버린 것이다. 예측 못하고 사는 것이 인생이고 그래야 희망을 꿈꾸는 것 아닌가. 그리 하여 상당한 금액 지출이 생겼다. 캐디에게 지불한 금액 외에 귀경 길에 동문들 점심값, 같은 조 멤버의 별도 라운딩과 식사비 그리고 홀인원 기념 문자 적힌 골프공 다량 주문 구매 등등으로 거의 3~4 백만 원 정도 경비가 들어갔다. 골프 선수도 생애 홀인원 못해 본 사 람이 많다는 데 아마추어 플레이어가 홀인원 했으니 기쁜 마음으로 쏘았다. 그러고 나서 '앗, 뜨거워라' 하고 홀인원 보험을 들었으나 그 뒤에는 홀인원 된 적이 없다. 집에 전시한 홀인원패가 빛나 보이는 날이 있다. 난 운이 좋은 놈이다. 그날의 나이스 샷과 홀인원 감동 이 찌릿찌릿하다.

국내 산행 및 유적지 여행 본격화

지금으로부터 12년 전 2011년 11월 26일, 고교 3학년 1반 친구 셋이서 산행을 시작했다. 충북 영동에 있는 천태산715m 등산을 시 발점으로 종종 산행을 하자는 결의를 다진 뒤 현재까지 당일 여행 혹은 2, 3박 여행을 매월 1~2회 실시하고 있다. 전국 좋은 산을 돌 기 위해 관광버스 대신 개인 차량을 이용하여 여행하고 있고 멤버도 3명 늘었다. 고스톱, 골프처럼 등산도 서로 호흡이 맞아야 오래가고 재미가 있다. 비슷한 등산 체력과 산행 속도, 유사한 식성, 소통의 원활함 등이 조화되어 항상 설레는 마음으로 여행을 하고 있다. 향후 10년 이상 우리 여행 지속을 위해 각자 건강 관리를 잘 하자고 얘기하곤 한다. 이 모임의 중추적인 역할은 만물박사에 가장 많은 산은 타본 친구 양균이 담당하고 있다. 다양한 목적지산, 사찰, 서원, 역사 유적지, 식물원, 박물관, 생태 체험관, 야생화 군락지, 전망대, 기상 관측소,유명 저수지, 섬 및 맛집 등등 선정 및 상세한 일정을 세워 허투루 시간을 보내는 일이 거의 없다. 그런고로 우리 일행의 2박 3일은 일반 산악회의 4박 5일에 견줄 만큼 내용이 풍부하다.

산림청, 블랙야크, 한국의 산하 및 마운틴 TV에서 선정한 각각의 100대 명산을 합치면 총 약 150개가 된다. 100대 명산에 들지 않은 좋은 산들도 많이 올랐으니 줄잡아 약 400여개 산을 오른 것 같다. 방문 장소별 사진을 모바일 폰 갤러리에 연대기처럼 저장을 해 두고 생각나는 대로 펼쳐보는데 아주 뿌듯하다. 새벽 3시, 5시 기상도 서슴지 않는다. 매번 건강히 산에 오를 수 있음에 행복하고 감사해하고 있다.

산행을 하다 보면 혼자서 높은 산을 등산하는 여성들도 가끔 본다. 한 여성 분은 혼자서 하루 30km 이상을 걷는다고 했는데 산 지형에 따라 차이가 있겠지만 산을 잘 타는 남성이 시간당 3~4km를 걷는다고 치면 거의 11시간을 걷는 셈이다. 고딩 친구 중에 산다람쥐라고 불리는 현웅이라는 친구가 있는데 지리산을 너무 좋아해 한때 일 년 50주 주말마다 지리산을 올랐다고 한다. 요즘도 산에 텐트를 치고 혼자 잔다고 하는데 산에 미치지 않으면 불가능한 일이다.

산 정상에 오르면서 항상 느끼는 것이 있다. 자연 앞에 아주 왜소한 인간, 때론 존재조차 보이지 않는 나를 확인하면서 겸손해야 함을 배운다. 한편으로는 산 정상에서 발아래 펼쳐진 산맥과 산자락을 내려다보면서 나에게 아직 남아 있는 호연지기의 잔불을 살려 보기도 한다. 이런 맛을 온전히 느끼며 사는 사람들이 얼마나 될까? 정상에서 맛보는 막걸리 한 잔의 맛을 어떻게 표현할 수 있으랴. 하산하여 즐기는 뒤풀이의 맛은 또 어떻고? 이런 것들이 소확행이다. 나는 후배들과 대화 중에 취미 등산 모임을 미리 구성하여 우리의 흉내를 내 보라고 종종 권유한다. 시간 지나 나이 들고 은퇴했을 때 이런 취미 모임이 있는 것과 없는 것은 천양지차이다.

탁구에 입문하다

중고등학교 시절 똑딱이 탁구를 쳐 본 경험으로 50대 중반, 아내를 따라 '노원탁구 클럽'이라는 곳에 구경 가서 동호인들과 연습 탁구를 쳐 봤다. 나는 그들과 거의 게임이 안 되는 수준의 초보였다. 팬홀더 타입 라켓을 들었는데 대부분이 쉐이크 핸드양면 타입 라켓을 들고 플레이 하고 있었다. 코치의 조언에 따라 나도 쉐이크 핸드로 바꿔 레슨을 받기 시작했다. 아내는 먼저 탁구 레슨을 받고 있었는데 나에게 같이 해 보자고 하여 시작된 것이 지금은 가장 즐기는 운동이 되었다. 2010년에 결성된 '토밤회'토요일 오후 회원 간 친선대회 활동도 상당 기간 지속되었다. 무슨 운동이든 한 살이라도 젊어서 배우는 것이 좋다. 습득도 빠르고 스텝도 제대로 배우기 때문이다. 직장 생활 중에는 저녁 레슨 시간에 맞출 수가 없어 레슨을 제대로 못 받아 실력이 정체되어 있었지만 근래에 시간이 되어 레슨을 받으니 실력이 올라갔다. 얼마 전 TV에 인기리에 방영된 〈우리 동네 예체능〉에 등장하는 연예인 탁구 플레이어 시합을 잠깐 흥미롭게 보았는데 내 적수는 보이지 않는 것 같았다. 2022년부터 한국 프로 탁구 리그도 시작되었으니 점점 탁구 인구도 늘어 갈 것이다. 젊은 새싹으로 국가 대표가 된 오민서, 신유빈 그리고 초등생 탁구 신동 이승수 선수들이 좋은 성적을 내어 탁구 붐이 다시 일어나면 국민 건강도 더 좋아질 것으로 보인다. 특히 뱃살이 많아 고민하는 사람들은 탁구가 많은 고민을 해결해 줄 것이란 걸 확신한다.

무엇이든 10년 넘게 해보면

40년 넘게 했던 축구 외에 내가 10년 넘게 해오는 것들이 있다. 등산, 탁구, 일기쓰기, 흑초 마시기, 탈모방지제 사용, 3분 샴푸 등이다. 일기는 2013년 1월부터 꾸준히 써 오고 있다. 하루를 반성, 반추하면서 마무리를 하고 그냥 기억도 안 된 채 의미 없이 지나갈 수 있는 순간을 기록으로 남겨왔다. 남겨진 일기 기록이 이 책을 쓰는 데 많은 도움을 주었다. 무엇이든 10년 넘게 혹은 오랜 기간 지속 반복해 본다는 것은 매우 깊고 두텁게 우러나는 특유한 맛이 있다. 축구40년 넘게 즐겼던 운동이나 현재는 부상 위험 등으로 중단, 탁구2010~, 등산2011~ 등 모두 10년 넘게 하고 있다. 나의 소확행에 포함되어 있는 것들이다.

운동 외에 습관으로 10년 넘게 지속하는 것들이 있다. 샘표식품에서 생산하는 '흑초'를 2013년부터 매일 식사 후 마시고 있다. 지인으로부터 책 한권을 선물 받았는데 샘표식품 박승복 회장의 저서『장수경영의 지혜』라는 책이었다. 박 회장은 식초를 1980년경부터 물과 섞어 마시고 출장 중에도 들고 가서 마셨다고 한다. 효과가 너무 좋아 본인이 경영하는 샘표식품에서 독자 개발하여 출시한 것이 흑초이다. 책을 읽자마자 흑초를 사서 식후에 마시기 시작했다. 이제는 그 맛에 중독되어 있을 정도이고 항상 집에 몇 병 사 놓고 마신다.

장기 복용하면서 본 효과는 첫째, 쾌변이다. 과음이나 차고 매운 음식을 먹어 위가 정상이 아닐 때를 제외하고는 화장 시간이 30초 이내이고 화장지가 필요 없을 때도 많다.

둘째, 소화에 매우 도움이 된다. 고기 등을 먹고 속이 더부룩할 때 흑초 섞은 물을 마시면 개운해지고 소화도 잘 된다. 소주에 넣어 마시면 술이 덜 취하고 약간의 신맛이 술 맛을 돋운다.

셋째, 목에 갈증이 날 때 맹물을 많이 마시는 것보다 흑초에 물을 조금 섞어 마시면 갈증이 해소되는 효과가 있다.

흑초 홍보 대사는 아니지만 효과를 보고 있는 사람으로서 추천하는 식품이니 관심 있는 사람은 복용해 보기를 권장한다. 운 좋게 이 책을 읽어 본 사람이 덤으로 얻는 건강 식품이다. 우리 둘째 딸 내외가 변비가 있었는데 최근 나의 추천으로 마셔보더니 효과가 좋아 집에 몇 병씩 사다 놓고 마시며, 갈증 날 때 얼음물과 같이 타서 먹으니 탄산 음료를 마시지 않게 되었다고도 한다.

10년 넘은 또 다른 것은 탈모 방지 노력이다. 한때 머리칼이 빠져 속머리가 적은 사람이 되었다. 일본 출장 중 면세점에서 우연히 발견한 '아데노겐일본 시세이도 제품'이라는 생약 발모촉진제 구매하여 사용을 시작했고, 지금도 사용 중이다. 그 덕에 머리카락 빠지는 것을 방지하고 상당분 빠진 머리를 회복하였다. 탈모로 고민이 있는 분은 사용해 볼 것을 추천한다. 주변에 양약을 먹고 발모 스프레이를 뿌리는 사람들을 봤는데 약이 정력을 떨어뜨린다고도 하고 약을 안 먹으면 다시 머리가 빠진다는 얘기를 여러 사람으로부터 들었다. '아데노겐'은 샴푸 후 바르고 마사지만 해 주면 된다. 많은 양을 사용하지도 않고 매일 사용하는 편도 아닌데 분명 효과가 있다. 머리에 가려움증이 있을 때 발라 줘도 시원함과 함께 가려움증을 해소해 주고 부작용도 없다.

샴푸와 관련된 20년 넘은 습관도 있다. 샴푸도 머리칼을 비빈 후 적어도 3분 이상 방치한 후 머리를 감는 것이다. 이렇게 하는 것이 탈모 방지에 효과가 있다. 샴푸액이 모공 부분에 낀 기름때 등을 분해하여 모공으로 공기가 통하게 함으로써 모근을 튼튼히 해 주는 역할을 하기 때문이다. 나만의 샴푸법을 20년 넘게 지켜오고 있다.

어느 감동적인 장례식

2013년 4월 11일, 분당 서울대 병원 장례식장에서 들은 감동적인 이야기다. 오토넷에서 같이 근무한 적 있는 경북 봉화 출신 홍 아무개의 모친상이었다. 그의 모친은 3남 3녀를 훌륭하게 기르셨고 부부간 금슬이 너무 좋았다고 한다. 부친은 먼저 돌아가셨고 모친이 돌아가시기 전 유언을 남겼는데, 본인 관 속에 남편의 옷, 부부의 혼인 서약서 그리고 불교 법명이 적혀진 종이를 넣어 달라고 해서 그렇게 봉함을 하였다고 한다. 서로 금슬이 좋았던 부부여서 이승을 떠나서도 사랑하는 남편을 다시 만나고 싶은 애절함이 녹아 있었다. 참으로 아름다운 만남의 부부였구나 하고 생각하니 뭉클해졌다. 이 세상을 살아가면서 이렇게 금슬이 좋은 부부가 얼마나 될까?

일전에 기사를 보니 서경대학교 서길수 교수는 '살아서 하는 장례식'을 했다고 한다. 죽은 뒤 찾아오는 사람들이 무슨 의미가 있냐고. 자신이 죽어서 누가 오는지도 모르는 장례식보다는 본인이 살아서 조문 온 사람들을 직접 만나보고 가는 장례식이 좋겠다고 생각하여 시행했다고 한다. 서 교수는 그간 많은 책을 출간하였다고 하는데 장례식 대신 본인이 책을 출간하는 출판기념회를 개최한다고 했다. 여하간 요즘은 유언장도 미리 써 두는 사람이 많다고 하니 풍속도는 계속 변해갈 것으로 보인다. 언제 올지 모를 죽음을 대비해 두는 것이 지혜일지도 모른다.

늘 고마운 나의 동반자

나는 다행히 문학적 감성과 정서가 조금은 살아있는 것 같다. 이름 모르는 작은 들꽃, 이끼 낀 작은 고랑을 타고 졸졸졸 흐르는 물, 능선을 타고 불어오는 시원한 바람, 머물듯 흘러가는 구름과 안개, 해 질 녘 피어오르는 굴뚝연기, 열심히 나무에 구멍을 파는 딱따구리, 잣나무 열매를 붙잡고 열심히 잣을 까는 청솔모, 찬 기운에 노란색으로 변하는 은행잎, 온정이 가득한 선량한 시민, 막차를 타려고 달리면서 깔깔대는 학생들, 영화 속 뭉클한 장면 등등 헤아릴 수 없을 만큼 많은 대상이 나를 불러 세우고 감동하게 한다. 나이 들어가면 눈물이 더 많아진다는데 그 탓인가 하고 혼자 자문해 본다. 엉뚱하게도 청년 시절의 순수한 감성도 가슴과 뇌리 어느 구석에 상당히 남아 있는 것 같다. 가끔 아내가 나를 보고 "어휴~ 순진한 사람"이라고 비아냥거린 걸 보면.

해외 사업 본부 간부들끼리 한탄강 CC 1박 2일 가을 라운딩 이벤트가 있어 토요일 10시경 집에서 철원으로 출발했다. 라디오를 틀고 가는데 DJ가 어느 연속극 내용을 소개했다. 탤런트 김자옥 씨가 극중에서 실직한 남편의 발을 씻어 주면서 눈물이 그렁그렁 한 채 하는 대사였다. "여태까지 식구들 먹여 살리다 세월이 흘러 노인네 발이 되었구려" 하는 대목은 사람의 심금을 울렸다. 그러고는 청취자 희망곡 양희은의 〈당신만 있어 준다면〉이 흘러나오는데 차창 밖에는 노랗게 물들기 시작한 단풍이 눈에 들어왔다. 문득 아내 생각이 났다. 이렇게 따사한 햇빛과 아름다운 풍경이 조화로운 날에 혼자 놀러 가는 것이 미안하고, 새벽이든 늦은 밤이든 남편 일이라면 벌떡 일어나 챙기는 아내 모습이 클로즈업 되면서 나도 모르게 눈물이 볼을 타고 흘러내렸다. 술 취한 나를 위해 대리운전까지도 숱하게 했던 아내다. 눈물을 손으로 훑고 차를 세워 아내에게 '고맙다'고 문자를 했더니 '뭘 새삼스럽게…. 오늘 저녁 술 방어나 잘 하쇼~'라고 답신이 왔다. 내가 '가을을 타나 봐 ㅋㅋ' 했더니 '갱년기~? ㅋㅋ'하고 회신이 왔다. 이어 나온 청취자 희망곡은 윤도현의 〈가을 우체국 앞에서〉였다. 아는 노래여서 반주에 맞춰 노래를 부르며 한탄강 CC로 향했다.

하지만 아내의 당부에도 불구하고 술 방어에 실패하고 알코올 힘을 빌려 다시 세상을 아주 작게 만들어 보았다. 식당에서 부어라 마셔라 한 뒤 잠에 떨어졌는데 과음 탓에 새벽 4시에 눈이 떴다. 술이나 깨게 조깅할 생각으로 밖에 나왔더니 달은 휘영청, 별은 총총, 새벽 공기는 상쾌한데 지척거리에서 들짐승들의 기괴한 울음소리들이 메아리를 만들며 공포를 자아내어 새벽길 조깅 계획은 접고 호텔 주차장을 수십 바퀴 도는 것으로 마무리 지었다. 언젠가 기회가 되면 다시 와 어둠 속 그 짐승들의 외침을 들어 보련다. 호텔에서 가까운 곳에 서있는 엄청난 거구 임꺽정 동상에 손을 얹으면서 고함을 쳐보면 들짐승도 놀라겠지?

뜨겁게 전진하고 쿨하게 돌아서라

싱어송라이터, 내 조카

 조카 Sean성웅은 음악적인 재능을 타고 난 싱어송라이터이다. 피아노와 기타를 잘 치고 노래도 잘한다. 한때 이름을 대면 알 수 있는 한국 유명 밴드에서 건반 악기 연주 및 보조 싱어를 맡았는데 목소리가 좋고 노래를 잘하니 독자적 활동을 해 보라는 주위의 권유로 홀로서기를 하였다. 독립해서는 일본에서 주로 콘서트 활동을 하면서 지명도를 올리고 있었다. 그러다 한국으로 들어올 상황이 되어 국내에 자리를 잡으려 하는데 쉽지가 않아 제자리를 맴돌고 있었다. 앨범을 받아 운전 중 반복해 들어보니 노래가 괜찮아 보여 박스로 음반을 구매했다. 주위 사람들에게 나눠주며 CBS 라디오 〈배미향의 저녁스케치〉와 유명 가수 매니저에게까지 음반을 보내 평가도 부탁했다. 돌아온 평가는 음색과 노래가 가수 성시경이 부르는 계열이어서 신인이 어필하기에는 좀 어중간하다는 내용이었다. 조카에게 도움을 주려고 많은 노력을 하였으나 직장인인 나의 위치에서는 한계가 있었다. 초기 조카 일에 적극 나서 팔리지도 않는 음반을 상당한 돈을 주고 구매하고 여기 저기 사람들 만나는 등 부산을 떠는 모습에 아내가 한마디 했다. "조카를 도와주려는 마음은 알겠는데 무턱대고 돈 쓰고 사람 만나면서 엉뚱한 일하고 있다." 나중에 퇴직하여 자유인이 되고 자금 여유가 생기면 다시 세상에 소개를 하거나 음반 수록곡 중 몇 곡을 골라 내가 연습을 해 볼까 생각했다. 기회는 생각하며 기다리는 자에게 오는 것이니까. 조카는 현재 목회 활동 중이다.

현대에 안녕을 고하다

2014년 말로 임원 계약이 종료되었다. 그럴싸한 이유와 함께 떠나게 되었다. 31년을 근무한 '현대'라는 큰 배에서 하선을 하는 마음은 아쉬움과 고마움이 교차되었다. 그 오랜 세월 동안 비굴하지 않고 당당하게 목소리를 내면서 소신껏 살아 온 나에게 박수를 보냈다. 사랑하는 가족이 '현대'라는 울타리 덕에 모두 잘 지냈다. 인생의 대부분을 보낸 놀이터와 휴식처를 갑자기 잃은 기분에 잠시 멍하게 남산을 바라보았다. 제2인생을 준비해야 하는 시점에서 뒤돌아보는 세월, 수많은 추억과 희로애락이 엉켜 있는 파노라마, 그 많은 것을 영사기로 돌려도 다 보이지 않는 흔적과 그림자 조각들. 이제 조용히 무대를 내려와야 했다. 연극을 마치고 무대 뒤편으로 빠져가는 어느 이름 없는 배우처럼. 누구에게나 닥치는 이별을 슬픔 없이 맞이해 보자. 똑바로 선 연꽃잎 한가운데 얹혀 있는 물방울이 바람결에 윤무를 하다가 해맑은 가슴 내보이며 연못 속으로 툭 떨어지듯이 살포시 낙하해 보자. 그 연못은 아직 차고 지나가는 겨울 삭풍이 물결 주름을 만들겠지만. 따사한 봄을 앞당기기 위해 무심한 바람은 부지런히 몸짓한다. 부르르 내 몸도 떠는 것 같았다. 뒷모습을 투영해 보았다. 아름다웠다. 그 긴 세월 애환을 모두 내려놓고 먼 하늘 구름을 바라보는 방랑자의 시선으로, 욕심을 내려놓은 구도자의 미소로 잠시 뒷걸음을 쳐보자. 어릴 적 소풍처럼 정들었던 현대여, 안녕!

내가 떠나는 것을 못 믿는 듯한 직원들의 시선을 마주하며 씨익 미

소 지었다. 그리고 그간의 감사를 전했다. 책상 속 사물을 정리하는
데 여러 명이 달려들어 도와주었다. 짐을 싸고 있는데 지인으로부터
전화 한 통이 걸려 왔다. 조만간 식사 같이 하자는 제안을 하길래 마
음에 여유가 생기면 시간 잡아 보자하고 통화를 마쳤다. 후배들이 양
복맞춤 쿠폰 외 여러 이별 선물을 보내왔다. 그들이 조직 내에서 잘
성장해 가기를 기원하고 그간 내가 실수한 것들이 있으면 큰 마음으
로 봐줄 것을 주문했다.

퇴사 후 힐링 여행

터키 여행

　직장생활에 얽매여 여행다운 여행을 못해봤다. 현대 생활에 마침
표를 찍고 바로 아내와 둘이서 2015년 1월에 터키 여행을 떠났다.
평일에 많은 사람이 일하고 있을 때 이런 자유 여행을 하는 경험은
새로운 맛과 의미를 주었다. 근래에는 사기업 장기 근속자에게 가족
여행 휴가도 부여된다고 하니 구세대는 요즘 젊은이들이 마냥 부럽
기만 하다. 유럽 주재 시절에 터키를 몇 차례 방문하였지만 업무상
여행이라 이스탄불 외에는 가보지를 못해 여행을 몹시 기대하였다.
　인천에서 출발하는 터키항공에 탑승해 보니 기내 제공 서비스 질
이 국적기에 비해 많이 떨어졌다. 이스탄불 도착 후 국내선으로 환
승하여 이즈미르로 이동했다. 고대 도시 에페소를 구경하는데 공중
목욕탕과 수세식 변소까지 있었다. 또한 약 2만 5천명을 수용하는

원형극장, 셀수스 도서관, 하드리아유스 신전 등 볼거리를 매우 많은 곳이었다. 석회암 온천 파묵칼레_{안토니우스, 클레오파트라 목욕터가 있다}, 안탈야 범선 탑승, 하드리안 게이트, 오브룩 한실크로드 상인들 여관, 카파도키아_{응회암 기암괴석}, 버섯바위, 로마 지배 당시 그리스도인들이 숨어 살던 바위산, 눈이 잔뜩 쌓인 토레스 산맥 버스로 통과하여 조금 엉성한 사파리 구경, 데린구유_{최대 3만 명 수용했다는 기독교인 지하도시}, 파샤바 계곡, 괴레메 골짜기 등등 경이롭고 아름다운 장소들을 구경하였다.

폭설이 내려 이스탄불로 가는 우리 비행기가 결항 되었고 여행 일정상 이스탄불까지 무려 14시간 소요되는 관광버스를 탔다. 눈길을 하염없이 달려도 눈은 그치지 않았고 온도도 영하로 떨어져 도로변 가게들도 문 닫은 곳이 많았다. 고생 끝에 이스탄불 도착. 성소피아 사원_{현존하는 최고의 비잔틴 건축물}, 톱카프 궁전_{세계 최대의 다이아몬드 보유}, 블루 모스크, 히포드럼 광장과 오벨리스크 등등 관람하고 서울행 비행기를 탔다. 일주일이 쏜살같이 지나갔다. 한국에 대한 친밀감이 많고 한민족처럼 흥과 정이 많은 터키인들과의 대화는 언제나 따스했다. 그 여행의 맛과 향기는 여전히 내 추억의 한 페이지를 가득 채우고 있다.

회사라는 구속에서 벗어나 아내랑 단둘이 장거리, 장시간 자유 여행을 해보니 이루 말할 수 없도록 좋았다. 눈치 볼 이유도 없어졌고 끼리끼리의 모습을 안 봐도 되고……. 타인들에게 피해 주는 일 없이 나름대로 소신껏 살아 온 보상일지도 모른다는 생각도 들었다.

베트남, 캄보디아 여행

터키 여행 한 달 후 베트남과 캄보디아 패키지 여행을 떠났다. 먼저 베트남을 구경하고 캄보디아로 넘어가는 일정인데 양국 모두 사람들이 선량해 보였다. 하노이 시내 구경, 베트남이 자랑하는 하롱베이, 티티오섬, 선상에서 먹는 해산물 요리, 수상 인형극, 커피 박물관 관람, 망고를 비롯한 맛있는 열대 과일 맛보기 및 쇼핑 그리고 단체로 받는 전신 마사지 등을 경험했다. 러시아워에 밀려드는 오토바이의 행렬은 참으로 이색적인 광경을 연출했다. 오토바이를 개조한 3륜차도 현지에서는 편리한 교통수단이었다.

지금은 조금 변해 있을지 모르나 캄보디아 시엠 립 공항에서 입국 수속 직원들이 노골적으로 챙겨 가는 1달러, 여행자 가방이 바뀌어 일어난 해프닝 등 입국 과정에서 발생하는 일들이 머리를 어지럽게 했다. 그러나 12세기 중반 크메르 제국 시절에 정교하고 건축된 앙코르 와트힌두교 사원는 압권이었다. 프랑스 고고학자 앙리무오가 발굴한 것이라는데 건물은 좌우 대칭형으로 좌우 편차가 0.2cm 이하라는 안내자의 설명이 뒷머리를 때렸다. 유적으로 보면 베트남 보다 캄보디아가 볼거리가 많았다. 펑나무 뿌리들이 건물 속으로 파고들어 와 일부 유적들이 파괴되어 가고 있어 나무가 더 이상 자라지 않도록 성장 방지제를 투약한다는 타프롬 사원, '크메르의 미소' 상像, 부처상이 52개가 있는 바이욘 사원당초 힌두교 사원에서 나중에 불교 사원으로 바뀜등을 하루 종일 바쁘게 구경했다.

다음 날, 동양 최대 호수이자 세계 3대 호수에 들어가는 '톤레삽'

구경을 하는데 수상 가옥이 많았다. 공식적으로 5만 명이 넘는 베트남 보트 피플로 미국과의 베트남 전쟁 시에 공산주의 탄압을 피해 캄보디아로 넘어온 사람들인데 본국으로부터 배신자로 낙인 되어 베트남으로 돌아가지 못하는 기구한 운명이라고 한다. 그나마 캄보디아 정부가 호수에서 살도록 허용해 주어 생선 판매, 관광수입 등으로 생계를 유지하고 있다. 그들의 육지 거주는 불허되어 제한된 크기의 수상가옥에서 어느 국적도 없는 난민 신분으로 살아가야 하는 불쌍한 신세의 사람들을 보니 짠하다는 생각이 많이 들었다.

캄보디아의 가장 슬픈 이야기는 크메르루즈 지도자인 '폴포트'의 학살, 킬링필드영화 제목으로 널리 알려짐 관련이다. 1975년부터 4년에 걸쳐 약 2백만 명으로 추정되는 사람들이 학살을 당했는데 내가 여행하던 당시에도 계속 유골 발굴 중이라고 하였다. 유골들이 전시된 박물관을 둘러보니 온통 해골과 유골들이다. 하얀색 해골과 노란색 해골이 있는데 안내자 설명에 따르면 후자는 출산한 여자의 골이라고 한다. 무고하게 희생된 양민들의 아우성이 들리는 듯해 참으로 숙연해졌다.

일본 가족 여행

가족 5명 모두 함께 했던 일본 여행은 가족의 의미를 더욱 깊게 하는 계기가 되었다. 우에노 공원 벚꽃 인파는 여의도 벚꽃 인파를 초월한다. 둘째 딸은 한국에서 가지고 간 한복을 당당하게 입고 공원을 활보하며 일본 상춘객들의 많은 시선을 받아 그들의 사진 촬영 제의에 함께 찍기도 하였다. 자신감이 충만한 우리 딸이 멋져 보였다. 벚꽃 나무 아래 좋은 자리를 차지하기 위해 일본인들은 전날 밤 선발대가 와서 돗자리를 펴고 거기에서 밤잠을 자는 사람이 많다. 그들은 벚꽃나무 아래서 준비한 음식과 음료를 펴 놓고 축제 파티를 하면서 봄맞이 겸 야유회를 즐기고 사진기록도 남긴다.

신조지淺草寺 구경을 하고 젊은이들이 많이 가는 스카이트리 타워 50층에 가서 아래가 내려다보이는 투명 유리 위에서 기념사진을 찍었다. 언제나처럼 아래를 내려다보면 심장이 두근거린다. 다음 날은 오오바大場에 가서 프랑스 정부 협조로 세워진 자유의 여신상 구경을 하고, 일본 전국 라면 요리가 가능한 라면 집에 가서 오사카, 후쿠오카 라면 등을 시켜 먹고 귀국길에 올랐다.

곧 새로운 회사 출근을 해야 한다는 마음 부담이 다가왔다. 오래 근속한 회사나 조직을 떠나 새로운 시작을 하기 전 여행은 최고의 청량제이다. 이런 자유 시간은 인생에서 그리 많지 않기에 무조건 알차게 활용하는 것이 좋다. 우물쭈물 하다가는 절호의 찬스를 놓친다. 다른 일이 생기거나 시간이 지나면 경비에 대한 걱정으로 망설이다 미루기가 쉽기 때문이다. 미루다가 못 간 사람들을 자주 보았다.

인생 3막

빗소리

박용호

빗소리는 내 어릴 적 가슴 뛰는 소리.
먼 산 비구름에 놀라
초가지붕 밑으로 내달리던 내 발소리다.

비는
내 눈에 보이는 것만큼을 씻고
대지의 더위를 몰아낸다.

그 비는 서러운 이의 눈물을 키워 만든
자연의 눈물.

그 눈물 소리 커진 오늘은
어머니 목소리가 들리는 날이다.

Chapter 1

대기업에서 소기업으로

'현대'에서 인생의 중요한 시기를 보냈다. 현대맨이라는 자부심도 매우 컸고 도전과 발상 전환이 자주 일어나는 현대라는 문화가 나랑 잘 매치되었다. 중간에 두 번 정도 개인 사업을 해 보려는 계획을 세웠지만 용기 부족으로 실행에 옮기지는 못했다. 그래도 좋은 사람을 많이 만나고 그 많은 이와 더불어 후회 없이 살아온 모습은 무난했다고 자평한다. 이제부터 새로운 방향의 항해를 해야 할 단계이다.

6개월, 길게는 1년여 쉬면서 여행을 해 보고 싶은 생각은 길게 가지 못했다. 같이 일해보자는 제안이 두 군데서 왔다. 한 곳은 근무처가 서울이고 다른 한 곳은 지방이었다. 우선 가족과 떨어진 생활이 싫어 만족도는 약한 편이나 서울 쪽 회사로 선택했다. 그렇게 인생의 세 번째 막이 올랐다.

이상과 현실의 문턱에서

지인 관계였던 중소 그룹 오너 회장으로부터 같이 일해보자는 제안이 왔다. 모비스에서 퇴직 시 몇 개월치 급여도 추가로 주니 서두를 이유가 없었다. 한두 달은 여기저기 자유여행에 시간을 보내고 3월 한 달은 중국어 학원 등록하여 한동안 사용하지 않아 녹슬어 버린 중국어 공부를 집중적으로 하였다. 내 인사변동 소식을 접하고 모비스에서 짐을 싸고 있던 시간에 전화를 하여 식사 같이 하자고 했던 것과 연장선상 일이 되었다. 점심 식사를 하면서 회사 사업 내용을 들어 보니 구미가 당겼다. 특히 수출 가능한 제품들이 있다고 하는 부분에서는 속으로 놀라기도 하였다.

그 주요 내용은 오디오와 일부 AVNAudio-Video -Navigation을 소규모 국내 자동차 회사에 납품하고 있고 인도 마힌드라에 AVN을 수출하고 있다는 점과 더 솔깃한 것은 독일 SM사와 기술 제휴하여 BSDBlind Spot Detection 레이더 센서를 개발하고 있는데 국내업체 및 해외업체에도 공급 가능하다는 대목이었다. 그렇다면 해외 시장을 더 키우는 데 역량을 발휘할 수 있겠다는 생각이 들어 영업본부장 직함으로 2015년 4월부터 근무하기로 합의했다.

그러나 입사 후 얼마 안 가 실상을 보니 레이더 센서는 독자적으로 처리할 수 있는 기술 기반과 관련 엔지니어가 없었다. 전적으로 기술 제공처인 SMS사에 기술료 및 엔지니어링 경비를 지불하고 그들로부터 100% 기술지원을 받아야 할 뿐 아니라 가격 경쟁력도 없었다. 국내 S 자동차 회사가 생산하는 한 모델 차량에 소량 공급하는 것이 거의 전부인데 가격경쟁력이 약하다는 이유로 가격 인하를 요구 받다 보니 이익이 나지 않았다. 당시 다행스러운 것은 여러 시행착오 끝에 모비스를 통해 일본 MMC미쯔비시 자동차에 AVN 수출길이 열린 점이다. 내부 연구소 인원들이 해결하지 못하는 소프트웨어를 외부 여러 회사 엔지니어에 용역을 주어 개발하다 보니 모비스 연구센터장 출신의 연구소장이 마치 PMProject Manager역할을 하면서 생고생을 했다. 제품 완성을 위해 밤낮으로 스트레스 받던 그 모습이 한없이 안타깝고 가슴 아팠다. 인도 마힌드라 그룹 차량에도 일부 AVN이 공급되었는데 고객이 모델 업그레이드 변경을 요구했을 때 사양 변경 및 기술 대응을 못해서 추가 사업 전개에도 실패했다.

외국업체 기술 제휴 및 상품 도입 추진

미래 기업으로의 도약을 위해서는 신제품 개발이 있어야 하는데 R&D 능력 부족과 자금 투자 제한으로 발이 묶였다. 외국 기술이라도 도입할 목적으로 기술제휴 추진도 하였으나 가격 및 거래 조건 등이 맞지 않았다. 이태리 피아트 자동차 계열사인 마그네티 마렐리와는 디지털 클러스터 및 e-CallEmergency Call, 독일 캐스레인Kathrein과는 통신 안테나 기술 도입 등을 추진하였다. 상호 교차 방문을 통해 상당한 시간과 비용을 투입하였지만 한국 측 자체 개발 기술력과 엔지니어가 없다 보니 완제품 도입 판매밖에 대안이 없었다. 완제품 가격으로는 경쟁력이 없어 신규 프로젝트 수주도 실패했다. 디지털 클러스터의 경우는 자체 개발을 진행했으나 중간에 드롭되었다.

구매 단가 인하는 이렇게 하는 거야

어느 날, 회장이 나를 불러 내비게이션에 들어가는 LCD 구매가를 낮춰보라는 부탁을 하였다. 과거 구매실장을 했던 경력과 경험치를 살려보려는 조치였다. 당시 회사는 중국 및 대만으로부터 제품을 구매해 오고 있었는데 가격이 높았다. 결론은 획기적으로 LCD 연간 구매가를 낮춰 7억 원 상회하는 회사 이익을 창출하였다2016년 구매 물량 22만 8천 대 기준, 가격 개선액이 USD 631,000/ 2015년 12월 14일 최종 보고 기준. 공급사 미팅을 위한 자료 작업을 시킬 사람이 없어 내가 직접 자료를 만들어 2015년 11월 중순, 공급자대만 CPT, Innolux, 중국 Tianma 등와 미팅을 하였다. 현재 구매 수량, 미래 구매가능 수량, 신규 자동차 고객 확보 및 사업 진행사항 그리고 공급사별 경쟁사 현황과 미팅일지경쟁심리 자극용, 일부는 과장된 내용도 들어있음를 직접 브리핑하고 그간 수없이 활용한 설득과 협상의 법칙을 동원, 그들을 설득하여 인하된 가격을 받아냈다. 그 뒤로 중국 공급회사 수출 책임자는 나를 형님이라고 부르는 사이가 되었다. 그리고 비싸게 사고 있는 외자 부품 구매가격 지속 개선을 위해 상부에 건의하여 해외 부품 전문 구매직원을 채용했고, 내 밑에 두고 구매 원가를 많이 개선시켰다. 영업에도 구매에도 스킬과 수많은 경험이 밑바탕 되어야 좋은 결과를 낼 수 있다. 상대방과의 좋은 협상은 언어 구사만 잘 한다고 되는 것도 아니고 접대만 잘 한다고 되는 것이 아니다. 담당들이 사회적 성장을 해 오면서 얼마나 다양한 재능 개발과 경험을 쌓았고 좋은 훈련을 받았느냐, 그 재능과 경험을 여하히 협상에 동원하여 상대방을 내 편으로 만들 수 있느냐가 매우 중요한 요소이다. 거기에 믿음을 주는 인간성이 뒷받침되면 언제나 좋은 협상을 할 수 있다.

이별 편지를 보내다

입사 후 현재 회사 배경으로는 시장 개척과 신규 고객 발굴에 한계가 있다는 것을 알아차린 나는 스스로의 선택에 대한 후회와 자책감으로 마음 무거운 시간이 많아졌다. 새로운 인생을 시작하면서 어느 길을 선택할 것이냐 신중한 사고를 했어야 하는데 집에서 출퇴근하기 편한 점을 들어 너무 단순하게 일터를 결정한 것이 실수였다. 사람 말을 쉽게 믿는 성격 탓도 있다. 그럼에도 불구하고 뭔가를 만들어 보려고 해외 고객 방문도 하고 국내 업체와 연계 사업 발굴을 위해 발버둥을 쳐보았지만 대응 여건이 여의치 않아 2년여 근무하고 이별을 통보하였다.

회사에 합류하고 2년여 동안 연구소장 2명을 포함, 6~7명의 중역이 회사를 떠나는 것을 지켜봤다. 떠밀려 떠나가는 모습들이 왠지 초라해 보여 스스로는 그런 모습 보이지 않겠다고 마음을 먹었다. 그리하여 2016년 12월초 회장에게 사직의사 표명 이메일을 보냈다. 주요 내용은 다음과 같다.

1) 중·장기적인 조직 문화 육성 필요: 직원 소속감 결여. 직원 송별회와 환영회조차도 없는 부서 대부분. 직원들의 외부 기관 교육 거의 없음.

2) 사람들을 품는 포근한 리더십 필요.

3) 인재 육성과 사람 관리 부재: 하드웨어팀 멤버 거의 신입경력으로 교체되어 기술 영속성 불안.

4) 소프트웨어 개발팀 구성 및 인원 채용 필요: 현재 소프트웨어 로직 개발 가능한 엔지니어 부재-외국 자동차 OE와의 업무 추진 불가. 고객 오딧Audit 통과 불가.

5) 미래 선행 제품 개발 절실: 선행 제품 없음. 미래 먹거리를 위한 사전 투자 필요.

6) 중대 의사결정 과정에 주요 중역 참석 지향-오너 및 대표이사 위주의 의사결정 지양: 일방 통보 너무 많음.

7) 외자 구매팀 신설: 현재 1인에 의존하고 있어 퇴직해 버리는 경우 업무공백 위험 있으니 추가 인원 투입하여 팀 신설 필요.

8) 퇴직 의사 표명하고 있는 연구소장대행 붙잡아 활용할 필요 있음.

9) 해외 비즈니스 확충을 위해 거래 고객 있는 인도에 지점 신설영업 인원 1명, 연구 엔지니어 1명하여 고객 밀착 관리 필요.

10) 조직 R&R Role&Responsibility 명확히 하고 업무 매뉴얼 등 데이터 베이스화.

이런 퇴직 의사 및 권유 사항을 내고 약 5개월 후 회사를 떠났다.

Chapter 2

수용할 것과 도전할 것

토익 만점 두 딸의 독립

대학을 졸업하고 직장에 들어간 두 딸이 노원구 집에서는 직장이 멀어 출퇴근에 고충이 있으니 집을 얻어 달라고 한다. 큰 애 수진이는 이화여대 불문과를 졸업하여 여의도에 위치한 LG그룹에 근무 중이다. 영어, 독어, 불어 3개 국어를 구사할 정도로 언어 재능이 있다. 영어와 독어를 구사하는 둘째는 연세대학교 UICUnderwood International College, 국제대학를 졸업하여 삼성 SDS, 항공사 등 여러 곳에 합격해 놓고 삼성SDS로 가보라는 나의 권유를 뿌리친 뒤 본인 고집에 따라 문래동에 위치한 GS그룹을 선택하여 근무 중이었다.

두 딸은 외국어에 재능이 있다. 2008년도로 기억한다. 큰 애는 대학생, 둘째는 고등학생이었는데 둘이 동시에 토익 시험을 보고는 똑같이 만점을 받아와 간단한 가족 축하파티를 한 적도 있다.

여하간 우리 부부는 놀라기도 하고 주변에서는 신문기사에 내야 하는 것 아니냐며 기뻐했다.

두 딸 모두 아침 일찍 출근 버스 타는 것도 바쁘고 노트북을 들고 저녁에 퇴근하는 것도 피곤하다며 회사 근방에 집을 구해 달라고 했다. 아내와 협의 후 주택을 임차하여 둘이 생활하게 하였다. 대신 본가에 자주 들러야 한다는 조건에 딸들이 쉽게 동의를 했으나 초반에만 반짝 그러고는 얼굴 보는 횟수가 줄어들었다. 모두 성인이고 딸애들이니 언젠가 출가해야 하는데 미리 내보내서 떨어져 사는 것에 우리도 익숙해지는 것이 나쁘지 않겠다는 생각으로 2015년 봄 분가를 결정했다.

당시 고등학생이었던 막내아들은 아내를 여전히 바쁘게 만들었고 현재는 경북대학교 대학원에서 축산 생명공학 관련 석사 과정을 밟고 있다. AI가 쉽게 도입되기 힘든 영역이고 미래 인류에 닥칠 수도 있는 식량 문제 해결에 도움이 되는 분야로 판단되어 이 분야를 전공하도록 권유하였다. 1998년 독일에서 늦둥이로 태어나 언제 성인이 될까 했던 막내가 군 생활도 마치고 대학원생이 된 것이다. 이렇게 우리의 세월은 떠밀려 가고 2세들의 세상이 다가오고 있다.

많은 부모 세대가 느끼는 것이지만 그들이 자기 혼자서 큰 것 같이 행동하거나 말하는 것을 보면 서운하기도 안타깝기도 하다. 두 딸과 아들이 대학에 가기까지 아내가 들인 정성과 노력이 얼마나 컸는지 나는 알고 있다. 늦잠 자거나 꾸물대다 학교 수업시간에 지각할까 봐 차량으로 태워 보내고 학원 선택, 각종 자격시험 고사장까지 아내가 차량으로 실어 나른 무수한 날들, 애들이 식사 시간 없을까 봐 간식 준비하여 차에서 이동 중 먹을 수 있도록 챙기던 모습을 기억하고 있다. 하루 일과가 직장에 다니던 나보다 훨씬 바빴던 아내의 지극정성을 어떻게 다 표현할 수 있겠는가. 과거 부모님들이 말씀하였듯이 '너희들도 나중에 애 낳고 키워보면 알게 되겠지.'

우리 세대 아빠들 대부분이 그랬듯이 나는 직장에서 허덕이며 돈이나 벌어 오고 집안 살림은 아내가 다해서 솔직히 상세한 부분은 잘 모른다. 아내와 아이들에게 미안한 마음이다. 다행히 딸들 중 외국에 거주하는 애가 없어 좋다. 유학이든 이민이든 부모와 떨어져 외국에서 사는 자녀를 둔 사람들을 보면 몇 년에 한 번 가족 얼굴 본다. 그것에 비해 한국 내에서 떨어져 사는 것은 얼마나 행복한 일인가? 언제든 얼굴 볼 수 있으니. 그저 애들이 건강한 신체와 건강한 마음으로 세상을 잘 살아가기만을 빌고 응원할 뿐이다.

KOTRA 강의: 자동차 부품 해외진출

누구의 추천을 받았는지 KOTRA에서 국내 자동차 부품제조에 관심 있는 업체들을 대상으로 '자동차 부품 해외진출 성공담'에 대한 강의를 해달라는 요청이 왔다. 처음에는 사양을 했으나 거듭

요청이 와 수락하였다. 오래 전 해외수출 관련 무역협회 강의를
해 본 이후 오랜만의 외부 강의였다. 국내 제조업이 공장 해외 이
전 및 인건비 문제로 쇠퇴하면서 국내 제조사들이 자동차 부품 제
조에 진입해 보려고 많이 기웃거린다. 자동차 부품은 한 번 수주
하면 완성차 모델이 팔리는 3~4년 꾸준히 매출이 일어나는 구조
인데 반해 일반 소비재 완제품에 들어가는 부품은 완제품 유행주
기가 짧아 일시적 수주 물량 대응에 필요한 설비 투자를 하고 난
후 후속 완제품용 부품 수주를 못하게 되면 공장이 놀게 되어 있
다. 그러다 보니 마진은 다소 박하지만 안정적인 공장 가동을 위
해 자동차 부품 분야에 진출 희망자들이 많다.

그러나 자동차 부품은 문제가 생길 시 생명과 직결되는 관계로
품질 요건이 여간 까다로운 것이 아니다. 주요 강의 내용은 미국,
유럽 및 일본 자동차 업체에 초기 진출 요령, 각 자동차 회사별 안
전 규격 등을 개략적으로 설명하였다. 강의 참가자들이 가장 관심
이 많은 부분은 어떻게 자동차 회사의 협력업체로 등록할 수 있느
냐였다. 이에 대해 최근 자동사들의 협력업체 운영 동향을 설명했
다. 근래 자동차 제조사들은 관리비용을 줄이기 위해 부품 협력업
체 수를 줄이는 방향으로 움직이고 있다. 따라서 일반적, 보편적
인 부품을 생산하는 업체가 자동차 제조사 협력업체 리스트에 들
어가기는 하늘의 별따기이다. 자동차 제조사가 적용하는 품질 및
품질 관리, 생산수율, 제품 생산 설비기준 등은 대응하는 것 자체
도 매우 힘들고 시간 및 비용이 많이 든다. 따라서 협력업체 등록

을 위해서 어프로치 해야 할 일은 이미 협력업체에 등록된 회사를 인수하는 것이 상책이고, 차선책은 협력업체에 등록된 회사의 하청업체로 시작하여 노하우, 역량을 키운 뒤 협력업체 입성을 도전하는 것이다. 혹은 자동차에 접목할 수 있는 아주 독보적인 신기술이 있는 경우는 자동차 제조업체에 직접 노크할 수도 있다는 내용으로 강의를 마쳤다.

사이버대학 심리학과 편입과 소회

오래 전부터 심리학 공부를 해보고 싶었다. 주변 사람들로부터 많은 상담 의뢰를 받아 대응해 주었는데 이론적인 배경이 약하다 보니 효과적인 상담을 해줄 수가 없었다. 그래서 단기 학습이라도 해보려는 마음으로 한양대학교 사이버 대학 3학년에 편입을 하였다. 매번 교실에 가서 오프라인 강의를 들을 필요 없이 온라인으로 어디에서나 수강 가능하고 반복 학습도 허용되어 입학했다. 심리학과, 사회복지학과에는 여자 수강생, 특히 주부들이 많았고 학력이 인정되는 관계로 직장인도 많이 보였다.

막상 시작하니 생각보다 학습해야 할 과목이 많았다. 상담 심리학의 기초, 상담의 과정과 기법, 상담 심리 연구방법론, 발달 심리학의 기초, 인지행동 치료, 정신 역동 치료, 인간 중심 치료, 아동 심리 치료, 심리검사와 평가, 긍정 심리치료, 부부 및 커플치료, 상담 심리학 원서 강독, MBTI 워크숍 등.

중간고사 및 기말 시험은 주로 객관식인데 일부 주관식 1시간에 40~50문제 정도를 풀어가야 한다. 따라서 공부를 제대로 안 하면 즉각적인 답안 작성이 안 되기 때문에 점수가 잘 나오지 않는다. 정말 열심히 학습한 내용을 정리하고 이론적인 배경들을 이해해 나갔다. 1년 동안 참으로 열심히 학습했다. 4학년 과정까지 마치고 싶었으나 재취업 관계로 두 가지를 동시에 해내기가 벅차 그만 중도하차하게 되었는데 아쉬움으로 남아있다.

심리학의 경우 온라인, 오프라인으로 공부한 학생들이 매년 쏟아져 나오고 있다. 온라인 학생 수가 훨씬 많다. 자격시험 응시자도 많고 합격자도 다수 나오는데 경력 없는 합격자를 채용해 주는 곳은 매우 제한적이다. 단순 주변사 및 개인적 고민을 상담해 주는 것은 크게 부담이 안 되지만 우울증, 조현병, 분노조절 장애자, 정신질환자, 심각한 트라우마 경험자, 상담자의 전문성을 신뢰하지 않는 사람 등을 상대로 상담하는 것은 변수가 많고 리스크가 따른다. 정신의학 전문의가 대응해야 하는 수준일 것이다. 물론 상대적으로 용이한 청소년 상담, 노인 상담 등도 있다.

심리학을 공부하다가 요즘 많이 유행하는 'MBTI'를 접했다. 과학적으로 증명되지 않고 1944년에 개발된 16가지 성격유형 테스트가 왜 한국에서 유독 인기가 있는지 잘 모르겠다. 매스컴에 등장하는 인사들이 스스럼없이 자기 유형을 밝히고 상대 유형을 묻고 심지어는 대화앱에 자신의 유형을 넣는 서비스까지 등장했다. 게다가 그런 검사를 안 해 자기 유형을 모르는 사람에게 그것도 모르느냐는 식의 질문 혹은 표정을 짓는 장면 사람도 보았는데 쓸쓸한 생각이 들었다. 성격 테스트를 하지 않아 자기 유형을 몰라도 아무런 영향이 없다. 단지 서로 유형을 알면 상호 간 사전 이해를 통해 원활한 소통이 될 수는 있을 것이라고 본다. 혹자는 꼬집었다. 한국에서 MBTI를 떠들어 대니 여기저기서 테스트를 요청하는 바람에 테스트 비용이 다른 나라에 비해 많이 올라갔다는 것이다. 최근에는 하버드 대학 교수가 만들어 낸 '하버드 5대 성격테스트'도 나왔다. 어느 것이든 확증된 것은 아니니 참조만 하면 될 것이다.

Chapter 3

재취업과 중소기업의 민낯

약 1년여 화백화려한 백수으로 지내다 보니 조금씩 몸이 근질거렸다. 헤드헌터, 잡코리아 등에 이력서를 넣어볼까 하고 생각하고 있는데 거의 동시에 두 군데서 잡 오퍼가 왔다. 2017년 12월, 제시 조건과 근무 조건이 더 좋은 자동차용 카메라 제조회사 SX가칭의 회장, 사장과 인터뷰를 하고 영업 본부장 직위로 근무키로 합의하였다. 그러나 한편으로 가족 회사라는 점이 마음에 걸렸다. 이들은 현대·기아차에 부착되는 전방, 후방 및 측방 카메라를 생산하여 모비스에 납품하는 업체였다. 내가 모비스 출신이기도 하니 그럭저럭 써먹을 용도가 있었던 셈이다.

손대기 힘든 구조적 문제들

신년 시무식에 참석하여 상부 훈시를 듣는데 내가 일할 광전자 사업부의 2017년 적자가 무려 ○○억 원이라고 하였다. 기존 멤버들이 2018년 사업계획이라고 브리핑하는 내용을 들여다보니 사업계획이라고 부를 수 없는 수준의 내용이었다. 해외 영업 조직은 별도로 없고 국내 영업에 담당자 한두 명 섞여 있는 형태였다. 며칠 뒤 본사에서 2018년 사업계획 발표가 있었는데 해당 사업부 손익이 금년에도 작년보다 더 많은 적자로 작성되어 있었다.

시간이 조금 지나면서 개략적인 회사 상황을 파악해 보니 렌즈 만드는 기술은 그런대로 괜찮은 수준이고, 조직 관리는 운영 및 평가 시스템이 작동하지 않았으며 회사 손익관계는 악화되고 있는 상황이었다. 특히 우려된 대목은 오너 가家의 친척 및 지인이 많이 포석되어 있다는 점과 기존 수구 세력을 중용하고 그들이 건재한 점이다. 개인적인 분석으로는 내가 입사하기 전 약 3~4년 전에 외부 전문 경영인을 영입하여 회사를 발전시키고 글로벌화를 시도했더라면 훨씬 탄탄한 회사로 약진할 수 있었을 것으로 판단되었다.

과거 몇 년 전만 해도 기술력이 뒤져 있던 중국의 써니Sunny가 이제는 기술도 앞서 있고 차량용 렌즈 글로벌 시장 점유율 1위이다. 광학 장비업체인 일본 파나소닉 업체를 통해 확인된 바에 의하면 써니 장비는 SX가 보유 중인 장비보다 1~2단계 업그레이드되어 있다고 한다. 수율이나 광학 정확도에서도 그들이 훨씬 앞서 있다. 자동차용 카메라 기능에는 후방, 측방 카메라처럼 차량 근접 주변 장애물을 단순히 비춰주는 것과 100m 이상의 전방 거리에 있는 물체를 센싱해 주는 카메라로 대별되는데 센싱 카메라가 부가가치도 높고 고가이다. 국내업체들은 단순히 물체를 비춰주는 카메라에 머물러 있는 반면, 써니는 비춰주는 것은 물론 가능하고 센싱 부분 세계 1위를 차지하고 있다. 그런 모든 상세를 분석한 모비스 연구소 카메라팀이 써니와 SX 렌즈 비교 분석표를 보여 줬다2019년 1월 18일. SX 제조 렌즈가 성능, 가격 모두 열세이고 품질 및 제품공정 모두 뒤떨어진다는 내용이었다. 이런 리포트가 상부에 보고되었는데도 별다른 위기의식은 감지되지 않았다.

코스닥에 상장된 주식회사를 2세에게 물려주려는 무리수 속에 외부 인사 영입보다는 그간 오래 일해 온 사람들이 주요 자리를 차지하고 있으니 자기네들끼리는 서로 말이 통하는 듯하지만 변화를 시도하는 도전 정신은 보이지 않았다. 은퇴할 나이가 훨씬 넘은 팔순의 회장께서 회사 일에 너무 깊이 개입하고 있는 것도 발전 저해 요인이었고, 비능률적 잔업을 일상화 하는 경영진과 생산 공장도 경쟁력이 없어 보였다. 어느 사회, 조직이나 리더는 참으로 중요하다. 그 리더가 어떤 미래 그림을 가지고 어떤 리더십을 발휘하느냐에 따라 'Better Company, Great Company'가 된다. 리더는 모든 분야를 미주알고주알 알 필요까지는 없다. 알고 있어도 때로는 모른 척도 해야 한다. 대신 능력 있는 참모들을 포진하여 그들의 창조적인 생각과 제안들을 취사선택하여 중요 정책에 반영, 탄탄한 회사로 만드는 혜안이 있어야 한다. 중국 삼국지 위나라 조조의 인사 참모 유소劉邵가 쓴 『인물지人物志』에도 그런 대목이 있다. "신하는 임무를 감당할 수 있는 것으로써 자기 능력을 삼고, 군주는 사람을 쓸 수 있는 것으로써 자기 능력을 삼는다. 신하는 자신의 생각과 계획을 말하는 것으로써 능력을 삼고, 군주는 신하의 의견을 잘 듣는 것으로써 자기능력을 삼는다. … 그러므로 군주는 반드시 하나하나의 일에 정통할 필요는 없으니, 군주의 능력은 재능 있는 사람을 다양하게 등용해서 쓰는 것이다."

　장래성 부문을 가늠할 R&D 투자가 거의 이뤄지지 않는 것은 커다란 한계 노출이었고 실제 투자 재원도 부족했다. 명색이 자동차 전장 제품 회사라는 곳에 PRMProduct Road Map과 TRMTechnology Road Map이 없었다. 향후 어떤 기술 개발을 하여 어떤 제품을 언제까지 만든다는 목표 혹은 이정표가 없다는 얘기이다. 한 마디로 아무런 계획 없이 그냥 닥치는 대로 현재 오더만 수행하며 간다는 것과 같다. 변변한 회사 소개서도 없어 내가 일일이 만들어 수정 보완해 갔다. 영문 소개서는 내용도 엉성하지만 스펠링도 많이 틀려 있고 표현은 온통 콩글리시였다. 이런 소개 자료로 외국인들에게 회사 소개를 해 왔으니 참으로 기가 찼다. 은행 자금 차입도 더 이상 안 되는 상황이니 모든 것들이 소극적이고 폐쇄적일 수밖에 없었다. 내가 주도하여 연구소 및 영업 워크숍을 시행하고 방향성을 잡아 드라이브를 걸어 보았으나 별 소용이 없었다.

한 번은 안일한 조직원의 태도 및 업무 방식 개선을 위해 조직 개편을 하겠다고 보고하고 그 해 2월, 결론을 내기 위해 사장에게 승인 요청 문서를 보냈는데 사장이 차일피일 미루며 허락하지 않았다. 결정을 종용하자 그 직원은 다른 사업부 사장과 개인적인 관계가 있으니 손대지 말라고 하였다. 참으로 한심하고 할 말이 없었다. 냉철히 해석을 하자면 해당 직원은 사장 측근 멤버에 들어 있었던 것이고 새로 굴러온 돌이 박힌 돌을 빼려는 시도를 인정하기 싫었던 것이다. 어느 날 회의 자리에서 사장이 말하기를 "외부에서 들어온 사람들이 이런 저런 사항을 지적하거나 변경해야 한다고 자주 얘기하는데 기존의 방식이 틀렸다고 보는 것이냐?"라고 정색을 했다. 자신의 자존심에 자극을 주는 행위로 비춰진 모양이다. 그런 일이 있고 나서는 좋은 건의도 변화를 위한 시도도 자제하게 되었다. 사장이 편애하는 측근들과 담소 중에 다른 직원의 인사 문제까지 공개 거론되는 일까지 벌어지니 측근들은 기고만장이고 힘없는 직원은 한숨만 쉬었다.

　정확한 원가 분석을 하는 인력 및 조직이 없는 탓에 단가 산출 및 원가 개선 작업에 어려움이 많아 수차례 원가 전문가를 뽑아 달라고 요청해도 마이동풍이었다. 급기야는 그 해 6월, 본사 회장님 회의에 참석하셔서 인원 채용 건의를 드렸으나 회사 내부 영업 인력이 하면 되는 것 아니냐고 반대하셨다. 바둑의 포석처럼 회사 업무 관리도 각 포스트에 어느 정도의 전문가 혹은 전담 직원이 배치되어야 일이 수월하게 돌아간다. 명확한 원가 계산도 안 되는 상황에서 입찰 견적이 나갔다. 차량 램프를 생산하는 동유럽 법인에도 원가 기초나 개념이 있는 직원이 없어 같이 일하기 힘들다는 현지 주재 모비스 직원 불만 메일도 이미 받아 본 상황이었다. 개혁까지는 불가한 일이라 쳐도 일부 변화조차도 수용이 안 되는 답답한 현실이 계속되었다.

입사한 지 6개월 남짓한 대졸 사원이 업무상 실수를 하여 사장 눈 밖에 나 있었다. 사장은 나에게 그 직원을 잘라 내라고 압박을 가해 왔다. 하지만 파악한 바로는 그 풋내기 사원의 실수는 그의 상사가 제대로 가이드를 못하고 업무 확인을 하지 않아 벌어진 일이었다. 나는 오히려 그 상사를 불러 질책을 하였다. 그 상사 또한 측근 그룹에 들어 있는 인물이었다. 6개월 신입을 어떻게 자르느냐, 오히려 교육을 잘 시켜서 일을 잘 하도록 내가 챙기겠다고 주장하며 직원을 보호하였더니 사장은 자기 말을 안 듣는다고 불쾌감을 내비쳤다. 내가 근무하는 동안에는 해당 직원이 변동 없이 회사 생활을 하였으나 내가 퇴직하고 얼마 안 되어 그 직원은 해고되었다고 전해 들었다.

동유럽 현지 공장장들이 연달아 사직서를 던지고 재무담당 과장들도 연달아 퇴사했다. 현재 헝클어진 공장을 수습하거나 재정 비할 엄두가 안 나고 업무가 너무 힘들어서라고 하였다. 새로운 공장장을 선발하는데 회사 중역들과 함께 인터뷰한 적이 단 한 번도 없다. 사장 혼자서 인터뷰하고 채용하고 어느 날 갑자기 선발된 인사가 법인장이 되었다고 인사를 오는 일이 반복되었다. 인사권을 가진 자가 자의대로 하는 데 왜 그런 식으로 하느냐고 얘기할 수도 없었다. 그저 바라보고 웃을 뿐.

회사 보안벽이 뚫려 해킹을 당한 일도 생겼다. 해커가 SX의 고객향 인보이스를 위조, 대금 송금처를 해커의 영국 은행 구좌로 변경하여 고객에게 보냈는데 고객이 변경된 은행 구좌를 알아채지 못하고 해커의 유령 구좌로 송금해버리는 일까지 발생하였다.

모든 것이 글로벌 회사 스탠다드와 거리가 너무 멀었다. 하루하루 기록된 내 일기에는 온통 회사의 암울한 현실 얘기와 다른 방식으로 운영이 되어야 한다는 개인적 바람과 쉬쉬하면서 회사 불평하는 사내 임직원들의 푸념 등이 가득 차 있다. 피고용인인 나의 미약한 힘으로는 어찌 해 볼 도리가 없는 환경에 그냥 묻어가는 자신에 대한 책망도 많이 들어있다. 상식이 통하지 않는 곳. 독선과 편견이 난무하는 영화 속 섬나라. 나는 또 다시 일자리 선택을 잘못한 것이다. 급여를 받기에 속으로 삭일 수밖에 없는 처지가 한심하였다.

판매 단가 개선

그런 환경 속에서 할 도리는 하고 후배들에게 미래 먹거리라도 만들어 주겠다는 마음으로 드라이브한 일이 판매 단가 개선이었다. 입사 전 고객사 입찰에 참가하여 저가 수주를 해 놓은 프로젝트들이 문제가 되었다. 경쟁사 정보 파악 미흡 및 틀린 원가 계산으로 저가 입찰 수주하여 양산에 들어가니 적자액이 보통 큰 것이 아니었다. 본인들의 실수로 일어난 일을 대기업이 가격을 압박하여 손해가 난 양 억지 논리를 폈다. 임의 계약도 아니고 전자입찰을 통해 수주한 뒤 양산이 시작되었는데도 입찰 수주 계약 단가를 합의를 해 주지 않는 등 고객사 애를 먹이고 있었다. 그 고객사는 내가 근무를 했던 회사이고 나도 구매경력이 있는 사람인지라 그런 SX주장이 상식적으로는 전혀 맞지가 않았다. 그래도 어이하리. 지금 내가 녹을 먹고 있는 회사인데 뭔가는 개선을 해야겠다는 마음으로 문제에 직접 개입하여 온갖 방법 동원해서 적자 폭을 많이 줄여 놓았다. 입사 초기, 모비스 후배 구매 직원들에게 내가 SX에 근무하기로 했다고 안부 전화했더니 대뜸 왜 그런 회사를 선택했냐, 신뢰도가 떨어져 좋은 파트너 그룹에서 제외된 회사라고 혹평을 했는데 돌아보니 그들의 얘기가 이해되었다.

입사 직후 첫 수주를 안기다

입사한 지 며칠이 지난 뒤 자동차 타이어의 1인자 YR가칭사 DVRS Driver's Video Recording System. 소위 블랙박스 2차 입찰 정보를 입수하였다. 1차 입찰 물량은 경쟁사인 MNX가칭가 이미 가져갔기에 2차 입찰 물량도 그들 수주가 유력한 상황이었다. 바로 수주 활동에 들어갔다. 돌파구는 제조업체 이원화 제안이었다. YR 연구소, 영업 및 구매 부문 주요 인사를 차례로 미팅하며 단일 업체에 물량을 집중시킬 경우 품질 문제 및 납품사고가 나면 현대·기아차 생산 라인 중단 리스크가 너무 크니 업체를 이원화해야 한다고 강력히 주장했다. 그리고 한 가지를 더 강조하였는데, 2개 업체가 경쟁을 해야 입찰 단가가 내려갈 것이니 SX에게도 기회를 달라고 부탁하였다. 그렇게 기회를 잡은 뒤 SX 연구소에 내실 있는 설계 제안서 작성을 주문하고 알고 있는 고객사 내·외부 인맥 동원 및 경쟁력 있는 단가 제출 등을 통해 2차 입찰 물량 수주에 성공하였다. 초기 우여곡절도 많았다. 연구소에서 작성 발표한 설계제안서에 대한 고객의 평점이 낙제 점수가 나와 이를 수습, 보충하는데 생쇼를 하였다.

이 신규 제품 수주가 의미하는 바가 컸다. 그간 차량용 후방, 측방 카메라만 생산해 온 회사에 신제품이 하나 추가되었기 때문이다. 그런데 양산에 임박하여 고객사 연구소와 SX 연구소 사이에 품질 이슈로 티격태격 입씨름을 하더니 고객사 미움을 사기 시작했다. 내가 회사를 떠나고 난 뒤 결국 기존 수주분 전체를 경쟁사에 넘겨주는 상황이 되었다고 전해 들었다. 차근차근 고객의 신뢰를 쌓는 피나는 노력이 있어도 부족한 마당에 고객과 날을 세우다가 어렵게 수주한 신제품 오더를 빼앗겼다고 하니 마음이 아팠다. 영업 세계를 너무 쉽게 보는 경영인의 자만도 한 몫을 한 것으로 생각되었다. 초기 새싹에 정성을 들여야 큰 화초가 되는 평범한 진리조차 간과해버린다면 처음부터 큰 화초를 사는 재원과 용기라도 있어야 한다.

콘티넨탈향 렌즈 수주

독일 콘티넨탈Continental DVR용 렌즈 입찰 정보를 접하고 수주를 목표로 다소 공격적인 견적을 준비하였다. 예전에 여러 차례 품질 비용과 간접비 등을 필요 이상으로 반영, 견적 제출하여 줄줄이 수주 실패했다고 들었다. 고객사에 이미지 개선도 필요하였다. 원칙적으로는 고객에게 견적 제출하기 전에 내부 견적 품의를 받아야 한다. 그런데 평상시 무슨 견적품의가 올라가면 제때 결제가 잘 나지 않고 보류, 재검토 등으로 진척이 없는 상황을 많이 경험했던 나와 해외영업팀장은 나중에 질책 받을 각오로 2018년 9월 품의 없이 먼저 견적을 제출하였다. 견적 제출 후 견적 나갔다고 보고하였다. 그런 마음고생 끝에 다행히 수주를 하였다.

수주 보고를 하였더니 경영진들이 몹시 좋아했다. 비교적 대량 물량인 데다 유럽 내 톱클래스 차량 전장업체 콘티넨탈로부터 수주를 한 것이고, 그들이 만든 DVR 완제품이 BMW 차량에 들어간다고 하니 의미가 클 수밖에 없었다. 매출 신장은 말할 것도 없고 당장 중국 현지공장 가동률을 올리고 관련 협력업체에게도 일감을 주는 고무적인 일이었다. 그때 적시 결단을 하지 않았다면 수주가 되었을까 하고 수출팀장과 나는 마주보고 웃었다. 서로 호흡을 맞추고 열심히 일했던 수출팀장은 사장의 사촌 오빠였는데 안타깝게도 방광암이 재발하여 이듬해 4월 세상을 뜨고 말았다. 정기적인 검사를 해왔고 거의 완치가 되었다고 했는데 갑자기 재발한 것이다. 팀장도 나 못지않게 사장으로부터 스트레스 받으며 일하고 있었는데 그런 회사 생활을 안 했더라면 더 오래 살았을 것이라는 생각이 떠나질 않았다. 암 덩어리가 혹처럼 온몸에 올라와 병원 방사선 치료를 받는다고 삭발을 한 채 입원해 있던 그 친구와의 생전 마지막 순간이 떠오르고 약 1개월 정도의 해외 동행출장 중에 서로 웃고 떠들던 모습이 계속 가물거렸다. 외아들 먼저 떠나보내는 그의 부친의 애절함을 뒤로 하고 돌아오는 그날은 너무도 슬프고 발길이 무거웠다.

해외 고객 순회 기술 설명회 실시(미국/유럽)

해외 영업팀 별도 구성에 반대한 사장을 겨우 설득하여 인원 한 명을 채용, 3명으로 팀을 구성하였다. 그간 국내영업팀에 섞여 제구실을 못했던 멤버들이 신규팀에 편성이 되니 일할 맛이 난다고 좋아했고 열심히 뛰었다.

당시 SX에서 운영 중인 해외 세일즈 대리점, TS가칭라는 회사가 미국 디트로이트에 있었다. 쌍방 계약서를 보니 TS가 절대 '갑'이고 거의 노예 계약 수준이었다. 계약 파기라도 해볼까 하고 검토했는데 거의 파기가 불가한 계약서였다. 이왕 이런 상황이니 이들을 이용하여 고객 스펙트럼이라도 넓혀 볼 생각으로 2018년 9월 19일 방한한 TS 사장과 1:1 미팅을 하면서 순회 기술 설명회를 협의했다. 국내 매출만으로는 회사 성장에 한계가 있기에 해외 시장 개척이 절대 필요하다고 판단하여 해외 순회 기술 설명회를 하겠다는 리포트를 대표이사에게 올렸다. 나를 포함 영업 3명, 연구소 2명 총 5명 순회팀 구성안과 출장 계획 품의를 하니 출장 경비 걱정과 함께 결론은 내지 않는다. 몇 차례 채근하여 겨우 미국 순회출장부터 실시하는 것으로 결론을 냈다. 회장님께 보고 드리니 이런 해외 프로젝트 개발 시도는 적극적으로 해야 한다고 격려를 해 주셨다.

그리하여 10월 21일~11월 3일 일정으로 미국 고객사들을 순회 미팅하기 시작했다. ZF-TRW/포드/마그나/Flex&G/Gentax/Phantom AI/Nvidia/On-Semi/Autonomous Stuff /Texas Instrument TI 순으로 돌았다. 렌즈는 경쟁력이 있는 중국제가 이미 납품되고 있는 곳이 있거나 고도의 기술을 요하는 하이브리드 렌즈 플라스틱 렌즈로 섭씨 115도 이상에서 견뎌야 하는 렌즈를 요구하는데 내부 기술로는 대응이 불가하였다. Flex&G향 램프용 부품만 대응 가능하였고 수주에 성공했다.

쇠뿔도 단김에 빼라고 유럽 순회 설명회를 기획했다. 초장에 미국/유럽 설명회 얘기를 함께 했고 중간 중간 미팅을 잡고 있다고 구두 보고도 했다. 어렵게 고객 미팅일정을 순차적으로 잡았는데 사장이 회사 돈도 없는데 맘대로 약속을 잡았다고 신경질을 부렸다. 써서는 안 되는 단어까지 썼다. 따지고 싶었지만 분위기만 나빠지고 출장을 못 가게 방해할 수도 있어 "내 불찰이고 죄송하다"는 마음에도 없는 얘기까지 했다. 정말 누구를 위해 종을 울리는 것인가? 떠날 때 떠나더라도 후배들에게 씨앗이라도 뿌려 놓는다는 심정으로 진행을 시켜 11월 25일부터 12월 6일까지 유럽 출장을 떠났다. 국내 고객도 아니고 해외 고객을 얼굴도 안 보고 무슨 비즈니스를 한다는 것인가.

미팅 순서는 독일 소재 콘티넨탈 상용트럭 그룹/비스테온 유럽/콘티넨탈렌즈 발주에 대한 감사 인사 및 추가 비즈니스 협의/아우디 자율주행 차량 개발회사AID /파나소닉 유럽, 스웨덴 Zenuity/볼보/스카니아 트럭이었다. 대부분이 관심을 표명한 고화상 카메라 관련해서는 많은 장비투자가 선행되어야 하는데 선투자는 이뤄지지 않았다. 유럽 출장 경비 소요분에 대한 시비는 지속되었다.

아깝게 놓친 비즈니스

반복적인 강조 덕에 내용은 아직 미흡하지만 TRM, PRM 형식을 갖춘 자료들이 만들어지고, 사업계획서 양식 및 내용도 많이 개선시켜 제3자들에게 보여줄 만한 수준이 된 것은 다행스러운 일이었다.

재직 중 사장의 근시안적 및 독단적 결정으로 아깝게 놓친 비즈니스가 몇 개 있었다. 첫 번째는 일본 SONY향 렌즈였다. 초기에 렌즈 개발비를 그들이 지불하겠다고 제안해 왔는데 금액 차이로 딜이 무산되었다고 들었다. 내가 입사한 후 2차 기회가 생겼는데 SONY 측에서 지불하겠다는 액수가 너무 미미하고 SX 측의 투자 여력이 없어 포기했다. 장기적 비즈니스 관점에서 보면 안타까운 판단의 연속이었다. 두 번째는 미국 GM사에 카메라를 납품하고 있는 Veoneer사와 렌즈 공급 수주가 가시화되었는데 수량이 적다고 사장이 못하게 해서 중단되었다. 프로젝트 초기부터 큰 오더를 주는 고객이 어디 있으랴. 그간 자동차 OE영업을 해 왔고 영업 특성을 알고 있는 나로서는 "선무당이 사람 잡는다"라는 말이 떠올랐다. 셋째는 브라질에 카메라 제작 기술을 이전하는 프로젝트가 있었는데 별 재미가 없을 것 같다며 중단하라고 하여 그렇게 끝이 났다. 딜이 되면 장비 판매, 초기 SKD 수출로 매출 및 이익을 챙길 수 있고 기술 이전료를 챙기는 등 장기적으로 시리즈 프로젝트도 가능한데 초기에 작아 보이는 프로젝트보다 물량이 큰 프로젝트에만 관심을 갖는 사장의 성향과 마찰이 생겨 접어야 했다. 그들은 카메라를 만들어 차량에도 부착하고 보안 방범 카메라도 만들고 싶어 했다. 그들은 우리 일행의 현지 출장 이동편에 헬기를 제공하고 회장이 직접 동승하여 안내도 할 만큼 비즈니스 의지를 보였다. 최근 들은 뉴스는 그들이 현지 트럭 제조회사를 인수하였다고 한다. 트럭에도 당연히 카메라가 부착된다. 안타깝게도 미래 그림 보는 법이 서로 너무 다르니 별 도리가 없었다.

지구 반대편에서 처음 타본 헬기

브라질 고객과의 비즈니스 구체화 가능성 체크 및 관계 정립을 위해 사장과 함께 2019년 11월, 상파울루 출장을 갔다. 한국에서 남미 출장을 가려면 이틀이 걸린다는 것을 얘기로만 들었지 처음으로 가 보는 남미 출장이라 설레고 기대도 되었다. 파리를 경유하여 갔는데 비행기 탑승 시간만 25시간. 우리 일행들이 장시간 여행에 피곤할 것이라며 그들의 전통시장과 시내에 있는 유서 깊은 성당을 구경시켜 주고 스카이라운지에서 식사도 했다. 다음 날 산타크루즈에 있는 고객 공장 견학을 가게 되었는데 시내에 있는 고층빌딩 옥상에서 출발하는 헬리콥터를 탑승했다. 마치 〈007〉 영화 장면처럼 밑으로 지나가는 무수한 고층빌딩 위를 날아오르는 비행은 정말 스릴이 넘쳤다. 브라질 출장도 처음이고 헬기 탑승도 처음이니 여러 모로 나에게는 커다란 의미가 생겼다. 고객사 회장이 직접 동승하여 안내도 해 주고 우리 일행을 배려하여 헬기 고도도 낮추고 느린 속도로 출렁거리며 날아가는데 발 밑 아래에 펼쳐진 한없이 넓은 평원, 목장 및 플랜테이션들이 눈길을 사로잡았다.

목적지에 거의 도달하여 헬기에서 내려다보니 공장 앞 국기게양대에 대한민국 국기가 휘날리고 있었다. 내방자를 환영하기 위해 태극기까지 준비한 것이다. 방문 공장에서는 자동차용 사이드미러를 생산하고 있었다. 저녁은 60년 전통의 고급 식당에서 갖가지 로컬 푸드를 맛보았다. 다음 날 본격적인 비즈니스 미팅을 했다. 그들이 준비한 자료는 내용이 빈약할 뿐 아니라 세밀하고 현실감 있는 시장 조사가 안 되어 있어 다소 실망스러웠으나 남미 시장 잠재력은 충분히 감지되었고 향후 성장세가 기대되었다.

뜨겁게 전진하고 쿨하게 돌아서라

브라질 현대차, 폭스바겐 및 피아트 공장 등에 사이드 미러를 납품하고 있는 그들과의 관계유지를 하면서 남미 최초의 자동차용 카메라를 생산하도록 협력하면 되는 그림이다. 회사 오너는 유대계 사람들이었다.

미팅을 마치고 미국 샌프란시스코로 넘어가니 현지 주말이었다. 시간이 있어 PGA가 열리는 전통의 페블 비치 골프클럽 구경을 하고 있는데 바로 앞 바다에 수백 마리의 바다 물개들이 물속으로 뛰어 들고 물 밖으로 나오면서 소리들을 질러댔다. TV로만 보던 유서 깊은 골프 코스 앞에서 기념사진도 찍었다. 익일 일요일에는 포도주 산지인 나파 벨리 소재 와이너리 견학을 하고 금문교로 가서 실물을 보고 바다에서 불어오는 바람을 맞으니 다른 세상에 와 있구나 하는 생각이 들었다. 출장 중 이런 주말을 끼게 되면 학습의 기회가 제공된다. 월요일에는 On-Semi 광학센서 공급업체와 미팅을 하고 귀국길에 올랐다.

퇴직 결정과 회장 독대

2019년 연말로 나의 근로 계약은 더 이상 연장되지 않았다. 오너는 이렇게 서프라이즈 인사를 할 수 있다는 것을 보여주고 싶어 한 것 같았다. 놀란 직원들이 웅성거렸다. 이유라도 알고 싶어 의사 결정자가 누구냐고 회장과 사장에게 교대로 물으니 서로 아니라는 식의 답변을 하였다. 결국 회장의 반대에도 불구하고 딸인

사장이 고집을 부려 결정한 것으로 간접 확인되었다. 회사 적자는 계속 늘고 있는데 하지 말라는 해외 순회 설명회를 강행하여 경비를 많이 축냈고, 부하 신입 사원을 해고하라는데 안 하고 버틴 내가 미웠던 것이다. 게다가 회사 경륜이나 나이도 훨씬 많으니 껄끄러운 대상이었을 테다. 어차피 영업 정책 추진에 노선이 다르고 서로가 불편함을 인지해 온 것이니 받아들였다. 내가 맡았던 영업 본부장 자리에는 사장 친오빠의 대학 친구로 내 밑에서 근무했던 이사를 상무로 진급시켜 앉혔다.

그간 동료 간부에게 몇 차례 입버릇처럼 말해 온 것이 있었다. 회사를 떠나는 시간이 오면 회장에게 직접 회사 운영의 문제점과 개선 요청 사항을 말씀드리겠다고. 현직에 있을 때 말할 수 있었으면 좋았겠지만 목구멍이 포도청이라고, 후환이 두려워 실행에 옮기지 못했다. 떠나는 자의 홀가분한 마음으로 배석자 없이 회장과 단독 미팅을 하였다. 함께 점심 식사를 하면서 준비한 자료를 보여주고 설명 드렸다. 동 자료는 SX가 지속 가능한 회사로 거듭나기 위해 필요한 개선점을 사안별로 정리하여 개선을 제안하는 내용이었는데 A4 용지로 8장 분량이었다. 미팅 서두에 본 미팅 자료는 미팅 후 내가 회수해 가는 조건임을 분명히 밝혔다. 자료를 한 부 줄 수 없냐는 회장의 부탁이 있었으나 거절했다. 이 자료가 회사 내에 돌아다니면 혼란을 야기할 수 있으니 준비된 자료와 부가 설명을 눈과 귀로만 청취해 달라고 양해를 구했다. 주요 내용은 다음과 같다.

1) 광전자 사업부 제품별 상황시장, 고객, 대응현황, 금후 대응 방향

2) 각 부문별연구소, 구매, 영업, 생산, 품질 **상황 요약 및 향후 필요한** 조치 사항. 연구소 제 기능을 못함

3) 조직 내 갈등사장 케어 받는 직원:홀대 받는 직원 **및 각 부분 간 커뮤** 니케이션 문제

4) 고객들이 지적하는 SX 문제점과 비판 사항

5) 향후 품목별 손익 전망

6) 핵심 건의 사항

    가. 현 대표이사는 부회장 혹은 총괄 사장으로 승진시켜 실무적 개입을 배제하고 외부 전문 경영인 영입 절대 필요전문 경영 인에게 절대 인사권 부여. 그리고 대표이사의 외부 고객 미팅 기 피하는 행위 개선 필요안방 대장놀이 지양

    나. 회사 경영 및 혁신 감안, 정확한 회사 현주소 진단을 받아 보 라. 현 상태로는 비전이 없다. 가능하면 객관적인 외부 제3 기관 이용 예로 전문 컨설팅 회사-약 1억 원 비용 투자

    다. 회사 운영 자금난 해소를 위해 일부 사업부 매각 검토 필요 램프 혹은 카메라 사업. 특히 램프는 회사 엔지니어링 능력이 매우 부족 하고 잠재 손실 폭탄이 될 수 있으므로 매각하는 편이 낫다

    라. 우선적으로 조직 개편 필요기능별 통합. 유능 인사 영입

    마. 미래 먹거리 제품 선행 개발 투자 절실: 현재 개발 제품 없음

    바. 사장 포함, 회사 중역 등 외부 글로벌 교육실시 등

보고를 받으신 회장은 애써 태연한 표정을 지으며 "지금까지 회사를 떠나면서 이런 건의 사항이나 개선 요청 사항을 얘기해 준 사람은 한 사람도 없었다. 내용 고맙게 들었으며 반영할 수 있는 것은 반영해 보도록 하겠다"고 말씀하셨다. 그러면서 회사 실상을 고객사들이 알까봐 걱정이 되시는지 "회사 나쁜 상황을 SX 주요 고객사들에게 말하지 말아 달라"는 당부를 하셨다. 말미에 "상기 가, 다 항목은 절대 실행에 옮기셔야 한다"고 반복 건의 드렸다.

훗날 이런 핵심 건의 사항들은 거의 반영되지 않은 것으로 들었고, 상기 나항 관련해 외부 인사 분야 전문가를 영입하여 자체 진단을 했는데 조직 운영, 관리 및 시스템 분야에 형편없는 평가가 나왔다는 얘기만 전해 들었다. 그리고 2021년 4월, 회계법인이 '감사 의견 비적정=감사 범위 제한으로 인한 한정' 판정으로 회사가 상장 폐기 직전까지 갔다고 매스컴에 기사가 떴다.

상기 마항과 관련, 카메라 부문 모비스 쌍두 협력업체 중의 하나였던 MNX는 독자적인 선행 기술 개발 투자를 지속하여 모비스 그늘에서 벗어나 모비스의 경쟁 상대로 부상, 모비스를 제치고 현대·기아차 차세대 신차 카메라 대규모 패키지 물량 대부분을 수주하여 승승장구한 반면, 모비스 협력업체에 안주하고 기술 투자 외면한 SX는 신규 오더를 거의 못 받아 기존 납품중인 모델이 다 빠져 나가면 급격한 매출 감소 및 손실이 예상된다는 암울한 소식을 접하였다. 사업 매각을 권유했던 자동차 램프 사업 분야는 적자가 누적되고 있다고 했다. 회장이 30년 넘게 일구어 온 회사가 지속가능하려면 뼈를 깎는 경영혁신이 이뤄져야 한다. 그런 노력 없이 지금까지 해 온 패턴의 기업으로 간다면 미래를 보장하기 어렵고 머지않아 큰 파도를 만날 수 있다.

중소기업 이직자에게 주는 조언

중소기업 근무를 시작하거나 중소기업을 선택하려는 구직자에게 참고 사항 몇 가지 기술하고자 한다. 대개 개인회사로 분류되는 곳은 일종의 왕국이라고 간주하면 대차가 없다. 개인회사 오너가 법이어서 의사 결정은 꼭 합리적인 사고가 바탕이 되어 행해지지 않는다. 오너의 즉흥적인 판단과 편견이 작용되는 경우가 허다하여 오늘은 이런 결정, 내일은 저런 결정으로 바뀐다.

오너의 포용력에 따라 차이는 있지만 업무상 혹은 행동 실수를 하여 오너의 눈에서 벗어나면 오래 버티기 힘들다. 그리고 눈여겨볼 것은 그 왕국 내에는 왕의 핵심 조직, 사조직이 대개 존재하여 그 그룹이 막대한 권력을 행사한다는 점이다. 소위 측근 그룹인데 오랫동안 오너와 일해 온 사람, 회사 창립 멤버, 오너의 친척, 오너의 학교 동문 등 회사 인사 문제 및 업무 관련 각종 사안에 깊게 관여한다. 그 권력층에 줄을 대고 있는 조직원들도 제법 있어 그들 주변에서 일어나고 있는 주변사가 스파이 조직처럼 상부 및 권력층에 전달되기도 한다. 물론 모든 중소기업이 다 그런 것은 아니다.

천안에 있는 차량용 내부 스피커를 생산하는 어느 업체를 방문하여 감탄한 적이 있다. 오너의 직원에 대한 사랑이 지극하여 모든 직원이 오너를 존경하고 애사심도 대단했다. 회의 분위기도 자유롭게 필요한 반대 의견을 내도록 격려하여 이를 종합한 최상의 의사 결정을 한다는 것이다. 그러다 보니 회사는 지속 성장을 하고 있고 직원 이직률도 동종 산업 평균보다 훨씬 낮았다. 국가도 사회도 회사도 다양성을 인정하고 수용하면 더 발전하는 곳이 될 것이다.

불가피한 사유로 중소기업을 선택해야 하는 사람들은 사전에 그 기업의 특징, 주주 관계, 대표이사의 능력과 배경, 회사 손익, 조직 문화, 회사 종업원 이직률, 떠나간 종업원들이 SNS 혹은 인력 채용 회사 등에 올려놓은 해당 회사 평가들을 면밀히 분석하여 선택 여부를 결정하는 것이 좋다. 그리고 중견 기업 이상에서 근무를 오래 한 사람들이 개인적으로 열심히 학습해야 하는 일은 사업 기획, 제조 현장에 대한 이해, 생산 라인 구성과 제조 과정 이해, 품질 관리 및 품질 문제 접근 및 처리 방향에 대한 경험 및 지식 습득 등이다. 작은 회사에서는 한 개인이 처리해야 할 일들이 많다. 큰 회사에서는 시스템으로 운영되는 관계로 자기 분야 외에는 학습의 한계가 있다. 그러므로 의도적으로 생산 라인 투어, 공장 파견 근무 등을 자주 하여 본인의 커버리지를 넓히는 노력을 게을리 해서는 안 된다.

뜨겁게 전진하고 쿨하게 돌아서라

미완성으로 끝난 회사 부활

2021년 4월 초, 가끔씩 만나던 지인이 WV가칭 회사 운영권을 확보했다고 같이 일해 보자고 제안이 왔다. 본사가 경기도 안산에 위치하고 안산에 공장 2개, 평택에 공장 1개를 가지고 있는 PCB SMT 전문회사였다. 한때 삼성 및 신도리코 등의 협력사로 매출액이 천오백억 원이 넘었으나 거래가 끊기고 나서 몇 백억 원 수준으로 떨어지고 적자 발생이 되자 당초 오너가 회사 운영권을 지인에게 넘겼다고 했다. 바닥에 있는 회사를 재건하는 과업인지라 운영 나름으로 알짜 회사로 만들 수도 있어 보였다. 부채는 건물 및 설비 담보로 은행에서 차입한 것이 대부분이고 은행의 특별 이자 혜택도 누리고 있었다.

재건 작품을 만들어 볼 도전의식이 생겨 5월부터 회사에 출근했다. 곧바로 각 공장 활동과 인력을 점검하고 정기적인 회의체 운영을 통해 내재된 문제점을 파악하였다. 당시 영업 및 제조 제품으로는 수지타산이 어려운 상황이었고 신규 오더에 의한 공장 가동율 향상이 급선무였다. 신규 프로젝트 확보를 위해 이리 저리 뛰고 있는데 예상 못한 큰 오더가 생겼다. 과거에 WV와 거래가 있었다가 고객이 베트남 공장 건설하면서 거래가 중단되었던 게임용 모니터에 들어가는 PCB Board였다. 베트남 공장 운영상 문제가 발생해서 잠시 한국으로 돌아와야 할 상황이 되어 WV와 합의 후 2년치 대량 물량을 WV에서 생산하게 되었다. 오더 수량 납품을 위해 공장을 주야간은 물론 주말도 없이 돌려야 하는 상황이 되어 작업자들이 행복한 불만을 토로했을 정도였다. 램프업 기회여서 작업 인원도 더 많이 채용하고 그간 작업자 숫자가 적어 운영이 안 되던 사내식당도 다시 운영하는 등 정말 눈코 뜰 새 없이 분주하였다. 고객 요구에 적기 대응을 하고 열심히 일하는 모습을 보고 만족한 고객은 추가 제품 발주를 하였다. 추가된 제품 물량 대응을 위해 일부 새로운 설비투자도 이뤄졌다.

언젠가는 작은 규모의 회사라도 내가 세운 전략과 운영방식에 따라 멋지게 회사를 운영해 보고 싶은 꿈이 있었던 터라 이런 꿈이 실현될 수 있다는 희망으로 정말 열심히 일했다. 주야간 2교대 근무하는 야간조가 끝나는 아침 7시 이전에 회사에 도착하여 개인 비용으로 산 아침 간식을 일주일에 2~3차례 나눠 주면서 그들에게 감사를 표했다. 과거 경영자로부터 받아 보지 못한 따뜻한 배려에 감사해 하는 그들의 표정과 철야를 하고도 미소를 잃지 않는 표정을 보면서 좀 더 좋은 회사로 만들어 보겠다는 의지를 다졌다. 일찍 출근한 덕에 회사 뒤편에 있는 팔곡산을 거의 매일 트래킹을 하면서 맑은 공기를 마시고 미래 그림도 그리고 당일 컨디션 조절도 하였다. 미래 그림 하에 조직 개편, 임직원 급여 조정, 능력 있는 직원 승진, 주말 근무에 공이 큰 직원들에게 장려금도 지급하는 등 상승 무드를 타고 있었다. 이대로 운영만 잘 하면 은행 부채상환도 하면서 내실 있는 회사로 재탄생 시킬 수 있겠다는 자신감이 생겼다.

그러나 약 1년여 경과한 시점에 뜻하지 않은 사고가 발생했다.

사채업자가 모든 주거래 은행 계좌를 압류해버린 것이다. 공든 탑이 무너지는 날벼락이었다. 부사장으로 근무를 시작할 당시 재경 분야는 관여하지 않았고 대표이사가 직접 관장했는데, 대표이사가 외부 자금을 차입하는 과정에서 실수를 한 것이었다. 지인이 소개한 사채업자로부터 사채를 쓰면서 거의 노예계약에 가까운 계약서를 체결하고 공증까지 해 준 것이 화근이 되었다. 사채업자 주장에 의하면 계약서에 명시된 대로 채무변제를 이행하지 않고 계약 위반을 반복하여 자기네 채권 확보를 위해 회사 주요 거래선 채권 및 은행 구좌 압류를 걸었다는 것이다. 대표이사와 이미 갈등관계로 변해버린 사채업자에게 월별 상환 계획을 제출하고 압류 해제를 부탁하였으나 받아들여지지 않았다. WV 고객도 직접 나서 매월 일정액을 사채업자에게 직접 지불할 터이니 믿고 압류를 풀라고도 요청하였으나 거래선 회사 보증서를 달라고 우기는 둥 억지 주장을 해대는 바람에 결국 모든 제조 활동이 마비되기 시작했다. 근래 사채업자들이 사채를 빌려주면서 법률상 고율 이자를 받을 수 없게 되자 물건을 끼워 넘기면서 못 받은 이자에 해당액을 물건 값에 가산하여 덮어씌우는 불순한 방법을 쓰고 있다고 들은 적이 있다고 하는데 이 경우도 비슷했다.

이 사채업자가 누군가에게 돈을 빌려 주면서 해당 채무자가 담보로 제공한 혹은 원주인이 따로 있는 코로나 소독제국내 판매 불가한 해외 수입자 및 브랜드 표기된 완성품를 상상 초월한 고가로 매겨 이걸 팔아 주면 사채현금을 무이자로 WV에 빌려준다는 내용이었다. 팔아 줘야 한다는 소독제에 대해 국내 판매가 가능하든지 해외 판매권이 허용되든지 계약서에 명기되었어야 하는데 명기되어 있지 않았다. 말로만 해준다고 했다는데 나중에 사채업자에게 따지니 언제 그랬냐고 모르쇠였다. 나중에는 해당 소독제 원주인이라는 작자가 나타났다. 불과 몇 천만 원에 구매하려면 하라는 오퍼를 낸 소독제를 거의 몇 십 배 비싼 가격으로 팔아 주고, 못 팔면 그 대금액이 고스란히 채무로 넘어간다는 내용의 계약서에 대표이사 도장이 찍혀 있었던 것이다. 계약서 체결 전에 그런 건이 있다고 사전 협의만 했더라도 막을 수 있거나 최소한의 안전장치를 할 수 있었는데 계약서를 너무 쉽게 보고 사인을 한 것이 많은 사람을 궁지에 몰아넣었다.

추가 오더가 계속 나오고 영업적 상승기류가 생기는 시점에 발목이 잡혀 공장 운영은 악화일로에 접어들었다. 상처뿐인 영광이었다. 내가 만들어 보려던 더 좋은 회사의 꿈은 이렇게 막을 내렸다. 악질 사채업자의 행위에는 법률적인 이슈가 남아있다. 압류로 발이 묶여 회사 운영을 정상적으로 할 수가 없게 되었고 많은 직원이 정들은 회사를 떠나게 되는 사태가 발생했음에도 눈 하나 깜짝하지 않는 악덕업자의 모습에서 잔인함과 비정함을 보았다. 그런 식으로 사람들을 골탕 먹이는 사람은 필경 그 행위에 대한 대가를 받는다. 본인 당대가 아니더라도 남의 약점을 악용한 대가는 받을 것이라 확신한다. 세상을 공정하게 돌아가게 하는 보이지 않는 손이 있다는 것을 믿기 때문이다. 모르면 당한다. 그런 노예계약을 냉정히 짚지 못하고 속은 사람 잘못이 크다. 내가 그리던 미래의 그림은 그렇게 날아갔고 이 회사에서 거두어 보려했던 유종의 미는 다른 도전을 통해 만들어 보려 한다.

Chapter 4

지금도 꿈을 꾼다

　다시 자유를 즐기게 된 후 주어진 자유 시간을 더욱 소중하고 즐겁게 보낼 궁리를 했다. 원래 나는 웃음이 많고 미소가 많은 긍정의 아이콘으로 통했다. 옛날 자료를 찾다가 우연히 발견한 모비스 시절 부하들이 손으로 써 보낸 생일 축하 카드 메시지를 펼쳐 보니 적혀진 글귀 중 나를 상징하는 공통된 단어들이 눈에 들어 왔다. Sporty, Fun, 엣지, 스마일, 젊은 체력, 활기, 음주가무, 만능 비즈니스맨, 멘토 그리고 끊임없이 맑게 흐르는 산 속 깊은 샘물 등이었다. 내 컬러가 그들에게 그렇게 비친 모양이었다. 여하튼 미소와 웃음은 사람들의 보약이다.

　찰리 채플린은 웃음의 가치에 대해 아래와 같이 얘기했다.

Nothing is permanent in this world, not even our troubles.

세상에 영원한 것은 없다, 고통조차도.

I like walking in the rain because nobody can see my tears.

아무도 내 눈물을 볼 수 없기 때문에 나는 빗속에 걷기를 좋아한다.

Most wasted day in life is the day in which we have not laughed. 가장 낭비된 하루는 웃지 않은 날이다.

Life is to enjoy with whatever you have with you, keep smiling. 인생은 당신이 갖고 있는 것들을 즐기는 것이다. 계속 미소 지어라.

If you feel stressed, give yourself a break. 당신이 스트레스를 받거든 휴식을 취하라.

도전! 꿈의 무대

KBS 생방송 〈아침마당〉을 노크하다

자주 보는 프로그램 중 매주 수요일 아침 8시 25분 KBS 생방송 〈아침마당〉에서 하는 '도전 꿈의 무대'라는 코너가 있다. 무명 가수들이 도전하여 얼굴과 노래 실력을 알리는 일종의 등용문 코스이다. 최근 대스타가 된 임영웅도 무명 시절에 이 방송에 나와 경연을 통해 5승을 했다. 대개 무명 가수들을 대상으로 하는 프로인지라 집안 사정이 어렵거나 부모 없이 자란 사람, 병마에 시달리는 가수 지망생, 수입이 변변치 않은 무명가수, 가족 생계 해결을 위해 결혼도 못하고 행사장 찾아 노래 부르는 사람 등이 각자의 한 맺히고 어려운 생활 속에서 노래하고 있는 사연을 소개하고 경연을 하는 방식이다. 옛날처럼 맑고 고음이 좋았던 목소리가 안 나오긴 해도 노래 부르기를 좋아했던 나는 KBS에 회원 등록을 하고 참가 신청 사연을 보냈다. 신청 내용은 "60대의 반란-직장생활 대부분을 해외영업 부문에 종사한 후 퇴직, 그간 회사라는 구속에서 탈피한 홀가분한 기분으로 해외영업하면서 경험한 보람 등을 소개하고 노래로 시청자를 즐겁게 해드리겠다"는 내용이었다. 이 사연을 첨부하여 KBS에 신청했다. 신청하고 상당 기간 기다려 보았지만 기회는 오지 않았다. 신청자가 너무 많고 삶이 불행하고 힘들었던 사연을 가진 사람에게 우선 출연 기회를 주고 있는 것으로 보였다. 신청서를 낸 후 출연하는 사람들의 사연을 들어보니 더 구구절절 했다. KBS에서 간간히 평범하게 직장생활을 마치고 은퇴한 시니어를 대상으로 도전 사연을 듣고 노래 경연 기회를 주면 의외로 시청자의 흥미를 유발하여 시청률을 올릴 수도 있지 않을까 하는 생각이 든다. 언젠가 다른 사연으로 다시 문을 두드려 볼 예정이다. 그 일이 있기 오래 전에 일요일 아침에 방영되는 KBS〈노래가 좋아〉에 우리 가족이 한 번 나가보자고 제안을 했다가 온 가족이 반대하여 생각을 접고, 혼자 도전할 수 있는 〈아침마당〉에 문을 두드렸으나 허사가 된 것이다.

시니어 모델 도전 계획

모델하면 젊고 키 크고 잘 생기고 몸매가 좋아야 가능한 직업이라고 대부분 생각한다. 그러나 고령화 사회가 되고 소비층 중심에 금전적 여유가 있는 시니어 층이 자리매김을 함으로써 시니어를 대상으로 하는 시니어 모델도 필요하게 되었다. 현대종합상사 신입사원

하계 수련대회에서 여장女裝을 하고 미스 유니버스에 참가했던 기억이 모델에 대한 관심을 불러왔는지 모른다. 당시 여직원들이 내 얼굴에 화장을 해주고 여성 가발을 씌워 거울 앞에 세웠을 때 달라진 내 모습에 놀랐다. 모델 교육 관련 여기 저기 수소문하여 알아보니 여러 대학 평생교육원에서 간혹 모집 광고가 나오는데 학교 측에서 운영하는 것이 아니고 시중 모델학원이 학교 이름과 강의장을 빌려 수강생을 모집하는 형태였다. 전화로 문의를 해 보니 거의 장삿속으로 운영하는 과정으로 보여 잠시 관심을 내려 두었으나 건전한 프로그램이 있는 아카데미가 나오면 도전하려고 한다. 시니어 모델 활동하는 사람의 겉모습이 모두 비슷한 것도 관심을 내려놓게 하는 데 일조 했다. 덥수룩하게 수염을 기르고 머리는 파마를 하거나 꽁지머리를 하는 공통된 이미지의 모델보다 시니어가 열심히 탁구를 하면서 유지하는 군살 없는 몸매, 건강한 모습과 80세가 탁구를 즐길 수 있다는 모습을 보여 주면 도움이 되지 않을까 생각한다. 도전을 통한 기회가 잡아 캐주얼웨어 분야도 해보고 싶다.

이런 등산은 해보고 늙어야

한국의 등산 인구가 폭발적으로 늘게 된 시점은 1998년 IMF 사태가 아닌가 한다. 많은 실업자가 발생하고 도산 회사가 많아진 그 당시, 졸지에 실업자로 전락한 많은 사람의 울분과 수입이 없어진 악몽의 세월 속에 실업자 모습 숨길 수 있는 적당한 도피처가 산이었다. 물병 하나에 김밥 한 줄, 막걸리 한 병 배낭에 넣고 등산을 하면 하루를 족히 보낼 수 있었기 때문이다. 또 한 번의 등산 인원 증가 계기는 코로나19의 유행이다. 사람이 밀집하는 곳을 피하라고 하니 답답해진 젊은이들이 등산을 시작하게 되었다. 이전에는 등산객 중 50대 이상이 대부분이었는데 요즘은 연령층이 다양해졌다. 인구 대비 등산 인구가 제일 많은 나라가 한국이라고 하는데 등산 및 아웃도어 옷이 가장 많이 팔리는 나라가 되었다. 2023년 기준, 한국 아웃도어 시장규모는 1조 5000억 원에 이르고 이는 전 세계 아웃도어 시장의 약 10%를 차지한다고 하니 작은 나라 한국이 보여 주는 파워는 대단하다고 할 수밖에 없다. 아크테릭스캐나다, 파타고니아미국, 마운틴 리서치일본, 아크로님독일, 앤드원더영국 등 전 세계 유명 아웃도어 브랜드가 들어와 있고 코오롱 스포츠, K2, 블랙야크 등 한국 토종 브랜드도 만만치 않은 경쟁력을 갖추고 있다.

한라산 눈 산행

고교 산행 친구 3명과 2020년 2월, 2박 3일 일정으로 제주도 여행을 하였다. 만장굴, 비자림, 용눈이오름, 섭지코지, 성산일출봉, 4.3 평화공원, 돌문화공원, 쇠소깍, 정방폭포, 이중섭 박물관, 약천사 등을 들러 마지막 날 평생 잊지 못할 아름답고 경이로운 한라산 눈 산행을 하게 되었다. 눈 예보를 모르고 간 상황에서 얻은 기막힌 행운이었다.

윗세오름에 가려고 영실 주차장에 갔더니 이미 만차였고 도로 옆에도 차들이 줄지어 주차해 있어 1.5km를 되돌아 내려와 길옆에 주차를 했다. 어제 눈이 내렸다는 방송을 듣고 제주도 거주자, 여행차 제주도에 머물던 사람, 비행기를 타고 일부러 당일 아침에 도착해 그곳으로 온 관광객까지 엉켜 북새통이었다. 영실 윗세오름 입구까지 거의 4km를 도보로 이동하였다. 입구에서 약 5.8km 지점 윗세오름 대피소1,700m 고지까지 화장실이 없다는 안내가 붙어 있었다.

산 능선, 나무와 길이 모두 눈으로 덮여 거의 무릎까지 올라오는 솜사탕 그림이었고 말 그대로 겨울 왕국이었다. 큰 나무는 큰 나무대로 작은 나무는 작은 나무대로 천차만별의 눈꽃을 만들어 자태를 뽐내는데 인간들이 눈꽃의 향기를 망치는 건 아닌지 참으로 경이롭고 황홀한 경치였다. 눈꽃 사이를 간간이 스쳐 지나가는 심술궂은 겨울바람이 눈꽃잎을 조금씩 떨어뜨리는데 마치 하얀 백설탕을 날리는 모습 같았다. 눈 세례에 움츠러든 검정 나무 줄기는 하얀 눈과 대비되어 심지 굳은 선비의 꼿꼿한 등줄기를 연상시켰다. 지금까지 경험한 눈 산행과는 차원이 다른 최고의 아름다움을 음미하도록 한라산은 미동도 없이 우리 일행의 미세한 숨소리까지 받아들이고 있었다. 갑자기 다가온 행운에 감사했다. 개구쟁이 마냥 그냥 눈밭에 굴러도 보고 누워도 보고 나무 위에 수북이 쌓인 눈을 짓궂게 흔들어 떨어뜨려도 보았다. 온몸과 온 마음이 새하얗게 된 나를 하얀 설원이 보듬어 주는 가운데 멀리 보이는 한라산 병풍바위는 과객들을 물끄러미 내려다보며 말없이 서 있었다.

주목 군락지도 넓게 펼쳐져 있었다. 지구 온난화로 고지대 주목들이 많이 죽어 가고 있는데 한라산 주목은 그런대로 살아 버티고 있어 주어 고마웠다. 설국 속 주목인가 천국 속 주목인가? 천국에 있는 눈 나라인가? 태양이 눈부시게 비쳤다. 선글라스, 고글이 없이는 눈을 뜰 수가 없을 지경이었다. 어릴 적 시골 겨울 눈밭이 떠올랐다. 발이 시려운 고무신을 신고 푹푹 빠지던 발 대신 오늘은 두터운 등산화로 발을 감싸 따뜻하게 눈길을 걷는 것이 이렇게 행복할 수가 없었다. 오후가 되어 하산할 때는 날씨도 풀려 나무에 얹힌 눈들이 녹아 바닥으로 떨어졌다. 좀 더 나무에 머물러 있으면 뒤늦게 구경 온 사람들에게도 좋은 선물이 될 텐데 햇빛 앞에서는 맥없이 고개를 숙였다. 바람과 추위 앞에서 그리 강했던 눈이 다른 뒷모습을 보여 주었다. 환상적인 한라산 윗세오름을 오르며 실컷 눈 호강을 했다. 세월이 지나도 그 찬란하고 아름다웠던 설경은 눈을 감아도 생각만 해도 파노라마처럼 머리 속에 전개되었다.

뒤풀이 및 영양 보충으로 먹은 제주도 흑돈은 어찌나 맛이 있던지……. 맛에 취해 공항에 늦게 간 바람에 정성이는 비행기를 놓쳐 다른 비행기 탑승을 하였고, 양균이는 비행기에 전화기 놓고 내려 허겁지겁 찾으러 갔으며 향열이는 타인과 가방이 뒤바뀌는 헤프닝이 생겼다. 그럼에도 우리의 제주도 여행은 너무도 훌륭히 마무리 되었고 진한 추억을 남겼다.

천관산과 월출산

2020년 4월, 등산 첫날 오후 천관산723m을 올랐다. 정상은 연대봉으로 과거 봉수대가 있었던 자리다. 정상에서 내려다보는 바다와 다도해 풍경은 참으로 아름답고 평화로웠다. 내 기억을 지배하는 남해의 금산, 진도의 조도의 풍경과 연결되는 환상적인 경치였다. 하늘에 관冠 쓴 모양이라 천관산이라고 불리는데 정상 및 산 능선에 크고 작은 주상절리가 길게 뻗쳐 있었다. 정상 부근은 소 등처럼 넓게 펼쳐져 있고 억새, 맹감나무, 철쭉, 산벚꽃 외에 각종 야생화가 등산객을 반겼다. 하산을 아쉬워하며 혹 낙조를 볼 수 있을까 하고 정남진 타워를 갔으나 구름이 시야를 가려 실패했다. 한반도의 정북인 중강진은 북한 땅에 있어 갈 수가 없고 정동진강릉, 정남진장흥과 정서진인천 세 곳동·남·서은 가 볼 수 있어 다행이라 생각했다.

다음 날 새벽 5시 50분 기상, 월출산 입구에 있는 식당에서 아침을 먹고 산행을 시작했다. 천황탐방안내소~구름다리~사자봉~천황봉정상, 809m~구정봉~경포대를 돌았다. 구름다리에서 정상을 바라보는 풍경은 장관이었다. 기암괴석, 주상절리, 온갖 형상의 바위 등 자연이 빚어낼 수 있는 모든 형상을 만들어 하늘 아래에 전시해 두었다. 미국 캐년보다 규모는 작고 콜로라도 강과 같은 강은 없으나 캐년에서는 보기 힘든 각종 동물 조각, 사람 얼굴, 바위틈에 살아 버틴 나무와 풀, 한국인이 어려서부터 만져본 바위 표면감이 더욱 강하게 어필되었다. 천황봉에 걸렸다 밀렸다 하는 높은 구름도 뒤질세라 수많은 동물 형상과 땅 위의 산 모양을 만들어 냈다. 웅장하고 세련된 능선과 계곡을 새처럼 낮게 활강해볼 수 있다면 얼마나 좋을까 하는 생각이 문득 들었다. 발길과 눈길 닿는 곳에 우뚝 서있는 산등선 바위들이 우리 일행을 보고 마치 '너희들이 내 멋을 알기나 해?'라고 묻는 듯했다. 손으로 만지고 비벼 보고 바위 틈바구니에 뿌리를 내린 작은 나무들의 꼬여진 몸체에서 튀어 나오는 강한 생명력을 보며 사람들이 세상을 살면서 겪는 역경을 잠시 비교해 보았다. 자연 앞에서 저절로 생겨나오는 겸손을 되새김했다. 감탄과 감탄 속에 발길이 떨어지지 않아 한참을 멍 때리며 온 산을 파노라마 스캔해봤다. 시원한 바람이 등산모를 땅으로 떨어뜨리니 눌려있던 머릿결이 고개를 들고 흩날려 엉켰다. 온 김에 백제 시대 왕인 박사 유적지에 들러 학창 시절 배웠던 왕인 박사가 일본으로 전파한 책이 논어 10권과 천자문이었음을 재확인하고는 인근에 있는 도갑사라는 사찰을 둘러보았다. 피로를 풀 겸 월출산 온천장에 들어가 10가지 이상의 미네랄 성분을 몸으로 받아들이며 물속에 담그고 있으니 이틀 동안의 등산이 주는 행복감이 최고조에 달했다.

설악산 공룡능선 종주

　2021년 6월, 기다리고 기다리던 공룡능선 종주 도전날이 왔다. 공룡능선은 공룡의 등이 용솟음치는 것처럼 힘차고 장엄하게 보이면서 아름답고 신비로운 경관을 보여 주어 국립공원 100경 중 제1경에 속한다. 고산지대이기 때문에 날씨가 좋아야 안전한 산행도 하면서 경치를 즐길 수 있으므로 기상 상황에 신경을 썼다. 다행히 출발 당일은 날씨가 맑았다. 4명의 고교친구와 암릉을 따라 걸어야 하는 길이가 약 20km 넘는 대장정이었다. 친구들과 금요일 오후 속초로 이동하여 영금정, 영랑호와 범바위를 구경하였다.

다음 날, 새벽 3시 30분 기상하여 간단한 아침식사를 마치고 4시 40분경 설악산 소공원 주차장에 도착하니 주차 안내원이 주차 장소를 안내하는데 벌써 주차장이 거의 꽉 차 있었다. 얼마나 많은 사람이 공룡능선을 오길래 새벽부터 주차 안내원이 있고 주차할 곳이 거의 없단 말인가? 안내에 따라 차량에 키를 놓고 새벽 5시부터 등산을 시작했다. 새벽 공기가 코를 맑게 하고 계곡의 물소리가 발걸음을 가볍게 만들었다. 아름다운 폭포 비선대에 도착, 잠시 신선이 되어 멍을 때리고 물 떨어지는 소리를 귀에 담아 길을 재촉하여 원효대사가 머물렀다는 금강굴을 올라가니 눈앞에 전개된 설악의 경치가 일행을 압도했다. 새로운 신천지가 바로 앞에 있었다. 속세에서 지은 죄들은 죄다 여기에 놓고 가라는 무언의 암시 같았다. 굴 안쪽 바위 틈에서 떨어지는 약수를 한 대접하니 속이 시원해지고 정신이 맑아졌다. 내 죄도 여기에 놓고 가고 싶다고 혼잣말을 했다. 주등산로에서 벗어나 올라갔다 내려와야 하는 번거로움 때문인지 금강굴을 건너뛰고 지나쳐 가 버리는 등산객들도 제법 있었는데 힘들게 올라와 절경을 놓치고 가는 것 같아 안타까웠다. 몇 년 전 TV에 방영된 설악산 지게꾼 임기종 씨 생각이 떠올랐다. 45년 넘게 지게로 짐을 옮겨오면서 번 돈 1억 원 넘는 돈을 사회에 기부한 그 분의 발길이 금강굴까지 뻗쳤을 것이라 생각하니 만감이 교차했다. 그에 반해 우리 일행은 고작 10~15kg 배낭을 메고 힘들구나 했으니 부끄럽기도 했다. 공룡능선으로 가려면 마등령1,372m 삼거리를 지나야 해서 발길을 재촉한다. 삼거리에 이르니 공룡능선이 한 눈에 들어왔다. 마치 어느 고대 국가 성城 앞에 당도한 행인들처럼 몸을 낮추고 공룡의 등과 같은 능선들의 비경과 고행길을 즐기는 긴 여정을 시작했다. 보통 12시간 전후 소요되는 코스라고 하나 우리 일행은 시간 구애 받지 말고 경치 좋은 자리에서 휴식, 사진 촬영 및 명상을 즐기면서 여유 있게 움직이는 데 뜻이 모아졌다.

바위 능선 곳곳에 첨탑, 촛대, 동물 모양, 주상 절리 등이 늘어져 있는데 신선들이 노닐던 곳이라 해야 어울릴 것 같았다. 과거의 왕이나 요즘의 고관대작은 와 보지 않았을 것이다. 산 위를 걷는 사람, 하늘을 나는 새, 하늘에 떠있는 구름과 바람 그리고 신선들이 와 볼 수 있는 곳으로 보였다. 지난밤에 우리를 걱정시키며 요란하게 불던 바람도 멎고 날씨는 화창한 가운데 조물주가 만들어 놓은 각양각색의 기암괴석과 산세를 경외하는 마음으로 구경했더니 그렇게 행복할 수가 없었다. 능선 안에 하얀 뭉개, 솜털 구름이 걸려 있다가 바람 따라 능선 밖으로 밀려 넘어가는 광경이 마치 선녀가 하얀 천의를 입고 산 능선 문턱을 사뿐히 넘어가는 것 같았다. 공룡은 선녀의 옷이 스친지도 모른 채 등에 잔뜩 힘을 넣고 지나가는 등산객들을 태워주고 있었다. 온 등산객들이 곳곳에서 탄성을 질러댔다. 나한봉, 큰 새봉, 1275봉 그리고 신선대까지

세속의 시간을 잊은 사람처럼 설악산 품에서 온갖 시름 잃고 나무, 바위, 구름은 눈 속으로, 상쾌한 공기는 몸속으로 밀어 넣었다. 가보지 못한 금강산도 이런 능선이 있을까 싶었다. 절경에 도취되어 사진도 많이 찍었다. 아무 곳 서있는 곳이 포토존이었다. 조금 더, 조금 더 있다 가자는 일행들의 같은 목소리에 우리의 시간표는 지켜지지 않고 늘어져 갔다. 긴 코스를 움직이다 보니 산행 중 만났던 일행을 또 만나고 또 만났다. 각자의 휴식지가 다르기 때문인데 모두들 행복에 겨운 표정들이었다. 당초 저녁 6시경 원점회귀를 하려했는데 경치 및 분위기에 취해 노닥거리다 보니 저녁 9시반경 주차장에 도착했다. 총 16시간 반이 소요된 산행에 몸은 무거우나 도전에 성공한 희열감이 온몸에 퍼졌다. 친구들과 한 번 더 오자는 얘기도 나누었다.

공룡능선을 정복한 다음 날은 조금 수월한 계곡으로 코스를 변경했다. 두문 폭포, 용탕 폭포 및 12선녀탕을 따라 달궈진 몸을 계곡 바람에 식히고 계곡물에 발을 담가 알이 밴 다리 근육을 풀었다. 공룡능선 종주를 성공적으로 마친 뿌듯한 기분과 남겨진 사진들은 내 추억의 페이지에 고스란히 자리 잡고 있다.

조도와 돈대산

진도 여행의 백미는 '조도'이다. 팽목항에서 약 40분 소요되는 페리호에 차량을 싣고 가서 차를 몰아 상조도에 위치한 '도리산 전망대'에 올랐다. 그곳에서는 거의 100km 떨어진 한라산이 보일 뿐 아니라 관사도, 관매도 등 많은 섬이 그림처럼 펼쳐져 있는데 다도해의 묘미와 아름다움을 한껏 뽐내는 곳이다. 그래서 사진으로는 부족하고 직접 눈으로 확인하는 것이 최상의 방법이다. 안내판을 보니 영국 선박 라이라호 함장 '바실 홀'이 중국, 조선, 류큐 등지를 항해 도중 1816년 9월 5일 여기 상조도에 정박, 약 10일간의 조선항해기를 썼는데 그 『조선 해안 및 류큐섬 항해기』에 기술하기를 '세상의 극치 조도 군도'라고 적었다고 했다. '바실 홀' 선장의 아버지가 프랑스 나폴레옹 친구였는데 나폴레옹에게 조도의 아름다움을 전달하여 나폴레옹으로 하여금 조선에 대한 동경을 하게 만들었다고 한다. 내가 국내 여행하며 보아왔던 산과 바다가 조화된 경치 No.1에 해당된다고 생각한다. No.2는 천관산에서 내려다 본 장흥 앞바다 그리고 No.3는 남해 금산에서 내려다 본 바다 경치이다.

이어서 하조도에 있는 '하조도 등대'에 들렀는데 등대 자체의 아름다움도 있지만 뒷산에 있는 만불상 바위가 또 일품이다. 등대 옆에 범종이 하나 있어 용도가 뭔가 물어보니 혹 등대가 고장이 날 경우 지나가는 선박에 소리로 방향 전달을 하기 위해 비치된 것이라 했다. 섬 여행에서 빠트리지 않고 실행하는 것이 섬에 위치한 산 등산이다. 내려다보는 전망이 매우 아름답기 때문이다. 우리 일행도 241m '돈대산'에 올랐다. 양쪽으로 보이는 다도해의 늘어진 풍경은 연신 우리 마음을 빼앗아 갔다. 그 풍경을 내려다보며 멍을 때리고 온갖 잡념 내던지고 그저 밀려오는 황홀감

에 온몸을 맡겼다. 다시 한 번 가보고 싶은 조도이다. 진도에는 가
볼 곳이 많았다.

한 사람의 기획자가 쏘아 올린 트로트 열풍

　개인적으로 'TV조선'의 존재감을 알린 프로그램이 〈미스&미스터
트롯〉이라고 생각한다. 노래 부르기를 좋아하는 나는 트로트 프로
그램을 즐겼고 콘서트도 다녀왔다. 그간 음악 예능프로그램이 아이
돌 그룹 위주로 되어 KBS 일요프로그램 〈전국 노래 자랑〉 외에는
50~60대가 즐길 수 있는 프로그램이 마땅히 없었다. TV조선 서혜
진 PD가 〈미스&미스터 트롯〉을 기획하여 경연의 질과 가수들의 노
래 실력을 부쩍 늘게 하는 데 커다란 공헌을 했다. 한 사람의 걸출한
기획자가 하나의 유행 물결을 일으킨 것이다. 역시 리더가 있다는 것
이 얼마나 중요한지 보여주는 실례가 되었다. 재야의 숨은 고수들,
무명으로 힘들게 살아가는 가수들, 어중간한 명성의 가수들, 국악 혹
은 성악을 하다 트로트에 도전한 이들이 서로 경연을 하면서 트로트
및 출연 가수 인기를 경이롭게 상승시키는 데 멍석을 멋지게 깔아
준 것이었다. 몇몇 가수는 원작 가수보다 노래를 잘 불렀다. 그 인기
가 실시간 TV시청률 20%를 넘기는 놀라운 일까지 생겼다. 그 후 여
러 방송국에서 유사한 프로그램을 만들어 다소 식상해진 부분은 있
으나 분명 한 기획자의 아이디어가 젊은이들이 열광하면서 전 세계
대유행을 만들어 확고하게 자리를 잡은 K-Pop에 이어 K-Trot 위

상을 한껏 올린 계기가 되었다. 초기에는 주로 50~60대에게 인기가 있던 것이 20~30대 젊은 층, 심지어는 초등생까지 확대되었다.

〈미스&미스터 트롯〉은 음지의 사람들이 양지로 나와 크고 작은 출세를 할 수 있는 등용문이 되었다. 과거 가난한 집안 출신 젊은이들의 신분 상승 등용문이 고시였던 것처럼 백 없고 돈 없는 사람도 어떤 등용문을 통해 햇빛을 보게 마당을 펼쳐 준 것은 매우 고무적이었고, 많은 가수 지망생들에게 도전의식을 고취시키기에 충분했다. 여타 분야에서도 이런 등용문이 마련되면 좋을 것 같다. 예를 들면 MC 경연대회, 개인 피자 마스터 대회, 제빵 경연대회, 칵테일 제조 경연대회, 가짜 뉴스 분별대회, 간병인 경연대회 등등.

코로나는 피했지만

코로나19가 기승을 부리고 사회적 거리두기 단계가 점점 강화되다가 결국 거리두기 2.5단계 시행과 함께 그간 실내 스포츠 중 제한 대상이 아니었던 탁구, 당구 등 실내 스포츠마저 당분간 문을 닫으라는 결정이 떨어졌다. 내가 다니는 '임팩트 탁구클럽'은 다른 클럽과는 달리 엄격한 실내 안전 관리 매뉴얼을 만들어 마스크를 쓰고 운동했다. 마스크를 쓰고 운동을 해야 하는 안경 낀 사람들은 안경알에 김이 서려 애로 사항이 많았음에도 운동을 할 수 있다는 기쁨으로 불편을 감수하였다. 노원구청에서 불시 점검을 나왔지만 안전규칙을 잘 지키며 운동하고 있는 모습을 보고 칭찬을 받았다. 그런데 강화된 거리두기로 이제 탁구마저도 못하는 답답한 세상이 되었다. 운동을 즐겼던 나는 탁구 대신 불암산을 약 2주 동안 혼자 등산했다. 산길에서도 마스크를 쓰라는 안내까지 있고, 실제로 등산하는데 마스크 안 썼다고 시비 거는 사람까지 등장했다. 앞에서 사람이 다가오면 마스크를 썼음에도 고개를 돌려 외면하는 일이 잦아졌다. 이게 무슨 사람 사는 세상인가? 사회적 거리두기의 당초 종료 예정일도 더 연장되니 점점 사람이 무서워지는 괴상한 세계로 변해가고 있었다. 사람들 대화 중에는 누가 몇 차 예방접종까지 마쳤느니 누구는 코로나에 걸려 격리되었다는 등이 메인 소재가 되었다.

아내가 몸에 열이 나고 목이 따끔거린다고 하여 시료테스트를 해보니 양성이 나와 나도 검사를 해봤는데 음성이 나왔다. 국가에서 운영하는 지역별 임시 검역소를 둘이 가서 테스트를 해보니 똑같은 결과가 나왔다. 집에서 아내와 격리 생활을 해야 한다는 안내에 따라 환자인 아내가 집에서 마스크를 쓴 채 격리생활을 했고, 나는 회사에 통보한 뒤 재택근무를 했다. 주변에서 보면 집안에서 한 사람이 걸리면 가족 일원이 전염되는 케이스가 많이 보도되었는데 운 좋게도 나는 전염되지 않았고 시간이 지나 아내도 회복되었다. 2002년 사스가 막 퍼지던 시기에 회사 제품 전시회가 있어 북경을 다녀왔는데 잘 아는 동료가 회사 식당에서 나를 피해 자리를 옮겨 식사하는 경우를 보고 당시 엄청난 배신감을 느꼈다.

병에 걸린 것도 아닌데 동료직원이 나를 피했던 좋지 않은 기억과 코로나의 현실이 비교되면서 쓴 웃음이 나왔다.

이 코로나의 방해로 친구들과 1개월 계획의 남미 산행은 취소되었다. 1년이라도 젊었을 때 2,500m 이상의 고산을 도전해보려고 친구들과 협의, 계획을 잡고 그동안 묵혀 두었던 스페인어 책도 끄집어내어 기억을 되살리던 중 2020년 2월 20일 WHO가 코로나19 비상사태를 전 세계에 선언함으로써 여행 계획을 접었다. 코로나로 인한 여행 비용의 급격한 상승도 결정에 영향을 끼쳤다. 코로나로 많은 사람이 고통을 당했지만 배달음식 업체, 코로나 테스터 제조사 그리고 골프장은 큰 돈을 벌었다. 골프장의 그린피는 평상시의 약 1.5배 이상 상승하였음에도 불구하고 예약이 매우 어려운 수준까지 되었다. 그간 실내골프장에서 즐기던 많은 사람이 대인 접촉을 피해 필드로 나가기 시작하였고, 특히 젊은 층 플레이어가 많아져 과거와 달리 대세는 시니어가 아닌 젊은이들이 차지했다. 세상의 모든 이치가 그러하듯 돈을 못 버는 사람들이 있으면 돈을 많이 버는 사람들이 있다.

Chapter 5

새로운 만남 그리고 영원한 이별

행복한 추억으로 남은 가족여행

우리 딸들이 출가하기 전에 식구 전원이 시간을 맞춰 거제도 야외 가족사진을 찍기로 약속을 했다. 애들 대학 입학 전에는 몇 년 단위로 가족사진을 촬영하곤 했는데 한동안 뜸해져 연결고리도 만들 겸 거제 외도 보타니아 야외촬영을 하기로 했다.

2020년 9월 여행 첫 날, 새벽에 출발하여 통영 놀이공원에서 루지를 타 보고 거제 몽돌해변을 거쳐 호텔에 체크인했다. 저녁 식사 후 리조트 앞 해변에 내려가 애들과 파도소리, 먼 바다 위 고기잡이배의 불빛, 밤하늘의 별빛을 느끼며 걸었다. 해수면에 비치는 온갖 불빛들이 찰랑거리는 파도와 맞물려 눈을 호강시켰다. 해변의 예쁜 돌을 수면 위로 던져 5~7회 물수제비를 뜨니 애들이 따라했다. 해변을 혼자 걸으며 딸이 결혼하게 되면 우리 가족만의 여행 기회가 얼마나 있을까 하는 생각을 하니 괜히 허전해졌다.

둘째 날, 오전 9시 '외도 보타니아'로 가는 파트너호에 탑승하여 구조라항을 출발하였다. 승객들에게 아름다운 해금강을 구경이라도 하라고 한 것인지 한 바퀴 지나 외도에 도착했다. 해금강은 1977년 대학 친구들과 와본 후 두 번째 방문이 된 셈이었다. 동굴 속으로 작은 배를 타고 들어가 동굴 안에서 일어나는 파도의 소용돌이와 기이하게 깎여진 바위들을 다시 보지는 못했지만 외관만이라도 다시 볼 수 있어 추억을 잠깐 떠올렸다. 식물원 '보타니아'는 한 부부가 1996년부터 조성한 곳인데 약 3000여 종의 다양한 식물들이 자라고 있다. 식물원 사이 사이에 멋진 포토존과 벤치들이 있어 휴식을 취하기도 안성맞춤이었다. 비너스가든에 있는 하얀 대리석 기둥의 그리스 신전과 로마신들의 조각상은 멋진 조화를 이루었다. 부산에서 왔다는 숨고숨은 고수 사진사는 이런 환상적인 사진 촬영지는 처음 봤다고 흥분해 있었다. 우리 식구들은 유사한 톤의 옷을 입고 각자 모델이 되어 갖가지 포즈 사진을 찍어 기록으로 남겼다. 인위적으로 조성된 식물원이지만 무척이나 멋있고 거제의 3대 관광지에 이름을 올리고 있다. 처음 시도한 야외 가족사진을 찍고 나니 카톡, 밴드 사진을 최근 가족사진으로 교체할 수 있을 것이라는 기대감도 생겨 좋았다.

Café 'N 436'에서 향기 나는 커피와 케이크를 먹으니 안락감과 아늑함이 함께 밀려왔다. 식구들과 수다를 떤 뒤 '매미성' 구경을 갔다. 매미성은 우리나라를 지나간 태풍 중에서 가장 피해를 많이 입힌 2003년 가을 태풍 '매미'로 인해 개인적 농작물 피해를 크게 입은 백순삼 씨라는 분이 자연재해로부터 농작물 피해를 막기 위해 오랜 기간 동안 도면도 없이 벽을 쌓아 올린 게 마치 성처럼 보여 붙여진 이름이라고 했다. 태풍 '매미'는 초속 60m의 강풍을 몰고 왔고 나라 전체 재산 피해액이 당시 4조 2천억 원이 넘었던 엄청난 위력의 태풍이었다. 그런 사유로 만들어진 '매미성'이 지금은 유명 관광지가 되었으니 참으로 아이러니하다.

셋째 날, 느긋하게 늦잠을 자고 카페에 가서 커피를 마시고 안동 하회마을로 가던 도중, 애들이 목적지를 '경주월드'로 바꾸는 바람에 애들과 함께 놀이시설을 즐겼다. 맨 처음 공포는 'Draken'이라는 고공직하 및 회전 열차였는데 63m 직하부터 시작하는 기구였다. 열차 맨 앞자리를 앉게 된 나는 열차가 최고점에 오르는 동안 숨죽이는 공포에 시달렸고 직하 직전 열차가 정지 대기 중일 때 내려다 본 현기증 나는 아찔함의 공포는 생각만 해도 몸이 경색될 정도이다. 공중에서 오르락내리락, 몇 바퀴를 스크루처럼 돌고 돌아 하차장에 도착하니 머리가 어지러웠다. 애들은 재미있다며 또 몇 차례 더 탑승했다. 아빠로서 애들과 같이 즐기는 추억시간을 만들고 스릴을 즐겨보려고 탔지만 혹 몸에 무리가 올까봐 은근히 걱정되었다. 세월이 주는 어떤 신호였는지 모른다. 애들에게 이런 놀이 시설을 타는 것은 오늘이 마지막이라고 선언하고 나니 조금은 허전했다. 그 이후에도 청룡열차, Flume Ride 등 몇 가지 더 도전을 하고 놀이시설을 떠났다.

내려간 김에 예천 처가초당 기념관에 들렀다. 장인어른이 태어난 옛집을 헐고 유럽풍 건물을 건축, 본인 호를 딴 초당 기념관을 만들어

거제도 야외 가족사진 촬영

UNICA유니카라는 세계 아마추어 영화제 관련 구식 영사기, 각종 촬영장비, 포스터 및 자료를 전시한 곳이다. 장인은 연세대에 진학하시면서부터 서울 생활만 하셨다. 말년에 귀향, 전시관도 만들고 고향 사랑도 실천한다는 생각으로 일을 벌이셨으나 본인이 생각했던 추억 속 고향과 달라진 현대 고향 간의 괴리 속에 낙향한 것을 후회하셨다. 옛 고향마을에는 어릴 적 친구도 별로 없고 새로운 사람들을 사귀어야 하는 생활 패턴으로 나중에는 우울증도 생겼다고 하셨다. 대도시에 살다가 나이 들면 시골로 낙향한다든가 농사를 짓겠다는 생각을 가진 사람들은 신중히 생각해야 할 대목이다. 나도 은퇴하면 시골 가서 살아야지 하고 의식 없이 얘기하곤 했는데 지금은 그럴 생각이 없을 뿐 아니라 주위에 그런 얘기 꺼내는 이를 말리는 사람으로 변했다.

상견례와 결혼식

둘째 딸 수빈이가 결혼 결심을 하고 양가 상견례 날짜가 2020년 10월 말로 정해졌다. 아내를 배우자로 정할 때 가장 중요하게 본 것이 성격이었고 딸아이의 상대 선택 조건도 성격이었다. 재산, 학벌, 인물은 큰 고려 사항이 아니었다. 사위가 될 상대는 전주에서 대부분의 학창 시절을 지낸 젊은이로 서울 대기업에 근무 중이었는데 성격이 아주 온순하고 착한 젊은이였다. 서로 성격이 맞고 좋아한다고 하니 결혼을 추진하기로 하였다. 대략 다음 해 4월에 진행하는 것으로 사돈댁과 합의했다. 둘째가 첫째보다 먼저 결혼 선언을 한 것이지만 한 아이라도 먼저 결혼해 주기를 내심 바라고 있었던 나는 흐뭇했다. 예비 사돈 부부는 온화하시고 인상도 좋으셔서 첫 대면 대화도 매우 편했다. 거주지가 지방이어서 상호 자주 만날 수 없는 물리적인 거리가 아쉬웠을 뿐 우리 딸과 호흡도 잘 맞을 것으로 보였다.

코로나19 문제로 날짜 확정에 어려움을 겪다가 2021년 4월 11일 드디어 둘째 딸, 수빈이가 결혼식을 올렸다. 혼수품, 결혼 예복, 결혼식 장소 물색, 신혼 집 결정 등 거의 모든 일들을 예비 사위와 딸이 처리하여 부모들이 손 댈 부분이 별로 없었다. 가장 큰 걱정은 당시 코로나가 극성이던 시기로 사람들 모임을 자제시키고 있는 사회적 분위기 하에서 어느 정도의 하객들이 축하 방문을 해 줄 것인지였다. 예식장이 요구한 기본 식수 인원이 240명이어서

동 인원이 도달하지 못하면 식사 여부와 상관없이 미달된 인원의 식사비용을 지불해야 하는 조건이 있었기 때문이다. 걱정하는 딸에게 신경 쓰지 말라고 안심을 시켜 주었다.

예식은 주례 없이 성혼 선언문은 바깥사돈이, 덕담은 내가 하기로 역할 분담을 하였다. 딸의 사전 부탁은 식 중에 눈물 나오게 하는 얘기 절대 금지와 최대 5분 안에 덕담을 마쳐 달라는 것이었다. 딸의 어릴 적 습관, 남을 웃기는 재주 등을 언급하고 나의 철학인 '주변을 이롭게 하고 인심 잃지 마라'는 당부를 하였다. 10분이 넘어가 나중에 식구들 구박을 받았다. 친인척 및 신혼부부 친구 단체 사진 촬영은 신랑 신부 및 양가 부모만 마스크를 벗고 나머지는 모두 마스크를 쓴 채 촬영하였다.

결혼식장 입구에는 현대차 그룹 회장 화환, 모비스 대표이사 화환, 현모회장 화환, 동창 국회의원 휘장 외 많은 분의 화환이 도착하여 예식장 입구를 가득 채웠다. 걱정하던 식수 인원도 300여 명으로 의무 식수 인원을 여유 있게 넘겼다. 딸이 회사 근방에 집을 얻어 우리 부부와 분가한 세월이 있다 보니 결혼하는 것에 대한 슬픔이 덜해 다행이었다. 딸이 사용하던 방에 있는 사물들을 아직 정리하지 않고 가끔 들락거리며 딸의 옛 모습을 떠올려 보기도 한다. 벌써 시간이 흘러 딸은 예쁜 손자를 낳았고 나는 외손자 바보가 되었다. 사위와 딸이 건강하게 주위 사람을 배려하면서 잘 살아 주기를 빌었다.

큰 형님을 떠나보내다

　아버지 서거 후 집안 어른 역할을 해온 큰 형님이 돌아가셨다는 비보를 접했다. 선친에서 우리 세대로 죽음이 다가온 것이다. 몹시도 가난했던 시절부터 아버지 곁에서 우리 가정에 일어나는 만사를 오롯이 보고 느끼고 자란 장남이 우리가 다 알지 못하는 역사를 안고 사랑하던 자식들과 형제들을 남겨 놓고 떠나셨다. 전체적인 기력이 떨어져 몸 지탱이 어려운데 뱃살은 빠지지 않아 운동을 못하니 누워 지내는 시간이 늘어 2020년 11월 결국 돌아가셨다. 장남으로서 부모님 공경도 잘 하고 다정다감했던 맏형은 내가 대학 졸업할 때까지 지원을 아끼지 않았고 슬하에 5녀 2남을 모두 잘 키우셨다. 순천 화장터에 따라가려 하니 코로나 검역관계로 제한된 인원만 참석하라 하여 조카들만 보내고, 우리 식구는 큰 형수님과 누님을 모시고 선산이 있는 고향으로 먼저 내려갔다. 유골함이 도착하여 시골집을 한 바퀴 돌고 마을회관을 돌아 선산으로 이동 후 유골을 묻고 안장했다. 부모님 묘소 바로 밑에 자리를 하였는데 먼저 떠나신 부모님이 장남을 맞이하시리라. 형님, 좋은 곳으로 가셔서 남은 식구들이 잘 살아가도록 굽어 살피소서. 병원에 가면 환자들이 많아 안 아파도 환자들 사이에서 아픈 것 같고, 장례식장에 가면 유명을 달리한 많은 사람의 사진이 걸려 있어 누구에게나 오는 죽음을 인식하고 두렵지 않게 맞이하라는 메시지를 주는 곳이다. 떠난 자와 남아 있는 자. 언젠가 떠나야 할 인생.

그 인생 소풍이 끝나는 날이 주변인과 헤어지는 날이니 소풍 중에 많이 웃고 즐겨야 할 것 같다.

누나와의 영원한 이별

형제자매 중 가장 대화를 많이 한 사람은 누나였다. 어머니 돌아가신 이후에는 동생인 나를 더욱 챙기셨다. 누나는 젊어서 얼굴도 예쁘고 한국 무용, 노래 등에도 재주가 많았는데 풍족치 못한 집안 살림과 여자는 공부를 안 시킨다는 구시대 관습의 피해를 봐 중학교 진학을 못했다. 연애결혼도 허용되지 않아 친지 중매로 우체국 공무원인 매형과 결혼을 했는데 매형은 술주정이 심하여 누나를 많이 난처하게 만들었다. 평상시는 얌전하고 예도를 지키는 분인데 술이 들어가면 다른 사람으로 변했다. 누나가 전통 결혼식을 하던 날 나는 눈물의 송사送辭를 읽어 신부인 누나를 울렸고 부모형제 및 친척들을 심란하게 만들었다. 하나뿐인 누나를, 그것도 언제나 나의 응원군이었던 누나를 떠나보내는 슬픔으로 눈물 범벅이 되어 송사를 읽었다. 그날 결혼식 가족사진에는 내가 포함되어 있지 않았다. 사진을 안 찍고 방에서 울고 있었기 때문이다.

그런 누나가 통화 중에 말이 안 되는 소리를 자주하고, 오지도 않은 오빠가 왔다갔다고 얘기하는 등 치매 증상이 심해졌다. 오래전에 큰 교통사고를 당한 후 머리가 자주 아프다고 했는데 그 사고 후유증이 치매를 일으키게 한 큰 이유로 보였다. 통화를 하면

뜨겁게 전진하고 쿨하게 돌아서라

서 내가 누구냐고 물었더니 다른 사람 이름을 댔다. 가슴이 미어졌다. 누나가 잘 부르곤 했던 〈오빠 생각〉, 〈동무 생각〉 등 동요를 같이 불렀는데 노래 가사도 잊어버리고 못 따라왔다. 누나 조카들에게 상황 확인을 하니 혼자 계시다 갑자기 쓰러진 이후 시간이 지체되어 병원을 간 뒤 급격히 치매가 왔다고 했다. 하루라도 누나의 기억이 남아 있을 때 형제들이랑 같이 얼굴이라도 보게끔 약속을 하고 시골로 내려갔다.

누나가 고향 둘째 형님 댁에 도착하여 마중을 나갔더니 나를 못 알아봤다. 그리도 예뻐하고 자랑하던 막내 동생을 못 알아보고 "누구요? 잘 생긴 사람이 있네"라고 말하는 것이 아닌가. 왈칵 눈물이 나오려 하는 것을 간신히 참았다. 며칠 전 통화할 때만 해도 내 목소리를 조금 인식했는데 그 짧은 시간에 뇌 기억이 급격히 떨어졌다. 형님, 형수님들도 망연자실하였다. 천하에 몹쓸 병이 치매이다. 우리나라의 경우 치매로 인해 실종되는 사람이 매년 12,000건이 넘는다고 한다. 오빠들과 동생을 몰라보고 엉뚱한 행동을 하는 누나로부터 받았던 충격과 허탈감은 이루 말할 수 없었다. 그 일이 있고 얼마 안 있어 누나는 요양원으로 들어갔고 수저로 본인 식사도 못하는 정도로 병은 악화되었다. 화장실 문 여는 것도 수도꼭지 트는 방법도 모를 만큼 뇌가 작동하지 않았다고 조카들이 전해왔다. 코로나 격리 문제로 조카들조차도 면회가 제한되고 누나의 건강 상태는 날로 악화하였으며 결국에는 다시 얼굴을 보지 못한 채 2022년 3월 78세의 나이로 세상을 떴다. 시골에서 형제들과 같이 자리를 한 것이 누나와의 마지막 만남이 된 셈이다.

허망한 것이 사람 목숨이다. 형에 이어 두 번째로 맞는 우리 형제 세대의 죽음이었다. 누나와 동갑으로 아직도 건강하게 살아가는 사람들을 보면 누나의 생이 너무 짧았다는 사실에 맘이 아프다. 남편의 따뜻한 사랑도 많이 받아 보지 못한 환경 속에서도 애들을 잘 키워 냈고 시댁 어른들로부터도 똑똑하고 지혜로운 며느리로 인정받았던 누나는 남편, 조카들과 형제들에게 슬픔을 남긴 채 영면했다.

엄마의 깊고 진한 사랑 속에 자란 조카들이 누나가 떠난 뒤 오랜 시간 정신적 방황을 하고 있다. 떠난 엄마를 못 잊어 조카 승범이가 종종 눈물을 흘린다고 한다. 엄마 목소리가 그리우면 나에게 전화를 한다. 내 목소리 톤에 엄마 목소리가 묻어 있어서 내 목소리 들으면 마음이 좀 가벼워진다고 한다. 누나의 자식 사랑이 얼마나 지극했으면, 누나가 자식들에게 보낸 응원이 얼마나 따스했으면 저리도 엄마를 그리워할까? 누나의 자식 사랑과 애들의 엄마에 대한 사랑이 오버랩 되었다. 참으로 아름다운 서정시 같아 부럽기도 했다.

장인어른 미수연과 별세

88세를 미수米壽라고 한다. 낙향하시어 초당 기념관 개관도 하시고 책 발간도 하시면서 바삐 사시는 장인어른 미수연米壽宴을 2022년 3월 경북 예천 문화회관에서 개최했다. 가족, 친지, 유니카 회원, 친구분들, 예천 군수 등이 참석한 가운데 아나운서 사회로 시작되었다. 그간 활동하신 활동 비디오 상영, 가족 모임 사진, 축가, 시 낭송, 색소폰 연주 등 내용이 풍부하게 진행되었다. 최근 본인 발행한 책도 참석자 모두에게 나눠 주시고 평상시 우정과 애정이 많으신 분 각각에게 소소한 선물을 준비하시어 나눠 주는 장면은 매우 인상적이었다. 큰 행사를 진행해 보신 경험이 많으시고 아이디어가 많은 분이라 세세한 부분까지 신경을 쓰신 흔적들이 많이 보였다. 근래 식욕이 떨어져 밥맛이 없고 마음이 울적하시다고 얘기하시던 모습과는 달리 미수연 행사 시간에는 열정이 넘쳐 보이셨다.

걷기 운동이라도 열심히 하시라고 권유 드렸지만 뱃살 무게가 다리의 힘을 압도하는 체형이 되어 서서 움직이는 시간보다 앉거나 누워 지내는 시간이 많다 보니 자연적으로 근력이 쇠퇴하여 말라가셨다. 나의 큰 형님도 비슷한 체형으로 운동을 못하고 누워지내는 시간이 늘어나면서 생각보다 일찍 돌아가셨다. 뱃살은 가장 빠지지 않는 부위여서 관리가 필요하다.

장인어른은 한 농촌 집안의 장남으로 태어나 예천중학교를 졸업, 중학교 졸업생 중 유일하게 명문 경북고에 진학한 영재이셨다. 연세대학교 졸업 후 명지대학교 행정의 중추적인 역할을 담당하셨고 시골 형제 및 친지들의 서울 진출에 교두보 역할을 하셨다. 그랬던 장인이 벌써 90세를 바라보는 시점이니 세월은 무심하게도 빠르다.

계속되는 근력 저하와 식사량 저하로 어려움을 겪으시던 중 주위 분들의 권유로 코로나 검사를 받았는데 양성 판정이 나와 곧바로 입원을 하게 되었다. 코로나가 극성을 부리는 시절인데다가 병원에서 외부 사람 면회도 잘 허용해 주지 않는 상황에서 병이 악화하여 2022년 6월 허망하게 운명하시고 말았다. 장모님 및 자손들에게 유언도 못하시고 떠나셨다. 입원을 안 했으면 더 오래 사셨을 것 같은 생각도 들었다. 입관 전에 마지막으로 시신을 보는 자리에서 장인의 이마를 만져 보았다. 싸늘한 이마에서 죽은 자와 산 자의 차이를 느꼈다. 사람의 생명이라는 것이 질기게도 보이지만 호흡하지 않으면 죽음인 것이다. 사람들이 세상에 태어나 점 하나를 찍지 못하고 떠난다고 하는데 장인어른은 기념관과 자서전 발행,《매일경제》주간지 표지 모델 등에도 등장하셨으니 나름 인생사에 점 하나는 찍고 가신 것이 아닌가 한다.

가상현실 그리고 죽은 자와의 재회

연달은 형제, 장인의 죽음과 지인의 떠남을 대하며 세월에 떠 밀려가는 사람들의 삶에 대해 더 들여다보게 되었다. 과학 및 전자 기술의 발전으로 VR가상현실과 AR증강현실 구현이 가능해져 죽은 사람을 현실 속에 살아 있는 듯이 재현하여 서로 마주 보고 터치하고 대화까지 할 수 있게 만든다. 2021년 1월 MBC 창사 60주년 특별 기획을 시청하고 많은 눈물을 흘렸다.

　내용인 즉, 5남매를 두고 병사病死한 아내를 남편이 VR 헤드기어를 쓰고 가상현실 속으로 들어가 살아 돌아온 듯한 아내를 만나 반가워 우는 장면부터 시작되었다. 뭉클함에 전율이 일어났다. 생전에 부부가 같이 갔던 추억의 장소에 가서 즐거운 대화를 하고, 부부 결혼식 동영상을 VR 속에서 같이 시청하며 결혼 당시의 대화들을 되새기는 장면에는 눈물 없이 지날 수가 없었다. 모닥불을 피워 놓고 서로의 얼굴을 만지고 춤도 같이 추고……. 이런 영상을 스튜디오에서 시청하고 있던 자녀들도 울고 웃고…. 그 행복한 시간을 마무리하면서 영상 속 아내가 "이제 돌아가야겠다"고 얘기를 꺼내니 "더 있다 가라"고 절규하는 남편의 모습에서 부부의 애틋한 사랑과 오랫동안 같이 지내고 싶은 마음을 깊이 느꼈고, 이 대목에서 내 눈에는 눈물이 샘솟듯 흘러내렸다. 같이 있다 돌아서 가버리는 아내를 보면서 VR 기어를 벗은 남편의 눈은 눈물범벅에 빨간 토끼눈으로 변해 있었다. 동 화면을 지켜보며 흐느끼고 있던 애들을 전부 품에 안으며 우는 아버지 모습이 너무도 애잔했다. 현실로 돌아온 남편이 허망함과 두려움에서 자유롭기를 바라면서 나도 눈물을 닦았다. 기술 혁신으로 생전의 목소리를 재현하고 사람 모습도 재현할 수 있게 되니 얼마든지 가상의 세계를 현실로 가져올 수 있게 된 것이다. 자기가 좋아하는 가수와 같이 노래 부르는 가상현실도 만들 수 있으니 활용해 봄직하다.

Chapter 6

잊지 못할 여행 이야기

북해도 여행길에 만난 야생 여우

　여름휴가 일정을 맞춰서 온 가족이 일본 삿포로 여행을 떠났다. 애들이 부모 품을 떠나기 전 온 가족이 여행을 자주 하는 것은 매우 의미가 있다. 함께 공유하는 추억 거리가 생기고 가족의 소중함도 느끼는 시간들이기 때문이다. 기회 나는 대로 나는 가족여행을 추진했는데 애들이 커가면서 그런 기회는 점점 줄어들었다. 애들이 부모들과 같이 여행가자고 조르며 여행을 기다린다는 다른 가족들 얘기를 듣자면 부러울 때가 있다.

　2016년 8월 2일 오후 북해도 신치토세 공항에 도착, 렌터카로 노보리베츠 유황 온천 료칸 청수옥淸水屋에 체크인을 하고 일본 정식으로 저녁을 먹었다. 온천을 좋아하는 나는 잠들기 전에 두 번 온천탕을 다녀왔다. 유황 냄새가 가득한 물에 몸을 담그고 물맛을 보니 니이가타 주재시절 온천여행이 떠올랐다.

　다음 날 노보리베츠 지옥 온천 호수 구경을 갔다. 온 동네가 분화구, 분수 용암, 용암계곡으로 되어 있고 온천물이 만든 호수는 최대 깊이가 22m, 내부 온도는 130도, 표면온도도 약 50도라고 하는데 처음 보는 장관이었다. 호수에서 올라오는 뜨거운 김이 일대를 안개 속 동화나라로 만들었다. 세워진 지 130년 된 샤코탄 등대, 곶, 촛대바위 산책을 하면서 파란 투명색 바닷물을 바라보니 이국적인 정취가 물씬 풍겼다. 야외 온천 오유누마에서 바라보는 바다는 참으로 넉넉했고 여행의 즐거움을 가득 안겨 주었다. 저녁은 현지에 가면 먹어야 한다는 징기스칸 양고기를 먹었는데 싱싱하고 품질 좋은 양고기와 소스는 정말 일품이었다.

　그 다음 날에는 비에이美瑛 꽃 농장에 들러 수백 가지 꽃 밭 구경을 하고 세부르 언덕꿈의 언덕에 올라 사진도 찍었다. 한없이 펼쳐진 구릉을 바라보며 불어오는 바람을 향해 심호흡을 하니 온몸에 맑은 공기가 들어가 몸이 가벼워졌다. 구릉을 포근히 감싸듯이 떠있는 구름은 가벼워진 나를 주체 못할 행복의 무지개다리로 보내 주었다. 자리를 떠나는 아쉬움을 뒤로 한 채 인근에 있는 아오이 이케푸른 연못에 가보니 온통 비취색 물이었다. 알루미늄 성분이 녹아들어 비취색이 난다고 했다. 일정표에 따라 찾아간 곳은 멜론과 해바라기로 유명한 후라노였다. 후라노 해바라기 농장평원에서 숨바꼭질을 한다고 치면 도저히 찾을 길이 없을 만큼 키가 크고 꽃이 큰 해바라기가 지평선을 이루고 있는 것 같았다. 해바라기만으로 이런 훌륭한 관광지를 만들어낸 일본인들의 아이디어가 새삼 돋보였다. 저녁은 카레 맛집인 '후라노옥屋'으로 갔다. 종업원이 카레 주문을 받는데 카레의 매운 맛 정도에 숫자가 매겨 있었다. 당시 한국에서는 대개 카레밥을 시키면 식당에서 요리된 카레를 퍼서 주는데 번호 선택을 하라니 잠시 머뭇거리다 3번을 선택했던 것 같다. 사실 생전 처음 경험해 보는 새로운 카레 세분법이었다.

밤 9시 반이 되어 삿포로로 출발하려고 내비를 입력하니 가는 길이 지방 도로인데 산을 넘어 가는 코스였다. 오가는 차량도 별로 없고 길옆에 사슴이 눈빛을 발광하며 떼 지어 서있는데 차가 다가가도 피하질 않았다. 간간히 삵도 보였다. 가족 모두 긴장되었고 으스스했다. 구불구불한 산길을 따라 속도를 늦추는데 이번에는 작은 여우가 길 옆 시멘트 벽면 난간을 타고 눈 발광을 하고 서 있었다. 차를 잠시 세우니 차를 향해서 다가오는 것이 아닌가? 운전석 창문을 열고 손을 뻗치니 더 가까이 다가와 여우가 내 손을 닿을 것 같은 순간, 식구들이 비명을 질렀다. 겁도 나고 만지다가 상처 나면 문제가 될 것 같아 접촉은 피하고 여우 사진만 한 장 찍고 길을 재촉했다. 이로써 우리는 하루에 3가지 새로운 첫 경험을 하게 되었다. 찬물 안 나오는 온천장, 매운 정도가 세분화된 카레 그리고 산길 도로에서 만난 여우. 새로우면서도 처음으로 경험하는 일들은 언제나 생생하고 오래 기억된다.

마지막 날, 오타루에서 삿포로로 이동, 쇼핑에 시간을 할애하였다. 애들이 꼭 먹고 싶다는 Bryce Cake, Kit Cat 초코 및 일부 상품을 구매한 뒤 귀국길에 올랐다. 북해도는 한국보다 기온이 낮아 우리가 여름에 갔는데도 바람이 시원했다. 애들이 성인이 되기 전에 즉, 부모 품을 떠나기 전에 잦은 여행 기회를 갖고 즐거웠던 시간, 가족애 그리고 사진 기록을 남기는 일은 매우 의미있는 일이다. 그 추억과 사진으로 공통 부분의 파이가 커져 대화 시간도 늘어나고 각자의 여행 스토리가 많이 남기 때문이다. 다 아는 이야기겠지만 세월이 지나며 애들은 성장하고 친구 및 직장 동료들과의 시간이 더 많아져 부모와의 대화 시간은 점점 짧아진다. 부부가 금슬 좋게 사는 것이 더 중요해진 이유이다.

아내와 떠난 미국 여행

2017년 9월 초 약 1주일 예정으로 아내와 함께 미국 여행을 갔다. 생전 처음으로 우버UBER 택시를 불러 탔는데 노란 택시보다 값이 싸고 냄새도 덜 나서 편했다. 개인용 차를 택시로 쓰기 때문에 차량 내부 관리도 잘 되어 있었다. 할리우드 거리 복잡함에서 벗어나 Getty 박물관 관람을 하였다. 석유 재벌로 한 때 세계 제일 부호였던 J. P. Getty가 평생 본인이 소장한 예술작품들을 기증하고 약 1조 원 이상의 돈을 투자하여 산 위에다 만든 박물관이다. 로마 시대, 르네상스 시대, 근대에 이르기까지 많은 그림, 조각, 석조물이 가득했다. 박물관에서 빌려주는 이어폰으로 한국어 안내를 받을 수 있는 전시 작품은 매우 제한적인 것이 아쉬웠다.

한국인 관람자를 위한 서비스 투자 혹은 박물관 측에 한국어 안내 시스템 강화를 요청해 보면 좋을 것 같다는 생각이 들었다. LA카운티미술관LACMA, 더브로드박물관The Broad,과 그리피스 천문대 Griffith Observatory 등에는 한국어 안내가 전무하였다.

그 다음으로 들른 샌마리노에 위치한 헌팅턴도서관Huntington Library은 참으로 인상적이었다. 철도 재벌이었던 헌팅턴이 1919년 설립한 곳으로 관내에는 도서관, 미술관 및 식물원으로 구성되어 있는데 식물원 크기만 약 15만평이라고 하니 매우 규모가 크다. 매년 백만 명 이상이 방문하는 명소라고 한다. 도서관 겸 과학박물관에는 총 7백만 권 정도의 책이 있었는데 진귀본으로는 구텐베르그 인쇄판 성경, 세익스피어 작품 초판본, 다윈의 '종의 기원' 원본, 밀턴이 발간한 『Paradise Lost』 책자 등이었다. 한국 재벌들도 먼 미래의 그림으로 이런 장소 건설에 투자해 보면 어떨까 하는 생각을 해봤다.

그랜드 캐년 구경을 위한 거점인 라스베가스로 가기 우해 유니언 역에서 메가버스 2층 맨 앞 1, 2번에 착석하였다. 맨 처음 예약을 한 덕에 인당 25불짜리를 우리는 인당 5불만 냈다. 사막을 끝없이 지나가는데 중간 중간 소나기도 오고 좌석이 전망대 역할을 하니 지나가는 모든 경치를 즐길 수 있어 마치 극장에서 영화를 관람하는 기분이었다. 카지노에 사람들이 가득한 라스베가스 MGM 호텔에 체크인 한 뒤 간단한 저녁을 먹고 라스베가스 거리를 둘러보다가 벨라지오 호텔에서 공연하는 'O Show'를 9시 반부터 11시까지 관람하였다. 서커스와 연계된 공중 곡예, 다이빙 등은 환상적이었다. 등장인물도 헤아릴 수 없이 많았고 그 많은 물을 무대에 끌어올린 온갖 장치들이 원더풀이었다. 한국에는 그런 쇼를 할 무대가 거의 없는 것으로 안다. 그랜드 워커힐 호텔에서 쇼가 가끔 있긴 하나 규모가 너무 작다. 서울 시내 관광과 연계 가능한 한강에 수상 무대를 만들어 보면 어떨까 하는 생각을 잠시 해 보았다.

여행사에서 준비한 그랜드Grand 캐년행 버스를 타고 가는 길에 1931부터 1935년까지 콜로라도 강을 막아 완공한 후버댐 구경을 하였다. 경제 공황 타개 목적으로 시작된 댐 공사에 100명 이상이 희생되었는데 높이가 무려 221m이다 세계 최대의 콘크리트 댐, 세계 최대 규모의 수력 발전소로 연중 많은 관람객이 온다고 했다. 저녁 숙박은 첫 경험인 카라반Mobile House이었는데 전기가 안 들어오는 곳에서 발전기를 돌려 전등을 밝혔다. 밤하늘에는 조금 구름이 있으나 많은 별이 빛을 발하고 있었고 풀벌레 소리가 수면을 촉진하는 적적한 산 아래에서 샤워는 못하고 단잠을 잤다.

다음 날 새벽 4시에 기상하여 맨 먼저 브라이스Bryce 캐년을 방문했다. 콜로라도 고원에 위치한 협곡으로 뾰족한 탑, 둥근 봉우리 모양의 석회암으로 형성된 곳인데 색깔이 흰색, 노란색, 붉은색, 갈색 등으로 다양하여 매우 여성적이면서 아름다운 곳이었다. 몰몬교를 믿는 스코틀랜드 목수 출신 브라이스가 이 지역에 정착하였다고 하여 브라이스 캐년으로 불린다고 했다. 이어서 석회암 기둥들이 우뚝 솟아 마치 돔처럼 생겨 남성적인 자이언스 캐년을 방문하였다. '신의 나라' 같다고 하여 'Zion'이란 이름을 붙였다고 한다. 다음 장소인 붉은 모래 언덕Coral Pink Sands Dunes에 갔더니 모래가 온통 붉은색이다. 붉은 색인 이유는 모래에 철분과 마그네슘 성분이 많이 포함되어 있기 때문이란다. 언덕 높이가 최대 200m에 이른다고 하며 바람의 방향에 따라 언덕 모양이 계속 바뀐다고 한다. 그 모래 언덕을 맨 발로 달려 보고 넘어져 봤는데 그 부드러운 감촉과 포근함은 달리 표현할 길이 없었다. 한국 장사 씨름대회가 열리는 실내체육관 모래판에 맨날 접하는 흰회색 모래 대신 이 붉은 모래를 깔아 홍보를 하면 관람객이 더 많아지지 않을까? 전부는 아니더라도 일부 씨름장에 시범 운영을 해보면 어떨까 하는 생각이 들었다. 이것도 차별화 포인트이다. 실내에 선수 포스터만 잔뜩 거는 것보다 씨름의 기술, 몽골의 유사 씨름기술, 스페인의 유사 씨름기술들의 비교 설명 안내 책자(한·영)도 만들고 씨름을 통해 성공했거나 좋은 일을 하고 있는 씨름꾼의 성공이야기도 홍보하여 일반인의 흥미를 끌어 내면 관람객도 늘어나고 흥행에도 더 성공을 거둘 가능성이 있지 않을까 생각한다. 그리고 걸출한 외국인 선수도 양성하여 K-컬처에 씨름을 얹히는 노력도 해봄직 하다. 씨름협회에 마케팅 전문가를 고용해 보면 새로운 길이 열릴 것이다.

　마지막 날에는 앤탈로프Antelope 캐년을 방문했다. 캐년 내부에 들어 온 햇빛에 의한 황홀한 빛의 향연으로 유명한 곳이다. 특히 1997년 마이크로소프트 윈도우7 바탕화면에 사용된 한 장의

앤탈로프 캐년에서 아내와 함께

사진으로 인해 앤탈로프 캐년이 전 세계에 알려지는 계기가 되었다고 한다. 당시 사진작가 마이클 워터스는 150만 달러에 사진저작권을 마이크로소프트에 팔았다고 하니 캐년에 대한 궁금증이 더욱 증폭되었다. 또한 다른 캐년과는 달리 이곳은 Navajo 인디언이 관리권을 소유하고 있다. 동굴 입구에 근접하기 전까지 입구가 잘 보이지 않는다. 14명씩 조를 짜서 입장, 관람에 약 2시간이 소요되는데 붉은색 모래사암이 태양광 각도와 시간에 따라 변화되는 광경은 신이 아니면 만들어 낼 수 없는 장관이다. Navajo 인디언들도 이곳을 신성한 장소로 여겨왔다고 한다. 2차 대전 당시 미군은 Navajo 족 24명을 선발, Navajo어語 기반의 암호를 개발하여 미군들이 공용 암호로 지정, 성공을 거뒀다고 한다. 미국 외 국가에는 거의 알려지지 않은 언어로 적군들이 해독을 할 수 없었다.

마지막으로 놓칠 수 없는 장관을 만드는 홀슈밴드Horse Shoe Band를 구경했다. 콜로라도 강이 지형을 침식하면서 말발굽 모양을 만들어 캐년 상부에서 내려다보면 푸른 강물과 붉은 계곡의 조화를 보면 신의 작품임을 금방 알 수 있다. 애들과 같이 왔으면 좋았을 걸 하는 생각도 들었지만 우리 부부 둘이서만 그려낸 그림 같은 추억은 여전히 진한 여운과 향기를 내주고 있다. 정말 여행다운 여행을 했구나. 보고 배운 것과 느낀 것이 많았구나. 다음 여행지는 어디로 정해 이런 여운을 연결해 볼까나. 여행에 대한 갈망이 계속 고개를 빼들고 나를 향해 손짓을 하는 요즘이다.

덕유산 종주

등산객을 품어 주고 자연의 섭리를 뚜렷하게 보여 주는 명산을 종주하는 것은 참으로 아름다운 도전이고 세월이 지나도 뇌리에 가득 추억 보따리를 담아 두게 한다. 덕유산 종주는 내 인생의 첫 명산 종주인 만큼 마음이 몹시 설렜다. 고교 친구 세 명과 함께 하는 육구 종주육십령에서 시작하여 무주 구천동까지 약 36km였다. 해발 고도는 1,500m가 넘고 능선이 평지 같이 넓은 산이다. 2017년 10월 하순 친구들을 픽업하여 무주 구천동 주차장에 차를 주차해 놓고, 택시비 5만 원을 지불하여 육십령 고개에 도착 후 산행을 시작했다. 종주 후 원점회귀 없이 도착 예정지인 구천동에 미리 차량을 주차한 것이다.

첫날 등산 코스는 육십령~할미봉~서봉~남덕유산1,507m~삿갓봉 대피소 총 약 18km 구간이었다. 각자 이틀 먹을 식량과 필요 장비들을 배낭에 가득 담은 무게가 인당 약 20kg. 등과 어깨에 무게가 전달되나 가을 단풍과 산을 에워싸는 운무들이 산봉우리를 섬으로 만들어 주는 경치와 환희에 무거움은 온데간데없어졌다. 그 섬 위로 쏟아지는 가을 햇빛은 온 산을 주황색 물감을 뿌려 놓았고 구름 사이로 내리 뻗은 빛줄기는 마치 하늘로 올라가는 통로를 만드는 듯한 마법을 부리고 있었다. 친구들의 상기된 얼굴에는 이보다 더 좋을 수 있나 하는 표정이었고 바람 소리라도 날 양이면 바람을 향해 금세 〈바람의 노래〉라도 부를 채비가 되어 있는 듯 보였다. 미운 짓을 하는 인간들에게도 관대한 미소를 보낼 수 있는 황홀한 순간이었다. 바람과 단풍의 신호에 몸을 맡겨 빙글빙글 돌아도 보았다. 지상 낙원이 여기가 아니더냐? 낙원 속에 풍덩 빠진 우리들.

능선을 타고 이동하면서 중간 중간 사진도 찍고 간식도 먹고, 연락 끊어진 학창 시절 친구들에 대한 그리움에 잠시 상념에도 빠지면서 무거운 몸으로 삿갓봉 대피소에 도착하니 찬란하게 물들여진 일몰이 우리 피로를 어루만져 주었다. 가슴이 뛰었다. 한없는 행복감에 도취되어 옆에서 누가 말을 걸어도 들리지 않았다. 아니, 그 행복의 순간을 정지 화면화하여 간직하고 싶은 마음으로 온몸이 전율했다는 표현이 더 어울릴 것 같았다. 여장을 풀고 저녁을 먹었다. 돼지 삼겹살, 김치, 라면, 커피, 과일 그리고 소주 맛이 이렇게 맛있을 수가 없었다. 친구들과 전라도 사투리를 써 봤다. "허벌나게 맛있구마잉~" 삼겹살이 입에 들어오자마자 달디단 맛으로 변했다. 그리고 또 한잔. 밤은 그렇게 우리를 품은 채로 산자락의 어둠 그림자까지도 안아 주었다. 사랑 앞에 이성이라는 저항도 녹아 내리 듯 별은 하나 둘씩 그들을 바라보며 탄성하는 인간들의 가슴속으로 녹아들고 있었다. 평일 여행이라 대피소 투숙객은 우리 4명과 경북 김천에서 왔다는 여성 한 분이 다였다. 산을 많이 타서인지 날씬하고 강인해 보였는데 자기가 굽고 있던 소고기 몇 점을 우리 일행에게 먹어 보라고 주었다.

대피소 앞에 조금씩 나오는 작은 샘물이 있는데 물맛이 매우 좋았다. 이 샘물이 함양군 황점으로 흘러 남강으로 간다는 물줄기 발원지였다. 목을 축이고 하늘을 보니 밤의 품속으로 간 별형제들이 우주의 파수꾼처럼 여전히 자리를 지키고 있었다. 도회지에서는 접할 수 없는 은하의 세계를 올려 보고 있으니 어릴 적 호롱불 방에서 나와 바라봤던 그 별들이 클로즈업 되었다. 산 속에서의 이런 밤을 느낄 수 있는 것만으로도 행복했다. 산 속의 고요함과 대피소에서의 인기척이 서로 절묘하게 조화되는 아름다운 밤이었다. 나는 가을밤 찬 공기를 폐 속으로 당겨 넣고 이런 행복한 순간에 대해 감사함을 독백으로 채웠다. 실내 난방이 수면 방해를 일으킬 만큼 세게 들어오는 가운데 밤 9시가 되니 전등이 자동 소등이 되었다.

다음 날 새벽 4시가 채 안 되는 시간인데 김천 여성분이 혼자서 헤드랜턴에 의존하여 길을 나섰다. 남자들도 겁이 나는 깜깜한 밤에 여성 홀로 산길을 재촉해 갔다. 누가 나에게 해 보라 해도 솔직히 자신이 없는 밤길 산행이다. 우리 일행은 6시에 정식 기상하여 햇반, 김치찌개와 김치로 아침 식사를 해결하고 산행을 시작했다. 당일 코스는 대피소~무룡산1,491m~동엽령~백암봉1,594m~중봉~덕유산 정상향적봉, 1,614m~백련사~무주 구천동 주차장 총 18km이다.

어제 코스보다 훨씬 아름답고 넉넉한 능선길이었다. 멀리 지리산 천황봉과 반야봉이 운무 속에 숨어 있다가 일부만 살짝 내보이고 있었다. 등산로 옆으로 산죽山竹과 주목朱木나무들이 등산객을 반기고 서 있는데 지구 온난화 영향 탓인지 죽은 주목들이 눈에 많이 띄어 후세는 주목을 못 볼 수도 있겠구나 하는 생각이 머리를 스쳤다. 동엽령에서 만난 경기도 용인 거주 백발 여성 한 분과 얘기를 나눴다. 1년 중 100~120일을 홀로 등산하며 산에서 보낸다고 했다. 1년 중 1/3을 산에서 산다면 주말은 거의 산에서 보냈다고 보면 될 것이고 하루 31km를 종주한다는 말에 우리는 말문이 막혔다. 이를 두고 산에 미美쳤다고 하나 보다.

백암봉과 중봉 사이는 능선이 더욱 누런 소의 등처럼 펑퍼짐하여 사람들에게 너그러움이 뭔지를 보여주는 산 위의 평원이었다. 중봉에 다다르니 사람들이 갑자기 많이 보였다. 알고 보니 무주 리조트에서 향적봉까지 케이블카를 타고 올라와 중봉으로 걸어온 사람들이었다. 두 여성이 해맑은 미소와 깔깔대는 목소리로 얘기를 하며 우리 쪽으로 오는데 한 분은 스님 복장이고 한 분은 캐주얼하게 멋을 부린 복장이었다. 어떤 사이냐고 물으니 자매 지간이고 스님이 언니란다. 속세를 떠난 언니와 속세에 묻힌 동생 간 대화는 속세 경계선 이야기일까? 두 사람의 인생 대비와 사연이 궁금했지만 더 이상 질문은 하지 않았다. 우리가 서 있는 자리가 속세를 잠시 벗어난 경계선일지도 모른다. 최고봉 향적봉으로 가는 능선은 목장이라고 해도 손색이 없을 정도다. 거기서 약 2.5km를 내려가니 백련사라는 절이 나왔다. 돌계단을 내려가 시원한 약수를 한 사발 하니 힘이 솟았다. 일반 차량이 다니지 않는 지루한 계곡길을 약 4km 터벅터벅 속세로 돌아가는 우리의 발걸음이 무거워지기 시작했다. 어느 산을 종주한다는 것은 책을 완전히 읽거나 학습한 뒤 책거리를 하는 기분이다. 산의 곳곳을 받아들이고 이해했고 책의 내용을 충분히 이해했다는 것이니 즐거움이 비처럼 온몸을 적시는 모양새이다. 복잡한 도심을 떠나 자연 속으로 들어가는 자체가 속세를 떠난 것이 아닌가?

제주도, 마라도와 추자도 여행

2017년 말, 친구들과 4박 5일 일정으로 제주도와 추자도를 다녀왔다. 여러 번 가본 제주도이지만 아직도 모르는 것이 많았다. 전체 코스는 추사 김정희 박물관~송악산 둘레길~용머리 해안~하멜 선박 ~산방 탄산온천~마라도~본태 박물관~다빈치 박물관~거문 오름~추자도 돈대산~나바론 절벽~목포 국립 해양유물 전시관~목포 자연사 박물관 순회 코스였다.

금석학파, 실학자이고 서화가인 그는 추사체 글씨를 완성했고, 북한산 진흥왕 순수비 탁본을 떠와 해석을 한 최초의 학자였다. 추사가 그려 제자 이상적에게 주었다는 〈세한도〉도 가까이에서 봤다. 원본은 서울 소재 국립중앙박물관에 보관되어 있다. 신이 한 사람에게 이리 많은 재주를 준 것에 대한 부러움도 생겼다. 한때 일본 경성제국대 후지쓰카 치카시 교수추사에 대한 논문 발표했다고 함가 소장하고 있던 것을 진도 출신 손재형이라는 인사가 천신만고 노력 끝에 한국으로 돌아오게 되었다고 한다. 진도 운림산방의 주인공인 소치 허련이 추사를 스승으로 하여 그림을 배웠다 하니 추사는 다재다능한 수재였음은 틀림없는 것 같다.

하멜 선박 모형이 전시된 곳으로 가서 배 구경을 하였다. 하멜은 동인도 회사 직원으로 일본 나가사키로 가던 중 마라도에서 동료 36명과 함께 난파된 뒤 한국에서 8년을 생활하는 동안 조선의 풍습, 문화, 사회 및 정치 등을 기술한『하멜 표류기』를 작성, 조선을 유럽에 알리는데 큰 역할을 했다고 역사 시간에도 공부했다. 하멜이 탄 배가 난파된 우리나라 천연기념물 423호인 최남단 섬 마라도에 들렀다. 파도가 심해 배가 뜨네 마네 하다가 다행히 배가 출항하여 들어 갔는데 거센 바람을 막아 주는 성당, 교회 건물 등이 구도 좋게 서있었다. 덩그러니 서 있는 건물들이 외로운 마라도를 대변해 주는 것도 같았다. 겨울이기도 하지만 제주도 바람은 셌다.

그리고 '본태本態박물관'에 갔다. '본태'란 '본래의 모습을 추구한다'는 의미라고 한다. 세계적인 건축가 일본의 안도 타다오가 설계한 노출 콘크리트 건물인데 최근에 추가 개관한 불교 관련 전시관을 포함하여 총 5개 전시관으로 되어 있었다. 백남준 작품, 일본 쿠사마 야요이 〈무한 거울방〉과 〈호박〉 실물 작품을 보았는데 지금은 그림만 전시되어 있다고 했다. 제5관에 죽은 사람을 하늘로 보내는 데 쓰이는 국내에는 희귀한 나무 상여가 전시되어 있었다. 상여 주변에 붙는 소품상여 깃발, 상여화, 동물인형, 악동, 댄서 등까지 보다 보면 사람의 현생과 사후 세계가 어떻게 연결되는지 느끼게 되는 근엄한 공간이었다. 전시관 분위기도 무거워 다른 전시관전통 공예품, 현대미술 작품보다 관람객이 적다는 느낌도 들었다. 누구든지 죽음을 피할 수 없을 진데 상여를 보고 있으면 어린 시절 멋모르고 깃발을 들고 상여 뒤를 따라갔던 생각과 상여 앞소리꾼의 선창에 후렴을 하는 상여꾼들의 모습이 오버랩 되었다.

다음 방문지는 세계 문화유산으로 지정된 '거문 오름'이었다. 하늘에서 보면 잘 보이지 않는 지형적 특징을 이용하여 일본군이 포진지로 썼다고 한다. 풍혈바람이 흘러나오는 구멍, 숨골, 알오름, 곶자왈북쪽과 남쪽 식물이 공존하는 숲, 사람이 살았던 흔적이 있는 숯가마터 등이 있고 나무 종류도 매우 다양한 새들의 놀이터이기도 하다. 나무들끼리 대화를 하며 서로 양보해 햇빛을 공유한다는 숲 해설사의 설명이 있었다. 나무들도 서로 햇빛을 양보해 옆 나무가 잘 자라도록 한다는데 요즘 세상 인심은 어떠한가? 양보 대신 남의 떡도 낚아채는 얌체들이 많은 인간 세상은 얼마나 추한지 모른다. 그들도 이런 자연 속에서 생활을 하면 양보의 미덕을 배울 수 있으려나?

제주도 7부두 국제여객 터미널에서 여객선을 타고 약 1시간 50여 분 달려 추자도에 도착했다. 완도에 가까운 섬이지만 행정구역은 제주도에 속한다. 우리 일행은 가장 먼저 해발 146m 돈대산에 올랐다.

섬에 위치한 산들이 대개 그러하듯 낮은 산이지만 정상에서 내려 보는 전망은 정말 그림이다. 다음 날 아침 일찍 '나바론 절벽'나바론 하늘 코스에 올라 일출을 맞았다. 다도와 어울려 수면 위로 올라오는 붉은 태양은 희망과 소망으로 만들어진 화사한 꽃이었다. 콧속을 시원하게 관통하는 아침공기를 맞으며 기지개를 켜고 다가가 본 나바론 절벽 밑에는 거센 파도의 소용돌이와 외침이 반복되고 있었다. 파도가 하얀 이를 드러내고 바위벽을 타 오르며 암벽 위에 서있는 우리를 나무라는 것도 같았다. 능선에 불어오는 강한 바람이 몸을 흔들어 조심조심 발을 옮겼다. 산과 바다는 사람들에게 겸손을 가르쳐 준다. 아무리 발버둥 쳐도 흉내 낼 수 없는 장엄함과 경이로움을 자연 가까이 오는 이들에게 조금씩 들려준다. 멀리서 구경만 하거나 말만하는 사람들에게는 들리지 않는 소리 없는 충고이다. 나는 항상 자연 앞에서는 장담하는 목소리를 내지 않는다.

Chapter 7

빠르게 변하는 세상과
버킷리스트

AI와 디지털 글쓰기

2023년 6월 디지털 글쓰기 동호회 '현우회'가 발족되었다. 현대차 주요그룹 퇴직 임원 OB들 중 글쓰기에 관심이 있는 멤버 위주로 활동을 하고 있다. 모든 분야에 AI 기술이 성큼 다가와 세상의 판을 바꾸고 있다. Chat GPT, BIRD AI가 등장하여 사용자의 주문에 따라 시와 논문도 대신 써주고 그림도 그려준다. 예를 들어 경복궁을 과거 조선시대 분위기와 톤으로 그림을 그려달라고 하면 주어진 사진을 과거 시대 그림으로 그려주는 방식이다. 최근에는 어떤 화가가 자기가 그린 그림 대신 AI가 그려준 그림을 의도적으로 출품하였는데 1등을 하였다고 한다. 그간 한 작품을 그리려 때로는 수개월 고민하고 씨름을 하였는데 AI로 뚝딱 그린 그림이

뜨겁게 전진하고 쿨하게 돌아서라

1등이 되어 상금을 준다고 하니 너무도 허망한 현실에 상금을 안 받겠다고 하면서 그림을 찢어 버리는 일까지 있었다고 한다. AI로 그린 그림을 출품하여 상금까지 타가는 사람이 이미 나왔는데 비난이 일자 그림에 AI 사용하지 말라는 조건이 없었지 않았느냐고 오히려 반문했다고 한다. AI로 만든 그래픽과 영상으로 가짜 뉴스를 만들어 내어도 가짜임을 구분해 내기가 힘들어 지고 있다.

글쓰기도 원고를 손이나 자판으로 일일이 쓰던 시대에서 STTSpeech To Text 방식을 이용하여 마이크로 말을 하면 바로 글로 나오는 디지털 시대로 옮겨가고 있다. 거기에다 ITTImage To Text: 책 페이지를 사진으로 찍으면 찍힌 사진 속 글자들이 문자로 변환 TTSText To Speech: 글로 적혀진 문장을 스피커로 듣는 것 기법들이 등장하면서 과거 작가들이 고전식 원고를 쓰고 수정하고 하던 방식에서 디지털 방식으로 글을 쓰면 시간과 비용을 획기적으로 줄일 수 있다. 원고가 완성되면 온라인 공유 문서함에 올려놓고 관련자작가, 코치, 출판사 등들이 아무 때나 수정, 편집 작업이 가능하므로 서로 일부러 시간 내어 만나지 않고도 글쓰기 완성도를 올릴 수 있다. 이미 이런 형태로 글을 쓰고 있는 회원들이 활동하고 있는 '한국 디지털 문인협회'가 설립되어 있다. 나도 최근 '동행'을 제목으로 하는 공동문집 발행에 「내 사랑, 축구」라는 제목으로 참가 했는데 STT 기법을 활용하여 비교적 짧은 시간에 글쓰기를 완성했다.

올해 7월 여름, 목동 아이스 링크에서 개최된 창작 뮤지컬 〈G-Show〉 공연을 보았다. 생전 처음으로 가보는 실내 스케이트장 내부 온도가 낮을 텐데 반팔 옷만 입고 가나 긴팔 자켓이라도 갖고 가나, 과연 실내 온도는 평균 몇 도 정도일까 궁금했다. 국내 검색 사이트를 아무리 뒤져 봐도 찾을 길이 없어 Chat GPT에 문의를 하니 곧 실내 온도는 섭씨 5~10라고 답을 했다. 그러면서 스케이터가 너무 추워도 더워도 안 되기 때문에 그 온도로 설정이 된다고 부가적인 설명을 해줬다. 정말 신기하면서도 동시에 국내 소프트웨어 개발자들은 이런 현실 앞에서 어떤 느낌이 들고 국내 검색 사이트 운영자들은 어떤 대응책을 가지고 있는지 걱정과 궁금증이 밀려왔다. 1시간이 넘는 공연을 보는데 후반부에는 몸에 냉기가 돌아 사전 검색한 정보에 따라 미리 갖고 간 자켓을 입었더니 몸이 따뜻해졌다. 세상이 너무 빠르게 변하고 있어 겁도 난다. 이런 AI를 엉뚱한 방향으로 악용하는 무리들을 잡아내는 패트롤 팀혹은 조직이 언론, 공무원 및 정부, 지역사회 등 곳곳에 만들어져야 하지 않을까 하는 걱정이 앞선다.

버킷리스트

자녀 모두 성인이 되었고 내 나이 70을 바라보면서 아직도 해보고 싶은 것들이 많이 있다. 그동안 여건이 안 되고 방법에 대해 면밀한 검토를 하지 않은 게으름이 문제였다. 이제부터 하나씩 도전을 해 나갈 계획으로 버킷리스트를 작성해 보았다. 목표 달성까지 쉬운 여정은 아니지만 아름다운 행진을 해나갈 예정이다.

1) 살아생전 책 한권 이상 쓰기

　　고교시절 원고지에 에세이를 써보다가 그만 둔 기억이 있다. 대학시절에는 시를 제법 썼었다. 그런 기억의 연장선상에서 무슨 책이든 써보고 싶었다.

2) 1~2개월 집 떠나 국내 방방곡곡 여행해 보는 것

　　오래 전부터 나 혼자 한 달여 국내 여행을 해보겠다는 생각을 갖고 있었다. 삶을 반추해 보고 모르는 사람들을 많이 만나 이런 저런 대화를 해 보고 싶은 마음 때문이다. 친구에게 그 얘기를 했더니 같이 여행을 해보자고 했다. 무척이나 설레는 여행이 될 것 같다.

3) 해외여행중남미, 동유럽 여행, 일본 북알프스 등산 등

　　코로나로 무산된 중남미 여행을 비롯하여 세계 이곳저곳을 아내, 친구들과 가보려 한다.

4) KBS 〈아침마당〉 '도전, 꿈의 무대'와 tvN 〈유퀴즈 온 더 블록〉 출연

　　이 책 내용에 들어 있지만 한때 노래를 잘했다. 하지만 세월이 지나면서 노래 소화력도 떨어지고 있다. 조금이라도 심호흡이 잘되는 시기에 노래에 도전해 보고 싶다. 〈아침마당〉에는 신청서를 내봤지만 아무런 대답을 못 받았다. 다시 도전해 보고 싶다. 〈유퀴즈〉에는 발간되는 이 책과 함께 순수 회사원 생활만 했던 셀러리맨이 경험한 해외영업 및 구매 관련 얘기들을 시청자에게 들려주고 싶어서이다.

5) 유튜브 제작<small>해외영업, 구매, 등산, 노래 관련</small>

　　도전 그리고 도전! 그 자체이다. 기존 유튜버와 협업을 고려하고 있다.

6) 재능 기부<small>해외영업, 구매, 인간관계, 조직관리 등 강의</small>

　　첫 기회를 만드는 것이 중요하다. 이 책 내용을 중심으로 저자 직강을 시도하여 여기에 다 표현되지 않은 내용까지도 전달해보려 한다. 공개 강의를 해 본 경험이 세 번 있는데 평이 나쁘지 않았다.

7) 버스킹

　　'주위를 이롭고 즐겁게 하라'는 생활 철학에 맞게 노래를 통해 나도 즐겁게 만들고 사람들에게 즐거움을 주고 싶다.

책을 쓴다는 것이 이렇게 어려운 줄 알았다면 아예 시작을 하지 않았을 것 같다. 하고 싶은 것 못 하고 많은 시간을 책상과 씨름하니 엉덩이도 아프고 시력도 저하되었다. 이왕 시작한 일 질질 늘어지는 것이 싫어 "전진 앞으로!"를 외치며 달려왔다. 그간 가려진 사연을 포함하여 내 살아온 뒤태 모두를 손 가는 대로 쓰고 보니 알몸이 되어 있다는 것을 알았다. 실수하고 나락으로 떨어지고 다시 일어나고 한 가족을 책임지면서 참아야 했고 묵인해야 했던 시절의 아픔들이 여기 저기 묻어져 있음도 알았다. 한 번쯤 이렇게 지난 흔적을 기록으로 정리하고 나니 후련한 기분도 든다.

이 책에 드러난 여러 시행착오와 경험들이 나를 단단하게 만들었듯이 경험의 산물이 독자들에게 타산지석이라도 된다면 만족할 것 같다. 여기까지 오면서 숱한 도전과 시도를 했고 앞으로도 계속할 예정이다. 어떤 일이 기다리고 있는지 모르는 내일이란 미래를 위해 오늘 무엇인가를 해야 하기 때문이다. 나는 나를 무척 사랑한다. 부족함 투성이지만 나는 나에게 사랑을 보낸다. 그리고 나 자신이고 싶다. 똑같이 타인도 사랑하고 그들을 있는 그대로 받아들일 것이다.

써놓은 글들을 가만히 펼쳐보니 나의 표현력과 상상력이 부끄러울 정도로 부족하다. 내 어깨를 툭 치며 '괜찮아, 그 정도면' 하고 스스로 위로를 건넨다. 글 재능이 없으니 받아들이고 웃음 많은 나대로의 삶, 주변을 즐겁게 하는 삶을 유지하려 한다. 직장에서 영업, 구매 혹은 기획 업무에 관여하는 분들이나 마땅한 취미가 없어 생활의 무력감을 느끼는 분들이 이 책을 읽고 어떤 힌트나 아이디어라도 얻게 된다면 글쓰기에 투입했던 시간과 노력이 헛되지 않을 것 같다.

출판 계약을 하고 편집을 진행하는 동안 친한 지인들에게는 출간 계획을 알려주었다. 그래도 많은 사람이 격려와 박수를 보내주었다. 아무도 상상하지 않은 일을 벌였더니 자극을 받은 사람도 다수 생겼다. 매일 같은 모습보다는 조금 다르게 살고 싶은 내 캐릭터가 뭔가에 도전하는 자세를 만들어 주었다. 더 진한 행복을 위해 버킷리스트 실천을 해나가다 보면 생각지 못한 다른 의미와 가치가 다가올 것이다. 이 책을 읽은 모든 이가 자신만의 행복을 찾길 바란다.

뜨겁게 전진하고 쿨하게 돌아서라

© 박용호, 2023

1판 1쇄 인쇄 __ 2023년 11월 20일
1판 1쇄 발행 __ 2023년 11월 22일

지은이 __ 박용호
펴낸이 __ 홍정표

펴낸곳 __ 작가와비평
　　　　 등록 __ 제2018-000059호

공급처 __ (주)글로벌콘텐츠출판그룹
　　　　 대표 __ 홍정표 이사 __ 김미미 편집 __ 임세원 강민욱 백승민 권군오
　　　　 디자인 __ 가보경 기획·마케팅 __ 이종훈 홍민지
　　　　 주소 __ 서울특별시 강동구 풍성로 87-6 전화 __ 02-488-3280 팩스 __ 02-488-3281
　　　　 홈페이지 __ www.gcbook.co.kr 메일 __ edit@gcbook.co.kr

값 19,000원
ISBN 979-11-5592-315-3 03810